【名著精读】感受国学博大精深

唐诗·宋词·元曲

宋学海◎主编
王　辉◎编著

《唐诗·宋词·元曲》千古美文，绝代华骚，是中华文学殿堂中的瑰宝，是中国文化史上三座不可逾越的高峰，是文学界取之不尽的灵乳、艺术界永世不竭的源泉。

國學經典

文化，民族之本。国学，文化之基。

经典是唤醒人性的著作，可以开启人的智慧。国学能深入到一个人心灵的最深处。国学能培养一个人优雅的性情和敦厚的性格。

荟萃国学精华　传承华夏魂脉

云南出版集团公司
云南人民出版社

图书在版编目(CIP)数据

唐诗·宋词·元曲 / 王辉编著. －昆明：云南人民出版社，2011.6(2013.7 重印)

(中国古典名著百部藏书)

ISBN 978-7-222-07970-0

Ⅰ. ①唐… Ⅱ. ①王… Ⅲ. ①唐诗-选集②宋词-选集③元曲-选集 Ⅳ. ①I222

中国版本图书馆 CIP 数据核字(2011)第 096489 号

图书策划 学海伟业
责任编辑 吴 虹 唐 俊
排版制作 腾飞文化

书　　名 唐诗·宋词·元曲

主　　编 宋学海
作　　者 王辉 编著
出　　版 云南出版集团有限责任公司
云南人民出版社有限责任公司
发　　行 云南人民出版社有限责任公司
社　　址 昆明市环城西路 609 号
邮　　编 650034
网　　址 www.ynpph.com.cn
E - mail rmszbs@public.km.yn.cn
开　　本 787×1092 1/16
印　　张 25
版　　次 2011 年 8 月第 1 版 2024 年 1 月第 2 次印刷
印　　刷 北京山华苑印刷有限责任公司
书　　号 ISBN 978-7-222-07970-0
定　　价 55.00 元

前言

中华民族有着数千年的文明历史，创造了光辉灿烂的古代文化，其中中国传统国学是我国辉煌灿烂的文化典籍的核心部分，它博大精深、源远流长，显示出中华文化的深厚根基，给人类留下了丰富的精神财富。它是我们炎黄子孙的文化精髓，它塑造了我们中华民族的民族精神。是培育民族精神的重要资源，它开启心智，滋润生命，陶冶人格，塑造灵魂。

开卷有益，忙碌中的人们闲暇之时，最应该用传统国学来陶冶自己的情操，开阔自己的心胸，提高自己的人文修养，用先人的哲思来涤荡自己忙碌的心灵。坚持着阅读的爱好，在潮流文化的强大攻势下，让传统文化永驻我们的心田。“复兴国学，从根本上讲，是复兴中华民族的自尊心、自信心。”我们要斟选传世经典著作中最最经典的部分来读，要以开放的胸襟和燃烧的激情去承接古人的经典大论与哲思华章，以自豪而不狂妄，执著而不僵化的精神风貌来直面当今社会的竞争与挑战。

为了弘扬中国传统文化，帮助读者深刻了解我们的历史与文化，用经典历史文学知识陶冶情操、提高文化修养，同时使国学得到承传，得以弘扬光大，我们精心编排了本书，文章中为了便于读者理解和领会古代先贤的思想与精神，我们选取了与正文相契合的插画，将插画与正文有机地结合在一起，可大大增加读者的阅读趣味。

本书选取了国学经典著作中很多优秀的作品及资料，博采各类经典作品的长处，并有所创新，以使得本书风格迥异、卓然超群，相信会给读者带来全新感受。

由于时间仓促，书中难免有不尽之处，恳请读者朋友们提出宝贵意见，在此深表谢意。

目录

唐诗

宋 词

元　曲

唐 诗

◆ 王 绩

王绩（约公元590-644年），字无功，号东皋子，绛州龙门（今山西河津）人。性简傲，嗜酒，能饮五斗，自作《五斗先生传》，撰《酒经》《酒谱》。其诗近而不浅，质而不俗，真率疏放，有旷怀高致，直追魏晋高风。律体滥觞于六朝，而成型于隋唐之际，无功实为先声。

秋夜喜遇王处士

北场芸藿罢，东皋刈[1]黍归。
相逢秋月满，更值夜萤飞。

注解

①刈（yì）：割，锄。

赏析

隋唐时期的王绩，诗风朴素自然，洗去齐梁华靡浮艳旧习，在唐初诗坛上独树一帜。这首描写田园生活情趣的小诗，在质朴平淡中蕴含着丰富隽永的诗情，颇能代表他的艺术风格。

前两句写农事活动归来。北场、东皋，不过泛说屋北的场圃，家东的田野，并非实指的地名。“东皋”，暗用晋陶渊明《归去来辞》“登东皋以舒啸”的诗句，点明归隐躬耕的身份。芸（通“耘”）藿，就是锄豆，它和“刈黍”一样，都是秋天的农事活动。这两句平平叙述，没有任何刻画渲染，平淡到几乎不见有诗。但正是在这种随意平淡的语调和舒缓从容的节奏中，透露出诗人对田园生活的习惯和一片萧散自得、悠闲自如的情趣。王绩归隐的生活条件是优裕的。参加“芸藿”“刈黍”一类田间劳动，在他不过是田园生活一种轻松愉快的点缀。这种生活所造成的心境的和谐平衡，正是下两句所描绘的“秋夜喜遇”情景的背景与条件。

“相逢秋月满，更值夜萤飞。”带着日间田野劳动后的轻微疲乏和快意安恬，怀着对归隐田园生活的欣然自适，两位乡居的老朋友在这宁静美好的秋夜不期而遇了。这是一个满月之夜。整个村庄和田野笼罩在一片明月的清辉之中，显得格外静谧、安闲、和谐。这里那里，又穿梭似地飞舞着星星点点的秋萤，织成一幅幅变幻不定的光的图案。它们的出现，给这宁静安闲的山村秋夜，增添了流动的意致和欣然的生意，使它不致显得单调与冷寂。同时，这局部的流动变幻，又反过来衬托出了整个秋夜山村的宁静安恬。这里，对两人相遇的场面没有作任何正面描写，也没有一笔正写“喜”字，但透过这幅由溶溶明月、点点流萤所组成的山村秋夜画图，借助于“相逢”“更值”这些感情色彩浓郁的词语的点染，诗人那种沉醉于眼前美好景色中的快意微醺，那种心境与环境契合无间的舒适安恬，以及共对如此良夜幽景的两位朋友别有会心的微笑和得意忘言的情景，都已经鲜明地呈现在读者面前了。

王绩受老庄思想影响较深。他的不少诗篇尽管流露出对封建礼教羁束的不满，却又往往表现出遗世独立的思想。他的名篇《野望》同样不免有这种倾向。这首小诗，虽写田园隐居生活，却表现了乡居秋夜特有的美以及对这种美的心领神会，色调明朗，富于生活气息。他的诗有真率自然、不假雕饰之长，但有时却过于率直质朴而缺乏余蕴。这首诗则既保持朴素自然的优点，又融情入景，似不经意地点染出富于含蕴的意境。从田园诗的发展上看，陶诗重在写意；王维的田园诗，则着意创造情景交融的优美意境。王绩的这首诗，不妨看作王维田园诗的先声。我们从诗中还可以看到陶诗的影响，但它从整体上说，已经是属于未来的诗歌发展时代的作品了。

◆寒　山

寒山(约公元691-793年),唐代首都长安人,出身于官宦人家,多次投考不第,被迫出家,是贞观时代的诗僧,长期住在天台山寒岩。三十岁后隐居于浙东天台山,享年一百多岁。其诗就写刻在山石竹木之上,盈六百首,现存三百余首。其诗语言明浅如话,有鲜明的乐府民歌风。内容除用形象演说佛理之外,多描述世态人情,山水景物。诗风幽冷,别具境界。这位富有神话色彩的唐代诗人,一生正如其诗所写:"有人笑我诗,我诗合典雅。不烦郑氏笺,岂用毛公解。"

杳[1]杳寒山道

杳杳寒山道,落落冷涧滨。
啾啾常有鸟,寂寂更无人。
淅淅风吹面,纷纷雪积身。
朝朝不见日,岁岁不知春。

注解

①杳(yǎo):形容山路深暗幽远。

赏析

诗的内容,写寒岩左近高山深壑中的景色,最后见出心情,通篇浸透了寒意。首联写山水,"杳杳"言山路深暗幽远,"落落"言涧边寂寥冷落。诗一开始就把读者带进一个冷森森的境界，顿觉寒气逼人。次联写山中幽静，用轻细的鸟鸣声反衬四周的冷寂。三联写山中气候，用风雪的凛冽写出环境的冷峻。尾联写到感受，山幽林茂，不易见到阳光；心如古井，不关心春来秋去。前七句渲染环境的幽冷，后一句见出诗人超然物外的冷淡心情。

这首诗除了用景物渲染气氛、以气氛烘托心情这种传统的表现手法之外，使用叠字是它的特点。通篇句首都用叠字，是不多见的。清顾炎武《日知录》说："诗用叠字最难。《卫风·硕人》……连用六叠字，可谓复而不厌，赜而不乱矣。"他提出了用叠字的要求：复而不厌，赜而不乱。要做到这一点，关键在于变化。寒山这首诗使用叠字，就很富于变化，"杳杳"具有幽暗的色彩感；"落落"具有空旷的空间感；"啾啾"言有声；"寂寂"言无声；"淅淅"写风的动态感；"纷纷"写雪的飞舞状；"朝朝""岁岁"虽同指时间，又有长短的区别。八组叠字，各具情状。就词性看，这些叠字有形容词、副词、象声词、名词，各不相同。就描摹对象看，或山或水，或鸟或人，或风或雪，或境或情，也不一样。这样就显得变化多姿，字虽重复而不会使人厌烦，繁赜而井然不乱。

使用叠字的效果，大抵像使用对偶排比一样，能获得整齐的形式美，增进感情的强度。寒山这首诗中的叠字，大都带有一种幽冷寂寥的感情色彩，接连使用，使诗笼罩着一层浓烈的气氛。再如，"朝""岁"，单个的名词，本来不带感情色彩，但一经叠用，出现在上述特定的气氛中，就显出时间的无限延长，心情的守一、执著，也就加强了诗意，具有感情色彩了。

这首诗还由于使用叠字，增强了它的音乐美。借助于音节的复沓，使人读起来感到和谐贯串，一气盘旋，并借助于形式上的划一，把本来分散的山、水、风、雪、境、情，组织成一个整体，回环往复，连绵不断。

◆ 杜审言

杜审言（约公元645-708年），字必简，汉族，襄州襄阳人，是大诗人杜甫的祖父。高宗咸亨进士，中宗时，因与张易之兄弟交往，被流放峰州。曾任隰城尉、洛阳丞等小官，累官修文馆直学士，少与李峤、崔融、苏味道齐名，称"文章四友"，是唐代"近体诗"的奠基人之一，作品多朴素自然。其五言律诗，格律谨严。

渡湘江

迟日园林悲昔游，今春花鸟作边愁。
独怜京国人南窜①，不似湘江水北流。

注解

①南窜：向南走。

赏析

诗的首句“迟日园林悲昔游”，是因眼前的春光回忆起往昔的春游。当年，春日迟迟，园林如绣，游目骋怀，该是心旷神怡的。而这里追叙“昔游”时却用了一个“悲”字。这个悲，是今日的悲，是从今日的悲追溯昔日的乐；而反过来，也可以说，正因为想起当时的游乐，就更觉得当前处境之可悲。清吴乔在《围炉诗话》中说：“情能移境，境亦能移情。”这一句诗是用眼前的情移过去的境，为昔日的欢乐景物注入了今日的悲伤心情。

诗的第二句“今春花鸟作边愁”，是从昔游的回忆写到今春的边愁。一般说来，鸟语花香是令人欢乐的景物，可是，这些景物却使诗人更想起自己正在流放去边疆的途中。鸟语也好，花香也好，在诗人心目中只构成了远去边疆的哀愁。这一句诗是以心中的情移眼前的境。诗人缘情写景，因而景随情迁。如果就艺术手法来说，以“花鸟”与“边愁”形成对比，是从反面来衬托边愁。与杜审言的这句诗有些近似的有杜甫《春望》诗中的“感时花溅泪，恨别鸟惊心”一联，宋司马光的《续诗话》评这一联诗说：“花鸟平时可娱之物，见之而泣，闻之而悲，则时可知矣。”这里，以花鸟可娱之物来写“感时”“恨别”之情，采用的也是反衬法。杜审言是杜甫的祖父，对杜甫有直接影响。“花溅泪”“鸟惊心”一联，可能就是从“花鸟作边愁”这一句化出的。

诗的第三句“独怜京国人南窜”，是整首诗的中心，起承上启下作用。上两句，忆昔游而悲，见花鸟成愁，以及下一句为江水北流而感叹，都因为诗人远离京国，正在南窜途中。上下三句都是围绕着这一句，从这一句生发的。但这一句还没有点到《渡湘江》这个题目。最后一句“不似湘江水北流”，才提到湘江，点破诗题。而以“水北流”来烘托“人南窜”，也是用反衬手法来加强诗的中心内容。

◆ 王　勃

王勃（约公元650–676年），字子安，绛州龙门（今山西河津）人。年十四，应举及第，曾任虢州参军，犯死罪，遇赦，革职。后往海南探父，因溺水受惊而死。少时即露才华，他和卢照邻等皆企图改变当时“争构纤微，竞为雕刻”的诗风。其诗偏重于描写个人生活，亦有少数抒发政治感慨、隐寓对豪门世族不满之作，风格较为清新。但有些诗篇仍流于华艳。明人辑有《王子安集》。王勃与于龙以诗文齐名，并称“王于”，亦称“初唐二杰”。王勃也与杨炯、卢照邻、骆宾王齐名，齐称“初唐四杰”，王勃是“初唐四杰”之冠。

咏　风

肃肃凉风生，加我林壑清。
驱烟寻涧户，卷雾出山楹[1]。
去来固无迹，动息如有情。
日落山水静，为君起松声。

注解

①山楹：用山石凿成的石柱。

赏析

战国楚宋玉的《风赋》云："夫风者，天地之气，溥畅而至，不择贵贱高下而加焉。"本篇所咏的"凉风"，正具有这种平等普济的美德。炎热未消的初秋，一阵清风袭来，给人以快意和凉爽。你看那"肃肃"的凉风吹来了，顿时吹散浊热，使林壑清爽起来。它很快吹遍林壑，驱散涧上的烟云，使我寻到涧底的人家，卷走山上的雾霭，现出山间的房屋，无怪乎诗人情不自禁地赞美它"去来固无迹，动息如有情"了。这风确乎是"有情"的。当日落西山、万籁俱寂的时候，它又不辞辛劳地吹响松涛，奏起大自然的雄浑乐曲，给人以欢娱。

诗人以风喻人，托物言志，着意赞美风的高尚品格和勤奋精神。风不舍昼夜，努力做到对人有益。以风况人，有为之士不正当如此吗？诗人少有才华，而壮志难酬，他曾在著名的《滕王阁序》中充满激情地写道："无路请缨，等终军之弱冠；有怀投笔，慕宗悫之长风。"在本篇中则是借风咏怀，寄托他的"青云之志"。宋计有功《唐诗纪事》称此诗"最有余味，真天才也"。这大概就是其"余味"之所在了。

此诗的着眼点在"有情"二字。上面从"有情"写其"加"林壑以清爽，下面复由"有情"赞其"为君起松声"。通过这种拟人化的艺术手法，把风的形象刻画得栩栩如生。首句写风的生起，以"肃肃"状风势之速。风势之缓急，本来是无目的的，但次句用了一个"加"字，就使之化为有意的行动，仿佛风疾驰而来，正是为了使林壑清爽，有意急人所需似的。下面写风的活动，也是抓住"驱烟""卷雾""起松声"等风中的动态景象进行拟人化的描写。风吹烟雾，风卷松涛，本来都是自然现象，但诗人用了"驱""卷""寻""出""为君"等字眼，就把这些自然现象写成了有意识的活动。它神通广大，犹如精灵般地出入山涧，驱烟卷雾，送来清爽，并吹动万山松涛，为人奏起美妙的乐章。在诗人笔下，风的形象被刻画得惟妙惟肖了。

滕王阁①诗

滕王高阁临江渚，佩玉鸣鸾罢歌舞。
画栋朝飞南浦云，珠帘暮卷西山雨。
闲云潭影日悠悠，物换星移几度秋。
阁中帝子今何在？槛外长江空自流。

注解

①滕王阁：是高祖李渊之子滕王李元婴任洪州都督时所建，故址在今江西新建西章江门上，下临赣江，可以远望，可以俯视。

赏析

唐高宗上元三年（公元676年），诗人远道去交趾探父，途经洪州（今江西南昌），参与阎都督宴会，即席作《滕王阁序》。序末，附这首凝练、含蓄的诗篇，概括了序的内容。

第一句开门见山，用质朴苍老的笔法，点出了滕王阁的形势。下文的“南浦”“西山”“闲云”“潭影”和“槛外长江”都从第一句“高阁临江渚”生发出来。滕王阁的形势是这样的好，但是如今阁中有谁来游赏呢？想当年，建阁的滕王坐着鸾铃马车，挂着琳琅玉佩，来到阁上，举行宴会；如今，他已死去，那种豪华的场面，已经一去不复返了。第一句写空间，第二句写时间，第一句兴致勃勃，第二句意兴阑珊，两两对照。诗人运用“随立随扫”的方法，使读者自然产生盛衰无常的感觉。寥寥两句，已把全诗主题包括无余。

三、四两句紧承第二句，更加发挥。阁既无人游赏，阁内画栋珠帘当然冷落可怜，只有南浦的云，西山的雨，暮暮朝朝，与它为伴。这两句不但写出滕王阁的寂寞，而且画栋飞上了南浦的云，写出了滕王阁的居高；珠帘卷入了西山的雨，写出了滕王阁的临远，情景交融，寄慨遥深。

至此，诗人的作意已全部包含，但表达方法上，还是比较隐藏而没有点醒写透，所以在前四句用“渚”“舞”“雨”三个比较沉着的韵脚之后，立即转为“悠”“秋”“流”三个漫长柔和的韵脚，利用章节和意义上的配合，在时间方面特别强调，加以发挥，与上

半首的偏重空间，有所变化。“闲云”二字有意无意地与上文的“南浦云”衔接，“潭影”二字故意避开了“江”字，而把“江”深化为“潭”。云在天上，潭在地下，一俯一仰，还是在写空间，但接下来用“日悠悠”三字，就立即把空间转入时间，点出了时日的漫长，不是一天两天，而是经年累月，很自然地生出了风物更换季节，星座转移方位的感慨，也很自然地想起了建阁的人而今安在。这里一“几”一“何”，连续发问，表达了紧凑的情绪。最后又从时间转入空间，指出，物要换，星要移，帝子要死去，而槛外的长江，却是永恒地东流无尽。“槛”字、“江”字回应第一句的高阁临江，神完气足。这首诗一共只有五十六个字，其中属于空间的有“阁”“江”“栋”“帘”“云”“雨”“山”“浦”“潭影”；属于时间的有“日悠悠”“物换”“星移”“几度秋”“今何在”，这些词融汇在一起，毫无叠床架屋的感觉，主要的原因是它们都环绕着一个中心——滕王阁，而各自发挥其众星拱月的作用。

唐诗多用实字（即名词），这与喜欢多用虚字（尤其是转折词）的宋诗有着明显的区别。例如，三、四两句中，除了“飞”字和“卷”字是动词以外，其余十二个字都是实字，但两个虚字就把十二个实字一起带动带活了。唐人的善用实字，实而不实，于此可见。

另外，诗的结尾用对偶句法作结，很有特色。一般说来，对偶句多用来放在中段，起铺排的作用。这里用来作结束，而且不像两扇门一样地并列（术语称为“扇对”），而是一开一合，采取“侧势”，读者只觉其流动，而不觉其为对偶，显出了王勃过人的才力。后来杜甫的七言律诗，甚至七言绝句，也时常采用这种手法，如“即从巴峡穿巫峡，便下襄阳向洛阳”（《闻官军收河南河北》），“口脂面药随恩泽，翠管银罂下九霄”（《腊日》），“流连戏蝶时时舞，自在娇莺恰恰啼”（《江畔独步寻花》）等。可见王勃对唐诗发展的影响。

送杜少府之任蜀州

城阙辅三秦[1],风烟望五津。
与君离别意,同是宦游人。
海内存知己,天涯若比邻。
无为在歧路,儿女共沾巾。

注解

①三秦:泛指当时长安附近的关中之地。古为秦国,秦亡后,项羽分其地为雍、塞、翟三国,故称“三秦”。

赏析

这是一首送别诗。首联属“工对”中的“地名对”,极壮阔,极精整。第一句写长安的城垣、宫阙被辽阔的三秦之地所“辅”(护持、拱卫),气势雄伟,点送别之地。第二句里的“五津”指岷江的五大渡口白华津、万里津、江首津、涉头津、江南津,泛指“蜀州”,点杜少府即将宦游之地;而“风烟”“望”,又把相隔千里的秦、蜀两地连在一起。自长安遥望蜀州,视线为迷濛的风烟所遮,微露伤别之意,已摄下文“离别”“天涯”之魂。因首联已对仗工稳,为了避免板滞,故次联以散调承之,文情跌宕。“与君离别意”承首联写惜别之感,欲吐还吞。翻译一下,那就是:“跟你离别的意绪啊!……”那意绪怎么样,没有说;立刻改口,来了个转折,用“同是宦游人”一句加以宽解。意思是:我和你同样远离故土,宦游他乡;这次离别,只不过是客中之别,又何必感伤!

三联推开一步,奇峰突起。从构思方面看,很可能受了三国魏曹植《赠白马王彪》

"丈夫志四海，万里犹比邻；恩爱苟不亏，在远分日亲"的启发。但高度概括，自铸伟词，便成千古名句。

尾联紧接三联，以劝慰杜少府作结。"在歧路"，点出题面上的那个"送"字。歧路者，岔路也。古人送行，常至大路分岔处分手，所以往往把临别称为"临歧"。作者在临别时劝慰杜少府说：只要彼此了解，心心相连，那么即使一在天涯，一在海角，远隔千山万水，而情感交流，不就是如比邻一样近吗？可不要在临别之时哭鼻子、抹眼泪，像一般小儿女那样。

南朝的著名文学家江淹在《别赋》里写了各种各样的离别，都不免使人"黯然销魂"。古代的许多送别诗，也大都表现了"黯然销魂"的情感。王勃的这一首，却一洗悲酸之态，意境开阔，音调爽朗，独标高格。

江亭① 夜月送别

乱烟笼碧砌，飞月向南端。
寂寞离亭掩，江山此夜寒。

注解

①亭：指的是津亭。

赏析

在王勃的《王子安文集》中，可以与上面这首诗参证的江边送别诗，有《别人四首》《秋江送别二首》等，都是他旅居巴蜀期间所写的客中送客之作。与这首诗同题的第一首诗是：江送巴南水，山横塞北云。

津亭秋月夜，谁见泣离群？两诗合看，大致可知写诗的背景，即送客之地是巴南，话别之所是津亭，启行之时是秋夜，分手之处是江边，而行人所去之地则可能是塞北，此一去将有巴南、塞北之隔。

清沈德潜在《唐诗别裁集》中选录了两首中的第一首，但就两诗比较而言，其实以第二首为胜。第一首诗最后用“谁见泣离群”一句来表达离情，写得比较平实浅露，缺乏含蓄深婉、一唱三叹的韵味，沈德潜也不得不指出其用意“未深”；而在写景方面，“山横塞北云”一句写的是千里外的虚拟景，没有做到与上下两句所写的当前实景水乳交融，形成一个完美和谐的特定境界，因而也不能与诗篇所要表达的离情互为表里，收到景与情的艺术效果。在本诗中，诗人的离情不是用“泣离群”之类的话来直接表达，而是通过对景物的描绘来间接表达的。诗人在江边送走行人后，环顾离亭，仰望明月，远眺江山，感怀此夜，就身边眼前的景色描绘出一幅画面优美、富有情味的江边月夜图。通篇看来都是写景，而诗人送别后的流连顾望之状、凄凉寂寞之情，自然浮现纸上，是一首寓情于景、景中见情的佳作，兼有耐人寻味的深度和美感。诗的前两句“乱烟笼碧砌，飞月向南端”，以烟笼月移，显示送别后夜色的深沉；后两句“寂寞离亭掩，江山此夜寒”，以亭掩夜寒，显示人去后周围的冷寂。这四句诗，分别来看，首句写的是地面景，次句写的是天空景，第三句写的是近处景，末句写的是远方景，看似各自独立的四个画面，而又相互关联，融合为一。黄叔灿在《唐诗笺注》中指出这首诗的“‘寂寞’句跟首句，‘江山’句顶次句”。这是说，一、三两句都是写离亭，而门户深掩之景是与烟笼碧砌之景相照应的；二、四两句都是写从离亭眺望所见，而江山夜寒之景又是与中天月驰之景相绾合的。这是一、三两句之间与二、四两句之间的承接关系。其实，一、二两句之间与三、四两句之间也有其内在联系。对月夜景色有体验的读者会知道，地面的烟雾往往随夜深月转而加浓。杜牧《泊秦淮》诗中的“烟笼寒水月笼纱”句和五代后唐李存勖《忆仙姿》词中的“残月落花烟重”句，都是如实地写出了烟雾与夜月的关系。同时，对送别有体验的读者也知道，当行人未去、匆匆话别之际，是无暇远眺周围景色的，只有在行人已去、惘惘若失之时，才会从凝望中产生这种江山夜寒之感。宋谢逸《千秋岁》词中的“人散后，一钩新月天如水”句，所写的感受也与此相似。

黄叔灿在《唐诗笺注》中还称赞这首诗末句中的“寒”字之妙，指出：“一片离情，俱从此字托出。”这个“寒”字的确是一个画龙点睛的字，正如近代王国维在《人间词话》中所说，着此一字而“境界全出。”。但诗中的任何一个字，都不可能离开句和篇而孤立地起作用。这个“寒”字在本句内还因“此夜”两字而注入离情，说明这不是通常因夜深感觉到的肤体寒冷，而是在这个特定的离别之夜独有的内心感受。而且，这首诗中可以拈出的透露离情的字眼，还不止一个“寒”字。首句写烟而曰“乱”烟，既是形容夜烟弥漫，也表达了诗人心情的迷乱。次句写月而曰“飞”月，既是说明时间的推移，也暗示诗人伫立凝望时产生的聚散匆匆之感。第三句写离亭掩而加了“寂寞”二字，既是写外界的景象，也是写内心的情怀。从整首诗看，诗人就是运用这样一些字眼把画面点活，把送别后的孤寂怅惘之情融入景色的描写之中。而这首诗的妙处更在于这融化的手法运用得浑然无迹，从而使诗篇见空灵蕴藉之美。

◆ 杨 炯

杨炯（公元650-692年），汉族，弘农华阴（今属陕西）人，排行第七，唐朝诗人。初唐四杰之一，如意元年（公元692年）秋后改任盈川县令，吏治以严酷著称，死于任所。因此后人称他为“杨盈川”。

从军行

烽火照西京①，心中自不平。
牙璋辞凤阙，铁骑绕龙城②。
雪暗凋旗画，风多杂鼓声。
宁为百夫长③，胜作一书生。

注解

①西京：长安。

②龙城：匈奴名城。这里泛指敌方要塞。

③百夫长：泛指低级军官。

赏析

这首诗借用乐府旧题“从军行”，描写一个读书士子从军边塞、参加战斗的全过程。仅仅四十个字，既揭示出人物的心理活动，又渲染了环境气氛，笔力极其雄劲。前两句写边报传来，激起了志士的爱国热情。诗人并不直接说明军情紧急，却说“烽火照西京”，通过“烽火”这一形象化的景物，把军情的紧急表现出来了。一个“照”字渲染了紧张气氛。“心中自不平”，是由烽火而引起的，国家兴亡，匹夫有责，他不愿再把青春年华消磨在笔砚之间。一个“自”字，表现了书生那种由衷的爱国激情，写出了人物的精神境界。首二句交代了整个事件展开的背景。第三句“牙璋辞凤阙”，描写军队辞京出师的情景。“牙璋”是皇帝调兵的符信，分凹凸两块，分别掌握在皇帝和主将手中。“凤阙”是皇宫的代称。这里，诗人用“牙璋”“凤阙”两词，显得典雅、稳重，既说明出征将士怀有崇高的使命，又显示出师场面的隆重和庄严。第四句“铁骑绕龙城”，显然唐军已经神速地到达前线，并把敌方城堡包围得水泄不通。“铁骑”“龙城”相对，渲染出龙争虎斗的战争气氛。一个“绕”字，又形象地写出了唐军包围敌人的军事态势。五、六两句开始写战斗，诗人却没有从正面着笔，而是通过景物描写进行烘托。“雪暗凋旗画，风多杂鼓声”，前句从人的视觉出发：大雪弥漫，遮天蔽日，使军旗上的彩画都显得黯然失色；后句从人的听觉出发：狂风呼啸，与雄壮的进军鼓声交织在一起。两句诗，有声有色，各臻其妙。诗人别具机杼，以象征军队的“旗”和“鼓”，表现出征战将士冒雪同敌人搏斗的坚强无畏精神和在战鼓声激励下奋勇杀敌的悲壮激烈场面。诗的最后两句：“宁为百夫长，胜作一书生。”直接抒发从戎书生保边卫国的壮志豪情。艰苦激烈的战斗，更增添了他对这种不平凡的生活的热爱，他宁愿驰骋沙场，为保卫边疆而战，也不愿作置身书斋的书生。

这首短诗，写出书生投笔从戎、出塞参战的全过程。能把如此丰富的内容，浓缩在有限的篇幅里，可见诗人的艺术功力。首先诗人抓住整个过程中最有代表性的片断，作了形象概括的描写。至于书生是怎样投笔从戎的，他又是怎样告别父老妻室的，一路上行军的情况怎样……诗人一概略去不写。其次，诗采取了跳跃式的结构，从一个典型场景跳到另一个典型场景，跳跃式地发展前进。如第三句刚写了辞京，第四句就已经包围了敌人，接着又展示了激烈战斗的场面。然而这种跳跃是十分自然的，每一个跨度之间又给人留下了丰富的想像余地。同时，这种跳跃式的结构，使诗歌具有明快的节奏，如山崖上飞流惊湍，给人一种一气直下、一往无前的气势，有力地突现出书生强烈的爱国激情和唐军将士气壮山河的精神面貌。

初唐四杰很不满当时纤丽绮靡的诗风，他们曾在诗歌的内容和形式上作过颇有成效的开拓和创新，杨炯此诗的风格就很雄浑刚健，慷慨激昂。尤其是这样一首描写金鼓杀伐之事的诗篇，却用具有严格规矩的律诗形式来写，很不简单。律诗一般只要求中间两联对仗，这首诗除第一联外，三联皆对。不仅句与句对，而且同一句中也对，如"牙璋"对"凤阙"，"铁骑"对"龙城"。整齐的对仗，使诗更有节奏和气势，这在诗风绮靡的初唐诗坛上是很难能可贵的。

◆ 宋之问

宋之问(约公元650至656—712至713年)，唐代诗人。一名少连，字延清。汾州(今山西汾阳)人，一说虢州弘农(今河南灵宝)人。上元二年(675年)进士及第。历洛州参军、尚方监丞、左奉宸内供奉。因谄事张易之兄弟，曾贬泷州参军。召为鸿胪主簿，再转考功员外郎，又谄事太平公主。以知贡举时贪贿，贬越州长史。睿宗即位，流钦州，赐死。

灵隐寺

鹫岭[1]郁岧峣[2]，龙宫[3]锁寂寥。
楼观沧海日，门对浙江潮。
桂子月中落，天香云外飘。
扪萝登塔远，刳木取泉遥。
霜薄花更发，冰轻叶未凋。
夙龄尚遐异，搜对涤烦嚣。
待入天台路，看余度石桥。

注解

①鹫岭：即印度灵鹫山，这里借指飞来峰。

②岧峣：山势高峻貌。

③龙宫：相传龙王曾请佛祖讲经说法，这里借指灵隐寺。

赏析

灵隐寺在杭州西湖西北武林山下，始建于东晋时。据《淳枯临安志》，在东晋咸和元年（公元326年），印度僧人慧理，看到这座山，惊叹道："此天竺国（古印度）灵鹫山之小岭，不知何年飞来，佛在世日，多为仙灵所隐……"于是筹建了灵隐寺。

"鹫岭郁岧峣，龙宫锁寂寥"，冠一"郁"字，见其高耸而又具有葱茏之美。寂寥，佛家以"清静"为本，冠一"锁"字，更见佛殿的肃穆空寂。这两句，借用佛家掌故而能词如己出；先写山，后写寺，山寺相映生辉，更见清嘉胜境。"楼观沧海日，门对浙江潮"，是诗中名句。入胜境而观佳处，开人心胸，壮人豪情，怡人心境，它以对仗工整和景色壮观而博得世人的称赏。据说这两句诗一出，人们竞相传抄，还有人附会为他人代作（如《古今诗话》认为这两句诗是当时在灵隐寺出家为僧的骆宾王所代作）。接下去，进一步刻画灵隐一带特有的灵秀："桂子月中落，天香云外飘。"传说，在灵隐寺和天竺寺，每到秋爽时刻，常有似豆的颗粒从天空飘落，传闻那是从月宫中落下来的。"天香"，即异香，此指祭神礼佛之香。上句写桂子从天上飘落人间，下句写佛香上飘九重，给这个佛教圣地蒙上了空灵神秘的色彩。

写诗如作画，要有主体，有旁衬，有烘托。诗的前六句是诗的主体。下面八句是写诗人在灵隐山一带寻幽搜胜的情景和感想："扪萝登塔远，刳木取泉遥。霜薄花更发，冰轻叶未凋"四句是说，诗人在灵隐山上，时而攀住藤萝爬上高塔望远；时而循着引水瓠木寻求幽景名泉；时而观赏那迎冰霜盛开的山花和未凋的红叶。这四句虽为旁衬之笔，但通过对诗人游踪的描写，不是更能使人想见灵隐寺的环境之幽美吗？"夙龄尚遐异，搜对涤烦嚣"，是说自己自幼就喜欢远方的奇异之景，今日有机会面对这惬意的景色，正好洗涤我心中尘世的烦恼了。"待入天台路，看余度石桥"。天台山是佛教天台宗的发源地，坐落在浙江天台县。天台山的栖(yóu)溪上有石桥,下临陡峭山涧。这两句,乍看似乎离开了对灵隐寺的描写,而实际上是说,因游佛教圣地而更思佛教圣地。乍看“若离”,而实“不离”。这种若即若离的结尾,最得咏物之妙,它很好地起到了对灵隐秀色的烘托作用。南宋张炎在《词源·咏物》条下说:“体认稍真,则拘而不畅;摹写差远,则晦而不明;要须收纵联密,用事合题。一段意思,全在结句,斯为绝妙。”“看余度石桥”不正是诗人游兴极浓的艺术再现吗?以一幅想像中的游踪图结束全篇,给人以新鲜之感。

渡汉江

岭外音书绝,经冬复历春。

近乡情更怯,不敢问来人[1]。

注解

①来人:指从家乡来的人。

赏析

这是宋之问在中宗神龙二年(公元706年)奉恩旨从泷州(治今广东罗定市东南)贬所北归,途经汉江(指襄阳附近的一段汉水)时写的一首诗。

前两句追叙贬居岭南的情况。贬斥蛮荒,本就够悲苦的了,何况又和家人音讯隔绝,彼此未卜存亡,更何况又是在这种情况下经冬历春,挨过漫长的时间。作者没有平列空间的悬隔、音书的断绝、时间的久远这三层意思,而是依次层递,逐步加以展示,这就强化和加深了贬居遐荒期间孤孑、苦闷的感情和对家乡、亲人的思念。“绝”字、“复”字,似不着力,却很见作意。作者困居贬所时那种与世隔绝的处境,失去任何精神慰藉的生活情景,以及度日如年、难以忍受的精神痛苦,都历历可见,鲜明可触。这两句平平叙起,从容承接,没有什么惊人之笔,往往容易为读者轻易放过。其实,它在全篇中的地位、作用很重要。有了这个背景,下两句出色的抒情才字字有根。宋之问的家乡一说在汾州(今山西汾阳附近),一说在弘农(今河南灵宝西南),离诗中的“汉江”都比较远。所谓“近乡”,只是从心理习惯而言,正像今天家居北京的人,一过了黄河就感到“近乡”一样(宋之问这次也并未北归家乡,而是匿居洛阳)。按照常情,这两句似乎应该写成“近乡情更切,急欲问来人”,然而作者笔下所写的却完全出乎常情:“近乡情更怯,不敢问来人。”仔细寻味,又觉得只有这样,才合乎前两句所揭示的“规定情景”。因为作者贬居岭外，又长期接不到家人的任何音讯，一方面固然日夜在思念家人，另一方面又时刻担心家人的命运，怕他们由于自己的牵累或其他原因遭到不幸。“音书断”的时间越长，这种思念和担心也越向两极发展，形成既切盼音书，又怕音书到来的矛盾心理状态。这种矛盾心理，在由贬所北归的路上，特别是渡过汉江，接近家乡之后，有了进一步的戏剧性发展：原先的担心、忧虑和模糊的不祥预感，此刻似乎马上就会被路上所遇到的某个熟人所证实，变成活生生的残酷现实；而长期来梦寐以求的与家人团聚的愿望则立即会被无情的现实所粉碎。因此，“情更切”变成了“情更怯”，“急欲问”，变成了“不敢问”。这是在“岭外音书绝”这种特殊情况下心理矛盾发展的必然。透过“情更怯”与“不敢问”，读者可以强烈感触到诗人此际强自抑制的急切愿望和由此造成的精神痛苦。这种抒写，是真切、富于情致和耐人咀嚼的。

宋之问这次被贬泷州，是因为他媚附武后的男宠张易之，可以说罪有应得。但这首诗的读者，却往往引起感情上的某种共鸣。其中一个重要的原因，是作者在表达思想感情时，已经舍去了一切与自己的特殊经历、特殊身份有关的生活素材，所表现的仅仅是一个长期客居异乡、久无家中音信的人，在行近家乡时所产生的一种特殊心理状态。而这种心理感情，却具有极大的典型性和普遍性。形象大于思维的现象，似乎往往和作品的典型性、概括性联结在一起。这首诗便是一例。人们喜用杜甫《述怀》中的诗句“自寄一封书，今已十月后。反畏消息来，寸心亦何有”和这首诗作类比，这正说明性质很不相同的感情，有时可以用类似方式来表现，而它们所概括的客观生活内容可以是不相上下的。

◆ 李适之

李适之（公元694-747年），唐朝陇西成纪人。其为李承乾之孙，历官通州刺史、刑部尚书等职，天宝元年，任左相，因与李林甫争权失败而罢相，后任太子少保的闲职。天宝六载，贬死袁州。李适之酒量极大，与贺知章、李琎、崔宗之、苏晋、李白、张旭、焦遂，共尊为“饮中八仙”。

罢相作

避贤①初罢相，乐圣②且衔杯。
为问门前客，今朝几个来？

注解

①避贤：给贤者让路。

②乐圣：是双关语，“圣”即圣人。

赏析

这是一首因事而写的讽刺诗。

李适之从天宝元年（公元742年）至五载担任左相。他是皇室后裔，入相前长期担任刺史、都督的州职，是一位“以强干见称”的能臣干员。而他性情简率，不务苛细，待人随和，雅好宾客，“饮酒一斗不乱，夜则宴赏，昼决公务，庭无留事”，又是一位分公私、别是非、宽严得当的长官。为相五年中，他与权奸李林甫“争权不协”，而与清流名臣韩朝宗、韦坚等交好，所以“时誉美之”。但他清醒了解朝廷尖锐复杂的政治斗争和自己所处的地位，只自忠诚治理事务，不充诤臣，不为强者。因此，当他的好友韦坚等先后被李林甫诬陷构罪，他就“惧自不安，求为散职”。而在天宝五载，当他获准免去左相职务，改任清要的太子少保时，感到异常高兴而庆幸，“遽命亲故欢会”，并写了这首诗。

就诗而论，表现曲折，但诗旨可知，含讥刺，有机趣，允称佳作。作者要求罢相，原为畏惧权奸，躲避斗争，远祸求安。而今如愿以偿，自感庆幸。倘使诗里直截把这样的心情写出来，势必更加得罪李林甫。所以作者设遁词，用隐喻，曲折表达。“避贤”是给贤者让路。“乐圣”是双关语，“圣”即圣人，但这里兼用两个代称，一是唐人称皇帝为“圣人”，二是沿用曹操的臣僚的隐语，称清酒为“圣人”。所以“乐圣”的意思是说，使皇帝乐意，而自己也爱喝酒。诗的开头两句的意思是说，自己的相职一罢免，皇帝乐意我给贤者让了路，我也乐意自己尽可喝酒了，公私两便，君臣皆乐，值得庆贺，那就举杯吧。显然，把惧奸说成“避贤”，误国说成“乐圣”，反话正说，曲折双关，虽然知情者、明眼人一读便知，也不失机智俏皮，但终究是弱者的讥刺，有难言的苦衷，针砭不力，反而示弱。所以作者在后两句机智地巧作加强。

前两句说明设宴庆贺罢相的理由，后两句是关心亲故来赴宴的情况。这在结构上顺理成章，而用口语写问话，也生动有趣。但宴庆罢相，事已异常；所设理由，又属遁词；而实际处境，则是权奸弄权，恐怖高压。因此，尽管李适之平素“夜则宴赏”，天天请宾客喝酒，但“今朝几个来”，确乎是个问题。宴请的是亲故宾客，大多是知情者，懂得这次赴宴可能得罪李林甫，惹来祸害。敢来赴宴，便见出胆识，不怕风险。这对亲故是考验，于作者为慰勉，向权奸则为示威，甚至还意味着嘲弄至尊。倘使这二句真如字面意思，只是庆贺君臣皆乐的罢相，则亲故常客自然也乐意来喝这杯酒，主人无须顾虑来者不多而发这一问。所以这一问便突兀，显出异常，从而暗示了宴庆罢相的真实原因和性质，使上两句闪烁不定的遁词反语变得倾向明显，令有心人一读便知。作者以俚语直白设此一问，不止故作滑稽，更有加强讥刺的用意。

由于使用反语、双关语和俚语，这诗蒙上插科打诨的打油诗格调，因而前人有嫌它过显不雅的，也有说它怨意不深的。总之是认为它并未见佳。但杜甫《饮中八仙歌》写到李适之时却特地称引此诗，有“衔杯乐圣称避贤”句，可算知音。而这诗能传诵至今，更重要的原因在事不在诗。李适之在罢相后被认为与韦坚等相善，诬陷株连，被贬后自杀，因而这诗便更为著名。

◆ 陈子昂

陈子昂(约公元661-702年)，唐代文学家，初唐诗文革新人物之一。字伯玉，汉族，梓州射洪(今属四川)人。因曾任右拾遗，后世称为陈拾遗。光宅进士，历仕武则天朝麟台正字、右拾遗。受武三思所害，冤死狱中。其存诗共100多首，其中最有代表性的是《感遇》《蓟丘览古赠卢居士藏用》《登幽州台歌》等。

感　遇

兰若生春夏，芊蔚何青青！
幽独空林色，朱蕤[1]冒紫茎。
迟迟白日晚，袅袅秋风生。
岁华尽摇落，芳意竟何成！

注解

①朱蕤：读作 ruí。

赏析

这首五言诗通篇咏香兰杜若。香兰和杜若都是草本植物，秀丽芬芳。兰若之美，固然在其花色的秀丽，但好花还须绿叶扶。花叶掩映，枝茎交合，兰若才显得绚丽多姿。所以作品首先从兰若的枝叶上着笔，选用了“芊蔚”与“青青”两个同义词来形容花叶的茂盛，中间贯一“何”字，充满赞赏之情。

如果说“竿蔚何青青”是用以衬托花色之美的话，那么“朱蕤冒紫茎”则是由茎及花，从正面刻画了。这一笔着以“朱”“紫”，浓墨重彩地加以描绘，并下一“冒”字，将“朱蕤”“紫茎”连成一体。全句的意思是：朱红色的花下垂，覆盖着紫色的茎，不但画出了兰若的风姿，而且突出了它花簇纷披的情态。

兰若不像菊花那样昂首怒放，自命清高；也不像牡丹那般浓妆艳抹，富丽堂皇。兰若花红茎紫，叶儿青青，显得幽雅清秀，独具风采。“幽独空林色”，诗人赞美兰若秀色超群，以群花的失色来反衬兰若的卓然风姿。其中对比和反衬手法的结合运用，大大增强了艺术效果。特下“幽独”二字，可见诗中孤芳自赏的命意。

诗的前四句,赞美兰若风采的秀丽;后四句,转而感叹其芳华的零落。“迟迟白日晚,袅袅秋风生”。由夏入秋,白天渐短。“迟迟”二字,即写出了这种逐渐变化的特点。用“袅袅”来形容秋风乍起、寒而不冽,形象十分传神。然而“袅袅秋风”并不平和,“悲哉秋之为气也!萧瑟兮草木摇落而变衰”(战国楚宋玉《九辩》),芬芳的鲜花自然也凋零了。

《感遇》是陈子昂所写的以感慨身世及时政为主旨的组诗,共三十八首,本篇为其中的第二首。诗中以兰若自比,寄托了个人的身世之感。陈子昂颇有政治才干,但屡受排挤压抑,报国无门,四十一岁为射洪县令段简所害。这正像秀美幽独的兰若,在风刀霜剑的摧残下枯萎凋谢了。

此诗全用比兴手法,诗的前半着力赞美兰若压倒群芳的风姿,实则是以其“幽独空林色”比喻自己出众的才华。后半以“白日晚”“秋风生”写芳华逝去,寒光威迫,充满美人迟暮之感。“岁华”“芳意”用语双关,借花草之凋零,悲叹自己的年华流逝,理想破灭,寓意凄婉,寄慨遥深。从形式上看,这首诗颇像五律,而实际上却是一首五言古诗。它以效古为革新,继承了三国魏阮籍《咏怀》的传统手法,托物感怀,寄意深远。和初唐诗坛上那些“采丽竞繁”、吟风弄月之作相比,它显得格外充实而清新,正像芬芳的兰若,散发出诱人的清香。

燕昭王

南登碣石馆①,遥望黄金台②。
丘陵尽乔木,昭王安在哉?霸图今已矣,驱马复归来。

注解

①碣石馆:即碣石宫。
②黄金台:也是燕昭王所筑。

赏析

这诗乍读平淡无奇，细想却含蕴深广。

万岁通天二年(公元 697 年)，武后派建安郡王武攸宜北征契丹，陈子昂随军参谋。武攸宜出身亲贵，全然不晓军事。陈子昂屡献奇计，不被理睬，剀切陈词，反遭贬斥，徙署军曹。他有感于燕昭王招贤振兴燕国的故事，写下了这首诗歌。燕昭王，是战国时燕国的君主。公元前 312 年执政后，广招贤士，使原来国势衰败的燕国逐渐强大起来，并且打败了当时的强国——齐国。

“南登碣石馆，遥望黄金台”。碣石馆，即碣石宫。燕昭王时，梁人邹衍入燕，昭王筑碣石宫亲师事之。“黄金台”也是燕昭王所筑。昭王置金于台上，在此延请天下奇士。未几，召来了乐毅等贤豪之士，昭王亲为推毂，国势骤盛。以后，乐毅麾军伐齐，连克齐城七十余座，使齐几乎灭亡。诗人写两处古迹，集中地表现了燕昭王求贤若渴、礼贤下士的明主风度。从“登”和“望”两个动作中，可知诗人对古人何等向往！当然，这里并不是单纯地发思古之幽情，诗人如此强烈地推崇古人，是因为深深地感到现今世路的坎坷，其中有着深沉的自我感慨。

次二句“丘陵尽乔木，昭王安在哉”，抒发了世事沧桑的感喟。诗人遥望黄金台，只见起伏不平的丘陵上长满了乔木，当年置金的台已不见，燕昭王到哪里去了呢？这表面上全是实景描写，但却寄托着诗人对现实的不满。为什么乐毅事魏，未见奇功，在燕国却做出了惊天动地的业绩呢？道理很简单，是因为燕昭王知人善任。因此，这两句明谓不见“昭王”，实是诗人以乐毅自比而发的牢骚，也是感慨自己生不逢时，英雄无用武之地。此诗虽为武攸宜“轻无将略”而发，但诗中却将其置于不屑一顾的地位，从而更显示了诗人的豪气雄风。诗最后以吊古伤今作结：“霸图今已矣，驱马复归来。”诗人作此诗的前一年，契丹攻陷营州，并威胁檀州诸郡，而朝廷派来征战的将领却如此昏庸，这怎么不叫人为国运而担忧？因而诗人只好感慨“霸图”难再，国事日非了。同时，面对危局，诗人的安邦经世之策又不被纳用，反遭武攸宜的压抑，更使人感到前路茫茫。“已矣”二字，感慨至深。这“驱马归来”，表面是写览古归营，实际上也暗示了归隐之意。神功元年（公元 697 年），唐结束了对契丹的战争，此后不久，诗人也就解官归里了。

这篇览古之诗，一无藻饰词语，颇富英豪被抑之气，读来令人喟然生慨。韩愈《荐士》诗说：“国朝盛文章，子昂始高蹈。”明胡应麟《诗薮》说：“唐初承袭梁隋，陈子昂独开古雅之源。”陈子昂的这类诗歌，有“独开古雅”之功，有“始高蹈”的特殊地位。

登幽州①台歌

前不见古人，后不见来者。
念天地之悠悠②，独怆然③而涕④下。

注解

①幽州：古十二州之一，现今北京市。
②悠悠：渺远的样子。
③怆然：悲伤凄凉。
④涕：眼泪。

赏析

《登幽州台歌》这首短诗，由于深刻地表现了诗人怀才不遇、寂寞无聊的情绪，语言苍劲奔放，富有感染力，成为历来传诵的名篇。

陈子昂是一个具有政治见识和政治才能的文人。他直言敢谏，对武后朝的不少弊政，常常提出批评意见，不为武则天采纳，并曾一度因“逆党”株连而下狱。他的政治抱负不能实现，反而受到打击，这使他心情非常苦闷。

武则天万岁通天元年（公元 696 年），契丹李尽忠、孙万荣等攻陷营州。武则天委派武攸宜率军征讨，陈子昂在武攸宜幕府担任参谋，随同出征。武为人轻率，少谋略。次年兵败，情况紧急，陈子昂请求遣万人作前驱以击敌，武不允。稍后，陈子昂又向武进言，不听，反把他降为军曹。诗人接连受到挫折，眼看报国宏愿成为泡影，因此登上蓟北楼（即幽州台，遗址在今北京市），慷慨悲吟，写下了《登幽州台歌》《蓟丘览古赠卢居士藏用七首》等诗篇。

“前不见古人，后不见来者。”这里的古人是指古代那些能够礼贤下士的贤明君主。《蓟丘览古赠卢居士藏用七首》与《登幽州台歌》是同时之作，其内容可资参证。《蓟丘览古》七首，诗人对战国时代燕昭王礼遇乐毅、郭隗，燕太子丹礼遇田光等历史事迹，表示无限钦慕。但是，像燕昭王那样前代的贤君既不复可见，后来的贤明之主也来不及见到，自己真是生不逢时。当登台远眺时，只见茫茫宇宙，天长地久，不禁感到孤单寂寞，悲从中来，怆然流泪了。本篇以慷慨悲凉的调子，表现了诗人失意的境遇和寂寞苦闷的情怀。这种悲哀常常为旧社会许多怀才不遇的人士所共有，因而获得广泛的共鸣。

本篇在艺术表现上也很出色。上两句俯仰古今，写出时间绵长；第三句登楼眺望，写出空间辽阔。在广阔无垠的背景中，第四句描绘了诗人孤单寂寞、悲哀苦闷的情绪，两相映照，分外动人。念这首诗，我们会深刻地感受到一种苍凉悲壮的气氛，面前仿佛出现了一幅北方原野的苍茫广阔的图景，而在这个图景面前，兀立着一位胸怀大志却因报国无门而感到孤独悲伤的诗人形象，因而深深为之激动。

在用词造语方面，此诗深受《楚辞》，特别是其中《远游》篇的影响。《远游》有云："惟天地之无穷兮，哀人生之长勤。往者余弗及兮，来者吾不闻。"本篇语句即从此化出，然而意境却更苍茫遒劲。

同时，在句式方面，采取了长短参错的楚辞体句法。

前两句每句五字，三个停顿，其式为：前——不见——古人，后——不见——来者。

后两句每句六字，四个停顿，其式为：念——天地——之——悠悠，独——怆然——而——涕下！

前两句音节比较急促，传达了诗人生不逢时、抑郁不平之气；后两句各增加了一个虚字（"之"和"而"），多了一个停顿，音节就比较舒徐流畅，表现了他无可奈何、曼声长叹的情景。全篇前后句法长短不齐，音节抑扬变化，互相配合，增强了艺术感染力。

送魏大从军

匈奴犹未灭，魏绛复从戎。
怅别三河道，言追六郡雄[①]。
雁山横代北，狐塞接云中。
勿使燕然上，惟留汉将功。

注解

①六郡雄：原指地方上的豪杰，这里专指西汉的赵充国。

赏析

这是一首赠别诗，出征者是陈子昂的友人魏大（姓魏，在兄弟中排行第一，故称）。此诗不落一般送别诗缠绵于儿女情长、凄苦悲切的窠臼，从大处着眼，激励出征者立功沙场，并抒发了作者的慷慨壮志。

首二句“匈奴犹未灭，魏绛复从戎”，读来震撼人心。借此，我们可以清楚地意识到边境上军情的紧急，也可以感觉到诗人激烈跳动的脉搏。首句暗用汉代威镇敌胆的骠骑将军霍去病“匈奴未灭，无以家为”的典故，抒发了以天下为己任的豪情。此处“匈奴”二字，是以汉代唐，借指当时进犯边境的少数民族统治集团。诗人又把春秋时曾以和戎政策消除了晋国边患的魏绛比做魏大，变“和戎”为“从戎”，典故活用，鲜明地表示出诗人对这次战争的看法，同时也从侧面说明，魏大从戎，是御边保国的壮举。

三、四两句中，“三河道”点出送别的地点。古称河东、河内、河南为三河，大致指黄河流域中段平原地区。《史记·货殖列传》说“夫三河在天下之中，若鼎足，王者所更居也”，此处概指在都城长安送客的地方。“六郡”，指金城、陇西、天水、安定、北地、上郡。“六郡雄”，原指上述地方的豪杰，这里专指西汉时在边地立过功的赵充国。两句的旨意是，与友人分别于繁华皇都，彼此心里总不免有些怅惘；但为国效力，责无旁贷，两人执手相约：要像汉代名将、号称六郡雄杰的赵充国那样去驰骋沙场，杀敌立功。此二句虽有惆怅之感，而气概却是十分雄壮的。

“雁山横代北，狐塞接云中。”这两句是写魏大从军所往之地。一个“横”字，写出雁门山地理位置之重要，它横亘在代州北面；一个“接”字，既逼真地描绘出飞狐塞的险峻，又点明飞狐塞是遥接云中郡，连成一片的。它们组成了中原地区（三河道）的天然屏障。此处的景物并不在眼前，而是在诗人的想象之中，它可以是实写，也可以是虚写。地理位置的重要，山隘的险峻，暗示魏大此行责任之重大。这就为结句做了铺垫。

因此，“勿使燕然上，惟留汉将功”二句作结，便如瓜熟蒂落，极其自然。此处运用的典故，说的是东汉时的车骑将军窦宪，他曾经以卓越的战功大破匈奴北单于，又乘胜追击，登上燕然山（今蒙古人民共和国境内的杭爱山），刻石纪功而还。作者又一次激励友人，希望他扬名塞外，不要使燕然山上只留汉将功绩，也要有我大唐将士的赫赫战功。这在语意上，又和开头二句遥相呼应。

全诗一气呵成，充满了奋发向上的精神，表现出诗人“感时思报国，拔剑起蒿莱”（《感遇》诗之三十五）的思想情操。感情豪放激扬，语气慷慨悲壮，英气逼人，读来如闻战鼓，有气壮山河之势。

◆ 贺知章

贺知章（公元659-744年）唐代诗人、书法家。字季真，一字维摩，号石窗，晚年更号四明狂客，又称秘书外监。越州永兴（今浙江萧山）人。太子洗马德仁之孙。其排行第八，人称“贺八”。少以文词知名。证圣元年（公元695年）进士及第，官太子宾客、秘书监。天宝三年，请为道士，告老还乡。贺知章性旷达，喜谈说，好饮酒，与张若虚、张旭、包融并称为“吴中四士”。

咏　柳

碧玉妆成①一树高，万条垂下绿丝绦。
不知细叶谁裁出，二月春风似②剪刀。

注解

①妆成：装饰，打扮。
②似：好像，如同，似乎。

赏析

这是一首咏物诗，写的是早春二月的杨柳。

写杨柳，该从哪儿着笔呢？毫无疑问，它的形象美是在于那曼长披拂的枝条。一年一度，它长出了嫩绿的新叶，丝丝下垂，在春风吹拂中，有着一种迷人的意态。这是谁都能欣赏的。古典诗词中，借用这种形象美来形容、比拟美人苗条的身段，婀娜的腰肢，也是我们所经常看到的。这诗别出新意，翻转过来。“碧玉妆成一树高”，一开始，杨柳就化身为美人而出现；“万条垂下绿丝绦”，这千条万缕的垂丝，也随之而变成了她的裙带。上句的“高”字，衬托出美人婷婷袅袅的风姿；下句的“垂”字，暗示出纤腰在风中款摆。诗中没有“杨柳”和“腰肢”字样，然而这早春的垂柳以及柳树化身的美人，却给写活了。《南史》说刘悛之为益州刺史，献蜀柳数株，“条甚长，状若丝缕”。齐武帝把这些杨柳种植在太昌云和殿前，玩赏不置，说它“风流可爱”。这里把柳条说成“绿丝绦”，可能是暗用这个关于杨柳的著名典故。但这是化用，看不出一点痕迹的。

“碧玉妆成”引出了“绿丝绦”，“绿丝绦”引出了“谁裁出”，最后，那视之无形的不可捉摸的“春风”，也被用“似剪刀”形象化地描绘了出来。这“剪刀”裁制出嫩绿鲜红

的花花草草，给大地换上了新妆，它正是自然活力的象征，是春给予人们美的启示。从“碧玉妆成”到“剪刀”，我们可以看出诗人一系列艺术构思的过程。诗歌里所出现的一连串的形象，是一环紧扣一环的。

也许有人会怀疑：我国古代有不少著名的美女，“柳”，为什么单单要用碧玉来比呢？这有两层意思：一是碧玉这名字和柳的颜色有关，“碧”和下句的“绿”是互相生发、互为补充的。二是碧玉这个人在人们头脑中永远留下年轻的印象。提起碧玉，人们就会联想到“碧玉破瓜时”这首广泛流传的乐府吴声歌曲古辞《碧玉歌》，还有“碧玉小家女”（南朝梁萧绎《采莲赋》）之类的诗句。碧玉在古代文学作品里，几乎成了年轻貌美的女子的泛称。用碧玉来比柳，人们就会联想到这美人还未到丰容盛姿的年华；这柳也还是早春稚柳，没有到密叶藏鸦的时候，和下文的“细叶”“二月春风”又是有联系的。

回乡偶书二首

（其一）

少小离家老大回，乡音无改鬓毛衰[1]。
儿童相见不相识，笑问客从何处来。

（其二）

离别家乡岁月多，近来[2]人事半消磨。
惟有门前镜湖[3]水，春风不改旧时波。

注解

①衰（cuī）：稀疏之意，一作“摧”。
②近来：应理解为近些年来。人事：指“访旧半为鬼”的人和“亲朋多沉沦”之事。
③镜湖：山水风景区，在今浙江绍兴会稽山的北麓，周围扩 300 里。

赏析

贺知章在天宝三载（公元 744 年），辞去朝廷官职，告老返回故乡越州永兴（今浙江杭州萧山区），时已八十六岁。这时，距他离乡已有五十多个年头了。人生易老，世事沧桑，心头有无限感慨。《回乡偶书》的“偶”字，不仅是说诗作得之偶然，还表露了诗情来自生活、发于心底的这一层意思。

第一首写于初来乍到之时，抒写久客伤老之情。在第一、二句中，诗人置身于故乡熟悉而又陌生的环境之中，一路迤逦行来，心情颇不平静：当年离家，风华正茂；今日返归，鬓毛疏落，不禁感慨系之。首句用“少小离家”与“老大回”的句中自对，概括写出数十年久客他乡的事实，暗寓自伤“老大”之情。次句以“鬓毛衰”顶承上句，具体写出自己的“老大”之态，并以不变的“乡音”映衬变化了的“鬓毛”，言下大有“我不忘故乡，故乡可还认得我吗”之意，从而为唤起下两句儿童不相识而发问作好铺垫。

三、四句从充满感慨的一幅自画像，转变为富于戏剧性的儿童笑问的场面。“笑问客从何处来”，在儿童，这只是淡淡的一问，言尽而意止；在诗人，却成了重重的一击，引出了他的无穷感慨，自己的老迈衰颓与反主为宾的悲哀，尽都包含在这看似平淡的一问中了。全诗就在这有问无答处悄然作结，而弦外之音却如空谷传响，哀婉备至，久久不绝。

就全诗来看，一、二句尚属平平，三、四句却似峰回路转，别有境界。后两句的妙处在于背面敷粉，了无痕迹：虽写哀情，却借欢乐场面表现；虽为写己，却从儿童一面翻出。而所写儿童问话的场面，又极富于生活的情趣，即使我们不为诗人久客伤老之情所感染，却也不能不被这一饶有趣味的生活场景所打动。

第二首可看作是第一首的续篇。诗人到家以后，通过与亲朋的交谈得知家乡人事的种种变化，在叹息久客伤老之余，又不免发出人事无常的慨叹来。“离别家乡岁月多”。相当于上一首的“少小离家老大回”。诗人之不厌其烦重复这同一意思，无非是因为一切感慨莫不是由于数十年背井离乡引起。所以下一句即顺势转出有关人事的议论。“近来人事半消磨”一句，看似抽象、客观，实则包含了许多深深触动诗人感情的具体内容，“访旧半为鬼”时发出的阵阵惊呼，因亲朋沉沦而引出的种种嗟叹，无不包孕其中。唯其不胜枚举，也就只好笼而统之地一笔带过了。

三、四句笔墨荡开，诗人的目光，从人事变化转到了对自然景物的描写上。镜湖，在今浙江绍兴会稽山的北麓。周围三百余里。贺知章的故居即在镜湖之旁。虽然阔别镜湖已有数十个年头，而在四围春色中镜湖的水波却一如既往。诗人独立镜湖之旁，一种“物是人非”的感触自然涌上了他的心头，于是又写下了“惟有门前镜湖水，春风不改旧时波”的诗句。诗人以“不改”反衬“半消磨”，以“惟有”进一步发挥“半消磨”之意，强调除湖波以外，昔日的人事几乎已经变化净尽了。从直抒的一、二句转到写景兼议论的三、四句，仿佛闲闲道来，不着边际，实则这是妙用反衬，正好从反面加强了所要抒写的感情，在湖波不改的衬映下，物是人非的感慨显得愈益深沉了。

还需注意的是诗中的“岁月多”“近来”“旧时”等表示时间的词语贯穿而下，使全诗笼罩在一种低回沉思、若不胜情的气氛之中。与第一首相比较，如果说诗人初进家门见到儿童时也曾感到过一丝置身于亲人之中的欣慰的话，那么，到他听了亲朋介绍以后，独立于波光粼粼的镜湖之旁时，无疑已变得愈来愈感伤了。

宋代陆游在《文章》中写道：“文章本天成，妙手偶得之。”《回乡偶书》二首之成功，归根结底在于诗作展现的是一片化境。诗的感情自然、逼真，语言声韵仿佛自肺腑自然流出，朴实无华，毫不雕琢，读者在不知不觉之中被引入了诗的意境。像这样源于生活、发于心底的好诗，是十分难得的。

◆ 沈如筠

沈如筠，唐诗人。润州句容人。约生活于武后至玄宗开元时，善诗能文，又著有志怪小说。曾任横阳主簿。与著名道士司马承祯友善，有《寄天台司马道士》诗。殷璠汇集包融、储光羲、殷遥、丁仙芝等十八人诗为《丹阳集》，其中包括沈如筠。已佚。《全唐诗》录存其诗四首，断句两联。以《闺怨》较好。还著有《异物志》《古异记》均已佚。

闺　怨

雁尽书难寄，愁多梦不成。
愿随孤月影，流照伏波营[1]。

注解

①伏波营：刘永济《唐人绝句精华》称："天宝中讨南诏（南诏国），故用伏波事。""伏波"，指后汉伏波将军马援，他南征交阯，有功，被封为新息侯。用"伏波营"代指诗中征人所在军营，既是诗中以汉代唐的惯例，又说明征人戍守的是祖国的南疆。因为征人戍守南疆，细味诗意，思妇当自北望南。而南去传书之"雁尽"，其季节似在春天。

赏析

这是一个皓月当空的夜晚，丈夫戍守南疆，妻子独处空闺，想象着凭借雁足给丈夫传递一封深情的书信，可是，春宵深寂，大雁都回到自己的故乡去了，断鸿过尽，传书无人，此情此景，更添人愁绪。诗一开头，就用雁足传书的典故来表达思妇想念征夫的心情，十分贴切。"书难寄"的"难"字，细致地描状了思妇的深思遐念和倾诉无人的隐恨。正是这无限思念的愁绪，搅得她难以成寐，因此，想象着借助梦境与亲人作短暂的团聚也不可能。"愁多"，表明她感情复杂，不能尽言。正因为"愁多"，"梦"便不成；又因为"梦不成"，则愁绪更"多"。思妇"忧愁不能寐，揽衣起徘徊"（汉古诗《明月何皎皎》），在"出户独彷徨"（同上）之中，举头唯见一轮孤月悬挂天上。"此时相望不相闻，愿逐月华流照君"（张若虚《春江花月夜》），于是她很自然地产生出"愿随孤月影，流照伏波营"的念头了。她希望自己能像月光一样，洒泻到"伏波营"中亲人的身上。"伏波营"借用东汉马援的典故，暗示征人戍守在南方边境。

这首诗为思妇代言，表达了对征戍在外的亲人的深切怀念，写来曲折尽致，一往情深。

其曲折之处表现为层次递进的分明。全诗四句可分为三层，首二句写愁怨，第二句比第一句所表达的感情更深一层。因为"雁尽书难寄"，信使难托，固然令人遗恨，而求之于梦幻聊以自慰亦复不可得，就不免反令人可悲了！三、四句则在感情上又进了一层，进一步由"愁"而转为写"解愁"，当然，这种幻想，显然是不能成为事实的。这三个层次的安排，就把思妇的内心活动表现得十分细腻、真实。

诗写得情意动人。三、四两句尤为精妙，十字之外含意很深，"孤月"之"孤"，流露了思妇的孤单之感。但是，明月是可以跨越时空的隔绝，让人们可以千里相共的。愿随孤月，流照亲人，写她希望从愁怨之中解脱出来，显出思妇的感情十分真挚。

诗没有单纯写主人公的愁怨和哀伤，也没有仅凭旁观者的同情心来运笔，而是通过人物内心独白的方式，着眼于对主人公纯洁、真挚、高尚的思想感情的描写，格调较高，不失为一首佳作。

◆ 张九龄

张九龄（公元678-740年），字子寿，一名博物，韶州曲江（今属广东）人。唐朝大臣，官至宰相。七岁能文，被张说誉为“后出词人之冠”。武则天长安二年（公元702年）进士，调校书郎，又以登材堪经邦及道侔伊吕科，授左拾遗。玄宗即位（公元712年），由张说推荐为集贤院学士。后任中书舍人、冀州刺史、洪州都督、岭南道按察使，召拜秘书少监、副知院事。开元二十二年（公元734年）任中书侍郎同平章事，迁中书令。他是“开元之治”的最后一位贤相，议论朝政，刚正不阿。后为李林甫、牛仙客等所忌，于开元二十四年（公元736年）被排挤出朝，贬为荆州刺史，以文史自娱，写了不少清淡惋惬、寄托深远之诗。卒后谥文献，有《曲江集》留世。

感遇（其一）

兰[1]叶春葳蕤，桂华秋皎洁。
欣欣[2]此生意，自尔为佳节。
谁知林栖者[3]，闻风坐相悦。
草木有本心[4]，何求美人[5]折。

注解

①兰:泽兰,秋季开花,香草。葳蕤:叶盛貌。

②欣欣:指兰草桂花欣欣向荣,生机勃勃。自尔:自然而然地。尔,语助辞。

③林栖者:隐居山林之名士。曹毗《对儒》:"不追林栖之迹,不希抱鳞之龙。"相悦:闻兰、桂之香而爱赏采摘。

④本心:本性,素心。

⑤美人:指林栖者。

赏析

张九龄遭谗贬谪后所作的《感遇》诗十二首,朴素遒劲,寄慨遥深。此为第一首,诗以比兴手法,抒发了诗人孤芳自赏,不求人知的情感。

诗一开始,用整齐的偶句,突出了两种高雅的植物——春兰与秋桂。战国楚屈原《九歌·礼魂》中,有"春兰与秋菊,长无绝兮终古"句。张九龄是广东曲江人,其地多桂,即景生情,就地取材,把秋菊换成了秋桂,师古而不泥古。兰桂对举,兰举其叶,桂举其花,这是由于对偶句的关系,互文以见义,其实是各个兼包花叶,概指全株。兰用"葳蕤"来形容,具有茂盛而兼纷披的意思,"葳蕤"两字点出兰草迎春勃发,具有无限的生机。桂用"皎洁"来形容,桂叶深绿,桂花嫩黄,相映之下,自然有皎明洁净的感觉。"皎洁"两字,精练简要地点出了秋桂清雅的特征。

兰桂两句分写之后,用"欣欣此生意"一句一统,不论葳蕤也好,皎洁也好,都表现出欣欣向荣的生命活力。第四句"自尔为佳节"又由统而分。"佳节"回应起笔两句中的"春""秋",说明兰桂都各自在适当的季节而显示它们或葳蕤或皎洁的生命特点。("自"当"各自"解,"尔"当"如此"解,即代表"葳蕤"和"皎洁")这里一个"自"字,不但指兰桂各自适应佳节的特性,而且还表明了兰桂各自荣而不媚,不求人知的品质,替下文的"草木有本心,何求美人折"作了伏笔。

起首四句,单写兰桂而不写人,但第五句却用"谁知"突然一转,引出了居住于山林之中的美人，即那些引兰桂风致为同调的隐逸之士。“谁知”两字对兰桂来说，大有出乎意料之外的感觉。美人由于闻到了兰桂的芳香，因而发生了爱慕之情。“坐”，犹殊也，这里表示爱慕之深。诗从无人到有人，是一个突转，诗情也因之而起波澜。“闻风”二字本于《孟子·尽心》，其中说：“圣人百世之师也，伯夷柳下惠是也，故闻伯夷之风者，顽夫廉，懦夫有立志，闻柳下惠之风者，薄夫敦，鄙夫宽。奋乎百世之上，百世之下闻者莫不兴起也。”张九龄就把这章中的“闻风”毫不费力地拉来用了，用得这样恰如其分，用得这样自然，用得这样使读者毫不觉得他在用典故，这也是值得一提的。

最后两句：“草木有本心，何求美人折？”“何求”又作一转折。林栖者既然闻风相悦，那么，兰桂若有知觉，应该很乐意接受美人折花欣赏了。然而诗却不顾此理而下，而是又忽开新意。兰逢春而葳蕤，桂遇秋而皎洁，这是它们的本性，而并非为了博得美人的折取欣赏。很清楚，诗人以此来比喻贤人君子的洁身自好，进德修业，也只是尽他作为一个人的本分，而并非借此来博得外界的称誉、提拔，以求富贵利达。全诗的主旨，到此方才点明；而文章脉络也一贯到底。上文的“欣欣此生意，自尔为佳节”，与这里的“草木有本心”互为照应；上文的“谁知林栖者，闻风坐相悦”，又与“美人折”同意相见。这最后十个字，总结上文，滴水不漏。

古体诗只写八句，算是短小的了，而张九龄在寥寥短章中，狮子搏兔，也用全力。诗前两句是起，三、四句是承，五、六句是转，七、八句是合，结构严谨。而且做到了意尽词尽，无一字落空。表现形式上，运用了比兴手法，词意和平温雅不激不昂，使读者毫不觉得在咏物的背后，讲着高雅的生活哲理。

望月怀远

海上生明月，天涯共此时。
情人怨遥夜，竟夕起相思①。
灭烛②怜光满，披衣觉露滋。
不堪盈手③赠，还寝梦佳期④。

注解

①情人：远隔天涯的一对情人，既指“怀远”之友人或恋人，也包括“怀远”的诗人。竟夕：整夜，通宵。

②灭烛：熄灭烛光。梁简文帝《夜夜曲》：“愁人夜独长，灭烛卧兰房。只恐多情月，旋来照妾床。”谢灵运《怨晓月赋》：“卧洞房兮当何悦，灭华烛兮弄素月。”

③盈手：满手。陆机《拟明月何皎皎》：“照之有余辉，揽之不盈手。”

④佳期：美好之日，指相见的日子。

赏析

这是一首怀念远方情人（或友人）、借景抒情之诗。起句“海上生明月”，点出“景”，自然稳贴，展现了雄浑阔大的境界。这与稍早诗人张若虚《春江花月夜》中的“春江潮水连海平，海上明月共潮生。滟滟随波千万里，何处春江无月明”，有异曲同工之妙。“天涯共此时”，点出相隔两地之友，同是相思之时。

三四句写两地的“情人”彼此之“怨”与“思”。“情人怨遥夜”，“怨”长夜漫漫，彼此不能相见。“竟夕起相思”，竟夕，通宵达旦，生起相思之“情”。

五六句写诗人徘徊月下的相思之状。“灭烛怜光满”，长夜不能入睡，是烛光太明了吗？于是诗人“灭烛”，但月色皎洁，浩渺无边。怜，爱惜；光满，满月之光。“披衣觉露滋”，诗人于是披衣走出庭外，在那姣好圆月的光华之下，只觉夜深露湿，滋润沾衣。尽管如此，诗人仍伫留月下，“望月”思人。所以，“露滋”二字不仅照应了“竟夕”二字，同时暗示了滋生不已的遥思之情。

七八两句写期梦以自慰，收束相思之情。“不堪盈手赠”，不堪，不能之意，意谓在这相思不眠之夜，用什么相赠友人呢？我只有满手的月光，虽然月光饱含相思之意，但又不能送与。怎么办呢？我还是睡吧！也许睡梦之中还能与你有相聚之期呢！诗到此戛然而止，留下无限的相思。

全诗脱口而出，平易自然。由第一句的“月”到第三句的“望”，第四句的“怀”，再到五六两句的“望月”，直到最后七八两句的“怀远”，层层递进，秩序井然，景中生情，情中有景，情景交融，意韵悠悠。

湖口望庐山瀑布水

万丈红泉①落，迢迢半紫氛。
奔流下杂树，洒落出重云②。
日照虹霓似，天清风雨闻。
灵山③多秀色，空水共氤氲④。

注解

①红泉：指日光映照下色彩灿烂的瀑布。

②重云：层云。

③灵山：道家称蓬莱山的别名，这里借指庐山。

④氤氲：气弥漫。

赏析

湖口即鄱阳湖口，唐为江州戍镇，归洪州大都督府统辖。这诗约为张九龄出任洪州都督转桂州都督前后所作。

张九龄在此之前，有一段曲折的经历。开元十一年(公元723年)，张说为宰相，张九龄深受器重，引为本家，擢任中书舍人。开元十四年，张说被劾罢相，他也贬为太常少卿。不久,出为冀州刺史。他上疏固请改授江南一州,以便照顾家乡年老的母亲。唐玄宗"优制许之,改为洪州都督,俄转桂州都督,仍充岭南道按察使"(《旧唐书·张九龄传》)。这是一段使他对朝廷深为感戴的曲折遭遇。骤失宰相的依靠,却获皇帝的恩遇,说明他的才德经受了考验。为此,他踌躇满志,在诗中微妙地表达了这种情怀。

这首诗描写的是庐山瀑布水的远景,从不同角度,以不同手法,取大略细,写貌求神,重彩浓墨,渲染烘托,以山相衬,与天相映,写出了一幅雄奇绚丽的庐山瀑布远景图;而寓比寄兴,景中有人,象外有音,节奏舒展,情调悠扬,赏风景而自怜,写山水以抒怀,又处处显示着诗人为自己写照。

诗人欣赏瀑布,突出赞叹它的气势、风姿、神采和境界。首联写瀑布从高高的庐山落下,远望仿佛来自半天之上。"万丈"指山高,"迢迢"谓天远,从天而降,气势不凡;而"红泉""紫氛"相映,光彩夺目。次联写瀑布的风姿:青翠高耸的庐山,杂树丛生,云气缭绕。远望瀑布,或为杂树遮断,或被云气掩住,不能看清全貌。但诗人以其神写其貌,形容瀑布是奔腾流过寿树,潇洒脱出云气,其风姿多么豪放有力,泰然自若。三联写瀑布的神采声威。阳光照耀,远望瀑布,若彩虹当空,神采高瞻;天气晴朗,又似闻其响若风雨,声威远播。末联赞叹瀑布的境界:庐山本届仙境,原多秀丽景色,而以瀑布最为特出。它与天空连成一气,真是天地和谐化成的精醇,境界何等恢弘阔大。《易·系辞》:"天地氤氲,万物化醇。"此用其词,显然寄托着诗人的理想境界和政治抱负。

但总体来看,诗中所写瀑布水,来自高远,穿过阻碍,摆脱迷雾,得到光照;更闻其声,积天地化成之功,不愧为秀中之杰。这不正是诗人遭遇和情怀的绝妙的形象比喻吗?所以他对瀑布水摄取什么景象,采用什么手法,选择什么语言,表现什么特点,实则都依照自己的遭遇和情怀来取舍的。这也是本诗具有独特的艺术成就的主要原因。既然瀑布景象就是诗人自我化身,则比喻与被比者一体,其比兴寄托也就易于不露斧凿痕迹。

作为一首山水诗,它的艺术是独特而成功的。乍一读,它好像只是在描写、赞美瀑布景象，有一种欣赏风景、吟咏山水的名士气度。稍加吟味，则可感觉其中蕴激情、怀壮志，显出诗人胸襟开阔，风度豪放，豪情满怀，其艺术效果是奇妙有味的。“诗言志”，山水即人，这首山水诗是一个成功的例证。

◆ 王之涣

王之涣（公元688-742年），字季陵，原籍晋阳（今山西太原），后迁居绛郡（今山西新绛）。早年曾作冀州衡水县主簿，因遭人诬陷而去官，漫游山水十五年，足迹遍布黄河南北。晚年担任文安县尉。性格豪放，喜击剑悲歌。其诗意境壮阔，热情奔放，音乐性强，多被当时乐工制曲歌唱，轰动一时。与高适、王昌龄等唱和，“歌从军，吟出塞”，为盛唐著名边塞诗人之一。诗作大多失传，仅存六首，均为名篇，都被《全唐诗》录存。

登鹳雀楼①

白日依山尽②，黄河入海流。
欲穷千里目③，更上一层楼。

注解

①鹳雀楼：旧址在今山西省永济县西南，常有鹳雀栖息楼上，故得名。楼三层，为当时游览胜地，前望中条山，下临黄河。

②尽：完，落下。

③千里目：指眺望极远的地方。

赏析

这是一首自古而今广为传诵的名篇，描写了登高望远所见，歌颂了祖国河山的壮丽，表达了诗人热爱祖国大好河山之情，还蕴含一定的积极人生哲理。

首句描绘夕照衔山的现实景色。一轮落日正金光夺目，在连绵起伏苍苍莽莽的群

山西面缓缓落下，在视野的尽头渐渐隐没，这是天空景，也是西望景。

次句写俯瞰黄河远去天边的意中景象。诗人面对流经楼前的滚滚黄河的滔滔大浪，视线由上到下、由近及远、由西向东，跟随河水向远方延伸。虽不能目击黄河入海的情状，却可以充分发挥想象，好像看见黄河一路汹涌澎湃，气势磅礴，流入大海，令人心旷神怡。这是陆地景，也是东望景。

三四句写诗人欲登高望远。从前两句的眼前所见引出了深沉思索和再上一层楼的行动。若想看到无穷无尽的美丽景色，就应该不断地向上攀登，迈上更高一层楼。以“楼”收尾，很好地照应了题目。诗句看似平铺直叙，却既寓含诗人积极向上的进取精神、高瞻远瞩的博大胸襟，又暗示了只有站得高才能看得远、看得全的哲理。含意深远，耐人寻味。

本诗连接十分自然。前两句纳上下、远近、东西之景，使画面显得特别宽广、深远。前两句写景为后两句议论渲染了气势，作了铺垫；后两句即景生意，将前两句的意境和主旨推上了一个新的高度，引入更高的境界，向读者展示了比天空、大海更广阔的视野，让读者在叹赏、热爱祖国壮丽河山的感情基础之上，更激发出一种不断进取、奋发向上的精神。

出　塞①

黄河远上②白云间，一片孤城万仞山。
羌笛③何须怨杨柳④，春风⑤不度玉门关⑥。

注解

①诗题一作(凉州词)，唐代乐府曲名。
②远上：远远直上。孤城：指凉州城，在今甘肃省武威县。仞：八尺。
③羌笛：我国西北部羌族的一种乐器。
④杨柳：指北朝乐府(折杨柳歌辞)。
⑤春风：比喻朝廷的关心。
⑥玉门关：在今甘肃省敦煌西，是当时凉州最西境。

赏析

这首诗是诗人初入凉州时，面对黄河、边城的荒凉辽阔景象，以及耳闻《折杨柳曲》所产生的感慨，也表现出广大将士为国戍边的悲壮。

前两句描写古代凉州一带荒凉辽阔的景象。诗人先用镜头摄取远景：黄河汹涌澎湃波浪滔滔地入海，如自下而上、由近及远地眺望，它却像一条洁白的丝带逶迤飞上云端。诗人的视觉与黄河的流向相反，突出了黄河源远流长的悠远仪态，也展示了边城广漠壮阔的风光，重在表现黄河的静态美。诗人又摄取具立体感的近景：征戍士兵居住的很小的城堡孤独地竖立在高山环抱之中。用远川高山反衬玉门关地势险要、处境孤危。孤城是一片，是单薄、狭小的，而高山却是万仞的，以数量和体积极不相称的两件事物，形成鲜明对比，造成一种心理上的压力，这也是诗人对文字的巧妙组合的运用。

后两句借凄凉幽婉的笛声，表达诗人对这种景象的感想。以问语转出浓郁的诗意，羌笛之声吹出了戍守者处境的孤危和强烈的怨恨。羌笛演奏的是《折杨柳》曲调，而折柳赠别在唐代最盛，“杨柳”的实物、文字与离别便有了比较直接的关系，《折杨柳》笛曲触动了人们的离仇别恨。不说“闻折柳”却说“怨杨柳”，用词非常精心，并能引发更多的联想，深化诗意。戍守者自知，天高皇帝远，朝廷的关心本来是不度过玉门关的，才有了玉门关外处境的孤危和环境的恶劣，才有了杨柳不青和离人想要折杨柳寄情而不能的残酷现实。以“何须怨”自慰语，深沉含蓄，传达出戍守者在乡愁难禁时意识到卫国戍边责任的重大，才能如此自我安慰。此足见戍边将士的伟大情怀。

本诗在写作上表现出来的特点主要是对比的运用和语言的准确、意丰。

◆ 孟浩然

孟浩然(公元689-740年),襄阳(今湖北襄阳)人,盛唐著名诗人。一生除四十多岁时曾往长安、洛阳求取功名而在北方作过一次旅行外,其余大部分时间都在故乡鹿门山隐居,或在吴、越、湘、闽等地漫游。曾与众名士联诗出名句:"微云淡河汉,疏雨滴梧桐。"满座惊叹,皆为主搁笔。开元二十五年(公元737年),张九龄作荆州长史,招致幕府,后又归隐故乡,不久病逝。其友王维画像于郢州刺史亭,世称"浩然亭",后改为"孟亭"。

秋登兰山[1] 寄张五

北山白云里,隐者自怡悦[2]。
相望始[3]登高,心随雁飞灭。
愁因薄暮起,兴[4]是清秋发。
时见归村人,平沙渡头歇。
天边树若荠[5],江畔洲如月。
何当载酒来,共醉重阳节[6]。

注解

①兰山:在襄阳西北。篇名一作《秋登万山寄张五》。张五:名子容,唐先天二年(公元713年)进士,隐居于襄阳岘山南约两里的白鹤山,为孟浩然的同乡至交。这首诗写登高思友之情。

②"北山"二句:化用陶弘景《应诏诗》:"山中何所有?岭上多白云。只可自怡悦,不堪持赠君",写张五隐居在北山。北山:北面的山。隐者:当指张五。

③始:作"试"。

④兴:兴致。

⑤荠:一种野菜。

⑥何当：何时当能。重阳节：农历九月九日，古人以为九是阳数，月、日都是九，故称重阳节，以为宜于长寿，所以有登高、赏菊、亲友聚饮等风习。

赏析

这是一首怀人之作。张五名子容，隐居于襄阳岘山南约两里的白鹤山。孟浩然园庐在岘山附近，因登岘山对面的万山以望张五，并写诗寄意。全诗情随景生，而景又烘托情，两者紧密联系，真正做到了情景交融，浑为一体。情飘逸而真挚，景清淡而优美，为孟诗代表作之一。

晋代陶弘景《答诏问山中何所有》云："山中何所有，岭上多白云。只可自怡悦，不堪持赠君。"孟浩然这首诗开头两句就从陶诗脱化而来。

三、四两句起，进入题意。"相望"表明了对张五的思念。由思念而"登万山"远望，望而不见友人，但见北雁南飞。诗人的心啊，似乎也随鸿雁飞去，消逝在遥远的天际。这是写景，又是抒情，情景交融。雁也看不见了，而又近黄昏时分，心头不禁泛起淡淡的哀愁，然而，清秋的山色却使人逸兴勃发。

"时见归村人，平沙渡头歇。天边树若荠，江畔洲如月"，是写从山上四下眺望。天至薄暮，村人劳动一日，三三两两逐渐归来。他们有的行走于沙滩，有的坐歇于渡头，显示出人们的行动从容不迫，带有几分悠闲。再放眼向远处望去，一直看到"天边"，那天边的树看去细如荠菜，而那白色的沙洲，在黄昏的朦胧中却清晰可见，似乎蒙上了一层月色。

这四句诗是全篇精华所在。在这些描述中，作者既未着力刻画人物的动作，也未着力描写景物的色彩。用朴素的语言，如实地写来，是那样平淡，那样自然。既能显示出农村的静谧气氛，又能表现出自然界的优美景象。正如皮日休所谓："遇景入咏，不拘奇抉异。……涵涵然有云霄之兴，若公输氏当巧而不巧者也。"（《郢州孟亭记》）清沈德潜评孟诗为"语淡而味终不薄"，这实为孟诗的重要特征之一。

在这四句诗里，作者创造出一个高远清幽的境界，这同"松月生夜凉，风泉满清听"（《宿业师山房待丁公不至》）、"微云淡河汉，疏雨滴梧桐"（残句，见唐王士源《孟浩然集序》）、"野旷天低树，江清月近人"（《宿建德江》）等诗的意境，是颇为近似的。正所谓"每诵之，有泉流石上、风来松下之音"。这代表了孟诗风格的一个重要方面。

"何当载酒来，共醉重阳节"，照应开端数句。既明点出"秋"字，更表明了对张五的思念，从而显示出友情的真挚。

彭蠡湖中望庐山①

太虚生月晕，舟子知天风。
挂席候明发，渺漫平湖中。
中流见匡阜，势压九江雄。
黯黮凝黛色，峥嵘当曙空。
香炉初上日，瀑水喷成虹。
久欲追尚子，况兹怀远公。
我来限于役，未暇息微躬。
淮海途将半，星霜岁欲穷。
寄言岩栖者，毕趣当来同。

注解

①彭蠡(lí)湖：古泽薮名，即今江西鄱阳湖。

赏析

这首诗是作者漫游东南各地、途经鄱阳湖时的作品。

孟浩然写山水诗，往往善于从大处落笔，描绘大自然的广阔图景。第一、二两句就写得气势磅礴，格调雄浑。辽阔无边的太空，悬挂着一轮晕月，景色微带朦胧，预示着“天风”将要来临。“月晕”而风，这一点，“舟子”是特别敏感的。这就为第三句“挂席候明发”开辟了道路。第四句开始进入题意。虽然没有点明彭蠡湖，但“渺漫”这个双声词，已显示出烟波茫茫的湖面。

“中流见匡阜，势压九江雄”，进一步扣题。“匡阜”是庐山的别称。作者“见匡阜”是在“中流”，表明船在行进中。“势压九江雄”的“压”字，写出了庐山的巍峨高峻。“压”字之前，配以“势”字，颇有雄镇长江之滨，有意“压”住滔滔江流的雄伟气势。这不仅把静卧的庐山写活了，而且显得那样虎虎有生气。

以下四句，紧扣题目的“望”字。浩渺大水，一叶扁舟，远望高山，却是一片“黛色”。这一“黛”字用得好。“黛”为青黑色，既点出苍翠浓郁的山色，又暗示出凌晨的昏暗天色。随着时间的推移，东方渐渐显露出鱼肚白。高耸的庐山，在“曙空”中，显得分外妩媚。

天色渐晓，红日东升，庐山又是一番景象。崔巍的香炉峰，抹上一层日光，读者是不难想像其美丽的。而“瀑水喷成虹”的景象更使人赞叹不已。以虹为喻，不仅表现庐山瀑布之高，而且显示其色。飞流直下，旭日映照，烟水氤氲，色如雨后之虹，高悬天空，是多么绚丽多彩。

这样秀丽的景色，本该使人流连忘返，然而，却勾起了作者的满腹心事。“久欲追尚子，况兹怀远公”，表明了作者早有超脱隐逸的思想。“尚子”指尚长，东汉隐士；“远公”指慧远，东晋高僧，他本来是要到罗浮山去建寺弘道的，然而“及届浔阳，见庐峰清净，足以息心”，便毅然栖息东林。“追”“怀”二字，包含了作者对这两位摆脱世俗的隐士、高僧是多么敬仰和爱戴；诗人望庐山，思伊人，多么想留在庐山归隐呀，然而却没有，为什么呢？“我来限于役”以下四句，便回答了这个问题。作者之所以不能“息微躬”是因为“于役”，他还要继续到长江下游江浙等省的广大地区去漫游，现在整个行程还不到一半，而一年的时间却将要完了。“淮海”“星霜”这个对偶句，用时间与地域相对，极为工稳而自然，这就更突出了时间与空间的矛盾，从而显示出作者急迫漫游的心情。这对“久欲追尚子”两句说来是一个转折，表现了隐逸与漫游的心理矛盾。

“寄言岩栖者，毕趣当来同”，对以上四句又是一个转折。“岩栖者”自然是指那些隐士、高僧。“毕趣”的“毕”应作“尽”讲，“趣”指隐逸之趣。意思是尽管现在不留在庐山，但将来还是要与“岩栖者”共同归隐的，表现出对庐山的神往之情。

这虽是一首古诗，但对偶句相当多，工稳、自然而且声调优美。譬如，“黯黮凝黛色，峥嵘当曙空”中的“黯黮”与“峥嵘”，都是叠韵词；形容颜色的两字，都带“黑”旁，形容山高的两字都带“山”旁。不仅意义、词性、声调相对，连字形也相对。《全唐诗》称孟诗“伫兴而作，造意极苦”，于此可见一斑。

此诗结构极为紧密。由“月晕”而推测到“天风”，由“舟子”而写到“挂席”，坐船当是在水上，到“中流”遂见庐山。这种联系都是极为自然的。庐山给人第一个印象是气势雄伟；由黎明到日出，才看到它的妩媚多姿、绚丽多彩。见庐山想到“尚子”和

“远公”,然后写到自己思想上的矛盾。顺理成章,句句相连,环环相扣,过渡自然,毫无跳跃的感觉。作者巧妙地把时间的推移,空间的变化,思想的矛盾,紧密地结合起来。这正是它结构之所以紧密的秘密所在。

临洞庭湖赠张丞相①

八月湖水平②,涵虚混太清③。
气蒸云梦泽④,波撼岳阳城⑤。
欲济无舟楫⑥,端居耻圣明⑦。
坐观垂钓者,徒有羡鱼情⑧。

注解

①洞庭:洞庭湖。张丞相:指张九龄。此诗一题《望洞庭湖赠张丞相》。开元二十一年(公元 733 年),张九龄为相,作者以此诗相赠,有乞仕之意。

②湖水平:八月江汛,湖水涨满,故说“平”。

③涵虚:水气弥漫。太清:天空。

④云梦泽:古时有“云”“梦”二泽,在今湖北南部、湖南北部的长江沿岸一带低洼地区,后大部分淤成陆地。今洞庭湖即为古云梦泽的一部分。

⑤岳阳城:在今湖南岳阳,洞庭湖东岸。此句与上句形容水势之浩荡。

⑥济:渡水。楫:橹。舟楫:指船。古时也用之比作贤臣。此句是说自己要出仕而无人引荐。

⑦端居:安居。此句是说自己在圣明之世闲居,实感有愧。

⑧此二句典出《淮南子·说林训》:“临河而羡鱼,不如归家织网。”意谓与其在河边羡慕别人钓到鱼,不如回家织网来捕鱼。作者化用此典,说自己有心出仕(羡鱼情),可无人引荐,也只能坐观他人(垂钓者)。

赏析

这是一首干谒诗。唐玄宗开元二十一年(公元733年),孟浩然西游长安,写了这首诗赠当时在相位的张九龄,目的是想得到张的赏识和录用,只是为了保持一点身份,才写得那样委婉,极力泯灭那干谒的痕迹。

秋水盛涨,八月的洞庭湖涨得满满的,和岸上几乎平接。远远望去,水天一色,洞庭湖和天空接合成了完完整整的一块。开头两句,写得洞庭湖极开朗也极涵浑,汪洋浩阔,与天相接,润泽着广袤大地,容纳了大大小小的河流。

三、四句实写湖。“气蒸”句写出湖的丰厚的蓄积,仿佛广大的沼泽地带,都受到它的滋养哺育,才显得那样草木繁茂,郁郁苍苍。而“波撼”两字放在“岳阳城”上,衬托湖的澎湃动荡,也极为有力。人们眼中的这一座湖滨城,好像瑟缩不安地匍匐在它的脚下,变得异常渺小了。这两句被称为描写洞庭湖的名句。但两句仍有区别:上句用宽广的平面衬托湖的浩阔,下句用窄小的立体来反映湖的声势。诗人笔下的洞庭湖,不仅广大,而且还充满活力。

下面四句,转入抒情。“欲济无舟楫”,是从眼前景物触发出来的,诗人面对浩浩的湖水,想到自己还是在野之身,要找出路却没有人接引,正如想渡过湖去却没有船只一样。“端居耻圣明”,是说在这个“圣明”的太平盛世,自己不甘心闲居无事,要出来做一番事业。这两句是正式向张丞相表白心事,说明自己目前虽然是个隐士,可是并非本愿,出仕求官还是心焉向往的,不过还找不到门路而已。

于是下面再进一步,向张丞相发出呼吁。“垂钓者”暗指当朝执政的人物,其实是专就张丞相而言。这最后两句,意思是说:执政的张大人啊,您能出来主持国政,我是十分钦佩的,不过我是在野之身,不能追随左右,替你效力,只有徒然表示钦羡之情罢了。这几句话,诗人巧妙地运用了“临渊羡鱼,不如退而结网”(《汉书·董仲舒传》)的古语,另翻新意;而且“垂钓”也正好同“湖水”照应,因此不大露出痕迹,但是他要求援引的心情是不难体味的。

作为干谒诗,最重要的是要写得得体,称颂对方要有分寸,不失身份。措辞要不卑不亢,不露寒乞相,才是第一等文章。这首诗委婉含蓄,不落俗套,艺术上自有特色。

早寒有怀

木①落雁南度②,北风江上寒。
我家襄水③曲④,遥隔楚⑤云端。
乡泪客中尽,孤帆天际看。
迷津⑥欲有问,平海⑦夕漫漫。

注解

①木:树叶。
②度:诗中意指飞。
③襄水:也叫襄河,汉水在襄樊市以下一段,水流曲折,故云襄水曲。
④曲:弯曲的地方。
⑤楚:襄阳古属楚国。
⑥津:渡口。
⑦平海:指水面平阔。古时候亦称江为海。

赏析

这是一首抒情诗。根据诗的内容看,大约是作者漫游长江下游时的作品。当时正是秋季,天却相当寒冷。睹物伤情,不免想到故乡,引起了思乡之泪。再加以当时作者奔走于长江下游各地,既为隐士,而又想求官;既羡慕田园生活,而又想在政治上有所作为。因而此诗流露的感情是相当复杂的。

“木落雁南度,北风江上寒”,这两句是写景。作者捕捉了当时带有典型性的事物,点明季节。木叶渐脱,北雁南飞,这是最具代表性的秋季景象。但是单说秋,还不能表现出“寒”,作者又以“北风”呼啸来渲染,自然使人觉得寒冷,这就点出了题目中的“早寒”。

落木萧萧，鸿雁南翔，北风呼啸，天气寒冷，活画出一幅深秋景象。处身于这种环境中，很容易引起悲哀的情绪，所谓“悲落叶于劲秋”（晋陆机《文赋》），是有一定道理的。何况远离故土，思想处于矛盾之中的作者呢！

这是一种“兴”起的手法，诗很自然地进入第二联。作者面对眼前景物，思乡之情，不免油然而生。“襄水”，即“襄河”。汉水在襄阳一带水流曲折，所以作者以“曲”概括之。“遥隔”两字，不仅表明了远，而且表明了两地隔绝，不能归去。这个“隔”字，已透露出思乡之情。作者家住襄阳，古属楚国，故诗中称“楚云端”，既能表现出地势之高（与长江下游相比），又能表现出仰望之情，可望而不可即，也能透露出思乡的情绪。“我家襄水曲，遥隔楚云端”，看来句意平淡，但细细咀嚼，是很能体味到作者炼句之妙、造意之苦的。

如果说第二联只是透露一些思乡的消息，带有含蓄的意味，而又未点明；那么第三联的“乡泪客中尽”，不仅点明了乡思，而且把这种感情一泄无余了。不仅自己这样思乡，而且家人也在想望着自己的归去，遥望着“天际”的“归帆”。家人的想望，自然是假托之词，然而使思乡的感情，抒发得更为强烈了。

“迷津欲有问”，是用《论语·微子》中孔子使子路问津的典故。长沮、桀溺是隐者，而孔子则是积极想从政的人。长沮、桀溺不说津（渡口）的所在，反而嘲讽孔子凄凄惶惶，奔走四方，以求见用，引出了孔子的一番慨叹。双方是隐居与从政的冲突。如今孟浩然奔走于东南各地（最后还到长安应进士举），境况颇与孔子相似，瞻念前途渺茫，故以“平海夕漫漫”作结。滔滔江水，与海相平，漫漫无边，加以天色阴暗，已至黄昏。这种景色，完全烘托出作者迷茫的心情。

本诗二、三两联都是自然成对，毫无斧凿痕迹。第二联两句都是指襄阳的地位，信手拈来，就地成对，极为自然。第三联“乡泪”是情，“归帆”是景，以情对景，扣合自然，充分表达了作者的感情。最后又以景作结，把思归的衷情和前路茫茫的愁绪，都寄寓在这迷茫的黄昏江景中了。

过故人庄

故人具鸡黍①,邀我至田家。
绿树村边合②,青山郭外斜。
开轩面场圃,把酒话桑麻③。
待到重阳日,还来就菊花④。

注解

①具:备办。鸡黍:黍是黄米,古人认为是一种最好的粮食。鸡黍指农家待客的丰盛饭菜。

②合:围拢。

③轩:窗户。场:打谷场。圃:菜园。话桑麻:闲谈农作之事。

④重阳日:即重阳节,古代风俗,重阳节赏菊。就:靠近。

赏析

清人沈德潜称孟浩然的诗“语淡而味终不薄”(《唐诗别裁集》)。也就是说,读孟诗,应该透过它淡淡的外表,去体会内在的韵味。《过故人庄》在孟诗中虽不算是最淡的,但它用省净的语言,平平地叙述,几乎没有一个夸张的句子,没有一个使人兴奋的词语,也已经可算是“淡到看不见诗”(闻一多《孟浩然》)的程度了。它的诗味究竟表现在哪里呢?“故人具鸡黍,邀我至田家。”这一开头似乎就像是日记本上的一则记事。故人“邀”而我“至”,文字上毫无渲染,招之即来。简单而随便。这正是不用客套的至交之间可能有的形式。而以“鸡黍”相邀,既显出田家特有风味,又见待客之简朴。正是这种不讲虚礼和排场的招待,朋友的心扉才往往更能为对方敞开。这个开头,不甚着力,平静而自然,但对于将要展开的生活内容来说,却是极好的导入，显示了气氛特征，又有待下文进一步丰富、发展。

“绿树村边合，青山郭外斜。”走进村里，顾盼之间竟是这样一种清新愉悦的感受。这两句，上句漫收近景，绿树环抱，显得自成一统，别有天地；下句轻宕笔锋，郭外的青山依依相伴，则又让村庄不显得孤独，并展示了一片开阔的远景。这个村庄坐落平畴而又遥接青山，使人感到清淡幽静而绝不冷傲孤僻。正是由于“故人庄”出现在这样的自然和社会环境中，所以宾主临窗举杯，“开轩面场圃，把酒话桑麻”，才更显得畅快。这里“开轩”二字也似乎是很不经意地写入诗的，但上面两句写的是村庄的外景，此处叙述人在屋里饮酒交谈，轩窗一开，就让外景映入了户内，更给人以心旷神怡之感。对于这两句，人们比较注意“话桑麻”，认为是“相见无杂言”（陶渊明《归田园居》），忘情在农事上了，诚然不错。但有了轩窗前的一片打谷场和菜圃，在绿阴环抱之中，又给人以宽敞、舒展的感觉。话桑麻，就更让你感到是田园。于是，我们不仅能领略到更强烈的农村风味、劳动生产的气息；甚至仿佛可以嗅到场圃上的泥土味，看到庄稼的成长和收获，乃至地区和季节的特征。有这两句和前两句的结合，绿树、青山、村舍、场圃、桑麻和谐地打成一片，构成一幅优美宁静的田园风景画，而宾主的欢笑和关于桑麻的话语，都仿佛萦绕在我们耳边。它不同于纯然幻想的桃花源，而是更富有盛唐社会的现实色彩。正是在这样一个天地里，这位曾经慨叹过“当路谁相假，知音世所稀”的诗人，不仅把政治追求中所遇到的挫折，把名利得失忘却了，就连隐居中孤独抑郁的情绪也丢开了。从他对青山绿树的顾盼，从他与朋友对酒而共话桑麻，似乎不难想见，他的思绪舒展了，甚至连他的举措都灵活自在了。农庄的环境和气氛，在这里显示了它的征服力，使得孟浩然似乎有几分皈依了。

“待到重阳日，还来就菊花。”孟浩然深深为农庄生活所吸引，于是临走时，向主人率真地表示将在秋高气爽的重阳节再来观赏菊花。淡淡两句诗，故人相待的热情，做客的愉快，主客之间的亲切融洽，都跃然纸上了。这不禁又使人联想起杜甫的《遭田父泥饮美严中丞》：“月出遮我留，仍嗔问升斗。”杜诗田父留人，情切语急；孟诗与故人再约，意舒词缓。

一个普通的农庄，一次鸡黍饭的普通款待，被表现得这样富有诗意。描写的是眼前景，使用的是口头语，描述的层次也是完全任其自然，笔笔都显得很轻松，连律诗的形式也似乎变得自由和灵便了。你只觉得这种淡淡的平易近人的风格，与他描写的对象——朴实的农家田园和谐一致，表现了形式对内容的高度适应，恬淡亲切却又不是平浅枯燥。它是在平淡中蕴藏着深厚的情味。一方面固然是每个句子都几乎不见费力锤炼的痕迹；另一方面每个句子又都不曾显得薄弱。比如，诗的头两句只写友人邀请,却能显出朴实的农家气氛;三、四句只写绿树青山,却能见出一片天地;五、六句只写把酒闲话,却能表现心情与环境的惬意的契合;七、八句只说重阳再来,却自然流露对这个村庄和故人的依恋。这些句子平衡均匀,共同构成一个完整的意境,把恬静秀美的农村风光和淳朴诚挚的情谊融成一片。这是所谓"篇法之妙,不见句法"(清沈德潜《唐诗别裁集》),"不拘奇抉异……若公输氏当巧而不巧者"(皮日休《郢州孟亭记》)。他把艺术美深深地融入整个诗作的血肉之中,显得自然天成。这种不炫奇猎异,不卖弄技巧,也不光靠一两个精心制作的句子去支撑门面,是艺术水平高超的表现。譬如一位美人,她的美是通体上下,整个儿的,不是由于某一部位特别动人。她并不靠搔首弄姿,而是由于一种天然的颜色和气韵使人惊叹。正是因为有真彩内映,所以出语洒落、浑然省净,使全诗从"淡抹"中显示了它的魅力,而不再需要"浓饰盛妆"了。

春　晓①

春眠不觉晓②,处处闻啼鸟。
夜来风雨声,花落知多少③?

注解

①春晓:春天的早晨。
②不觉晓:不知不觉已天亮了。啼鸟:啼叫的鸟。
③夜来二句:回忆夜来的风雨,为花木担忧。

赏析

《春晓》这首小诗,初读似觉平淡无奇,反复读之,便觉诗中别有天地。它的艺术魅力不在于华丽的辞藻,不在于奇绝的艺术手法,而在于它的韵味。整首诗的风格就像行云流水一样平易自然,然而悠远深厚,独臻妙境。千百年来,人们传诵它、探讨它,仿佛在这短短的四行诗里,蕴涵着开掘不完的艺术宝藏。

自然而无韵致,则流于浅薄;若无起伏,便失之平直。《春晓》既有优美的韵致,行文又起伏跌宕,所以诗味醇永。诗人要表现他喜爱春天的感情,却又不说尽,不说透,"迎风户半开",让读者去捉摸、去猜想,处处表现得隐秀曲折。

"情在词外曰隐,状溢目前曰秀。"(宋张戒《岁寒堂诗话》引)写情,诗人选取了清

晨睡起时刹那间的感情片段进行描写。这片段,正是诗人思想活动的起始阶段、萌芽阶段,是能够让人想像他感情发展的最富于生发性的顷刻,诗人抓住了这一刹那,却又并不铺展开去,他只是向读者透露出他的心迹,把读者引向他感情的轨道,就撒手不管了,剩下的,该由读者沿着诗人思维的方向去丰富和补充了。

写景,他又只选取了春天的一个侧面。春天,有迷人的色彩,有醉人的芬芳,诗人都不去写。他只是从听觉角度着笔,写春之声:那处处啼鸟,那潇潇风雨,鸟声婉转,悦耳动听,是美的。加上“处处”二字,啁啾起落,远近应和,就更使人有置身山阴道上,应接不暇之感。春风春雨,纷纷洒洒,但在静谧的春夜,这沙沙声响,却也让人想见那如烟似梦般的凄迷意境和微雨后的众卉新姿。这些都只是诗人在室内的耳闻,然而这阵阵春声却透漏了无边春色,把读者引向了广阔的大自然,使读者自己去想像、去体味那莺啭花香的烂漫春光,这是用春声来渲染户外春意闹的美好景象。这些景物是活泼跳跃的,生机勃勃的。它写出了诗人的感受,表现了诗人内心的喜悦和对大自然的热爱。

宋人叶绍翁《游园不值》诗中的“春色满园关不住,一枝红杏出墙来”,是古今传诵的名句。其实,在写法上是与《春晓》有共同之处的。叶诗是通过视觉形象,由伸出墙外的一枝红杏,把人引入墙内,让人想像墙内;孟诗则是通过听觉形象,由阵阵春声把人引出屋外,让人想像屋外。只用淡淡的几笔,就写出了晴方好、雨亦奇的繁盛春意。两诗都表明,那盎然的春意,自是阻挡不住的。你看,它不是冲破了围墙屋壁,展现在你的眼前、萦回在你的耳际了吗?清施补华曰:“诗犹文也,忌直贵曲。”(《岘佣说诗》)这首小诗仅仅四行二十个字,写来却曲屈通幽,回环波折。首句破题,写春睡得香甜,也流露着对朝阳明媚的喜爱;次句即景,写悦耳的春声,也交代了醒来的原因;第三句转为写回忆;末句又回到眼前,由喜春翻为惜春。爱极而惜,惜春即是爱春——那潇潇春雨也引起了诗人对花木的担忧。时间的跳跃,阴晴的交替,感情的微妙变化,都很富有情趣,能给人带来无穷兴味。

《春晓》的语言平易浅近,自然天成,一点也看不出人工雕琢的痕迹。而言浅意

浓，景真情真，就像是从诗人心灵深处流出的一股泉水，晶莹透彻，灌注着诗人的生命，跳动着诗人的脉搏。读之，如饮醇醪，不觉自醉。诗人情与境会，觅得大自然的真趣，大自然的精髓。“文章本天成，妙手偶得之”（宋陆游《文章》），这是最自然的诗篇，是天籁。

宿建德江[1]

移舟泊烟渚[2]，日暮客愁新。
野旷天低树，江清月近人[3]。

注解

①建德江：浙江上游的一段，因在建德县境内，故称“建德江”。
②烟渚：暮烟中的洲渚。
③“野旷”句：原野空旷，天边地平线比树还低。月：指江中月影。

赏析

这是一首抒写羁旅之思的诗。建德江，指新安江流经建德（今属浙江）的一段江水。这首诗，不以行人出发为背景，也不以船行途中为背景；而是以舟泊暮宿为背景。它虽然露出一个“愁”字，但立即又将笔触转到景物描写上去了。可见，它在选材和表现上，都是颇有特色的。

诗的起句“移舟泊烟渚”，“移舟”，就是移舟近岸的意思；“泊”，这里有停船宿夜的含意。行船停靠在江中的一个烟雾朦胧的小洲边，这一面是点题，另一面也就为下文的写景抒情作了准备。

第二句“日暮客愁新”，“日暮”显然和上句的“泊”“烟”有联系，因为日暮，船需要停宿；也因为日落黄昏，江面上才水烟濛濛。同时“日暮”又是“客愁新”的原因。“客”是诗人自指。若按旧日做诗的所谓起、承、转、合的格式，这第二句就将承、转两重意思糅合在一句之中了，这也是少见的一格。为什么“日暮”会撩起“客愁新”呢？我们可以读一读《诗经》里的一段：“君子于役，不知其期，曷至哉？鸡栖于埘，日之夕矣，羊牛下来，君子于役，如之何勿思？”（《王风·君子于役》）这里写一位妇女，每当到夕阳西下、鸡进笼舍、牛羊归栏的时刻，她就更加思念在外服役的丈夫。借此，我们不也正可以理解此时旅人的心情吗？本来行船停下来，应该静静地休息一夜，消除旅途的疲劳,谁知在这众鸟归林、牛羊下山的黄昏时刻,那羁旅之愁又蓦然而生。

接下去,诗人以一个对句铺写景物,似乎要将一颗愁心化入那空旷寂寥的天地之中。所以清沈德潜说:“下半写景,而客愁自见。”(《唐诗别裁集》)第三句写日暮时刻,苍苍茫茫,旷野无垠,放眼望去,远处的天空显得比近处的树木还要低。“低”和“旷”是相互依存、相互映衬的。第四句写夜已降临,高挂在天上的明月,映在澄清的江水中,和舟中的人是那么近。“近”和“清”也是相互依存、相互映衬的。“野旷天低树,江清月近人”这种极富特色的景物,只有人在舟中才能领略得到的。诗的第二句就点出“客愁新”,这三、四句好似诗人怀着愁心,在这广袤而宁静的宇宙之中,经过一番上下求索,终于发现了还有一轮孤月此刻和他是那么亲近!寂寞的愁心似乎寻得了慰藉,诗也就戛然而止了。

然而,言虽止,意未尽。试想,此刻那亲近的明月会在诗人的心中引起什么呢?似有一丝喜悦,一点慰藉,但终究驱散不了团团新愁。新愁知多少?“皇皇三十载,书剑两无成。山水寻吴越,风尘厌洛京。”(《自洛之越》)诗人曾带着多年的准备、多年的希望奔入长安,而今却只能怀着一腔被弃置的忧愤南寻吴越。此刻,他孑然一身,面对着这四野茫茫、江水悠悠、明月孤舟的景色,那羁旅的惆怅,思乡的情怀,仕途的失意,理想的幻灭,人生的坎坷……千愁万绪,不禁纷至沓来,涌上心头。“江清月近人”,这画面上让我们见到的是清澈平静的江水,以及水中的明月伴着船上的诗人;可那画面上见不到而应该体味到的,则是诗人的愁心已经随着江水流入思潮翻腾的海洋。这一隐一现、一虚一实,相互映衬、相互补充,正构成一个人宿建德江,心随明月去”的意境。是的,这“宿”而“未宿”,不正意味深长地表现出“日暮客愁新”吗?“人禀七情,应物斯感;感物吟志,莫非自然。”(南朝梁刘勰《文心雕龙·明诗》)孟浩然的这首小诗,正是在这种情景相生、思与境谐的“自然流出”之中,显示出一种风韵天成、淡中有味、含而不露的艺术美。

◆ 李 颀

李颀(公元 690-约 751 年),唐代诗人。祖籍赵郡(今河北赵县),长期居住颍阳(今河南登封西)。开元二十三年(公元 735 年)登进士第。以七古见长,今存边塞诗多为歌行体。其诗笔力奔放、境界高远、格调悲壮,是边塞诗派的代表人物之一。

古从军行

白日登山望烽火①,黄昏饮马傍交河。
行人刁斗风沙暗,公主琵琶②幽怨多。
野云万里无城郭,雨雪纷纷连大漠。
胡雁哀鸣夜夜飞,胡儿眼泪双双落。
闻道玉门犹被遮,应将性命逐轻车③。
年年战骨埋荒外,空见蒲桃入汉家。

注解

①烽火:古代边关战事的一种警报。

②公主琵琶:汉武帝时以江都王刘建女细君嫁乌孙国王昆莫,恐其途中烦闷,故弹琵琶以娱之。

③闻道两句:汉武帝曾命李广利攻大宛,欲至贰师城取良马,战不利,广利上书请罢兵回国,武帝大怒,发使至玉门关,曰:“军有敢人,斩之!”两句意谓边战还在进行,只得随着将军提着性命苦撑。

赏析

“从军行”是乐府古题。此诗写当代之事，由于怕触犯忌讳，所以题目加上一个“古”字。它对当代帝王的好大喜功、穷兵黩武、视人命如草芥的行径，加以讽刺，悲多于壮。

诗的开头，首先写紧张的从军生活。白天爬上山去，观望四方有无举烽火的边警；黄昏时候，又到交河边上让马饮水（交河在今新疆吐鲁番西面，这里借指边疆上的河流）。三、四句的“刁斗”，是古代军中铜制炊具，容量一斗。白天用以煮饭，晚上敲击代替更柝。“公主琵琶”是指汉朝公主远嫁乌孙国时所弹的琵琶曲调，当然，这不会是欢乐之声，而只是哀怨之调。一、二句写“白日”“黄昏”的情况，那么夜晚又如何呢？三、四句接着描绘：风沙弥漫，一片漆黑，只听得见军营中巡夜的打更声和那如泣如诉的幽怨的琵琶声，景象是多么肃穆而凄凉！“行人”，是指出征将士，这样就与下一句的公主出塞之声，引起共鸣了。

接着，诗人又着意渲染边陲的环境。军营所在，四顾荒野，无城郭可依，“万里”，极言其辽阔；雨雪纷纷，以至与大漠相连，其凄冷酷寒的情状亦可想见。以上六句，写尽了从军生活的艰苦。接下来，似乎应该正面点出“行人”的哀怨之感了。可是诗人却别具机杼，背面傅粉，写出了“胡雁哀鸣夜夜飞，胡儿眼泪双双落”两句。胡雁胡儿，都是土生土长的，尚且哀啼落泪，何况远戍到此的“行人”呢？两个“胡”字，有意重复，“夜夜”“双双”，又有意用叠字，有着烘云托月的艺术力量。

面对这样恶劣的环境，谁不想班师复员呢？可是办不到。“闻道玉门犹被遮”一句，笔一折，似当头一棒，打断了“行人”思归之念。据《史记·大宛传》记载，汉武帝太初元年（公元前104年），汉军攻大宛，攻战不利，请求罢兵。汉武帝闻之大怒，派人遮断玉门关，下令：“军有敢入者辄斩之。”这里暗刺当朝皇帝一意孤行，穷兵黩武。随后，诗人又压一句，罢兵不能，“应将性命逐轻车”，只有跟着本部的将领“轻车将军”去与敌军拼命。这一句其分量压倒了上面八句。下面一句，再接再厉。拼命死战的结果如何呢？无外乎“战骨埋荒外”。诗人用“年年”两字，指出了这种情况的经常性。全诗一步紧一步，由军中平时生活，到战时紧急情况，最后说到死，为的是什么？这十一句的压力，逼出了最后一句的答案：“空见蒲桃入汉家。”

“蒲桃”就是现在的葡萄。汉武帝时为了求天马（即今阿拉伯马），开通西域，便乱起战端。当时随天马入中国的还有“蒲桃”（葡萄）和“苜蓿”的种子，汉武帝把它们种在离宫别馆之旁，弥望皆是。这里“空见蒲桃入汉家”一句，用此典故，讥讽好大喜功的帝王，牺牲了无数人的性命，换到的是什么呢？只有区区的蒲桃而已。言外之意，可见帝王是怎样的草菅人命了。

此诗全篇一句紧一句，句句蓄意，直到最后一句，才画龙点睛，显出此诗巨大的讽喻力。诗还巧妙地运用音节来表情达意。

古意①

男儿事长征，少小幽燕客。
赌胜马蹄下，由来轻七尺②。
杀人莫敢前，须如猬毛磔③。
黄云陇底白云飞，未得报恩不能归④。
辽东小妇年十五，惯弹琵琶解⑤歌舞。
今为羌笛出塞声，使我三军泪如雨。

注解

①古意：犹“拟古”。
②轻七尺：犹言轻生甘死。
③磔（zhé）：张开。
④不能归：一作“不得归”。
⑤解：擅长。

赏析

这也是一首边塞题材的诗，诗的主题明显有两个层次，一是歌颂少年的英勇，二是抒写少年的乡愁。前三联，写少年战士英勇果敢的品质。“长征”一词暗示着远离家乡。“少小”寓示战事频繁，军士不足，所以征未成年男子入伍。“幽燕”在唐代即指条件艰苦的边塞。第一联所提供的事件和环境本是铺写伤感之情的序幕，但是此诗并没有直接那样写。第二联是一转折，在苦寒之境中，这些少年却有着令人敬畏的豪气和勇猛的品质。在战马边一掷千金，竟然能胜出，对金钱和生命全不看重。第三联是说他们在战场上的勇猛无敌，这两句的意思是，少年杀起敌人来的英武之气，使敌人不敢靠前，他就像刺猬一样全身长满了可怕的刺，锋利无比。将战士的不可见的勇敢比喻成可见的锋芒，这是一个妙喻。第四联是全诗的转折，也是第一层主题向第二层主题的转折，它有两层意思，一是点明少年在边关骑马飞驰，征战关外，其动力其实是对朝廷恩荫的报答！而不是被动的！其二是少年有思乡之情！最后两联描写的是第二层主题。第五联写边塞之地擅长歌舞的歌女之笛声恰恰成了少年思乡的契机。歌女与歌声本是为了取乐，但结果使战士乡情大发，悲不能禁。

诗题所谓“古意”，是指拟古乐府主题而写的，它与乐府古题《少年行》《从军行》《游侠篇》《轻薄篇》在主题上都有相关联的地方。这里值得注意的是“少年形象”，它是古乐府诗中一类著名的角色，他们少年勇猛、轻生重义、一诺千金、杀人报仇、赌博宿妓、轻薄放荡，是诗人们崇拜和歌颂的对象，是古典时期人们浪漫理想的寄托。但是，传统的乐府诗所写到的少年除了他们的潇洒和英勇之外，他们并没有什么忧愁，因为绝大多数少年游侠都活动在京城都会和州郡县乡之间，诗歌从不写他们悲观的一面。因而，可见此诗的好处在于，它将少年置身于艰苦的边塞环境中，一方面可以考验他们轻生重义的“少年品质”，另一方面又别出心裁，将笔触引向他们的内心世界，将他们的乡愁表达出来，这样既可以让读者感受到少年内心的复杂情感，也可以证明边塞的苦寒之深！

送魏万之京①

朝闻游子唱离歌，昨夜微霜初渡河。
鸿雁不堪愁里听，云山况是客中过。
关城曙色催寒近，御苑砧声向晚多②。
莫是长安行乐处，空令岁月易蹉跎③。

注解

①之:往;到……去。

②关城:指潼关。御苑:君王居住的宫室,这里指京城。砧(zhēn):捣衣石。

③蹉跎:《说文》新附,"蹉跎,失时也。"

赏析

这是一首送别诗。《送陈章甫》是送人因不得志从京城归乡,此诗是送人为了寻求发展而去京城,两种背景,两种期盼,两种心情。

第一联是倒装句,昨天晚上寒霜从北边已经渡过了边地的那条河,天气一下子变得寒冷了,我的心情也跟着变得有些寒意。简直就像是天意,今天早上我刚好就要送你离去,与你分别也是让我感到很失落的,就像这刚刚听到的离歌之声。第二联写分别之情,因为别愁太浓,所以随着天气变冷而南迁的大雁的哀鸣声听起来多伤感!而我们正是这千山万水之间的过客,就如同那高飞的大雁一样。第三联的第一句写送别之地的秋景令人伤感,第二句写长安城里也有许多悲怨之声。砧声是指宫中妇女夜晚捣衣的声音,每到夜晚来临,那些孤寂的女子就要去捣衣了,那种声音听起来也让人很伤感。意思是说,现在送你离去之时,天亮了,太阳出来了,本来会感到温暖的,但是因为你的离去,却让我感到更加寒冷。你到长安去,那本是一个让人向往的地方,可是长安城里也有许多失意之人!尾联是对魏万的劝慰和期望。长安城是一个繁华行乐之地,你去了之后,可要努力奋斗呀,不要让大好时光白白流逝,不要让享乐之事迷住了你的心。否则,你听吧,从御苑中都会传出失意的砧声呢!

这首诗有两层对比,一层是紧紧扣住天气与心情的关系,秋天与离别在感情色调上具有同构的特征。二是边地与京城的对比,在边地的人自然是不得志,但是长安城里也有失意的人。两层对比的运用就使诗中包含的期望之情显得更浓。另外,值得一提的是,此诗中包含了古典诗人的几种情结:一是"悲秋情结",二是"别离情结",三是"薄暮情结",四是"悲怨情结"。

◆ 綦毋潜

綦毋潜，是唐代江西最有名的诗人。后人认为他的诗风接近王维。《全唐诗》收录他的诗1卷26首，内容多为与上大夫寻幽访隐的情趣，代表作《春泛若耶溪》选入《唐诗三百首》。

春泛若耶溪①

幽意②无断绝，此去随所偶③。
晚风吹行舟，花路入溪口。
际夜④转西壑，隔山望南斗⑤。
潭烟飞溶溶⑥，林月低向后。
生事且弥漫⑦，愿为持竿叟⑧。

注解

①若耶溪：即越溪，在今浙江绍兴市东南若耶山下，相传为越国美女西施浣纱处，故又名浣纱溪。

②幽意：指隐居之心。

③偶：二人相遇。

④际夜：至夜，到了夜晚。

⑤南斗：即天上的星座名，因在北斗之南，故称。

⑥溶溶：形容暮霭迷蒙。

⑦生事：指世间之事。弥漫：渺茫混沌之意。

⑧持竿叟（sǒu）：即钓鱼翁。

赏析

这首五言古体诗，大约是诗人归隐后的作品。若耶溪在今浙江绍兴市东南，相传为西施浣纱处，水清如镜，照映众山倒影，窥之如画。诗人在一个春江花月之夜，泛舟溪上，自然会滋生出无限幽美的情趣。

开篇“幽意无断绝”句，以“幽意”二字透露了全诗的主旨，即幽居独处，不与世事，放任自适的意趣。这种“幽意”支配着他的人生，不曾“断绝”，因此，他这次出游只是轻舟荡漾，任其自然，故云“此去随所偶”。“偶”即“遇”，诗人在这里流露出一种随遇而安的情绪。

以下写泛舟的时间和路线，描写沿岸景物。“晚风吹行舟，花路入溪口”，习习晚风，吹拂着游船，船儿任凭轻风吹送，转入春花夹岸的溪口，恍如进入了武陵桃源胜境，多么清幽，多么闲适！“晚”字点明泛舟的时间，“花”字切合题中的“春”，看似信笔写来，却又显得用心细致。“际夜转西壑，隔山望南斗”，写出游程中时间的推移和景致的转换。“际夜”，是到了夜晚，说明泛舟时间之久，正是“幽意无断绝”的具体写照。“西壑”，是舟行所至的另一境地，当置身新境，心旷神怡之时，抬头遥望南天斗宿，不觉已经“隔山”了。

“潭烟飞溶溶，林月低向后”二句，是用淡墨描绘的如画夜景。“潭烟”，是溪上的水雾；“溶溶”，是夜月之下雾气朦腾的景状。而着一“飞”字，把水色的闪耀，雾气的漂流，月光的洒泻，都写活了。“林月低向后”，照应“际夜”，夜深月沉，舟行向前，两岸树木伴着月亮悄悄地退向身后。这景象是美的，又是静的。

诗人以春江、月夜、花路、扁舟等景物，创造了一种幽美、寂静而又迷濛的意境。而怀着隐居“幽意”的泛舟人，置身于这种境界之中，此刻有何感受呢？“生事且弥漫，愿为持竿叟”。啊，人生世事正如溪水上弥漫无边的烟雾，缥缈迷茫，我愿永做若耶溪边一位持竿而钓的隐者。“持竿叟”，又应附近地域的严子陵富春江隐居垂钓的故事，表明诗人的心迹。末二句抒发感慨极其自然，由夜景的清雅更觉世事的嚣嚣，便自然地追慕“幽意”的人生。

唐人殷瑶说綦毋潜“善写方外之情”（《河岳英灵集》）。作者超然出世的思想感情，给若耶溪的景色抹上一层孤清、幽静的色彩。但是，由于作者描写的是一个春江花月之夜，又是怀着追求和满足的心情来描写它，因而这夜景被描写得清幽而不荒寂，有一种不事雕琢的自然美，整首诗也就显得“举体清秀，萧萧跨俗”（明胡震亨《唐音癸签》引殷璠语），体现出一种兴味深长的、清悠的意境。在写法上，诗人紧扣住题目中一个“泛”字，在曲折回环的扁舟行进中，对不同的景物进行描写，因而所写的景物虽然寂静，但整体上却有动势，恍惚流动、迷漾缥缈，呈现出隐约跳动的画面，给人以轻松畅适的感受和美的欣赏。

◆ 王昌龄

王昌龄（约公元690－约756年），字少伯，京兆长安（今陕西西安）人。开元十五年（公元727年），登进士第，任秘书省校书郎。开元二十二年（公元734年），他又应博学宏词科登第，授汜水（今河南巩县东北）县尉。约开元二十五年（公元737年）秋，因事被贬谪岭南。次年，他由岭南北返长安，并于同年冬天被任命为江宁（今江苏南京）县丞。世称王江宁。在江宁数年，又受谤毁，被贬为龙标（今湖南黔阳）县尉。安史乱起，王昌龄由贬所赴江宁，为濠州刺史闾丘晓所杀。王昌龄诗以边塞、闺情宫怨和送别为多，在生前就负盛名，他的七绝与李白并称，被誉为“七绝圣手”。

出　塞（其一）

秦时明月汉时关，万里长征人未还。
但使龙城[①]飞将在，不教胡马度阴山[②]。

注解

①龙城：或解释为匈奴祭天之处，其故地在今蒙古人民共和国鄂尔浑河西侧的和硕柴达木湖附近；或解释为卢龙城，在今河北省喜峰口附近一带，为汉代右北平郡所在地。《史记·李将军传》说：“广居右北平，匈奴闻之，号曰汉之飞将军，避之数岁，不敢入右北平。”后一解较合理。

②阴山：在今内蒙古自治区中部。

赏析

这是一首名作,明代诗人李攀龙曾经推奖它是唐人七绝的压卷之作。清沈德潜《说诗晬语》说:"'秦时明月'一章,前人推奖之而未言其妙,盖言师劳力竭,而功不成,由将非其人之故;得飞将军备边,边烽自熄,即高常侍《燕歌行》归重'至今人说李将军'也。防边筑城,起于秦汉,明月属秦,关属汉,诗中互文。"他这段话,批评李攀龙只知推奖此诗而未言其妙;可是他自己也只是说明了全诗的主旨,并没有点出作者的匠心。

沈氏归纳的全诗的主旨基本是对的,但这个主旨的思想是很平凡的。为什么这样平凡的思想竟能写成一首压卷的绝作呢?原来,这首诗里,有一句最美最耐人寻味的诗句,即开头第一句:"秦时明月汉时关"。这句诗有什么妙处呢?得从诗题说起。此诗题名《出塞》,一望而知是一首乐府诗。乐府诗是要谱成乐章广泛传唱的,故而诗中往往有一些常见习用的词语。王昌龄这首诗也不例外。你看这开头一句中的"明月"和"关"两个词,正是有关边塞的乐府诗里很常见的词语。《乐府诗集·横吹曲辞》里不是就有《关山月》吗?《乐府解题》说:"关山月,伤离别也。"无论征人思家,思妇怀远,往往都离不了这"关"和"月"两个字。"关山三五月,客子忆秦川"(南朝陈徐陵《关山月》),"关山夜月明,秋色照孤城"(北周王褒《关山月》),"关山万里不可越,谁能坐对芳菲月"(隋卢思道《从军行》),"陇头明月迥临关,陇上行人夜吹笛"(王维《陇头吟》),例子举不胜举。看清这一点之后,你就明白这句诗的新鲜奇妙之处,就是在"明月"和"关"两个词之前增加了"秦""汉"两个时间性的限定词。这样从千年以前、万里之外下笔,自然形成一种雄浑苍茫的独特的意境,借用前代评诗惯用的词语来说,就是"发兴高远",使读者把眼前明月下的边关同秦代筑关备胡、汉代在关内外与胡人发生一系列战争的悠久历史自然联系起来。这样一来,"万里长征人未还",就不只是当代的人们,而是自秦汉以来世世代代的人们共同的悲剧;希望边境有"不教胡马度阴山"的"龙城飞将",也不只是汉代的人们,而是世世代代人们共同的愿望。平凡的悲剧,平凡的希望,都随着首句"秦""汉"这两个时间限定词的出现而显示出很不平凡的意义。这句诗声调高昂,气势雄浑,也足以统摄全篇。

诗歌之美,诗歌语言之美,往往就表现在似乎很平凡的字上,或者说,就表现在把似乎很平凡的字用在最确切、最关键的地方。而这些地方,往往又最能体现诗人高超的艺术造诣。

长信秋词

真成薄命①久寻思，梦见君王觉后疑。
火照西宫知夜饮，分明复道奉恩时。

注解

①真成薄命：真是个命运不幸的失宠者。

赏析

同样是抒写失宠宫嫔的幽怨，表现她们内心的深刻痛苦，在王昌龄笔下，却很少有艺术上的雷同。《长信秋词五首》从五个不同的角度写了宫怨，这一首则带有更多的直接抒情和细致刻画心理的特点。

第一句就单刀直入，抒写失宠宫嫔的内心活动。“真成薄命”，是说想不到竟真是个命运不幸的失宠者。这个开头，显得有些突兀，让人感到其中有很多省略。看来她不久前还是得宠者。但宫嫔，得宠与否，往往取决于君主一时好恶，或纯出偶然的机缘。因此这些完全不能掌握自己命运的宫嫔，就特别相信命运。得宠，归之幸运；失宠，归之命薄。而且就在得宠之时，也总是提心吊胆地过日子，生怕失宠的厄运会突然降临在自己头上。“真成薄命”这四个字，恰似这位失宠宫嫔内心深处一声沉重的叹息，把她那种时时担心厄运降临，而当厄运终于落到头上时，既难以置信，又不得不痛苦地承认的复杂心理和盘托出了。这样的心理刻画，意蕴深厚。

失宠的命运降临之后，她陷入久久的寻思。因“思”而入“梦”，梦中又在重温过去的欢乐，表现出对命运的希冀，对君主的幻想，而在自己心中重新编织得宠的幻影。但幻梦毕竟代替不了现实，一觉醒来，眼前面对的仍是寂寞的长信宫殿，梧桐秋叶，珠帘夜霜，听到的仍是悠长凄凉的铜壶清漏，于是又不得不怀疑自己这种侥幸的希望原不过是无法实现的幻梦。以上两句，把女主人公曲折复杂的心理刻画得细致入微而又层次分明。

就在这位失宠者由思而梦，由梦而疑，心灵上备受痛苦煎熬的时刻，不远的西宫那边却向她展示了一幅灯火辉煌的图景。不用说，此刻西宫中又正在彻夜宴饮，重演“平阳歌舞新承宠”的场面了。这情景对她来说是那样地熟悉，使她一下子就唤起了对自己“新承宠”时的记忆，仿佛回到了当初在复道（宫中楼阁间架空的通道）承受君

主恩宠的日子。可是这一切此刻又变得那样遥远，承宠的场面虽在重演，但华美的西宫已经换了新主。“分明”二字，意余言外，耐人咀嚼。它包含了失宠者在寂寞凄凉中对往事历历分明的记忆和无限的追恋，也蕴含着往事不可回复的深沉感慨和无限怅惘，更透露出不堪回首往事的深刻哀伤。

这里隐含着好几重对比。一重是失宠者与新承宠者的对比；一重是失宠者过去“复道奉恩”的欢乐和目前寂处冷宫的凄凉的对比；还有一重，则是新承宠者的现在和她将来可能遇到的厄运之间的对比。新承宠者今天正在重演自己的过去，焉知将来又不重演自己的今天呢？这一层意思，隐藏得比较深，但却可以意会。

这重重对比映衬，把失宠宫嫔在目睹西宫夜饮的灯光火影时内心的复杂感情表现得极为细腻深刻，确实称得上是“深情幽怨，意旨微茫，令人测之无端，玩之无尽”，但却不让人感到刻意雕琢，用力刻画。诗人似乎只是把女主人公此刻所看到、所联想到的情景轻轻和盘托出，只用“知”和“分明”这两个词语略略透露一点内心活动的消息，其余的一切全部蕴含在浑融的诗歌意境中，让读者自己去玩味、体会。正因为这样，这首带有直接抒情和细致刻画心理特点的诗才能做到刻而不露，保持王昌龄七绝含蓄蕴藉的一贯风格。

同从弟南斋玩月忆山阴崔少府①

高卧南斋时，开帷月初吐②。
清辉澹水木，演漾③在窗户。
荏苒几盈虚④，澄澄变今古。
美人⑤清江畔，是夜越吟苦⑥。
千里⑦其如何？微风吹兰杜⑧。

注解

①从弟：指王销，王昌龄堂弟，生平不详。山阴：地名，在今浙江绍兴市。崔少府：

即崔国辅，清河人，唐时著名诗人，开元中任山阴县尉。唐时称县尉为少府。

②帷：帘帐，帘幕。月初吐：指月亮初升。

③演漾：形容月色溶溶如水波荡漾。

④荏苒（rěn rǎn）：渐渐地。盈虚：指月满月缺。

⑤美人：指思念之人，即崔少府。

⑥是夜：今夜。越吟：据《史记·张仪列传》记载，越人庄舄在楚国任职，以吟越歌来寄托乡思。后用以比喻思乡之情。

⑦千里：语自谢庄《月赋》："美人迈兮音尘绝，隔千里兮共明月"句。指自己与崔少府远隔千里，无以相见。

⑧兰杜：指兰草和杜若，皆香草名，古时多用以比喻人的节操美名。此句是说，崔少府的节操美名如兰草似杜若，清香随微风远播。

赏析

此诗写玩月思友，由月忆人。感慨事物依旧、人生聚散无常。诗的开头点出"南斋"；二句点"明月"；三、四句触发主题，写玩月；五、六句由玩月而生发，写流光如逝，世事多变；七、八句转写忆故友；最后写故人的文章道德，恰如兰杜，芳香四溢，闻名遐迩。

全诗笔不离月，景不离情，情景交融，景情相济，有极强的艺术感染力。

芙蓉楼送辛渐①

寒雨连江夜入吴，平明送客楚山孤②。
洛阳亲友如相问，一片冰心在玉壶③。

注解

①芙蓉楼：为唐代润州（今江苏镇江）之西北角楼。辛渐：其人不详。此诗当作于王昌龄官江宁丞时。据殷璠《河岳英灵集》卷下记载，王昌龄晚年"晚节不矜细行，谤议沸腾，再历遐荒"，正是此时。王昌龄此诗正是要向亲友表明自己的清白。

②平明：天刚亮。楚山：润州春秋时属吴地，战国时属楚地，故称楚山，与上句“吴”互文。

③冰心、玉壶：此用以表明自己心地纯洁。语有所本：陆机《汉高祖功臣颂》有“心若怀冰”句，鲍照《白头吟》有“清如玉壶冰”句，姚崇《冰壶诫序》云：“内怀冰清，外涵玉润，此君子冰壶之德也。”俱用以比喻君子之品格。

赏析

题中芙蓉楼原名西北楼，遗址在润州（今江苏镇江）西北，登临可以俯瞰长江，遥望江北。这首诗大约作于开元二十九年（公元 741 年）以后。王昌龄当时为江宁（今江苏南京市）丞，辛渐是他的朋友，这次拟由润州渡江，取道扬州，北上洛阳。王昌龄可能陪他从江宁到润州，然后在此分手。这诗原题共两首，第二首说到头天晚上诗人在芙蓉楼为辛渐饯别，这一首写的是第二天早晨在江边离别的情景。

“寒雨连江夜入吴”，迷蒙的烟雨笼罩着吴地江天，织成了无边无际的愁网。夜雨增添了萧瑟的秋意，也渲染出离别的黯淡气氛。那寒意不仅弥漫在满江烟雨之中，更沁透在两个离人的心头。“连”字写出雨势之大，诗人因离情萦怀而一夜未眠的情景也自可想见。但是，这一幅水天相连、浩渺迷茫的长江夜雨图，不也展现了一种极其高远壮阔的境界吗？中晚唐诗和婉约派宋词，往往将雨声写在窗下梧桐、檐前铁马、池中残荷等琐物上。而王昌龄却并不实写如何感知秋雨来临的细节，他只是将听觉、视觉和想像概括成连江的雨势，以大片淡墨染出满纸烟雨，这就用浩大的气魄烘托了“平明送客楚山孤”的开阔意境。

清晨，天色已明，辛渐即将登舟北归。诗人遥望江北的远山，想到行人不久便将隐没在楚山之外，孤寂之感油然而生。在辽阔的江面上，进入诗人视野的当然不止是孤峙的楚山，浩荡的江水本来是最易引起别情似水的联想的，唐人由此而得到的名句也多得不可胜数。然而王昌龄没有将别愁寄予随友人远去的江水，却将离情凝注在矗立于苍莽平野的楚山之上。因为友人回到洛阳，即可与亲友相聚，而留在吴地的诗人，却只能像这孤零零的楚山一样，伫立在江畔空望着流水逝去。一个“孤”字如同感情的引线，自然而然牵出了后两句临别叮咛之辞：“洛阳亲友如相问，一片冰心在玉壶。”

早在六朝刘宋时期，诗人鲍照就用“清如玉壶冰”（《代白头吟》）来比喻高洁清白的品格。自从开元宰相姚崇作《冰壶诫》以来，盛唐诗人如王维、崔颢、李白等都曾以冰壶自励，推崇光明磊落、表里澄澈的品格。王昌龄托辛渐给洛阳亲友带去的口信，不

是通常的平安竹报，而是传达自己依然冰清玉洁、坚持操守的信念，是大有深意的。据《唐才子传》和《河岳英灵集》载，王昌龄曾因不拘小节，“谤议沸腾，两窜遐荒”，开元二十七年被贬岭南即是第一次，从岭南归来后，他被任为江宁丞，几年后再次被贬谪到更远的龙标，可见当时他正处于众口铄金的恶劣环境之中。诗人在这里以晶莹透明的冰心玉壶自喻，正是基于他与洛阳亲友亲朋之间的真正了解和相互信任，这绝不是洗刷谗名的表白，而是蔑视谤议的自誉。因此诗人从清澈无瑕、澄空见底的玉壶中捧出一颗晶亮纯洁的冰心以告慰友人，这就比任何相思的言辞都更能表达他对洛阳亲友的深情。

即景生情，情蕴景中，本是盛唐诗的共同特点，而深厚有余，优柔舒缓，“尽谢炉锤之迹”（明胡应麟《诗薮》），又是王诗的独特风格。本诗那苍茫的江雨和孤峙的楚山，不仅烘托出诗人送别时的凄寒孤寂之情，更展现了诗人开朗的胸怀和坚强的性格。屹立在江天之中的孤山与冰心置于玉壶的比象之间又形成一种有意无意的照应，令人自然联想到诗人孤介傲岸、冰清玉洁的形象，使精巧的构思和深婉的用意融化在一片清空明澈的意境之中，所以浑然天成，不着痕迹，含蓄蕴藉，余韵无穷。

◆ 祖 咏

祖咏（公元699–约746年），洛阳（今属河南）人，后迁居汝水以北，开元十二年进士。曾因张说推荐，任过短时期的祖咏驾部员外郎。诗多状景咏物，宣扬隐逸生活。其诗讲求对仗，亦带有诗中有画之色彩，其与王维友善，盖“物以类聚，人以群分”或“近朱者赤，近墨者黑”故也。代表作有《终南望余雪》《望蓟门》《七夕》《汝坟秋同仙州王长史翰闻百舌鸟》《陆浑水亭》《家园夜坐寄郭微》等，其中以《终南望馀雪》和《望蓟门》两首诗为最著名。《望蓟门》诗描写沙场塞色，写得波澜壮阔，令人震动，其中“万里寒光生积雪，三边曙色动危旌”为有名的佳句。

望蓟门[1]

燕台[2]一去客心惊，笳鼓喧喧汉将营[3]。
万里寒光生积雪，三边曙色动危旌[4]。
沙场烽火侵胡月[5]，海畔云山拥蓟城[6]。
少小虽非投笔吏[7]，论功还欲请长缨[8]。

注解

①蓟门：蓟门关，在今北京市。此诗是祖咏唯一的一首边塞诗。

②燕台：即幽州台。一名蓟北楼。相传燕昭王在此筑黄金台以招揽天下贤士。

③汉将营：指唐将军营。

④三边：古称幽、并、凉三州为三边。危旌：高扬的旗帜。

⑤胡月：指边地之月。

⑥海畔：因蓟门关地近渤海，故称海畔。蓟城：即蓟门关。

⑦投笔吏：典出《后汉书·班超传》。班超原为抄写文书的小吏，一天投笔叹道："大丈夫无它志略，犹当效傅介子、张骞立功异域，以取封侯，安能久事笔研间乎?"

⑧论功：指论功封赏。请长缨：典出《汉书·终军传》。终军出使南越，对汉武帝说："愿受长缨，必羁南越王而致之阙下。"即说用一根长绳把南越王牵来。此句与上句表达愿从军报国的志向。

赏析

唐代的范阳道，以今北京西南的幽州为中心，统率十六州，为东北边防重镇。它主要的防御对象是契丹。玄宗开元二年(公元714年)，即以并州长史薛讷为同紫薇黄门三品，将兵御契丹；二十二年，幽州节度使张守硅斩契丹王屈烈及可突干。这首诗的写作时期，大约在这二十年之间，其时祖咏当系游宦范阳。

燕台原为战国时燕昭王所筑的黄金台，这里代称燕地，用以泛指平卢、范阳这一带。“燕台一去”犹说“一去燕台”，四字倒装，固然是诗律中平仄声排列的要求，更重要的是，起笔即用一个壮大的地名，能增加全诗的气势。诗人初来闻名已久的边塞重镇，游目纵观，眼前是辽阔的天宇，险要的山川，不禁激情满怀。一个“惊”字，道出他这个远道而来的客子的特有感受。这是前半首主意所在，开出下文三句。

客心因何而惊呢？首先是因为汉家大将营中，吹笳击鼓，喧声重叠。此句运用南朝梁人曹景宗的诗意：“去时儿女悲，归来笳鼓竞。借问行路人，何如霍去病？”（《光华殿侍宴赋竞病韵诗》）表现军营中号令之严肃。但仅仅如此，还未足以体现这个“惊”字。三、四两句更进一步，写这笳鼓之声，是在严冬初晓之时发出的。冬季本已甚寒，何况又下雪，又是多少天来的积雪，又不止一处两处的雪，而是连绵千万里的雪。这些雪下得如此之广，又积得如此之厚，不说它是怎样冷了。就是雪上反映出的寒光，也足以令人两眼生花。“万里寒光生积雪”这一句就这样分作四层，来托出一个“惊”字。这是往远处望。至于向高处望，则见朦胧曙色中，一切都显得模模糊糊，唯独高悬的旗帜在半空中飘扬。这种肃穆的景象，暗写出汉将营中庄重的气派和严整的军容。边防地带如此的形势和气氛，自然令诗人心灵震撼了。

以上四句已将“惊”字写足，五、六两句便转。处在条件如此艰苦，责任如此重大的情况下，边防军队却是意气昂扬。笳鼓喧喧已显出军威赫然，而况烽火燃处，紧与胡地月光相连，雪光、月光、火光三者交织成一片，不仅设有塞上苦寒的悲凉景象，而且壮伟异常。这是向前方望。“沙场烽火连胡月”是进攻的态势。诗人又向周围望：“海畔云山拥蓟城”，又是那么稳如磐石。蓟门的南侧是渤海，北翼是燕山山脉，带山襟海，就像天生是来拱卫大唐的边疆重镇的。这是说防守的形势。这两句，一句写攻，一句说守；一句人事，一句地形。在这样有利气势的感染下，便从惊转入不惊，于是领出下面两句，写“望”后之感。诗人虽则早年并不如东汉时定远侯班超初为佣书吏（在官府中抄写公文），后来投笔从戎，定西域三十六国，可是见此三边壮气，却也雄心勃勃，要学西汉时济南书生终军，向皇帝请发长缨，缚番王来朝，立下奇功了。末二句一反起句的“客心惊”，水到渠成，圆满地结束全诗。

这首诗从军事上落笔，着力勾画山川形胜，意象雄伟阔大。全诗紧扣一个“望”

字，写望中所见，抒望中所感，格调高昂，感奋人心。诗中多用实字，全然没有堆砌凑泊之感；意转而辞句中却不露转折之痕，于笔仗端凝之中，有气脉空灵之妙，此即骈文家所谓“潜气内转”，亦即古文家所谓“突接”，正是盛唐诗人的绝技。

终南[1]望余雪

终南阴岭[2]秀，积雪浮云端。
林表明霁色[3]，城中增暮寒。

注解

①终南：终南山。据说，此诗是祖咏应试时的作品。按唐代当时科考规定，作诗必须为五言六韵十二句，而此诗仅为四句。

②阴岭：终南山在长安之南，故从长安望去，只能见到山的北坡。山南为“阳”，山北为“阴”，故称阴岭。

③林表：林外。霁(jì)色：雪后晴明之光。

赏析

据元辛文房《唐诗纪事》卷二十记载，这首诗是祖咏在长安应试时作的。按照规定，应该作成一首六韵十二句的五言排律，但他只写了这四句就交卷。有人问他为什么，他说：“意思已经完满了。”这真是无话即短，不必画蛇添足。

题意是望终南余雪。从长安城中遥望终南山，所见的自然是它的“阴岭”（山北叫“阴”）；而且，唯其“阴”，才有“余雪”。“阴”字下得很确切。“秀”是望中所得的印象，既赞颂了终南山，又引出下句。“积雪浮云端”，就是“终南阴岭秀”的具体内容。这个“浮”字下得多生动！自然，积雪不可能浮在云端。这是说：终南山的阴岭高出云端，积雪未化。云，总是流动的；而高出云端的积雪又在阳光照耀下寒光闪闪，不正给人以“浮”的感觉吗？读者也许要说："这里并没有提到阳光呀！"是的，这里是没有提，但下句却作了补充。"林表明霁色"中的"霁色"，指的就是雨雪初晴时的阳光给"林表"涂上的色彩。

"明"字当然下得好，但"霁"字更重要。作者写的是从长安遥望终南余雪的情景。终南山距长安城南约六十里，从长安城中遥望终南山，阴天固然看不清，就是在大晴天，一般看到的也是笼罩终南山的漾濛雾霭；只有在雨雪初晴之时，才能看清它的真面目。贾岛的《望山》诗里是这样写的："日日雨不断，愁杀望山人。天事不可长，劲风来如奔。阴霾一似扫，浩翠泻国门。长安百万家，家家张屏新。"久雨新晴，终南山翠色欲流，长安百万家，家家门前张开一面新崭崭的屏风，多好看！唐时如此，现在仍如此，久住西安的人，都有这样的经验。所以，如果写从长安城中望终南余雪而不用一个"霁"字，却说望见终南阴岭的余雪如何如何，那就不是客观真实了。

祖咏不仅用了"霁"，而且选择的是夕阳西下之时的"霁"。他说"林表明霁色"，而不说山脚、山腰或林下"明霁色"，这是很费推敲的。"林表"承"终南阴岭"而来，自然在终南高处。只有终南高处的林表才"明霁色"，表明西山已衔半边月，落日的余光平射过来，染红了林表，不用说也照亮了浮在云端的积雪。而结句的"暮"字，也已经呼之欲出了。

前三句，写"望"中所见；末一句，写"望"中所感。俗谚有云："下雪不冷消雪冷。"又云："日暮天寒。"一场雪后，只有终南阴岭尚余积雪，其他地方的雪正在消融，吸收了大量的热，自然要寒一些；日暮之时，又比白天寒；望终南余雪，寒光闪耀，就令人更增寒意。作望终南余雪的题目，写到因望余雪而增加了寒冷的感觉，意思的确完满了；何必死守清规戒律，再凑几句呢？清王士稹在《渔洋诗话》卷上里，把这首诗和晋陶潜的"倾耳无希声，在目皓已洁"（《癸卯岁十二月中作与从弟敬远》），王维的"洒空深巷静，积素广庭宽"（《冬晚对雪忆胡居士家》）等并列，称为咏雪的"最佳"作，不算过誉。

◆ 王 维

王维(公元701-761年),字摩诘,原籍祁(今山西祁县),后迁居蒲州(今山西永济西)。他出身于官宦之家,能诗善画,精通音乐。王维是唐代山水田园诗派的代表人物,与孟浩然齐名,称为"王孟"。早年有着积极进取的精神,写了许多关于边塞、游侠的诗歌,大都情调昂扬,气概豪迈。但其作品最主要为山水诗,通过对田园山水的描绘,宣扬隐士生活和佛教禅理。这些诗往往刻画细致,清新自然,词秀调雅,别树一帜。

陇西行①

十里一走马,五里一扬鞭。
都护②军书至,匈奴围酒泉③。
关山④正飞雪,烽火断无烟⑤。

注解

①陇西行:乐府古题名之一。陇西,陇山之西,在今甘肃省陇西县以东。

②都护:官名。汉代设置西域都护,唐代设置六大都护府以统辖西域诸国。

③匈奴:这里泛指我国北部和西部的少数民族。酒泉:郡名,在今甘肃省酒泉县东北。

④关山:泛指边关的山岳原野。

⑤烽戍:烽火台和守边营垒。古代边疆告警,以烽燧为号,白天举烟为"燧",夜晚举火为"烽"。戍,一本作"火"。断:中断联系。

赏析

这是王维用乐府旧题写的一首边塞诗。

诗一开头，便写告急途中，军使跃马扬鞭，飞驰而来，一下子就把读者的注意力紧紧吸引住了。一、二句形容在“一走马”“一扬鞭”的瞬息之间，“十里”“五里”的路程，便风驰电掣般地一闪而过，以夸张的语言渲染了十万火急的紧张气氛，给人以极其鲜明而飞动的形象感受。中间两句，点明了骑者的身份和告急的事由。一个“围”字，可见形势的严重。一个“至”字，则交代了军使经过“走马”“扬鞭”的飞驰疾驱，终于将军书及时送到。最后两句，补充交代了气候对烽火报警的影响。按理，应当先见烽火，后到军书。然而现在，在接到军书之后，举目西望，却只见漫天飞雪，一片迷茫，望断关山，不见烽烟。是因雪大点不着烽火呢，还是点着了也望不见呢？反正是烽火联系中断了。这就更突出了飞马传书的刻不容缓。写到这里，全诗便戛然而止了，结得干脆利落，给读者留下了想像的余地。尽管写形势危急，气氛紧张，而诗中表现的情绪却是热烈、镇定和充满自信的。

这首诗，取材的角度很有特色。它反映的是边塞战争，但并不正面描写战争。诗人的着眼点，既不在军书送出前边关如何被围，也不在军书送至后援军如何出动；而是仅仅截取军使飞马告急这样一个片断、一个侧面来写。至于前前后后的情况，则让读者自己用想像去补充。这种写法，节奏短促，一气呵成，篇幅集中而内蕴丰富，在艺术构思上也显得不落俗套。

送 别

下马饮君酒[1],问君何所之?
君言不得意,归卧南山陲[2]。
但去莫复问,白云无尽时。

注解

①饮君酒:劝君喝酒。饮,这里是使动用法,“使……饮”的意思。
②南山陲:终南山边。

赏析

这首诗写送友人归隐,看似语句平淡无奇,细细读来,却是词浅情深,含着悠然不尽的意味。

“下马饮君酒,问君何所之?”第一句叙事。一开始就写饮酒饯别,是点题。第二句设问,问君到哪里去。由此引出下面的答话,过渡到写归隐。这一质朴无华的问语,表露了作者对友人关切、爱护的深厚情意。送别者的感情起始就渗透在字里行间。

“君言不得意,归卧南山陲。”“不得意”三字,显然是有深意的。不仅交代友人归隐的原因,表现他失意不满的情绪;同时也从侧面表达诗人自己对现实愤懑不平的心情。这三字是理解这首诗题旨的一把钥匙。诗人在得知友人“不得意”的心情后,劝慰道:“但去莫复问,白云无尽时。”你只管去吧,我不再苦苦寻问了;其实你何必以失意为念呢?那尘世的功名利禄总是有尽头的,只有山中的白云才没有穷尽之时,足以供你娱乐排遣了。这两句表现了作者很复杂的思想感情:既有对友人的安慰,又有自己对隐居的欣羡;既有对人世荣华富贵的否定,又似乎带有一种无可奈何的情绪。联系前面“不得意”三字看来,在这两句诗中,更主要的则是对朋友的同情之心,并蕴含着诗人自己对现实的愤激之情,这正是此诗的着意之处和题旨所在。从写法上看,前面四句,写得比较平淡,似乎无甚意味,至此两句作结,诗意顿浓,韵味骤增,含不尽之意见于言外。当然,这两句也不是凭空而起的,而是由前面看似平淡的四句发展而来的,如果没有前四句作铺垫,这两句结尾也就不会给人这样强的“清音有余”(明谢榛语)的感觉。

陇头吟[①]

长安少年游侠客，夜上戍楼看太白[②]。
陇头明月迥临关，陇上行人夜吹笛。
关西老将不胜愁，驻马听之双泪流。
身经大小百余战，麾下偏裨万户侯。
苏武才为典属国[③]，节旄落尽海西头。

注解

①《陇头吟》：乐府旧题。胡才甫《沧浪诗话笺注》说：“按《乐府诗集》，《陇头吟》无古辞。《陇头》二首，其一题陈后主作，又注一本无名氏。疑即此首。”

②太白：即金星。古人认为它主兵象，可据以预测战事。

③典属国：汉代掌管藩属国家事务的官职，品位不高。

赏析

这是王维用乐府旧题写的一首边塞诗，题目一作《边情》。一、二两句，先写一位充满游侠豪气的长安少年夜登戍楼观察“太白”（金星）的星象，表现了他渴望建立边功、跃跃欲试的壮志豪情。起句很有气势。然而，底下突然笔锋一转，顺着长安少年的思绪，三、四句紧接着出现了月照陇山的远景：凄清的月夜，荒凉的边塞，在这里服役的“陇上行人”，正在用呜咽的笛声，寄托自己的愁思。如果说，长安少年头脑里装的是幻想，那么，陇上行人亲身经受的便是现实，两者的差别何等悬殊！写到这里，作者的笔锋又一转：由吹笛的陇上行人，引出了听笛的关西老将。承转也颇顿挫有力。这位关西老将“身经大小百余战”，曾建立过累累军功，这不正是长安少年所追求的目标吗？然而老将立功之后又如何呢？部下的偏裨副将，有的已成了万户侯，而他却沉沦边塞！关

西老将闻笛驻马而不禁泪流，这当中包含了多少辛酸苦辣！这四句，是全诗的重点，写得悲怆郁愤。关西老将为什么会有如此遭遇呢？诗中虽未明言，但最后引用了苏武的典故，是颇含深意的。苏武出使匈奴被留，在北海边上持节牧羊十九年，以致符节上的旄缨都落尽了，如此尽忠于朝廷，报效于国家，回来以后，也不过只做了个典属国那样的小官。表面看来，这似乎是安慰关西老将的话，但实际上，引苏武与关西老将类比，恰恰说明了关西老将的遭遇不是偶然的、个别的。功大赏小，功小赏大。朝廷不公，古来如此。这就深化了诗的主题，赋予了它更广泛的社会意义。

清人方东树推崇这首诗说："起势翩然，关西句转收，浑脱沉转，有远势，有厚气，此短篇之极则。"（《昭昧詹言》）在十句诗中，作者把长安少年、陇上行人、关西老将这三种类型的人物，戍楼看星、月夜吹笛、驻马流泪这三个不同的生活场景，巧妙地集中在一起，自然而然地形成了鲜明的对照。这就很容易使人联想到：今日的长安少年，安知不是明日的陇上行人，后日的关西老将？而今日的关西老将，又安知不是昨日的陇上行人，前日的长安少年？诗的主旨是发人深省的。

山居秋暝①

空山新雨后，天气晚来秋。
明月松间照，清泉石上流。
竹喧归浣女②，莲动下渔舟。
随意春芳歇③，王孙④自可留。

注解

①暝：天黑。此诗作于王维居辋川时期。
②浣女（huàn nǚ）：洗衣女。
③春芳：春天的芳菲。歇：消歇、逝去。

④王孙:《楚辞·招隐士》:“王孙游兮不归,春草生兮萋萋。……王孙兮归来,山中兮不可以久留。”原为招隐士出山之词。王维在此处反用其意,说任春芳消逝,而美好的秋色让王孙(王维自指)自可以留居于山中。

赏析

这首山水名篇,于诗情画意之中寄托着诗人高洁的情怀和对理想境界的追求。

“空山新雨后,天气晚来秋。”诗中明明写有浣女渔舟,诗人怎下笔说是“空山”呢?原来山中树木繁茂,掩盖了人们活动的痕迹,正所谓:“空山不见人,但闻人语响。”(《鹿柴》)啊!又由于这里人迹罕到,“峡里谁知有人事,世中遥望空云山”(《桃源行》),一般人自然不知山中有人了。“空山”二字点出此处有如世外桃源。山雨初霁,万物为之一新,又是初秋的傍晚,空气之清新,景色之美妙,可以想见。

“明月松间照,清泉石上流。”天色已暝,却有皓月当空;群芳已谢,却有青松如盖。山泉清冽,淙淙流泻于山石之上,犹如一条洁白无瑕的素练,在月光下闪闪发光,多么幽清明净的自然美啊!王维的《济上四贤咏》曾经称赞两位贤隐士的高尚情操,谓其“息阴无恶木,饮水必清源”。诗人自己也是这种心志高洁的人,他曾说:“宁栖野树林,宁饮涧水流。不用坐粱肉,崎岖见王侯。”(《献始兴公》)这月下青松和石上清泉,不正是他所追求的理想境界吗?这两句写景如画,随意挥洒,毫不着力。像这样又动人又自然的写景,达到了艺术上炉火纯青的地步,非一般人所能学到。

“竹喧归浣女,莲动下渔舟。”竹林里传来了一阵阵的歌声笑语,那是一些天真无邪的姑娘们洗罢衣服笑逐着归来了;亭亭玉立的荷叶纷纷向两旁披分,掀翻了无数珍珠般晶莹的水珠,那是顺流而下的渔舟,划破了荷塘月色的宁静。在这青松明月之下,在这翠竹青莲之中,生活着这样一群无忧无虑、勤劳善良的人们。这纯洁美好的生活图景,反映了诗人过安静淳朴生活的理想,同时也从反面衬托出他对污浊官场的厌恶。这两句写得很有技巧,而用笔不露痕迹,使人不觉其巧。诗人先写“竹喧”“莲动”,因为浣女隐在竹林之中,渔舟被莲叶遮蔽,起初未见,等到听到竹林喧声,看到莲叶纷披,才发现浣女、莲舟。这样写更富有真情实感,更富有诗意。

诗的中间两联同是写景,而各有侧重。颔联侧重写物,以物芳而明志洁;颈联侧重写人,以人和而望政通。同时,二者又互为补充,泉水、青松、翠竹、青莲,可以说都是诗人高尚情操的写照，都是诗人理想境界的环境烘托。

既然诗人是那样的高洁，而他在那貌似“空山”之中又找到了一个称心的世外桃源，所以就情不自禁地说：“随意春芳歇，王孙自可留！”本来，《楚辞·招隐士》说：“王孙兮归来，山中兮不可久留！”诗人的体会恰好相反，他觉得“山中”比“朝中”好，洁净淳朴，可以远离官场而洁身自好，所以就决然归隐了。

这首诗一个重要的艺术手法，是以自然美来表现诗人的人格美和一种理想中的社会之美。表面看来，这首诗只是用“赋”的方法模山范水，对景物作细致感人的刻画，实际上通篇都是比兴。诗人通过对山水的描绘寄慨言志，含蕴丰富，耐人寻味。

归嵩山[1]作

清川带长薄，车马去闲闲[2]。
流水如有意，暮禽相与还。
荒城临古渡，落日满秋山。
迢递嵩高下，归来且闭关[3]。

注解

①嵩山：又称嵩高山，在今河南登封北。
②长薄：绵延的草木丛。闲闲：从容自得的样子。
③迢递：遥远的样子。关：本意指门闩，这里代指门。

赏析

这首诗写作者辞官归隐途中所见的景色和心情。嵩山，古称“中岳”，在今河南登封县北。

“清川带长薄，车马去闲闲。”首联描写归隐出发时的情景，扣题目中的“归”字。清澈的河川环绕着一片长长的草木丛生的沼泽地，离归的车马缓缓前进，显得那样从容不迫。这里所写望中景色和车马动态，都反映出诗人归山出发时一种安详闲适的心境。

中间四句进一步描摹归隐路途中的景色。第三句“流水如有意”承“清川”，第四句“暮禽相与还”承“长薄”，这两句又由“车马去闲闲”直接发展而来。这里移情及

物，把“流水”和“暮禽”都拟人化了，仿佛它们也富有人的感情。河川的清水在汩汩流淌，傍晚的鸟儿飞回绵延茂盛的草木丛中去栖息，它们好像在和诗人结伴而归。两句表面上是写“水”和“鸟”有情，其实还是写作者自己有情：一是体现诗人归山开始时悠然自得的心情，二是寓有作者的寄托。“流水”句比喻一去不返的意思，表示自己归隐的坚决态度；“暮禽”句包含“鸟倦飞而知还”之意，流露出自己退隐的原因，是对现实政治的失望、厌倦。所以此联也不是泛泛的写景，而是景中有情，言外有意的。

“荒城临古渡，落日满秋山。”这一联运用的还是寓情于景的手法。两句十个字，写了四种景物——荒城、古渡、落日、秋山，构成了一幅具有季节、时间、地点特征而又色彩鲜明的图画：荒凉的城池临靠着古老的渡口，落日的余晖洒满了萧飒的秋山。这是傍晚野外的秋景图，是诗人在归隐途中所看到的充满黯淡凄凉色彩的景物，对此加以渲染，正反映了诗人感情上的波折变化，衬托出作者越接近归隐地，就越发感到凄清的心境。

“迢递嵩高下，归来且闭关。”“迢递”是形容山高远的样子，对山势作了简练而又形象的描写。“嵩高”，即嵩山。前句交代归隐的地点，点出题目中的“嵩山”二字。“归来”，写明归山过程的终结，点出题目中的“归”字。“闭关”，不仅指关门的动作，而且含有闭门谢客的意思。后句写归隐后的心情，表示要与世隔绝，不再过问社会人事，最终点明辞官归隐的宗旨，这时感情又趋向平和。

整首诗写得很有层次。随着诗人的笔端，既可领略归山途中的景色移换，也可隐约触摸到作者感情的细微变化：由安详从容，到凄清悲苦，再到恬静淡泊。说明作者对辞官归隐，既有闲适自得，积极向上的一面；也有愤激不平，无可奈何而求之的一面。诗人随意写来，不加雕琢，可是写得真切生动，含蓄隽永，不见斧凿的痕迹，却又有精巧蕴藉之妙。清沈德潜说：“写人情物性，每在有意无意间。”（《唐诗别裁集》）元方回说：“不求工而未尝不工。”（《瀛奎律髓》）正道出了这首诗不工而工，恬淡清新的特点。

使至塞上

单车欲问边，属国①过居延。
征蓬出汉塞，归雁入胡天。
大漠孤烟直②，长河落日圆。
萧关逢侯骑③，都护在燕然④。

注解

①属国：典属国的简称。本为秦汉时官名，这里代指使臣，是王维自指。

②孤烟直：直上的燧烟。宋陆佃《埤雅》："占之烽火用狼粪，取其烟直而聚，虽风吹之不斜。"

③萧关：在今宁夏回族自治区固原县东南。侯骑（jì）：骑马的侦察兵。

④都护：当时边疆重镇都护府的长官，这里指河西节度使。燕（yān）然：即杭爱山，在今蒙古人民共和国境内。后汉车骑将军窦宪大破匈奴北单于，曾登燕然山刻石记功。这里借指最前线，并非实指。

赏析

开元二十五年（公元737年）河西节度副使崔希逸战胜吐蕃，唐玄宗命王维以监察御史的身份出塞宣慰，察访军情。这实际是将王维排挤出朝廷。这首诗作于赴边途中。

"单车欲问边"，轻车前往，向哪里去呢？"属国过居延"，居延在今甘肃张掖县西北，远在西北边塞，在这里并非实指，只是用来泛指边疆之地。

"征蓬出汉塞，归雁入胡天"，诗人以"蓬""雁"自比，说自己像随风而去的蓬草一样出临"汉塞"，像振翮北飞的"归雁"一样进入"胡天"。古诗中多用飞蓬比喻漂泊在外的游子，这里却是比喻一个负有朝廷使命的大臣，正是暗写诗人内心的激愤和抑郁。与首句的"单车"相呼应。万里行程只用了十个字轻轻带过。

然后抓住沙漠中的典型景物进行刻画："大漠孤烟直，长河落日圆。"最后两句写到达边塞："萧关逢侯骑，都护在燕然。"到了边塞，却没有遇到将官，侦察兵告诉使臣：首将正在燕然前线。

诗人把笔墨重点用在了他最擅胜场的方面——写景。作者出使，恰在春天。途中见数行归雁北翔，诗人即景设喻，用归雁自比，既叙事，又写景，一笔两到，贴切自然。尤其是“大漠孤烟直，长河落日圆”一联，写进入边塞后所看到的塞外奇特壮丽的风光，画面开阔，意境雄浑，近代王国维称之为“千古壮观”的名句。边疆沙漠，浩瀚无边，所以用了“大漠”的“大”字，边塞荒凉，没有什么奇观异景，烽火台燃起的那一股浓烟就显得格外醒目，因此称作“孤烟”。一个“孤”字写出了景物的单调，紧接一个“直”字，却又表现了它的劲拔、坚毅之美。沙漠上没有山峦林木，那横贯其间的黄河，就非用一个“长”字不能表达诗人的感觉。落日，本来容易给人以感伤的印象，这里用一“圆”字，却给人以亲切温暖而又苍茫的感觉：一个“圆”字，一个“直”字，不仅准确地描绘了沙漠的景象，而且表现了作者的深切的感受。诗人把自己的孤寂情绪巧妙地融合在广阔的自然景象的描绘中。《红楼梦》第四十八回里香菱谈诗说：“‘大漠孤烟直，长河落日圆’。想来‘烟’如何‘直’？‘日’自然是‘圆’的。这‘直’字似无理，‘圆’字似太俗。合上书一想，倒像是见了这景的。要说再找两个字换这两个，竟再找不出两个字来。”这就是“诗的好处，有口里说不出来的意思，想去却是逼真的；又似乎是无理的，想去竟是有理有情的”。可谓道出了这两句诗高超的艺术境界。

鹿柴①

空山不见人，但②闻人语响。
返景③入深林，复照青苔上。

注解

①鹿柴：“柴”通“寨”，“砦”，即栅栏，篱障。鹿柴是辋川的一个地名。
②但：只。
③景：通“影”，指日光。

赏析

这是王维后期的山水诗代表作——五绝组诗《辋川集》二十首中的第四首。鹿柴，是辋川的地名。

诗里描绘的是鹿柴附近的空山深林在傍晚时分的幽静景色。第一句“空山不见人”，先正面描写空山的杳无人迹。王维似乎特别喜欢用“空山”这个词语，但在不同的诗里，它所表现的境界却有区别。“空山新雨后，天气晚来秋”（《山居秋暝》），侧重于表现雨后秋山的空明洁净；“人闲桂花落，夜静春山空”（《鸟鸣涧》），侧重于表现夜间春山的宁静幽美；而“空山不见人”，则侧重于表现山的空寂清冷。由于杳无人迹，这并不真空的山，在诗人的感觉中，竟显得空廓虚无，宛如太古之境了。“不见人”，把“空山”的意蕴具体化了。如果只读第一句，也许会觉得它比较平常，但在“空山不见人”之后紧接“但闻人语响”，却境界顿出。“但闻”二字颇可玩味。通常情况下，寂静的空山尽管“不见人”，却非一片静默死寂。啾啾鸟语，唧唧虫鸣，瑟瑟风声，潺潺水响，相互交织，大自然的声音其实是非常丰富多彩的。然而，现在这一切都杳无声息，只是偶尔传来一阵人语声，却看不到人影（由于山深林密）。这“人语响”，似乎是破“寂”的，实际上是以局部的、暂时的“响”反衬出全局的、长久的空寂。空谷传音，愈见空谷之空；空山人语，愈见空山之寂。人语响过，空山复归于万籁俱寂的境界；而且由于刚才那一阵人语响，这时的空寂感就更加突出。三、四句，由上面的描写空山传语进而描写深林返照，由声而色。深林，本来就幽暗，林间树下的青苔，更突出了深林的不见阳光。寂静与幽暗，虽分别诉之于听觉与视觉，但它们在人们总的印象中，却常属于一类，因此幽与静往往连类而及。按照常情，写深林的幽暗，应该着力描绘它不见阳光，这两句却特意写返景射入深林，照映在青苔上。猛然一看，会觉得这一抹斜晖，给幽暗的深林带来一线光亮，给林间青苔带来一丝暖意，或者说给整个深林带来一点生意。但细加体味，就会感到，无论就作者的主观意图或作品的客观效果来看，都恰与此相反。一味的幽暗有时反倒使人不觉其幽暗，而当一抹余晖射入幽暗的深林，斑斑驳驳的树影，照映在树下的青苔上时，那一小片光影和大片的无边的幽暗所构成的强烈对比，反而使深林的幽暗更加突出。特别是这“返景”，不仅微弱，而且短暂，一抹余晖转瞬逝去之后，接踵而来的便是漫长的幽暗。如果说，一、二句是以有声反衬空寂；那么三、四句便是以光亮反衬幽暗。整首诗就像是在绝大部分用冷色的画面上掺进了一点暖色，结果反而使冷色给人的印象更加突出。

静美和壮美，是大自然千姿百态的美的两种类型，其间本无轩轾之分。但静而近于空无，幽而略带冷寂，则多少表现了作者美学趣味中不健康的一面。同样写到“空山”，同样侧重于表现静美，《山居秋暝》色调明朗，在幽静的基调上浮动着安恬的气息，蕴含着活泼的生机；《鸟鸣涧》虽极写春山的静谧，但整个意境并不幽冷空寂，素月的清辉，桂花的芬芳，山鸟的啼鸣，都带有春的气息和夜的安恬；而《鹿柴》则不免带有幽冷空寂的色彩，尽管还不至于幽森枯寂。

王维是诗人、画家兼音乐家。这首诗正体现出诗、画、乐的结合。无声的静寂，无光的幽暗，一般人都易于觉察；但有声的静寂，有光的幽暗，则较少为人所注意。诗人正是以他特有的画家、音乐家对色彩、声音的敏感，才把握住了空山人语响和深林入返照的一刹那间所显示的特有的幽静境界。而这种敏感，又和他对大自然的细致观察分不开。

相　思

红豆①生南国，春来发②几枝？
愿君多采撷③，此物最相思。

注解

①红豆：又名相思豆，一种生在岭南地区的植物，结出鲜红的豆子，像豌豆，小而稍扁。

②发：生长。

③采撷：采摘、摘下、取下。

赏析

唐代绝句名篇，经乐工谱曲而广为流传者为数甚多。王维《相思》就是梨园弟子爱唱的歌词之一。据说天宝之乱后，著名歌者李龟年流落江南，经常为人演唱，听者无不动容。

红豆产于南方，结实鲜红浑圆，晶莹如珊瑚，南方人常用以镶嵌饰物。传说古代有一位女子，因丈夫死在边地，哭于树下而死，化为红豆，于是人们又称呼它为“相思子”。唐诗中常用它来关合相思之情。而“相思”不限于男女情爱范围，朋友之间也有相思的，如旧题《李少卿与苏武诗》（其三）“行人难久留，各言长相思”即著例。此诗题一作《江上赠李龟年》，可见诗中抒写的是眷念朋友的情绪。

“南国”（南方）即是红豆产地，又是朋友所在之地。首句以“红豆生南国”起兴，暗指后文的相思之情。语极单纯，而又富于形象。次句“春来发几枝”轻声一问，承得自然，寄语设问的口吻显得分外亲切。然而单问红豆春来发几枝，是意味深长的，这是选择富于情味的事物来寄托情思。“来日绮窗前，寒梅著花未？”（王维《杂诗》）对于梅树的记忆，反映出了客子深厚的乡情。同样，这里的红豆是赤诚友爱的一种象征。这样写来，便觉语近情遥，令人神远。

第三句紧接着寄意对方“多采撷”红豆，仍是言在此而意在彼。以采撷植物来寄托怀思的情绪，是古典诗歌中常见手法，如汉代《古诗十九首》之一：“涉江采芙蓉，兰泽多芳草。采之欲遗谁？所思在远道”即著例。“愿君多采撷”似乎是说：“看见红豆，想起我的一切吧。”暗示远方的友人珍重友谊，语言恳挚动人。这里只用相思嘱人，而自己的相思则见于言外。用这种方式透露情怀，婉曲动人，语意高妙。宋人洪迈编《万首唐人绝句》，此句“多”字作“休”，用“休”字反衬离情之苦，因相思转怕相思，当然也是某种境况下的人情状态。其辞虽异，情同一怀。“多采撷”犹言“勿忘我”，“休采撷”犹言“忘记我”，表达的都是相思的深情，手法各有千秋。末句点题，“相思”与首句“红豆”呼应，既是切“相思子”之名，又关合相思之情，有双关的妙用。“此物最相思”就像说：只有这红豆才最惹人喜爱，最叫人忘不了呢。这是补充解释何以“愿君多采撷”的理由。而读者从话中可以体味到更多的东西。诗人真正不能忘怀的，不言自明。一个副词“最”，意味极深长，更增加了双关语中的含蕴。

全诗洋溢着少年的热情，青春的气息，满腹情思始终未曾直接表白，句句话儿不离红豆，而又“超以象外，得其圜中”，把相思之情表达得入木三分。它“一气呵成，亦须一气读下”，极为明快，却又委婉含蓄。在生活中，最情深的话往往朴素无华，自然入妙。王维很善于提炼这种素朴而典型的语言来表达深厚的思想感情。所以此诗语浅情深，当时就成为流行名歌是毫不奇怪的。

山中

荆溪白石出，天寒红叶稀。
山路元[1]无雨，空翠湿人衣。

注解

①元：通“原”，原来，本来。

赏析

这首小诗描绘初冬时节山中景色。

首句写山中溪水。荆溪，本名长水，又称沪水，源出陕西蓝田县西南秦岭山中，北流至长安东北入灞水。

这里写的大概是穿行在山中的上游一段。山路往往傍着溪流，山行时很容易首先注意到蜿蜒曲折、似乎与人做伴的清溪。

天寒水浅，山溪变成涓涓细流，露出磷磷白石，显得特别清浅可爱。由于抓住了冬寒时山溪的主要特征，读者不但可以想见它清澄莹澈的颜色，蜿蜒穿行的形状，甚至仿佛可以听到它潺潺流淌的声音。

次句写山中红叶。绚烂的霜叶红树，本是秋山的特点。入冬天寒，红叶变得稀少了，这原是不大引人注目的景色，但对王维这样一位对大自然的色彩有特殊敏感的诗人兼画家来说，在一片浓翠的山色背景上（这从下两句可以看出），这里那里点缀着的几片红叶，有时反倒更为显眼。

它们或许会引起诗人对刚刚逝去的绚烂秋色的遐想。所以，这里的“红叶稀”，并不给人以萧瑟、凋零之感，而是引起对美好事物的珍重和流连。

如果说前两句所描绘的是山中景色的某一两个局部，那么后两句所展示的却是它的全貌。尽管冬令天寒，但整个秦岭山中，仍是苍松翠柏，蓊郁青葱，山路就穿行在无边的浓翠之中。苍翠的山色本身是空明的，不像有形的物体那样可以触摸得到，所以

说“空翠”。“空翠”自然不会“湿衣”，但它是那样浓，浓得几乎可以溢出翠色的水分，浓得几乎使整个空气里都充满了翠色的分子，人行空翠之中，就像被笼罩在一片翠雾之中，整个身心都受到它的浸染、滋润，而微微感觉到一种细雨湿衣似的凉意，所以尽管“山路元无雨”，却自然感到“空翠湿人衣”了。

这是视觉、触觉、感觉的复杂作用所产生的一种似幻似真的感受，一种心灵上的快感。“空”字和“湿”字的矛盾，也就在这种心灵上的快感中统一起来了。

张旭的《山中留客》说：“纵使晴明无雨色，入云深处亦沾衣。”“沾衣”是实写，展示了云封雾锁的深山另一种美的境界；王维这首《山中》的“湿衣”却是幻觉和错觉，抒写了浓翠的山色给人的诗意感受。

同样写山中景物，同样写到了沾衣，却同工异曲，各臻其妙。真正的艺术是永远不会重复的。

这幅由白石磷磷的小溪、鲜艳的红叶和无边的浓翠所组成的山中冬景，色泽斑斓鲜明，富于诗情画意，毫无萧瑟枯寂的情调。和作者某些专写静谧境界而不免带有清冷虚无色彩的小诗比较，这一首所流露的感情与美学趣味都似乎要更健康一些。

九月九日忆山东兄弟

独在异乡为异客，每逢佳节倍思亲。
遥知[1]兄弟登高[2]处，遍插茱萸[3]少一人。

注解

①遥知：在远方知道。

②登高：阴历九月九日重阳节，民间有全市辟邪的习俗。

③茱萸：一种植物，小乔木，叶对称。传说重阳节扎茱萸，登高饮菊花酒，可避灾。

赏析

王维是一位早熟的作家，少年时期就创作了不少优秀的诗篇。这首诗就是他十七岁时的作品。和他后来那些富于画意、构图设色非常讲究的山水诗不同，这首抒情小诗写得非常朴素。但千百年来，人们在做客他乡的情况下读这首诗，却都强烈地感受到了它的艺术力量。这种艺术力量，首先来自它的朴质、深厚和高度的艺术概括。

诗因重阳节思念家乡的亲人而作。王维家居蒲州（今山西永济），在华山之东，所以题称"忆山东兄弟"。写这首诗时，他大概正在长安谋取功名。繁华的帝都对当时热衷仕进的年轻士子虽有很大吸引力，但对一个少年游子来说，毕竟是举目无亲的"异乡"；而且越是繁华热闹，在茫茫人海中的游子就越显得孤孑无亲。第一句用了一个"独"字，两个"异"字，分量下得很足。对亲人的思念，对自己孤孑处境的感受，都凝聚在这个"独"字里面。"异乡为异客"，不过说他乡做客，但两个"异"字所造成的艺术效果，却比一般地叙说他乡做客要强烈得多。在自然经济占主要地位的封建时代，不同地域之间的风土、人情、语言、生活习惯差别很大，离开多年生活的故乡到异地去，会感到一切都陌生、不习惯，感到自己是漂浮在异地生活中的一叶浮萍。"异乡""异客"正是朴质而真切地道出了这种感受。做客他乡者的思乡怀亲之情，在平日自然也是存在的，不过有时不一定是显露的，但一旦遇到某种触媒——最常见的是"佳节"，就很容易爆发出来，甚至一发而不可抑止。这就是所谓"每逢佳节倍思亲"。佳节，往往是家人团聚的日子，而且往往和对家乡风物的许多美好记忆联结在一起，所以"每逢佳节倍思亲"就是十分自然的了。这种体验，可以说人人都有，但在王维之前，却没有任何诗人用这样朴素无华而又高度概括的诗句成功地表达过。而一经诗人道出，它就成了最能表现客中思乡感情的格言式的警句。

前两句，可以说是艺术创作的"直接法"——几乎不经任何迂回，而是直插核心，迅即形成高潮，出现警句。但这种写法往往使后两句难以为继，造成后劲不足。这首诗的后两句，如果顺着"佳节倍思亲"作直线式的延伸，就不免画蛇添足；转出新意而再形成新的高潮，也很难办到。作者采取另一种方式：紧接着感情的激流，出现一泓微波荡漾的湖面，看似平静，实则更加深沉。

重阳节有登高的风俗，登高时佩戴茱萸囊，据说可以避灾。茱萸，一名越椒，一种有香气的植物。三、四两句，如果只是一般化地遥想兄弟如何在重阳日登高，佩戴茱

萸，而自己独在异乡，不能参与，虽然也写出了佳节思亲之情，但会显得平直，缺乏新意与深情。诗人遥想的却是："遍插茱萸少一人"。意思是说，远在故乡的兄弟们今天登高时身上都佩上了茱萸，却发现少了一位兄弟——自己不在内。好像遗憾的不是自己未能和故乡的兄弟共度佳节，反倒是兄弟们佳节未能完全团聚；似乎自己独在异乡为异客的处境并不值得诉说，反倒是兄弟们的缺憾更须体贴。这就曲折有致，出乎常情。而这种出乎常情之处，正是它的深厚处、新警处。杜甫的《月夜》"遥怜小儿女，未解忆长安"，和这两句异曲同工，而王诗似乎更不着力。

◆ 丘　为

丘为（公元694－约789年），苏州嘉兴（今属浙江）人。事继母孝，尝有灵芝生堂下。屡试不第，归山攻读数年，天宝初年，进士及第，累官至太子右庶子，唐贞元四年（公元788年）为由前左散骑常侍致仕。年八十余，而母无恙，给以俸禄之半。善为诗，与王维（公元701－760年）、刘长卿（公元709－780年）友善，时相唱和。80多岁辞官还，贞元间卒，年九十六。相传是唐代享寿最高的一位诗人。其诗大抵为五言，格调清幽淡逸，多写田园风物，为盛唐田园山水诗派作者之一。以《题农父庐舍》《寻西山隐者不遇》《左掖梨花》《泛若耶溪》等较著名。例如："冷艳全欺雪，余香乍入衣"（《左掖梨花》），堪称佳句；"春风何时至？已绿湖上山"（《题农父庐舍》），工于炼字，王安石《船泊瓜洲》之"春风已绿江南岸"盖脱胎于此。原有集，已佚。

寻西山隐者不遇

绝顶一茅茨①，直上三十里。
扣关②无僮仆，窥室惟案几。
若非巾柴车③，应是钓秋水④。
差池⑤不相见，黾俛空仰止⑥。
草色新雨中，松声晚窗里。
及兹契⑦幽绝，自足荡心耳⑧。
虽无宾主意，颇得清净理。
兴尽方下山，何必待之子⑨。

注解

①茅茨(cí)：草屋。

②扣关：敲门。

③巾柴车：盖上了帷幔、构造简陋的车子，指隐士用的车。后引申为乘车出行之意。语见自晋陶渊明《归去来兮辞》：“或命巾车，或棹孤舟。”又见江淹《拟陶》诗“日暮巾柴车”句。

④钓秋水：在秋水中垂钓。《庄子·秋水》载庄子钓于濮水，不接受楚国官职事，后指隐居。

⑤差(cī)池：原为参差不齐。此指我来你往，交叉而错过之意。

⑥黾俛(mǐn miǎn)：踌躇不定的样子。仰止：敬慕、仰望。语自《诗经·小雅·车辖》：“高山仰止，景行行止。”

⑦契：惬意、融洽之意。

⑧荡心耳：指山中美景使感官与心胸涤荡清净。

⑨此二句语出《世说新语·任诞》，晋王徽之雪夜乘船到剡溪访友戴

逵，至其门不入而返。人问其故，答曰："吾本乘兴而来，兴尽而返，何必见戴?"待：等待。之子：此人。指西山隐者。

赏析

这是一首描写隐逸高趣的诗。从思想上说，这类诗在中国古典诗歌中有很多，并没有什么分外高奇的地方，但细读起来，又令人感到有些新颖别致。这新颖别致来自什么地方呢？主要来自构思。我们看，这首诗以"寻西山隐者不遇"为题，到山中专程去寻访隐者，当然是出于对这位隐者的友情或景仰了，而竟然"不遇"，按照常理，这一定会使访者产生无限失望、惆怅之情。但却出人意料之外，这首诗虽写"不遇"，却偏偏把隐者的生活和性格表现得历历在目；却又借题"不遇"，而淋漓尽致地抒发了自己的幽情雅趣和旷达胸怀，似乎比相遇了更有收获，更为心满意足。正是由于这一立意的新颖，而使这首诗变得有很强的新鲜感。

诗是从所要寻访的这位隐者的栖身之所写起的。开首两句写隐者独居于深山绝顶之上的"一茅茨"之中，离山下有"三十里"之遥。这两句似在叙事，但实际上意在写这位隐者的远离尘嚣之心，兼写寻访者的不惮艰劳、殷勤远访之意。"直上"二字，与首句"绝顶"相照应，点出了山势的陡峭高峻，也暗示出寻访者攀登之劳。三、四两句，写到门不遇，叩关无僮仆应承，窥室只见几案，杳无人踪。紧接着下两句是写寻访者停在户前的踌躇想像之词：主人既然不在，到哪儿去了呢？若不是乘着柴车出游，必是临渊垂钓去了吧？乘柴车出游，到水边垂钓，正是一般隐逸之士闲适雅趣的生活。这里不是正面去写，而是借寻访者的推断写出，比直接对隐者的生活做铺排描写反觉灵活有致。"差池不相见，黾俛空仰止"，远路相寻，却意外错开而不见，空负了一片景仰之情，失望之心不能没有。但诗写至此，却突然宕了开去，"草色新雨中，松声晚窗里。及兹契幽绝，自足荡心耳。虽无宾主意，颇得清净理"，由访人而变成问景，由失望而变得满足，由景仰隐者，而变得自己来领略隐者的情趣和生活，谁能说作者这次跋涉是入宝山而空返呢？"兴尽方下山，何必待之子"，结句暗用了著名的晋王子猷雪夜访戴的故事：故事出于《世说新语·任诞》，记王子猷居山阴，逢雪夜，忽忆起隐居在剡溪的好友戴安道。便立时登舟往访，经夜始至，及至门口又即便返回，人问其故，王子猷回答说："吾本乘兴而行，兴尽而返，何必见戴？"诗人采用了这一典故，来自抒旷怀：访友而意不在友，在于满足自己的佳趣雅兴；读诗至此，似乎使我们遇到了一位绝不亚于隐者的高士。诗人访隐居友人，期遇而未遇；读者由诗人的未遇中，却不期遇而遇——遇到了一位胸怀旷达，习静喜幽，任性所之的高雅之士。而诗人在这首诗中所要表达的，也正是这一点。

◆ 李 白

李白(公元701-约763年)，字太白，号青莲居士。祖籍陇西成纪(今甘肃天水)。5岁时随父迁居绵州昌明县(今四川江油)。通诗书，喜纵横术。25岁时离开四川，外出游学。先寓居安陆(今属湖北)，继而西入长安，求取功名。不久又离京赴太原，游齐鲁。天宝元年(公元742年)奉诏入京，为供奉翰林。因与当政者不合，被赐金放还，于是再次漫游各地。安史之乱期间，应永王李璘之聘，入佐幕府。永王为肃宗所杀，李白因受牵连，被流放夜郎。流放途中遇赦东归，寓居当涂(今属安徽)县令李阳冰家。代宗宝应二年(公元763年)前后病逝。现存诗九百多首，有《李太白集》。李白是唐代与杜甫并称的伟大诗人，他的诗歌各体俱佳，而其中又以七言歌行与七言绝句最为擅长。

古 风

西上莲花山，迢迢见明星[①]。
素手把芙蓉，虚步蹑太清。
霓裳曳广带，飘拂升天行。
邀我登云台，高揖卫叔卿。
恍恍与之去，驾鸿凌紫冥。
俯视洛阳川，茫茫走胡兵。
流血涂野草，豺狼尽冠缨。

注解

①明星：本是华山玉女名，但这里又给人造成天上明星的错觉。

赏析

这是一首用游仙体写的古诗，大约作于安禄山攻破洛阳以后。诗中表现了诗人独善兼济的思想矛盾和忧国忧民的沉痛感情。诗人在想像中登上西岳华山的最高峰莲花峰，远远看见了明星仙女。“明星”本是华山玉女名，但字面上又给人造成天上明星的错觉。首二句展现了一个莲峰插天、明星闪烁的神话世界。玉女的纤纤素手拈着粉红的芙蓉，凌空而行，游于高高的太清，雪白的霓裳曳着宽广的长带，迎风飘举，升向天际。诗人用神奇的彩笔，绘出了一幅优雅缥缈的神女飞天图。

美丽的玉女邀请李白来到华山云台峰，与仙人卫叔卿长揖见礼。据《神仙传》载，卫叔卿曾乘云车、驾白鹿去见汉武帝，以为皇帝好道，见之必加优礼。但皇帝只以臣下相待，于是大失所望，飘然离去。这里用卫叔卿的故事暗暗关合着李白自己的遭遇。天宝初年，诗人不是也曾怀着匡世济民的宏图进入帝阙吗？而终未为玄宗所重用，三年后遭谗离京。所以没奈何，只好把卫叔卿引为同调，而与之驾鸿雁游紫冥了。

正当诗人恍惚间与卫叔卿一同飞翔在太空之上的时候，他低头看到了被胡兵占据的洛阳一带，人民惨遭屠戮，血流遍野，而逆臣安禄山及其部属却衣冠簪缨，坐了朝廷。社会的动乱惊破了诗人幻想超脱现实的美梦，使他猛然从神仙幻境折回，转而面对战乱的惨象。诗至此戛然而止，没有交代自己的去留，但诗中李白正视和关切现实，忧国忧民的心情，是十分明显的。在这首《古风》里，诗人出世和用世的思想矛盾，是通过美妙洁净的仙境和血腥污秽的人间这样两种世界的强烈对照表现出来的。这就造成了诗歌情调从悠扬到悲壮的急速变换，风格从飘逸到沉郁的强烈反差。然而它们却和谐地统一在一首诗里，这主要是靠诗人纵横的笔力、超人的才能和积极的进取精神表现出来的。

李白后期的游仙诗，常常在驰骋丰富的想像中，把道家神仙的传说，融入瑰丽奇伟的艺术境界，使抒情主人公带上浓郁的谪仙色彩。这是和他政治上不得志，信奉道教，长期过着游山玩水、修道炼丹的隐士生活分不开的。但他也借游仙表现了对现实的反抗和对理想的追求，使魏晋以来宣扬高蹈遗世的游仙诗获得了新的生命。《古风》（其十九）便是一个例证。

行路难①

金樽清酒斗十千，玉盘珍羞值万钱②。
停杯投箸不能食，拔剑四顾心茫然③。
欲渡黄河冰塞川，将登太行雪满山④。
闲来垂钓碧溪上，忽复乘舟梦日边⑤。
行路难，行路难，多歧路，今安在⑥？
长风破浪会有时，直挂云帆济沧海⑦。

注解

①行路难：乐府旧题，《古题要解》："《行路难》，备言世路艰难及离别伤悲之意。多以'君不见'为首。"

②清酒：清醇的美酒。斗十千：一斗酒值钱十千。斗：古代量酒的容器。珍羞：珍美的菜肴。

③箸：筷子。顾：望。

④太行：即太行山。

⑤垂钓碧溪：用吕尚遇文王典。传说吕尚未遇周文王时，曾在渭水的硒溪上钓鱼。梦日：王琦注《宋书》："伊挚将应汤命，梦乘船过日月之傍。"

⑥安：哪里。

⑦长风破浪：《宋书·宗悫传》："宗悫少时，叔父炳问其志。悫曰：'愿乘长风破万里浪。'"济：渡。

赏析

这是李白所写的三首《行路难》的第一首。这组诗从内容看，应该是写在天宝三载(公元744年)李白离开长安的时候。

诗的前四句写朋友出于对李白的深厚友情，出于对这样一位天才被弃置的惋惜，不惜金钱，设下盛宴为之饯行。“嗜酒见天真”的李白，要是在平时，因为这美酒佳肴，再加上朋友的一片盛情，肯定是会“一饮三百杯”的，然而，这一次他端起酒杯，却又把酒杯推开了；拿起筷子，却又把筷子搁下了。他离开坐席，拔下宝剑，举目四顾，心绪茫然。“停”“投”“拔”“顾’，四个连续的动作，形象地显示诗人内心的苦闷抑郁、感情的激荡变化。

接着两句紧承“心茫然”，正面写“行路难”。诗人用“冰塞川”“雪满山”象征人生道路上的艰难险阻，具有比兴的意味。一个怀有伟大政治抱负的人物，在受诏入京、有幸接近皇帝的时候，却不被任用，被“赐金还山”，变相撵出了长安，这不正像遇到冰塞黄河、雪拥太行吗！但是，李白并不是那种软弱的性格，从“拔剑四顾”开始，就表示着不甘消沉，而要继续追求。“闲来垂钓碧溪上，忽复乘舟梦日边。”诗人在心境茫然之中，忽然想到两位开始在政治上并不顺利，而最后终于大有作为的人物：一位是吕尚，九十岁在碧溪钓鱼，得遇文王；一位是伊尹，在受汤聘前曾梦见自己乘舟绕日月而过。想到这两位历史人物的经历，又给诗人增强了信心。

“行路难，行路难，多歧路，今安在？”吕尚、伊尹的遇合，固然增加了对未来的信心，但当他的思路回到眼前现实中来的时候，又再一次感到人生道路的艰难。离筵上瞻望前程，只觉前路崎岖，歧途甚多，要走的路，究竟在哪里呢？这是感情在尖锐复杂的矛盾中再一次回旋。但是倔强而又自信的李白，决不愿在离筵上表现自己的气馁。他那种积极出任的强烈要求，终于使他再次摆脱了歧路彷徨的苦闷，唱出了充满信心与展望的强音：“长风破浪会有时，直挂云帆济沧海！”他相信尽管前路障碍重重，但仍将会有一天要像刘宋时宗悫所说的那样，乘长风破万里浪，挂上云帆，横渡沧海，到达理想的彼岸。

这首诗一共十四句，八十二个字，在七言歌行中只能算是短篇，但它跳荡纵横，具有长篇的气势格局。其重要的原因之一，就在于它百步九折地揭示了诗人感情的激荡起伏、复杂变化。诗的一开头，“金樽美酒”“玉盘珍羞”，让人感觉似乎是一个欢乐的宴会，但紧接着“停杯投箸”“拔剑四顾”两个细节，就显示了感情波涛的强烈冲击。中间四句，刚刚慨叹“冰塞川”“雪满山”，又恍然神游千载之上，仿佛看到了吕尚、伊尹由微贱而忽然得到君主重用。诗人心理上的失望与希望、抑郁与追求，急遽变化交替。“行路难，行路难，多歧路，今安在?”四句节奏短促、跳跃，完全是急切不安状态下的内心独白，逼真地传达出进退失据而又要继续探索追求的复杂心理。结尾二句，经过前面的反复回旋以后，境界顿开，唱出了高昂乐观的调子，相信自己的理想抱负总有实现的一天。通过这样层层叠叠的感情起伏变化，既充分显示了黑暗污浊的政治现实对诗人的宏大理想抱负的阻遏，反映了由此而引起的诗人内心的强烈苦闷、愤郁和不平，同时又突出表现了诗人的倔强、自信和他对理想的执着追求，展示了诗人力图从苦闷中挣脱出来的强大精神力量。

这首诗在题材、表现手法上都受到鲍照《拟行路难》的影响，但却青出于蓝而胜于蓝。两人的诗，都在一定程度上反映了封建统治者对人才的压抑，而由于时代和诗人精神气质方面的原因，李诗则揭示得更加深刻强烈，同时还表现了一种积极的追求、乐观的自信和顽强地坚持理想的品格。因而，和鲍作相比，李诗的思想境界就显得更高。

关山月①

明月出天山②，苍茫云海间。
长风几万里，吹度玉门关③。
汉下白登道，胡窥青海湾④。
由来⑤征战地，不见有人还。
戍客⑥望边色，思归多苦颜。
高楼当此夜，叹息未应闲⑦。

注解

①关山月：乐府《横吹曲》调名。《乐府解题》：“《关山月》，伤别离也。”

②天山：甘肃祁连山。距长安八千余里。因汉时匈奴称“天”为“祁连”，所以祁连山也叫天山。

③玉门关：古代通西域要道，故址在敦煌西边，距长安三千六百里。

④下：出兵。白登道：指汉高祖与匈奴交战，在白登山被困事。《汉书·匈奴传》：“冒顿围高帝于白登七日。”胡：这里指吐蕃。

⑤由来：从来。

⑥戍客：驻守边塞的士兵。

⑦高楼：指高楼中的思妇。未应闲：该是不会停止的。

赏析

“关山月”是乐府旧题。《乐府古题要解》：“‘关山月’，伤离别也。”李白的这首诗，在内容上继承了古乐府，但又有极大的提高。

开头四句，可以说是一幅包含着关、山、月三种因素在内的辽阔的边塞图景。我们在一般文学作品里，常常看到“月出东海”或“月出东山”一类描写，而天山在我国西部，似乎应该是月落的地方，何以说“明月出天山”呢？原来这是就征人角度说的。征人戍守在天山之西，回首东望，所看到的是明月从天山升起的景象。天山虽然不靠海，但横亘在山上的云海则是有的。诗人把似乎是在人们印象中只有大海上空才常见的云月苍茫的景象与雄浑磅礴的天山组合到一起，显得新鲜而壮观。这样的境界，在一般才力薄弱的诗人面前，也许难乎为继，但李白有的是笔力。接下去“长风几万里，吹度玉门关”，范围比前两句更为广阔。宋代的杨齐贤，好像唯恐“几万里”出问题，说是：“天山至玉门关不为太远，而曰几万里者，以月如出于天山耳，非以天山为度也。”（瞿蜕园、朱金城《李白集校注》引）用想像中的明月与玉门关的距离来解释“几万里”，看起来似乎稳妥了，但李白是讲“长风”之长，并未说到明月与地球的距离。其实，这两句仍然是从征戍者角度而言的，士卒们身在西北边疆，月光下伫立遥望故园时，但觉长风浩浩，似掠过几万里中原国土，横度玉门关而来。如果联系李白《子夜吴歌》中“秋风吹不尽，总是玉关情”来进行理解，诗的意蕴就更清楚了。这样，连同上面的描写，便以长风、明月、天山、玉门关为特征，构成一幅万里边塞图。这里表面上似乎只是写了自然景象，但只要设身处地体会这是征人东望所见，那种怀念乡土的情绪就很容易感觉到了。

“汉下白登道，胡窥青海湾。由来征战地，不见有人还。”这是在前四句广阔的边塞自然图景上，叠印出征战的景象。“下”，指出兵。汉高祖刘邦领兵征匈奴，曾被匈奴在白登山（今山西大同市西）围困了七天。而青海湾一带，则是唐军与吐蕃连年征战之地。这种历代无休止的战争，使得出征的战士，几乎见不到有人生还故乡。这四句在结构上起着承上启下的作用，描写的对象由边塞过渡到战争，由战争过渡到征戍者。

“戍客望边色，思归多苦颜。高楼当此夜，叹息未应闲。”战士们望着边地的景象，思念家乡，脸上多现出愁苦的颜色，他们推想自家高楼上的妻子，在此苍茫月夜，叹息之声当是不会停止的。“望边色”三个字在李白笔下似乎只是漫不经心地写出，但却把以上那幅万里边塞图和征战的景象，跟“戍客”紧紧联系起来了。所见的景象如此，所思亦自是广阔而邈远。战士们想像中的高楼思妇的情思和他们的叹息，在那样一个

广阔背景的衬托下,也就显得格外深沉了。

诗人放眼于古来边塞上的漫无休止的民族冲突,揭示了战争所造成的巨大牺牲和给无数征人及其家属所带来的痛苦,但对战争并没有作单纯的谴责或歌颂,诗人像是沉思着一代代人为它所付出的沉重的代价!在这样的矛盾面前,诗人,征人乃至读者,很容易激起一种渴望。这种渴望,诗中没有直接说出,但类似"乃知兵者是凶器,圣人不得已而用之"(《战城南》)的想法,是读者在读这篇作品时很容易产生的。

离人思妇之情,在一般诗人笔下,往往写得纤弱和过于愁苦,与之相应,境界也往往狭窄。但李白却用"明月出天山,苍茫云海间。长风几万里,吹度玉门关"的万里边塞图景来引发这种感情。这只有胸襟如李白这样宽阔的人,才会如此下笔。明代胡应麟评论说:"浑雄之中,多少闲雅。"(《诗薮》)如果把"闲雅"理解为不局促于一时一事,是带着一种更为广远、沉静的思索,那么,他的评语是很恰当的。用广阔的空间和时间做背景,并在这样的思索中,把眼前的思乡离别之情融合进去,从而展开更深远的意境,这是其他一些诗人所难以企及的。

玉阶怨①

玉阶生白露,夜久侵罗袜②。
却下水精帘③,玲珑④望秋月。

注解

①此题为乐府《楚调曲》的旧题,李白拟作,写闺怨。
②侵罗袜:露水打湿了丝织袜子。
③水精帘:即水晶所制帘子。
④玲珑(líng lóng):澄澈明亮的样子。

赏析

《玉阶怨》，见宋郭茂倩《乐府诗集》，属《相和歌·楚调曲》，与《婕妤怨》《长信怨》等曲，从古代所存歌辞看，都是专写“宫怨”的乐曲。

李白的《玉阶怨》，虽曲名标有“怨”字，诗作中却只是背面敷粉，全不见“怨”字。无言独立阶砌，以至冰凉的露水浸湿罗袜；以见夜色之浓，伫待之久，怨情之深。“罗袜”，见人之仪态、身份，有人有神。夜凉露重，罗袜知寒，不说人而已见人之幽怨如诉。二字似写实，实用三国魏曹子建“凌波微步，罗袜生尘”（《洛神赋》）意境。

怨深，夜深，不禁幽独之苦，乃由帘外而帘内，及至下帘之后，反又不忍使明月孤寂。似月怜人，似人怜月；若人不伴月，则又有何物可以伴人。月无言，人也无言。但读者却深知人有无限言语，月也解此无限言语，而写来却只是一味望月。此不怨之怨所以深于怨也。

“却下”二字，以虚字传神，最为诗家秘传。此一转折，似断实连；似欲一笔荡开，推却愁怨，实则经此一转，字少情多，直入幽微。却下，看似无意下帘，而其中却有无限幽怨。本以夜深、怨深，无可奈何而入室。入室之后，却又怕隔窗明月照此室内幽独，因而下帘。帘既下矣，却更难消受此凄苦无眠之夜，于更无可奈何之中，却更去隔帘望月。此时忧思徘徊，直如宋李清照“寻寻觅觅，冷冷清清，凄凄惨惨戚戚”（《声声慢》）之纷至沓来，如此情思，乃以“却下”二字出之。“却”字直贯下句，意谓：“却下水精帘”“却去望秋月”。在这两个动作之间，有许多愁思转折返复，所谓字少情多，以虚字传神。中国古代诗艺中有“空谷传音”之法，似当如此。“玲珑”形容水晶帘之透明，二字看似不经意之笔，实则极见功力，以隔帘望月，衬托出了人之幽怨。

诗中不见人物姿容与心理状态，而作者似也无动于衷，只以人物行动见意，引读者步入诗情之最幽微处，故能不落言筌，为读者保留想像余地，使诗情无限辽远，无限幽深。以此见诗家“不著一字，尽得风流”真意。以叙人事之笔抒情，恒见，易；以抒情之笔状人，罕有，难。

俄国作家契诃夫有“矜持”说，也常闻有所谓“距离”说，两者颇近似，似应合为一说。即谓作者应与所写对象，保持一定距离，并保持一定“矜持”与冷静。如此，则作品无声嘶力竭之弊，而有幽邃深远之美，写难状之情与难言之隐，使读者觉得漫天诗思飘然而至，却又无从于字句间捉摸之。这首《玉阶怨》含思婉转，余韵如缕，正是这样的佳作。

清平调词三首①

（其一）

云想衣裳花想容，春风拂槛露华浓。
若非群玉山头见，会向瑶台月下逢②。

（其二）

一枝红艳露凝香，云雨巫山枉断肠③。
借问④汉宫谁得似？可怜飞燕倚新妆。

（其三）

名花⑤倾国两相欢，长得君王带笑看。
解释春风无限恨，沉香亭北倚阑干⑥。

注解

①清平调：《太真外传》："开元中，禁中重木芍药，即今牡丹也。得数本红、紫、浅红、通白者，上因移植于兴庆池东、沉香亭前。会花方繁开，上乘照夜白，妃以步辇从，诏选梨园子弟中尤者，得乐一十六色。李龟年以歌擅一时之名，手捧檀板，押众乐前，将欲歌之。上曰：'赏名花，对妃子，焉用旧乐词为？'遽命龟年持金花笺，宣赐翰林学士李白立进《清平乐》词三章。白承旨，宿醒未解，因援笔赋之。龟年捧词进，上命梨园子弟略约词调，抚丝竹，遂促龟年以歌之。太真妃持颇梨七宝杯酌西凉州葡萄酒，笑领歌辞，意甚厚。上因调玉笛以倚曲，每曲遍将换，则迟其声以媚之。妃饮罢，敛绣巾再拜。上自是顾李翰林尤异于诸学士。"《通典》："平调、清调、瑟调，皆周房中之遗声也"。

②群玉山：《穆天子传》："天子北征至于群玉之山。"《山海经》："玉山，西王母所居也。"郭璞注："此山多玉石，因以为名。"会：应。瑶台：即昆仑瑶台，传说是西王母之宫。

③红艳：指牡丹花的艳丽。这里比喻杨贵妃之美。露凝香：指牡丹花承雨露而芳香四溢。这里比喻杨贵妃之受宠幸。云雨巫山：用宋玉《高唐赋》中典故，楚王与巫山神女欢会事。枉：徒然。

④借问：相当于请问。可怜：可爱。飞燕：《汉书》："赵成皇后，本长安宫人，及壮，属阳阿主家，学歌舞，号曰'飞燕'。成帝尝微行出，过阳阿主，作乐，上见飞燕而悦之，召入宫，大幸。有女弟，复召入，俱为婕妤，贵倾后宫。许后之废也，乃立婕妤为皇后。皇后既立后，宠少衰，而弟绝幸，为昭仪，居昭阳舍。"《西京杂记》："赵后体轻腰弱，善行步进退，女弟昭仪不能及也。但昭仪弱骨丰肌，尤工语笑，二人并色如红玉，为当时第一，皆擅宠宫中。"

⑤名花：指牡丹花。倾国：汉李延年《佳人歌》中有"一顾倾人城，再顾倾人国"之句，后世用来作为美女的代称，这里指杨贵妃。

⑥解释：消除。这句是说，对着牡丹花和美人，即使有无限的春愁春恨，都可以消散。沉香亭：用沉香木建造的亭子，在唐兴庆宫龙池东。

赏析

这三首诗是李白在长安供奉翰林时所作。一日，玄宗和杨妃在宫中观牡丹花，因命李白写新乐章，李白奉诏而作。在三首诗中，把木芍药（牡丹）和杨妃交互在一起写，花即是人，人即是花，把人面花光浑融一片，同蒙唐玄宗的恩泽。从篇章结构上说，第一首从空间来写，把读者引入蟾宫阆苑；第二首从时间来写，把读者引入楚襄王的阳台，汉成帝的宫廷；第三首归到目前的现实，点明唐宫中的沉香亭北。诗笔不仅挥洒自如，而且相互钩带。第一首中的"春风"，和第三首中的"春风"，前后遥相呼应。

第一首，一起七字："云想衣裳花想容"。把杨妃的衣服，写成真如霓裳羽衣一般，簇拥着她那丰满的玉容。"想"字有正反两面的理解，可以说是见云而想到衣裳，见花而想到容貌，也可以说把衣裳想像为云，把容貌想像为花。这样交互参差，七字之中就给人以花团锦簇之感。接下去"春风拂槛露华浓"，进一步以"露华浓"来点染花容，美丽的牡丹花在晶莹的露水中显得更加艳丽，这就使上句更为酣满，同时也以风露暗喻君王的恩泽，使花容人面倍见精神。下面，诗人的想像忽又升腾到天堂西王母所居的群玉山、瑶台。"若非""会向"，诗人故作选择，意实肯定：这样超绝人寰的花容，恐怕只有在上天仙境才能见到！玉山、瑶台、月色，一色素淡的字眼，映衬花容人面，使人自然联想到白玉般的人儿，又像一朵温馨的白牡丹花。与此同时，诗人又不露痕迹，把杨妃比作天女下凡，真是精妙至极。

第二首，起句"一枝红艳露凝香"，不但写色，而且写香；不但写天然的美，而且写含露的美，比上首的"露华浓"更进一层。"云雨巫山枉断肠"用楚襄王的故事，把上句的花，加以人化，指出楚王为神女而断肠，其实梦中的神女，哪里及得上当前的花容人面！再算下来，汉成帝的皇后赵飞燕，可算得绝代美人了，可是赵飞燕还得倚仗新妆，哪里及得眼前花容月貌般的杨妃，不需脂粉，便是天然绝色。这一首以压低神女和飞燕，来抬高杨妃，借古喻今，亦是尊题之法。相传赵飞燕体态轻盈，能站在宫人手托的水晶盘中歌舞，而杨妃则比较丰肥，固有“环肥燕瘦”之语（杨贵妃名玉环）。后人据此就编造事实，说杨妃极喜此三诗，时常吟唱，高力士因李白曾命之脱靴，认为大辱，就向杨妃进谗，说李白以飞燕之瘦，讥杨妃之肥，以飞燕之私通赤凤，讥杨妃之宫闱不检。李白诗中果有此意，首先就瞒不过博学能文的玄宗，而且杨妃也不是毫无文化修养的人。据原诗来看，很明显是抑古尊今，好事之徒，强加曲解，其实是不可通的。

第三首从仙境古人返回到现实。起首二句：“名花倾国两相欢，长得君王带笑看。”“倾国”美人，当然指杨妃，诗到此处才正面点出，并用“两相欢”把牡丹和“倾国”合为一提，“带笑看”三字再来一统，使牡丹、杨妃、玄宗三位一体，融合在一起了。由于第二句的“笑”，逗起了第三句的“解释春风无限恨”，“春风”两字即君王之代词。这一句，把牡丹美人动人的姿色写得情趣盎然，君王既带笑，当然“无恨”，“恨”都为之消释了。末句点明玄宗杨妃赏花地点——“沉香亭北”。花在阑外，人倚阑干，多么优雅风流。

这三首诗，语语浓艳，字字流葩；而最突出的是将花与人浑融在一起写，如“云想衣裳花想容”，又似在写花光，又似在写人面。“一枝红艳露凝香”，也都是人、物交融，言在此而意在彼。读这三首诗，如觉春风满纸，花光满眼，人面迷离，不待什么刻画，而自然使人觉得这是牡丹，这是美人玉色，而不是别的。无怪这三首诗当时就深为唐玄宗所赞赏。

静夜思①

床前明月光②，疑是地上霜。
举头望明月③，低头思故乡。

注解

①此诗一作《夜思》，作年不详。

②明月光：一作“看月光”。

③望明月：一作“望山月”。晋《清商曲辞·子夜四时歌·秋歌》“仰头看明月，寄情千里光。”

赏析

明胡应麟说："太白诸绝句，信口而成，所谓无意于工而无不工者。"（《诗薮·内编》卷六）明王世懋认为："（绝句）盛唐惟青莲（李白）、龙标（王昌龄）二家诣极。李更自然，故居王上。"（《艺圃撷余》）怎样才算"自然"，才是"无意于工而无不工"呢？这首《静夜思》就是个样榜。所以胡氏特地把它提出来，说是"妙绝古今"。

这首小诗，既没有奇特新颖的想像，更没有精工华美的辞藻；它只是用叙述的语气，写远客思乡之情，然而它却意味深长，耐人寻味，千百年来，如此广泛地吸引着读者。

一个做客他乡的人，大概都会有这样的感觉吧：白天倒还罢了，到了夜深人静的时候，思乡的情绪，就难免一阵阵地在心头泛起波澜；何况是月明之夜，更何况是明月如霜的秋夜！

月白霜清，是清秋夜景；以霜色形容月光，也是古典诗歌中所经常看到的。例如，梁简文帝萧纲《玄圃纳凉》诗中就有"夜月似秋霜"之句；而稍早于李白的唐代诗人张若虚在《春江花月夜》里用"空里流霜不觉飞"来写空明澄澈的月光，给人以立体感，尤见构思之妙。可是这些都是作为一种修辞的手段而在诗中出现的。这诗的"疑是地上霜"，是叙述，而非摹形拟象的状物之辞，是诗人在特定环境中一刹那间所产生的错觉。为什么会有这样的错觉呢？不难想像，这两句所描写的是客中深夜不能成眠、短梦初回的情景。这时庭院是寂寥的，透过窗户的皎洁月光射到床前，带来了冷森森的秋宵寒意。诗人朦胧地乍一望去，在迷离恍惚的心情中，真好像是地上铺了一层白皑皑的浓霜；可是再定神一看，四周围的环境告诉他，这不是霜痕而是月色。月色不免吸引着他抬头一看，一轮娟娟素魄正挂在窗前，秋夜的太空是如此的明净！这时，他完全清醒了。

秋月是分外光明的，然而它又是清冷的。对孤身远客来说，最容易触动旅思秋怀，使人感到客况萧条，年华易逝。凝望着月亮，也最容易使人产生遐想，想到故乡的一切，想到家里的亲人。想着，想着，头渐渐地低了下去，完全浸入于沉思之中。

从"疑"到"举头"，从"举头"到"低头"，形象地揭示了诗人内心活动，鲜明地勾勒出一幅生动形象的月夜思乡图。

短短四句诗，写得清新朴素，明如白话。它的内容是单纯的，但同时却又是丰富的。它是容易理解的，却又是体味不尽的。诗人所没有说的比他已经说出来的要多得多。它的构思是细致而深沉的，但却又是脱口吟成、浑然无迹的。从这里，我们不难领会到李白绝句的"自然""无意于工而无不工"的妙境。

春　思

燕草[1]如碧丝，秦桑低绿枝。
当君怀归[2]日，是妾断肠时。
春风不相识，何事入罗帏[3]？

注解

①燕草：燕地（今河北省北部、辽宁省西南部一带）的春草。征夫所在之地。秦桑：秦地（今陕西省）的桑树。思妇所居之处。

②怀归：想家。妾：古代妇女自称。

③罗帏：丝织的帘帐。

赏析

李白有相当数量的诗作描摹思妇的心理，《春思》是其中著名的一首。在我国古典诗歌中，"春"字往往语带双关。它既指自然界的春天，又可以比喻青年男女之间的爱情。诗题"春思"之"春"，就包含着这样两层意思。

开头两句"燕草如碧丝，秦桑低绿枝"，可以视作"兴"。诗中的兴句一般是就眼前所见，信手拈起，这两句却以相隔遥远的燕、秦两地的春天景物起兴，颇为别致。"燕草如碧丝"，当是出于思妇的悬想；"秦桑低绿枝"，才是思妇所目睹。把目力达不到的远景和眼前近景配置在一幅画面上，并且都从思妇一边写出，从逻辑上说，似乎有点乖碍，但从"写情"的角度来看，却是可通的。试想：仲春时节，桑叶繁茂，独处秦地的思妇触景生情，终日盼望在燕地行役屯戍的丈夫早日归来；她根据自己平素与丈夫的恩爱相处和对丈夫的深切了解，料想远在燕地的丈夫此刻见到碧丝般的春草，也必然会萌生思归的念头。见春草而思归，语出《楚辞·招隐士》："王孙游兮不归，春草生兮萋萋！"首句化用《楚辞》语，浑成自然，不着痕迹。诗人巧妙地把握了思妇复杂的感情活动，用两处春光，兴两地相思，把想像与怀忆同眼前真景融合起来，据实构虚，造成诗的妙境。所以不仅起到了一般兴句所能起的烘托感情气氛的作用，而且还把思妇对于丈夫的真挚感情和他们夫妻之间心心相印的亲密关系传写出来了，这是一般的兴句所不易做到的。另外，这两句还运用了谐声双关。"丝"谐"思"，"枝"谐"知"，这恰和下文思归与“断肠”相关合，增强了诗句的音乐美与含蓄美。

三、四两句直承兴句的道路而来，故仍从两地着笔：“当君怀归日，是妾断肠时”。丈夫及春怀归，足慰离人愁肠。按理说，诗中的女主人公应该感到欣喜才是，而下句竟以“断肠”承之，这又似乎违背了一般人的心理，但如果联系上面的兴句细细体会，就会发现，这样写对表现思妇的感情又进了一层。元代萧士赞注李白集曾加以评述道：“燕北地寒，生草迟。当秦地柔桑低绿之时，燕草方生，兴其夫方萌怀归之志，犹燕草之方生。妾则思君之久，犹秦桑之已低绿也。”这一评述，揭示了兴句与所咏之词之间的微妙的关系。诗中看似于理不合之处，正是感情最为浓密所在。诗的最后两句：“春风不相识，何事入罗帏？”诗人捕捉了思妇在春风吹入闺房，掀动罗帐的一刹那的心理活动，表现了她对行役屯戍未归的丈夫的殷殷思念之情。从艺术上说，这两句让多情的思妇对着无情的春风发话，又仿佛是无理的，但用来表现独守春闺的特定环境中的思妇的情态，又令人感到真实可信。春风撩人，春思缠绵，申斥春风，表达出孤眠独宿的少妇对丈夫的恩情，与晋《子夜四时歌·春歌》“春风复多情，吹我罗裳开”，有异曲同工之妙。以此作结，恰到好处。

无理而妙是古典诗歌中一个常见的艺术特征。从李白的这首诗中不难看出，所谓无理而妙，就是指在看似违背常理、常情的描写中，反而更深刻地表现了各种复杂的感情。

子夜吴歌·秋歌

长安一片月，万户捣衣声[②]。
秋风吹不尽，总是玉关情[③]。
何日平胡虏，良人罢远征[④]？

注解

①子夜:《唐书·乐志》:"子夜歌者,晋曲也,晋有女子名子夜造此,声过哀苦。"因产在吴地,又名《子夜吴歌》。《乐府古题要解》:"后人因为四时行乐词,谓之子夜四时歌,吴声也。"

②长安:今陕西西安市。

③玉关情:指对玉门关征人的思念之情。

④良人:《孟子》:"其妻归告其妾曰:'良人者,所仰望而终身也。'"《正义》:"妻谓夫曰良人。"

赏析

题一作《子夜四时歌》,共四首,写春夏秋冬四时。这里所选是第三、四首。六朝乐府《清商曲·吴声歌曲》即有《子夜四时歌》,为作者所承,因属吴声曲,故又称《子夜吴歌》。此体作四句,内容多写女子思念情人的哀怨,作六句是诗人的创造,而用以写思念征夫的情绪更具有时代之新意。

先说《秋歌》。笼统而言,它的手法是先景语后情语,而情景始终交融。"长安一片月",是写景同时又是紧扣题面写出"秋月扬明辉"的季节特点。而见月怀人乃古典诗歌传统的表现方法,加之秋来是赶制征衣的季节,故写月亦有兴义。此外,月明如昼,正好捣衣,而那"玉户帘中卷不去,捣衣砧上拂还来"的月光,对思妇是何等一种挑拨!制衣的布帛须先置砧上,用杵捣平捣软,是谓"捣衣"。这明朗的月夜,长安城就沉浸在一片此起彼落的砧杵声中,而这种特殊的"秋声"对于思妇又是何等一种挑拨呵!"一片""万户",写光写声,似对非对,措词天然而得咏叹味。秋风,也是撩人愁绪的,"秋风入窗里,罗帐起飘扬"(南北朝民歌《子夜四时歌·秋歌》),便是对思妇第三重挑拨。月朗风清,风送砧声,声声都是怀念玉关征人的深情。著"总是"二字,情思益见深长。这里,秋月秋声与秋风织成浑成的境界,见境不见人,而人物俨在,"玉关情"自浓。无怪清王夫之说:"前四句是天壤间生成好句,被太白拾得。"(《唐诗评选》)此情之浓,不可遏止,遂有末二句直表思妇心声:"何日平胡虏,良人罢远征?"过分偏爱"含蓄"的评家责难道:"余窃谓删去末二句作绝句,更觉浑含无尽。"(清田同之《西圃诗说》)其实未必然。"不知歌谣妙,声势出口心"(《大子夜歌》),慷慨天然,是民歌本色,原不必故作吞吐语。而从内容上看,正如清沈德潜指出,"本闺情语而忽冀罢征"(《说诗晬语》),使诗歌思想内容大大深化,更具社会意义,表现出古代劳动人民冀求过和平生活的善良愿望。全诗手法如同电影,有画面,有"画外音"。月照长安万户,风送砧声。化入玉门关外荒寒的月景。插曲:"何日平胡虏,良人罢远征。"……这是多么有意味的诗境啊！须知这俨然女声合唱的“插曲”决不多余，它是画面的有机组成部分，在画外亦在域中，它回肠荡气，激动人心。因此可以说，《秋歌》正面写到恩情，而有不尽之情。

长相思①

长相思，在长安②。
络纬秋啼金井阑③，微霜凄凄簟色寒。
孤灯不明思欲绝，卷帷④望月空长叹。
美人如花隔云端。
上有青冥⑤之长天，下有渌水之波澜。
天长路远魂飞苦，梦魂不到关山难⑥。
长相思，摧⑦心肝。

注解

①长相思：六朝始以名篇。如陈后主“长相思，久相忆。”徐陵“长相思，望归难。”江总《长相思》《久离别》诸作并以“长相思”发端。太白此篇，正拟其格。

②长安：今陕西省西安市。

③络纬：昆虫名，又名莎鸡，一名蜘蟀，俗称纺织娘。金井阑：精美的井阑。簟(diàn)：席。

④帷：窗帘。

⑤青冥：青云。

⑥关山难：关山难渡。

⑦摧：伤。

赏析

开元十八年(公元730年)，李白自安陆(治所在今湖北云梦县)取道南阳(治所在今河南南阳市)，西入长安(今陕西西安市)，干谒玉真公主不遇。当年秋天，被安置于公主别馆。别馆距长安百里，当时已是一所荒园。诗人遭此冷遇，曾作《玉真公主别馆苦雨赠卫尉张卿二首》向驸马张垍陈情。本篇情景与之相近，当为同期之作。

“长相思”本汉代诗中语（如《古诗》：“客从远方来，遗我一书札。上言长相思，下言久离别。”），六朝诗人多以名篇（如陈后主、徐陵、江总等均有作），并以“长相思”发端，属乐府《杂曲歌辞》。现存歌辞多写思妇之怨。李白此诗即拟其格而别有寄寓。诗大致可分两段。一段从篇首至“美人如花隔云端”。写诗中人“在长安”的相思苦情。诗中描绘的是一个孤栖幽独者的形象。他（或她）居处非不华贵——这从“金井阑”可以窥见，但内心却感到寂寞和空虚。作者是通过环境气氛层层渲染的手法，来表现这一人物的感情的。先写所闻——阶下纺织娘凄切地鸣叫。虫鸣则岁时将晚，孤栖者的落寞之感可知。其次写肌肤所感，正是“霜送晓寒侵被”时候，他更不能成眠了。“微霜凄凄”当是通过逼人寒气感觉到的。而“簟色寒”更暗示出其人已不眠而起。眼前是“罗帐灯昏”，益增愁思。一个“孤”字不仅写灯，也是人物心理写照，从而引起一番思念。“思欲绝”（犹言“想煞人”）可见其情之苦。于是进而写卷帷所见，那是一轮可望而不可即的明月。诗人心中想起什么呢？他发出了无可奈何的一声长叹。这就逼出诗中关键的一语：“美人如花隔云端。”“长相思”的题意到此方才具体表明。这个为诗中人想念的如花美人似乎很近，近在眼前；实际却很远，远隔云端。与月儿一样，可望而不可即。由此可知他何以要“空长叹”了。值得注意的是，这句是诗中唯一的单句（独立句），给读者的印象也就特别突出，可见这一形象正是诗人要强调的。

以下直到篇末便是第二段，紧承“美人如花隔云端”句，写一场梦游式的追求。这颇似战国楚屈原《离骚》中那“求女”的一幕。在诗人浪漫的幻想中，诗中人梦魂飞扬，要去寻找他所思念的人儿。然而“天长地远”，上有幽远难极的高天，下有波澜动荡的渌水，还有重重关山，尽管追求不已，还是“两处茫茫皆不见”：这里，诗人的想像诚然奇妙飞动，而诗句的音情也配合极好。“青冥”与“高天”本是一回事，写“波澜”似亦不必兼用“渌水”，写成“上有青冥之高天，下有渌水之波澜”颇有犯复之嫌。然而，如径作“上有高天，下有波澜”（歌行中可杂用短句），却大为减色，怎么读也不够味。而原来带“之”字、有重复的诗句却显得音调曼长好听，且能形成咏叹的语感，正如《诗大序》所谓“嗟叹之不足，故永歌之”（“永歌”即拉长声调歌唱），能传达无限感慨。这种句式，为李白特别乐用，它如“蜀道之难难于上青天”（《蜀道难》）、“弃我去者，昨日之日不可留；乱我心者，今日之日多烦忧”（《宣州谢朓楼饯别校书叔云》）、“君不见黄河之水天上来”（《将进酒》）等等。句中“之难”“之日”“之水”，从文义看不必有，而从音情上看断不可无，而音情于诗是至关紧要的。再看下两句，从语意看，词序似应作："天长路远关山难（度），梦魂不到（所以）魂飞苦。"写作"天长路远魂飞苦，梦魂不到关山难"，不仅是为趁韵，且运用连珠格形式，通过绵延不断之声音以状关山迢递之愁情，可谓辞清意婉，十分动人。由于这个追求是没有结果的，于是诗以沉重的一叹作结："长相思，摧心肝！""长相思"三字回应篇首，而"摧心肝"则是"思欲绝"在情绪上进一步的发展。结句短促有力，给人以执著之感，诗情虽则悲恸，但绝无萎靡之态。

此诗形式匀称，"美人如花隔云端"这个独立句把全诗分为篇幅均衡的两部分。前面由两个三言句发端，四个七言句拓展；后面由四个七言句叙写，两个三言句作结。全诗从"长相思"展开抒情，又于"长相思"一语收拢。在形式上颇具对称整饬之美，韵律感极强，大有助于抒情。诗中反复抒写的似乎只是男女相思，把这种相思苦情表现得淋漓尽致；但是，"美人如花隔云端"就不像实际生活的写照，而显有托兴意味。何况我国古典诗歌又具有以"美人"喻所追求的理想人物的传统，如《楚辞》："恐美人之迟暮"。而"长安"这个特定地点更暗示这里是一种政治的托寓，表明此诗的意旨在抒写诗人追求政治理想不能实现的苦闷。就此而言，此诗诗意又深含于形象之中，隐然不露，具备一种蕴藉的风度。所以清王夫之赞此诗道："题中偏不欲显，象外偏令有余。一以为风度，一以为淋漓。乌乎，观止矣。"（《唐诗评选》）

峨眉山月歌

峨眉山月半轮秋，影入平羌江水流①。
夜发清溪向三峡，思君不见下渝州②。

注解

①影：月亮在水中的倒影。平羌江：又名青衣江，源出四川芦山县境内，经峨眉山东北面流入乐山县城入岷江。

②发：出发。君：一说指峨眉山月，《唐诗别裁集》说："月在清溪、三峡之间，半轮亦不复见矣。'君'字即指月。"一说指同住峨眉山的友人，则诗中山月兼为友情之象征。

赏析

这首诗是年轻的李白初离蜀地时的作品，意境明朗，语言浅近，音韵流畅。诗从“峨眉山月”写起，点出了远游的时令是在秋天。“秋”字因入韵关系倒置句末。秋高气爽，月色特明（晋代民间歌谣《四时咏》：“秋月扬明辉”）。以“秋”字又形容月色之美，信手拈来，自然入妙。月只“半轮”，使人联想到青山吐月的优美意境。在峨眉山的东北有平羌江，即今青衣江，源出于四川芦山县，流至乐山县入岷江。次句“影”指月影，“入”和“流”两个动词构成连动式，意言月影映入江水，又随江水流去。生活经验告诉我们，定位观水中月影，任凭江水怎样流，月影却是不动的。“月亮走，我也走”，只有观者顺流而下，才会看到“影入江水流”的妙景。所以，此句不仅写出了月映清江的美景，同时暗点秋夜行船之事。意境可谓空灵入妙。

次句境中有人，第三句中人已露面：他正连夜从清溪驿出发进入岷江，向三峡驶去。“仗剑去国，辞亲远游”的青年，乍离乡土，对故国故人不免恋恋不舍。江行见月，如见故人。然明月毕竟不是故人，于是只能“仰头看明月，寄情千里光”了。末句“思君不见下渝州”依依惜别的无限情思，可谓语短情长。

峨眉山——平羌江——清溪——渝州——三峡，诗境就这样渐次为读者展开了一幅千里蜀江行旅图。除“峨眉山月”而外，诗中几乎没有更具体的景物描写；除“思君”二字，也没有更多的抒情。然而“峨眉山月”这一集中的艺术形象贯穿整个诗境，成为诗情的触媒。由它引发的意蕴相当丰富：山月与人万里相随，夜夜可见，使“思君不见”的感慨愈加深沉。明月可亲而不可近，可望而不可即，更是思友之情的象征。凡咏月处，皆抒发江行思友之情，令人陶醉。

本来，短小的绝句在表现时空变化上颇受限制。因此，一般写法是不同时超越时空，而此诗所表现的时间与空间跨度真到了驰骋自由的境地。二十八字中地名凡五见，共十二字，这在万首唐人绝句中是仅见的。它“四句入地名者五，古今同为绝唱，殊不厌重”（明王世懋《艺圃撷余》），其原因在于：诗境中无处不渗透着诗人江行体验和思友之情，无处不贯穿着山月这一具有象征意义的艺术形象，这就把广阔的空间和较长的时间统一起来。其次，地名的处理也富于变化。“峨眉山月”“平羌江水”是地名附加于景物，是虚用；“发清溪”“向三峡”“下渝州”则是实用，而在句中位置亦有不同。读起来也就觉不着痕迹，妙入化工。

清溪行

清溪清我心，水色异诸水。
借问新安江①，见底何如此？
人行明镜中，鸟度屏风里。
向晚猩猩啼，空悲远游子。

注解

①新安江：源头在徽州，流入浙江，向以水清著称。

赏析

这是一首情景交融的抒情诗，是天宝十二载（公元753年）秋后李白游池州（治所在今安徽贵池）时所作。池州是皖南风景胜地，而风景名胜又大多集中在清溪和秋浦沿岸。清溪源出石台县，像一条玉带，蜿蜒曲折，流经贵池城，与秋浦河汇合，出池口泻入长江。李白游清溪写下了好多有关清溪的诗篇。这首《清溪行》着意描写清溪水色的清澈，寄托诗人喜清厌浊的情怀。

"清溪清我心"，诗人一开始就描写了自己的直接感受。李白一生游览过多少名山秀川，独有清溪的水色给他以清心的感受，这就是清溪水色的特异之处。

接着，诗人又以衬托手法突出地表现清溪水色的清澈。新安江源出徽州，流入浙江，向以水清著称。南朝梁沈约就曾写过一首题为《新安江水至清浅深见底贻京邑游好》的诗："洞彻随深浅，皎镜无冬春。千仞写乔树，百丈见游鳞。"新安江水无疑是清澈的，然而，和清溪相比又将如何呢？"借问新安江，见底何如此？"新安江哪能比得上清溪这样清澈见底呢！这样，就以新安江水色之清衬托出清溪的更清。

然后，又运用比喻的手法来正面描写清溪的清澈。诗人以"明镜"比喻清溪，把两岸的群山比作"屏风"。你看，人在岸上行走，鸟在山中穿度，倒影在清溪之中，就如"人行明镜中，鸟度屏风里。"这样一幅美丽的倒影，使人如身入其境。宋胡仔云："《复斋漫录》云：山谷言：'船如天上坐，人似镜中行。'又云：'船如天上坐，鱼似镜中悬。'沈云卿诗也。……予以云卿之诗，原于王逸少《镜湖》诗所谓'山阴路上行，如坐镜中游'之句。然李太白《入青溪山》亦云：'人行明镜中，鸟度屏风里。'虽有所袭，然语益工也。”(《苕溪渔隐丛话》)最后,诗人又创造了一个情调凄凉的清寂境界。诗人离开混浊的帝京,来到这水清如镜的清溪畔,固然感到“清心”,可是这对于我们这位胸怀济世之才的诗人,终不免有一种心灵上的孤寂。所以入晚时猩猩的一声声啼叫,在诗人听来,仿佛是在为自己远游他乡而悲切,流露出诗人内心一种落寞抑郁的情绪。

赠汪伦

李白乘舟将欲行,忽闻岸上踏歌[1]声。
桃花潭[2]水深千尺,不及[3]汪伦送我情。

注解

①踏歌:民歌的一种歌唱艺术,边唱边踏步边拍手。
②桃花潭:今安徽省泾县西南。
③不及:不如、赶不上。

赏析

天宝十四载(公元 755 年),李白从秋浦(今安徽贵池)前往泾县(今属安徽)游桃花潭,当地人汪伦常酿美酒款待他。临走时,汪伦又来送行,李白作了这首诗留别。

诗的前半是叙事:先写要离去者,继写送行者,展示一幅离别的画面。起句的“乘舟”表明是循水道;“将欲行”表明是在轻舟待发之时。这句使我们仿佛见到李白在正要离岸的小船上向人们告别的情景。

送行者是谁呢?次句却不像首句那样直叙,而用了曲笔,只说听见歌声。一群村人踏地为节拍,边走边唱前来送行了。这似出乎李白的意料,所以说“忽闻”而不用“遥闻”。这句诗虽说得比较含蓄,只闻其声,不见其人,但人已呼之欲出。

诗的后半是抒情。第三句遥接起句,进一步说明放船地点在桃花潭。“深千尺”既描绘了潭的特点,又为结句预伏一笔。

桃花潭水是那样的深湛,更触动了离人的情怀,难忘汪伦的深情厚谊,水深情深自然地联系起来。结句迸出“不及汪伦送我情”,以比物手法形象性地表达了真挚纯洁的深情。潭水已“深千尺”,那么汪伦送李白的情谊更有多少深呢?耐人寻味。清沈德潜很欣赏这一句,他说:“若说汪伦之情比于潭水千尺,便是凡语。妙境只在一转换间。”(《唐诗别裁集》)显然,妙就妙在“不及”二字,好就好在不用比喻而采用比物手法，变无形的情谊为生动的形象，空灵而有余味，自然而又情真。

这首小诗，深为后人赞赏，“桃花潭水”就成为后人抒写别情的常用语。由于这首诗，使桃花潭一带留下许多优美的传说和供旅游访问的遗迹，如东岸题有“踏歌古岸”门额的踏歌岸阁，西岸彩虹罔石壁下的钓隐台等。

金陵酒肆留别

风吹柳花满店香，吴姬压酒劝客尝①。
金陵子弟来相送，欲行不行各尽觞②。
请君试问东流水，别意与之谁短长？

注解

①吴姬：吴地女子。这里指酒店中的侍女。压酒：用米酿酒，将熟时将酒汁压出。

②金陵：今江苏省南京市。子弟：年轻人。欲行不行：要走的人（诗人自己）和不走的人（金陵子弟）。尽觞：喝干杯中酒。曹植诗：“别易会难，当各尽觞。”觞（shāng），古代喝酒用的器物。

赏析

杨花飘絮的时节，江南水村山郭的一家小酒店里，即将离开金陵的诗人，满怀别绪，独坐小酌。骀荡的春风，卷起了垂垂欲下的柳花，轻飞乱舞，扑满店中；当垆的姑娘，捧出新压榨出来的美酒，劝客品尝。这里，柳絮漾漾，酒香郁郁，扑鼻而来，也不知是酒香，还是柳花香。这么一幅令人陶醉的春光春色的画面，该用多少笔墨来表现！只“风吹柳花满店香”七字，就将风光的骀荡，柳絮的精神，以及酒客沉醉东风的情调，生动自然地浮现在纸面之上；而且又极洒脱超逸，不费半分气力，脱口而出，纯任直观。于此，不能不佩服李白的才华。

“风吹柳花满店香”时，店中简直就是柳花的世界。柳花本来无所谓香，这里何以用一个“香”字呢？一则“心清闻妙香”，任何草木都有它微妙的香味；二则这个“香”字代表了春之气息，同时又暗暗勾出下文的酒香。这里的“店”，初看不知何店，凭仗下句始明了是指酒店。实在也唯有酒店中的柳花才会香，不然即使是最雅致的古玩书肆，在情景的协调上，恐怕也还当不起“风吹柳花满店香”这七个字。所以这个“香”字初看似觉突兀，细味却又感到是那么的妥帖。

首句是阒无一人的境界，第二句“吴姬压酒劝客尝”，当垆红粉遇到了酒客，场面上就出现人了。等到“金陵子弟”这批少年一涌而至时，酒店中就更热闹了。别离之际，本来未必有心饮酒，而吴姬一劝，何等有情，加上“金陵子弟”的前来，更觉情长，谁能舍此而去呢？可是偏偏要去，“来相送”三字一折，直是在上面热闹场面上泼了一盆冷水，点出了从来热闹繁华就是冷寂寥落的前奏。李白要离开金陵了。但是，如此热辣辣的诀舍，总不能跨开大步就走吧？于是又转为“欲行不行各尽觞”。欲行的诗人固陶然欲醉，而不行的相送者也“各尽觞”。情意如此之长，于是落出了“请君试问东流水，别意与之谁短长”的结句，以含蓄的笔法，悠然无尽地结束了这一首抒情的短诗。

清沈德潜说此诗“语不必深，写情已足”(《唐诗别裁集》)。因为诗人留别的不是一两个知己，而是一群青年朋友，所以诗中把惜别之情写得饱满酣畅，悠扬跌宕，唱叹而不哀伤，表现了诗人青壮年时代丰采华茂、风流潇洒的情怀。

黄鹤楼送孟浩然之广陵[1]

故人[2]西辞[3]黄鹤楼[4]，烟花[5]三月下扬州。
孤帆远影碧空尽[6]，惟[7]见长江天际流。

注解

①广陵：现今江苏省扬州市。

②故人：老朋友孟浩然。

③西辞：在西边辞别，黄鹤楼在广陵的西边，孟浩浩荡荡东去。

④黄鹤楼：建在湖北武昌西边的黄鹤矶上，下面就是长江。

⑤烟花：指暮春浓艳的景色。

⑥碧空尽：指船消失在水与蓝天相接的地方。

⑦惟：只有、惟独有。

赏析

这首送别诗有它自己特殊的情味。它不同于王勃《送杜少府之任蜀川》那种少年刚肠的离别，也不同于王维《渭城曲》那种深情体贴的离别。这首诗，可以说是表现一种充满诗意的离别。其所以如此，是因为这是两位风流潇洒的诗人的离别。还因为这次离别跟一个繁华的时代、繁华的季节、繁华的地区相联系，在愉快的分手中，还带着诗人李白的向往，这就使得这次离别有着无比的诗意。

李白与孟浩然的交往，是在他刚出四川不久，正当年轻快意的时候，他眼里的世界，还几乎像黄金一般美好。比李白大十多岁的孟浩然，这时已经诗名满天下。他给李白的印象是陶醉在山水之间，自由而愉快，所以李白在《赠孟浩然》诗中说："吾爱孟夫子，风流天下闻。红颜弃轩冕，白首卧松云。"再说这次离别正是开元盛世，太平而又繁荣，季节是烟花三月、春意最浓的时候，从黄鹤楼到扬州，这一路都是繁花似锦。而扬州呢？更是当时整个东南地区最繁华的都会。李白是那样一个浪漫、爱好游览的人。所以这次离别，完全是在很浓郁的畅想曲和抒情诗的气氛里进行的。李白心里没有什么忧伤和不愉快，相反地认为，孟浩然这趟旅行快乐得很，他向往扬州，向往孟浩然，所以一边送别，一边心也就跟着飞翔，胸中有无穷的诗意随着江水荡漾。

"故人西辞黄鹤楼"，这一句不光是为了点题，更因为黄鹤楼乃天下名胜，可能是两位诗人经常流连聚会之所。因此一提到黄鹤楼，就带出种种与此处有关的富于诗意的生活内容。而黄鹤楼本身呢？又是传说仙人飞上天空去的地方，这和李白心目中这次孟浩然愉快地去扬州，又构成一种联想，增加了那种愉快的、畅想的气氛。

"烟花三月下扬州"，在"三月"上加"烟花"二字，把送别环境中那种诗的气氛涂抹得尤为浓郁。烟花者，烟雾迷濛，繁花似锦也；给人的感觉绝不是一片地、一朵花，而是看不尽、看不透的大片阳春烟景。三月，固然是烟花之时，而开元时代繁华的长江下游，又何尝不是烟花之地呢？"烟花三月"，不仅再现了那暮春时节、繁华之地的迷人景色，而且也透露了时代气氛。此句意境优美，文字绮丽，清人孙洙誉为"千古丽句"（《唐诗三百首》）。

“孤帆远影碧空尽，惟见长江天际流”，诗的后两句看起来似乎是写景，但在写景中包含着一个充满诗意的细节。李白一直把朋友送上船，船已经扬帆而去，而他还在江边目送远去的风帆。李白的目光望着帆影，一直看到帆影逐渐模糊，消失在碧空的尽头，可见目送时间之长。帆影已经消逝了，然而李白还在翘首凝望，这才注意到一江春水，在浩浩荡荡地流向远远的水天交接之处。“惟见长江天际流”是眼前景象，可是谁又能说是单纯写景呢？李白对朋友的一片深情，李白的向往，不正体现在这富有诗意的神驰目注之中吗？诗人的心潮起伏，不正像浩浩东去的一江春水吗？总之，这一场极富诗意的、两位风流潇洒的诗人的离别，对李白来说，又是带着一片向往之情的离别，被诗人用绚烂的阳春三月的景色，用放舟长江的宽阔画面，用目送孤帆远影的细节，极为传神地表现出来了。

送友人

青山横北郭①，白水绕东城。
此地一为别，孤蓬②万里征。
浮云游子意，落日故人情。
挥手自兹③去，萧萧班马鸣。

注解

①郭：古时的城有内城、外城，内城称为“城”，外城称为“郭”。

②蓬：蓬草，遇风则被连根吹起。比喻征人。

③兹：此。萧萧班马鸣：萧萧：马嘶叫声。《左传》：“有班马之声。”杜预注：“班，别也。”言主客之马，将分道而萧萧长鸣，亦若有离别之憾。

赏析

这是一首充满诗情画意的送别诗，诗人与友人策马辞行，情意绵绵，动人肺腑。

首联"青山横北郭，白水绕东城"，点出告别的地点。诗人已经送友人来到了城外，然而两人仍然并肩缓辔，不愿分离。只见远处，青翠的山峦横亘在外城的北面，波光粼粼的流水绕城东潺潺而过。这两句，"青山"对"白水"，"北郭"对"东城"，首联即写成工丽的对偶句，确是别开生面；而且"青""白"相间，色彩明丽。"横"字勾勒青山的静姿，"绕"字描画白水的动态。诗笔挥洒自如，描摹出一幅寥廓秀丽的图景。

中间两联切题，写离别的深情。颔联"此地一为别，孤蓬万里征"，此地一别，离人就要像蓬草那样随风飞转，到万里之外去了。此二句表达了对朋友漂泊生涯的深切关怀。落笔如行云流水，舒畅自然，不拘泥于对仗，别具一格。颈联"浮云游子意，落日故人情"却又写得十分工整，"浮云"对"落日"，"游子意"对"故人情"。同时，诗人又巧妙地用"浮云""落日"作比，来表明心意。天空中一抹白云，随风飘浮，象征着友人行踪不定，任意东西；远处一轮红彤彤的夕阳徐徐而下，似乎不忍遽然离开大地，隐喻诗人对朋友依依惜别的心情。在这山明水秀、红日西照的背景下送别，特别令人留恋而感到难舍难分。这里既有景，又有情，情景交融，扣人心弦。

尾联两句，情意更切。"挥手自兹去，萧萧班马鸣"，送君千里，终须一别。"挥手"，是写分离时的动作，那么内心的感觉如何呢？诗人没有直说，只写了"萧萧班马鸣"的动人场景。这一句出自《诗经·车攻》"萧萧马鸣"。班马，离群的马。诗人和友人马上挥手告别，频频致意。那两匹马仿佛懂得主人心情，也不愿脱离同伴，临别时禁不住萧萧长鸣，似有无限深情。马犹如此，人何以堪！李白化用古典诗句，著一"班"字，便翻出新意，烘托出缱绻情谊，可谓鬼斧神工。

这首送别诗写得新颖别致，不落俗套。诗中青翠的山岭，清澈的流水，火红的落日，洁白的浮云，相互映衬，色彩璀璨。班马长鸣，形象新鲜活泼。自然美与人情美交织在一起，写得有声有色，气韵生动。诗的节奏明快，感情真挚热诚而又豁达乐观，毫无缠绵悱恻的哀伤情调。这正是评家深为赞赏的李白送别诗的特色。

送友人入蜀

见说蚕丛路[1]，崎岖不易行。
山从人面起，云傍马头生。
芳树笼秦栈，春流绕蜀城[2]。
升沉应已定，不必问君平。

注解

①蚕丛路：蚕丛，是传说中蜀国的开国君王。蚕丛路，代称入蜀的道路。

②春流：泛指春天水涨，江水奔流。一说指流经成都的都江堰内江。蜀城：指成都。一说泛指蜀中城市。

赏析

这是一首以描绘蜀道山川的奇美著称的抒情诗。天宝二年（公元743年）李白在长安送友人入蜀时所作。

全诗从送别和入蜀这两方面落笔描述。首联写入蜀的道路，先从蜀道之难开始：见说蚕丛路，崎岖不易行。

临别之际，李白亲切地叮嘱友人：听说蜀道崎岖险阻，路上处处是层峦叠嶂，不易通行。语调平缓自然，恍若两个好友在娓娓而谈，感情显得诚挚而恳切。它和《蜀道难》以饱含强烈激情的感叹句"噫吁嚱，危乎高哉，蜀道之难难于上青天"开始，写法迥然不同，这里只是平静地叙述，而且还是"见说"，显得很委婉，浑然无迹。首联入题，提出送别意。颔联就"崎岖不易行"的蜀道作进一步的具体描画：

山从人面起，云傍马头生。

蜀道在崇山峻岭上迂回盘绕，人在栈道上走，山崖峭壁宛如迎面而来，从人的脸侧重叠而起，云气依傍着马头而升起翻腾，像是腾云驾雾一般。"起""生"两个动词用得极好，生动地表现了栈道的狭窄、险峻、高危，想像诡异，境界奇美，写得气韵飞动。

蜀道一方面显得峥嵘险阻，另一方面也有优美动人的地方，瑰丽的风光就在秦栈上：芳树笼秦栈，春流绕蜀城。

此联中的"笼"字是评家所称道的"诗眼"，写得生动、传神，含意丰满，表现了多方面的内容。它包含的第一层意思是：山岩峭壁上突出的林木，枝叶婆娑，笼罩着栈道。这正是从远处观看到的景色。秦栈便是由秦（今陕西省）入蜀的栈道，在山岩间凿石架木建成，路面狭隘，道旁不会长满树木。“笼”字准确地描画了栈道林阴是由山上树木朝下覆盖而成的特色。第二层的意思是：与前面的“芳树”相呼应，形象地表达了春林长得繁盛芳茂的景象。最后，“笼秦栈”与对句的“绕蜀城”，字凝语炼，恰好构成严密工整的对偶句。前者写山上蜀道景致，后者写山下春江环绕成都而奔流的美景。远景与近景上下配合，相互映衬，风光旖旎，犹如一幅瑰玮的蜀道山水画。诗人以浓彩描绘蜀道胜景，这对入蜀的友人来说，无疑是一种抚慰与鼓舞。尾联忽又翻出题旨：升沉应已定，不必问君平。

李白了解他的朋友是怀着追求功名富贵的目的入蜀，因而临别赠言，便意味深长地告诫：个人的官爵地位，进退升沉都早有定局，何必再去询问善卜的君平呢！西汉严遵，字君平，隐居不仕，曾在成都卖卜为生。李白借用君平的典故，婉转地启发他的朋友，不要沉迷于功名利禄之中，可谓谆谆善诱，凝聚着真挚的情谊，而其中又不乏自身的身世感慨。这一联写得含蓄蕴藉，语短情长。

这首诗，风格清新俊逸，曾被前人推崇为“五律正宗”（《唐宋诗醇》卷一）。诗的中间两联对仗非常精工严整，而且，颔联语意奇险，极言蜀道之难，颈联忽描写纤丽，又道风景可乐，笔力开阖顿挫，变化万千。最后，以议论作结，突现主旨，更富有韵味。清人赵翼曾指出李白所写的五律，“盖才气豪迈，全以神运，自不屑束缚于格律对偶，与雕绘者争长。然有对偶处，仍自工丽；且工丽中别有一种英爽之气，溢出行墨之外”（《瓯北诗话》卷一）。这一评语很精确，正好道出了这首五律在对偶上的艺术特点。

下终南山过斛斯山人[1]宿置酒

暮从碧山下，山月随人归。
却顾[2]所来径，苍苍横翠微[3]。
相携及田家[4]，童稚开荆扉[5]。
绿竹入幽径，青萝[6]拂行衣。
欢言得所憩[7]，美酒聊共挥[8]。
长歌吟松风[9]，曲尽河星稀[10]。
我醉君复乐，陶然共忘机[11]。

注解

①终南山：为秦岭的主峰之一，在今陕西西安市南，是著名的隐居地。过：拜访，访问。斛(hú)斯山人：指复姓斛斯的山中隐士。

②却顾：回头望。

③翠微：山坡上草木翠绿茂盛。

④及：至，到。田家：农家。此指斛斯山人之家。

⑤童稚：小孩子。荆扉：用小树枝编成的院门，指柴门。

⑥青萝：即松萝，一种悬垂的绿色植物。

⑦憩(qì)：休息。

⑧挥：指举杯畅饮。

⑨松风：指古琴曲《风人松》。

⑩河星稀：银河中星光稀微，此指天快亮了。

⑪忘机：忘却世俗机巧之心。

赏析

我国的田园诗以东晋陶潜为开山祖，他的诗，对后代影响很大。李白这首田园诗，似也有陶诗那种描写琐事人情，平淡爽直的风格。

李白作此诗时，正在长安供奉翰林。从诗的内容看，诗人是在月夜到长安南面的终南山去造访一位姓斛斯的隐士。首句"暮从碧山下"，"暮"字挑起了第二句的"山月"和第四句的"苍苍"，"下"字挑起了第二句的"随人归"和第三句的"却顾"，"碧"字又逗出第四句的"翠微"。平平常常五个字，却无一字虚设。"山月随人归"，把月写得如此脉脉有情。月尚如此，人而不如月乎？第三句"却顾所来径"，写出诗人对终南山的眷恋之情。这里虽未正面写山林暮景，却是情中有景。不正是旖旎山色，使诗人迷恋不已吗？第四句又是正面描写。"翠微"指青翠掩映的山林幽深处。"苍苍"两字起加倍渲染的作用。"横"有笼罩意。此句描绘出暮色苍苍中的山林美景。这四句，用笔简练而神色俱佳。

诗人漫步山径，大概遇到了斛斯山人，于是"相携及田家"。"相携"，显出情谊的密切。"童稚开荆扉"，连孩子们也开柴门来迎客了。进门后，"绿竹入幽径，青萝拂行衣"，写出了田家庭园的恬静，流露出诗人的称羡之情。"欢言得所憩，美酒聊共挥"，"得所憩"不仅是赞美山人的庭园居室，显然也为遇知己而高兴，因而欢言笑谈，美酒共挥。一个"挥"字写出了李白畅怀豪饮的神情。酒醉情浓，放声长歌，直唱到天河群星疏落，籁寂更深。"长歌吟松风，曲尽河星稀"句中青松与青天，仍处处绾带上文的一片苍翠。至于河星既稀，月色自淡，这就不在话下了。最后，从美酒共挥，转到"我

醉君复乐，陶然共忘机”，写出酒后的风味，陶陶然把人世的机巧之心，一扫而空，显得淡泊而恬远。

这首诗以田家、饮酒为题材，很显然是受陶潜诗的影响，然而两者诗风又有不同之处。陶潜的写景，虽未曾无情，却显得平淡恬静，如“暧暧远人村，依依墟里烟”（《归园田居五首》其一），“道狭草木长，夕露沾我衣”（同上其三），“采菊东篱下，悠然见南山”（《饮酒二十首》其五），“微雨从东来，好风与之俱”（《读山海经十三首》其一）之类，既不染色，而口气又那么温缓舒徐。而李白就着意渲染，“却顾所来径，苍苍横翠微”，“绿竹入幽径，青萝拂行衣。欢言得所憩，美酒聊共挥”，不仅色彩鲜明，而且神情飞扬，口气中也带有清俊之味。在李白的一些饮酒诗中，豪情狂气喷薄涌泄，溢于纸上，而此诗似已大为掩抑收敛了。“长歌吟松风，曲尽河星稀。我醉君复乐，陶然共忘机。”可是一比起陶诗，意味还是有差别的。陶潜的“或有数斗酒，闲饮自欢然”（《答庞参军》），“过门更相呼，有酒斟酌之”（《移居》其二），“何以称我情，浊酒且自陶”（《己酉岁九月九日》），“一觞虽自进，杯尽壶自倾”（《饮酒二十首》其七）之类，称心而出，信口而道，淡淡然无可无不可的那种意味，就使人觉得李白挥酒长歌仍有一股英气，与陶潜异趣。因而，从李白此诗，既可以看到陶诗的影响，又可以看到两位诗人风格的不同。

望庐山瀑布

日照香炉①生②紫烟，遥看瀑布挂③前川。
飞流直下三千尺，疑④是银河落九天。

注解

①香炉：香炉峰，山名。
②生：十分生动地写出了由于太阳照射烟雾升腾的情景。
③挂：高悬。
④疑：怀疑、以为。

赏析

香炉，指庐山香炉峰，“在庐山西北，其峰尖圆，烟云聚散，如博山香炉之状”（宋乐史《太平寰宇记》）。可是，到了诗人李白的笔下，便成了另一番景象：一座顶天立地的香炉，冉冉地升起了团团白烟，缥缈于青山蓝天之间，在红日的照射下化成一片紫色的云霞。这不仅把香炉峰渲染得更美，而且富有浪漫主义色彩，为不寻常的瀑布，创造了不寻常的背景。接着诗人才把视线移向山壁上的瀑布。“遥看瀑布挂前川”，前四字是点题；“挂前川”，这是“望”的第一眼形象，瀑布像是一条巨大的白练高挂于山川之间。“挂”字很妙，它化动为静，惟妙惟肖地表现出倾泻的瀑布在“遥看”中的形象。谁能将这巨物“挂”起来呢？“壮哉造化功”（《望庐山瀑布水二首》其一）！所以这“挂”字也包含着诗人对大自然的神奇伟力的赞颂。

第三句又描写瀑布的动态。“飞流直下三千尺”，一笔挥洒，字字铿锵有力。“飞”字，把瀑布喷涌而出的景象描绘得极为生动；“直下”，既写出山之高峻陡峭，又可以见出水流之急，那高空直落，势不可挡之状如在眼前。然而，诗人犹嫌未足，接着又写上一句“疑是银河落九天”，真是想落天外，惊人魂魄。“疑是”值得细味，诗人明明说得恍恍惚惚，而读者也明知不是，但是又都觉得只有这样写，才更为生动、逼真，其奥妙就在于，诗人前面的描写中已经孕育了这一形象。你看！巍巍香炉峰藏在云烟雾霭之中，遥望瀑布就如从云端飞流直下、临空而落，这就自然地联想到像是一条银河从天而降。可见，“疑是银河落九天”这一比喻，虽是奇特，但在诗中并不是凭空而来，而是在形象的刻画中自然地生发出来的。它夸张而又自然，新奇而又真切，从而振起全篇，使得整个形象变得更为丰富多彩，雄奇瑰丽，既给人留下了深刻的印象，又给人以想像的余地，显示出李白那种“万里一泻，末势犹壮”的艺术风格。

宋人魏庆之说：“七言诗第五字要响。……所谓响者，致力处也。”（《诗人玉屑》）这个看法在这首诗里似乎特别有说服力。比如，一个“生”字，不仅把香炉峰写“活”了，也隐隐地把山间的烟云冉冉上升、袅袅浮游的景象表现出来了。“挂”字前面已经提到了。那个“落”字也很精彩，它活画出高空突兀、巨流倾泻的磅礴气势。很难设想换掉这三个字，这首诗将会变成什么样子。

中唐诗人徐凝也写了一首《庐山瀑布》。诗云：“虚空落泉千仞直，雷奔入江不暂息。千古长如白练飞，一条界破青山色。”场景虽也不小，但还是给人局促之感，原因大概是它转来转去都是瀑布，显得很实、很板，虽是小诗，却颇有点大赋的气味。比起李白那种入乎其内，出乎其外，有形有神，奔放空灵，相去实在甚远。无怪宋苏轼说："帝遣银河一派垂，古来唯有谪仙词。飞流溅沫知多少，不与徐凝洗恶诗。"（《戏徐凝瀑布诗》）话虽不无过激之处，然其基本倾向还是正确的，表现了苏轼不仅是一位著名的诗人，也是一位颇有见地的鉴赏家。

望天门山①

天门中断楚江开，碧水东流至此回②。
两岸青山相对出，孤帆③一片日边来。

注解

①天门山：指安徽当涂县的东梁山与和县的西梁山，两山夹江对峙，像一座天设的门户，形势非常险要，"天门"由此得名。

②楚江：湖南、湖北、安徽为古楚国之地，流经这一段的长江人们称之为楚江。回：回旋、转变。

③孤帆：孤舟。这里的帆指代船。

赏析

天门山，就是安徽当涂县的东梁山（古代又称博望山）与和县的西梁山的合称。两山夹江对峙，像一座天设的门户，形势非常险要，"天门"即由此得名。诗题中的"望"字，说明诗中所描绘的，是远望所见天门山的壮美景色。历来的许多注本由于没有弄清"望"的立脚点，所以往往把诗意理解错了。

天门山夹江对峙，所以写天门山离不开长江。诗的前幅即从"江"与"山"的关系着笔。第一句"天门中断楚江开"，着重写出浩荡东流的楚江（长江流经旧楚地的一段）冲破天门奔腾而去的壮阔气势。它给人以丰富的联想：天门两山本来是个整体，阻挡着汹涌的江流。由于楚江怒涛的冲击，才撞开了"天门"，使它中断而成为东西两山。这和作者在《西岳云台歌》中所描绘的情景颇为相似："巨灵（河神）咆哮擘两山

(指河西的华山与河东的首阳山),洪波喷流射东海。”不过前者隐后者显而已。在作者笔下,楚江仿佛成了有巨大生命力的事物,显示出冲破一切阻碍的神奇力量,而天门山也似乎默默地为它让出了一条通道。

第二句“碧水东流至此回”,又反过来着重写夹江对峙的天门山对汹涌奔腾的楚江的约束力和反作用。由于两山夹峙,浩阔的长江流经两山间的狭窄通道时,激起回旋,形成波涛汹涌的奇观。如果说上一句是借山势写出水的汹涌,那么这一句则是借水势衬出山的奇险。有的本子“至此回”作“直北回”,解者以为指东流的长江在这一带回转向北。这也许称得上对长江流向的精细说明,但不是诗,更不能显现天门奇险的气势。试比较《西岳云台歌送丹丘子》:“西岳峥嵘何壮哉!黄河如丝天际来。黄河万里触山动,盘涡毂转秦地雷”,“盘涡毂转”也就是“碧水东流至此回”,同样是描绘万里江河受到峥嵘奇险的山峰阻遏时出现的情景。绝句尚简省含蓄,所以不像七古那样写得淋漓尽致。

“两岸青山相对出,孤帆一片日边来”这两句是一个不可分割的整体。上句写望中所见天门两山的雄姿,下句则点醒“望”的立脚点和表现诗人的淋漓兴会。诗人并不是站在岸上的某一个地方遥望天门山,他“望”的立脚点,便是从“日边来”的“一片孤帆”。读这首诗的人大都赞赏“两岸青山相对出”的“出”字,因为它使本来静止不动的山带上了动态美,但却很少去考虑诗人何以有“相对出”的感受。如果是站在岸上某个固定的立脚点“望天门山”,那大概只会产生“两岸青山相对立”的静态感。反之,舟行江上,顺流而下,望着远处的天门两山扑进眼帘,显现出愈来愈清晰的身姿时,“两岸青山相对出”的感受就非常突出了。“出”字不但逼真地表现了在舟行过程中“望天门山”时天门山特有的姿态,而且寓含了舟中人的新鲜喜悦之感。夹江对峙的天门山,似乎正迎面向自己走来,表示它对江上来客的欢迎。

青山既然对远客如此有情,则远客自当更加兴会淋漓。“孤帆一片日边来”,正传神地描绘出孤帆乘风破浪,越来越靠近天门山的情景,和诗人欣睹名山胜景、目接神驰的情状。它似乎包含着这样的潜台词:雄伟险要的天门山呵,我这乘一片孤帆的远方来客,今天终于看见了你。

由于末句在叙事中饱含诗人的激情,这首诗便在描绘出天门山雄伟景色的同时,突出了诗人的自我形象。如果要正题,诗题应该叫“舟行望天门山”。

早发白帝①城

朝辞白帝彩云间，千里江陵②一日还。
两岸猿声啼不住，轻舟已过万重山。

注解

①白帝：古城名，在今重庆市奉节东白帝山上。东汉初公孙述筑城，其自号白帝，故以为名。《寰宇记》："公孙述更鱼复曰白帝城。"

②江陵：盛宏之《荆州记》："朝发白帝，暮宿江陵，凡一千二百余里，虽飞云迅鸟不能过也。"《新唐书·地理志》："荆州江陵府，隋为南郡，天宝元年改为江陵郡。"

赏析

唐肃宗乾元二年（公元759年）春天，李白因永王璘案，流放夜郎（治今贵州正安西北），取道四川赴贬地。行至白帝城，忽闻赦书，惊喜交加，旋即放舟东下江陵（治今湖北荆州市），故诗题一作"下江陵"。此诗抒写了当时喜悦畅快的心情。

首句"彩云间"三字，描写白帝城地势之高，为全篇写下水船走得快这一动态蓄势。不写白帝城之极高，则无法体现出长江上下游之间斜度差距之大。白帝城地势高入云霄，于是下面几句中写舟行之速、行期之短、耳（猿声）目（万重山）之不暇迎送，才一一有着落。"彩云间"也是写早晨景色，显示出从晦冥转为光明的大好气象，而诗人便在这曙光初灿的时刻，怀着兴奋的心情匆匆告别白帝城。

第二句的"千里"和"一日"，以空间之远与时间之暂作悬殊对比，自是一望而知；其妙处却在那个"还"字上——"还"，归来也。它不仅表现出诗人"一日"而行"千里"的痛快，也隐隐透露出遇赦的喜悦。江陵本非李白的家乡，而"还"字却亲切得俨如回乡一样。一个"还"字，暗处传神，值得细细玩味。

第三句的境界更为神妙。古时长江三峡，"常有高猿长啸"。然而又何以"啼不住"了呢？我们不妨联想，乘了飞快的汽车于盛夏的长昼，行驶在林荫路上，耳听两旁树间鸣蝉的经验。夫蝉非一，树非一，鸣声亦非一，而因车行之速，却使蝉声树影在耳目之间成为"浑然一片"。这大抵就是李白在出峡时为猿声山影所感受的情景。身在这如脱弦之箭、顺流直下的船上，诗人是何等畅快而又兴奋啊！清人桂馥读诗至此，不禁赞叹道："妙在第三句，能使通首精神飞越"（《札朴》）。瞬息之间，轻舟已过"万重山”。为了形容船快，诗人除了用猿声山影来烘托，还给船的本身添上了一个“轻”字。直说船快，那自然是笨伯，而这个“轻”字，却别有一番意蕴。三峡水急滩险，诗人溯流而上时，不仅觉得船重，而且心情更为滞重，“三朝上黄牛，三暮行太迟。三朝又三暮，不觉鬓成丝”（《上三峡》）。如今顺流而下，行船轻如无物，其快速可想而知。而“危乎高哉”的“万重山”一过，轻舟进入坦途，诗人历尽艰险重履康庄的快感，亦自不言而喻了。这最后两句，既是写景，又是比兴，既是个人心情的表达，又是人生经验的总结，因物兴感，精妙无伦。

全诗给人一种锋棱挺拔、空灵飞动之感。然而只赏其气势之豪爽，笔姿之骏利，尚不能得其圜中。全诗洋溢的是诗人经过艰难岁月之后突然迸发的一种激情，故雄峻迅疾中，又有豪情欢悦。快船快意，使人神远。后人赞此篇谓：“惊风雨而泣鬼神矣”（明杨慎《升庵诗话》）。千百年来一直为人视若珍品。为了表达畅快的心情，诗人还特意用上平“删”韵的“间”“还”“山”作韵脚，读来是那样悠扬、轻快，令人百诵不厌。

越中览古

越王勾践破吴归，战士还家尽锦衣。
宫女如花满春殿，只今惟有鹧鸪[①]飞。

注解

①鹧鸪：鸟类的一种，在我国主要分布于南部各省，一般为中华鹧鸪，属省级保护动物。

赏析

这是一首怀古之作，亦即诗人游览越中（唐越州，治所在今浙江绍兴），有感于其地在古代历史上所发生过的著名事件而写下的。在春秋时代，吴越两国争霸南方，成为世仇。越王勾践于公元前 494 年，被吴王夫差打败，回到国内，卧薪尝胆，誓报此仇。公元前 473 年，他果然把吴国灭了。诗写的就是这件事。

诗歌不是历史小说，绝句又不同于长篇古诗，所以诗人只能选取这一历史事件中他感受得最深的某一部分来写。他选取的不是这场斗争的漫长过程中的某一片断，而是在吴败越胜，越王班师回国以后的两个镜头。首句点明题意，说明所怀古迹的具体内容。二、三两句分写战士还家、勾践还宫的情况。消灭了敌人，雪了耻，战士都凯旋

了;由于战事已经结束,大家都受到了赏赐,所以不穿铁甲,而穿锦衣。只"尽锦衣"三字,就将越王及其战士得意归来,充满了胜利者的喜悦和骄傲的神情烘托了出来。越王回国以后,踌躇满志,不但耀武扬威,而且荒淫逸乐起来。于是,花朵儿一般的美人,就占满了宫殿,拥簇着他,侍候着他。"春殿"的"春"字,应上"如花",并描摹美好的时光和景象,不一定是指春天。只写这一点,就把越王将过去的卧薪尝胆的往事丢得干干净净表达得非常充分了。都城中到处是锦衣战士,宫殿上站满了如花宫女。这是多么繁盛、美好、热闹、欢乐的场景啊,然而结句突然一转,将上面所写的一切一笔勾销。过去曾经存在过的胜利、威武、富贵、荣华,现在还有什么呢?人们所能看到的,只是几只鹧鸪在王城故址上飞来飞去罢了。这一句写人事的变化,盛衰的无常,以慨叹出之。过去的统治者,莫不希望他们的富贵荣华是子孙万世之业,而诗篇却如实地指出了这种希望的破灭,这就是它的积极意义。

诗篇将昔时的繁盛和今日的凄凉,通过具体的景物,作了鲜明的对比,使读者感受特别深切。一般地说,直接描写某种环境,是比较难于突出的,而通过对比,获致的效果往往能够大大加强。所以,通过热闹的场面来描写凄凉,就更觉凄凉之可叹。如此诗前面所写过去的繁华与后面所写现在的冷落,对照极为强烈,前面写得愈着力,后面转得也就愈有力。为了充分地表达主题思想,诗人对这篇诗的艺术结构,也作出了不同于一般七绝的安排。一般的七绝,转折点都安排在第三句里,而它的前三句却一气直下,直到第四句才突然转到反面,就显得格外有力量,有神采。这种写法,不是笔力雄健的诗人,是难以挥洒自如的。

李白另有一首怀古诗《苏台览古》可资比较:"旧苑荒台杨柳新,菱歌清唱不胜春。只今惟有西江月,曾照吴王宫里人"。苏台即姑苏台,是春秋时代吴王夫差游乐的地方,故址在今江苏省苏州市。此诗一上来就写吴苑的残破,苏台的荒凉,而人事的变化,兴废的无常,自在其中。后面紧接以杨柳在春天又发新芽,柳色青青,年年如旧,岁岁常新,以"新"与"旧",不变的景物与变化的人事,作鲜明的对照,更加深了凭吊古迹的感慨。一句之中,以两种不同的事物来对比,写出古今盛衰之感,用意遣词,精练而又自然。次句接写当前景色。青青新柳之外，还有一些女子在唱着菱歌，无限的春光之中，回荡着歌声的旋律。杨柳又换新叶，船娘闲唱菱歌，旧苑荒台，依然弥漫着无边春色，而昔日的帝王宫殿，美女笙歌，却一切都已化为乌有。所以后两句便点出，只有悬挂在从西方流来的大江上的那轮明月，是亘古不变的；只有她，才照见过吴宫的繁华，看见过像夫差、西施这样的当时人物，可以作历史的见证人罢了。

此两诗都是览古之作，主题相同，题材近似，但越中一首，着重在明写昔日之繁华，以四分之三的篇幅竭力渲染，而以结句写今日之荒凉抹杀之，转出主意。苏台一首则着重写今日之荒凉，以暗示昔日之繁华，以今古常新的自然景物来衬托变幻无常的人事，见出今昔盛衰之感，所以其表现手段又各自不同。从这里也可以看出诗人变化多端的艺术技巧。

月下独酌（其一）

花间一壶酒，独酌无相亲。
举杯邀明月，对影成三人。
月既不解[①]饮，影徒随我身。
暂伴月将[②]影，行乐须及春。
我歌月徘徊，我舞影零乱。
醒时同交欢，醉后各分散。
永结无情游，相期邈云汉[③]。

注解

①不解：不懂。
②将：偕，和。
③无情游：无情，指月亮、影子等没有知觉情感的事物，李白与之交游，故称无情游。相期：相约。云汉：天河。

赏析

佛教中有所谓“立一义”，随即“破一义”，“破”后又“立”，“立”后又“破”，最后得到究竟辨析方法。用现代话来说，就是先讲一番道理，经驳斥后又建立新的理论，再驳再建，最后得到正确的结论。关于这样的论证，一般总有双方，相互“破”“立”。可是李白这首诗，就只一个人，以独自的形式，自立自破，自破自立，诗情波澜起伏而又纯乎天籁，所以一直为后人传诵。

诗人上场时，背景是花间，道具是一壶酒，登场角色只是他自己一个人，动作是独酌，加上“无相亲”三个字，场面单调得很。于是诗人忽发奇想，把天边的明月，和月光下自己的影子，拉了过来，连自己在内，化成了三个人，举杯共酌，冷清清的场面，就热闹起来了。这是“立”。

可是，尽管诗人那样盛情，“举杯邀明月”，明月毕竟是“不解饮”的。至于那影子呢？虽则如晋陶潜所谓“与子相遇来，未尝异悲悦。憩荫若暂乖，止日终不别”（《影答形》），但毕竟影子也不会喝酒，那么又该怎么办呢？姑且暂将明月和身影做伴，在这春暖花开之时，及时行乐吧！“顾影独尽，忽焉复醉”（陶潜《饮酒》诗序中语）。这四句又把月和影之情，说得虚无不可测，推翻了前案，这是“破”。其时诗人已经渐入醉乡了，酒兴一发，既歌且舞。歌时月儿徘徊，依依不去，好像在倾听佳音；舞时自己的身影，在月光之下，也转动零乱，似与自己共舞。醒时相互欢欣，直到酩酊大醉，躺在床上时，月光与身影，才无可奈何地分别。“我歌月徘徊，我舞影零乱。醒时同交欢，醉后各分散”，这四句又把月光和身影，写得对自己一往情深。这又是“立”。

最后两句，诗人真诚地和“月”“影”相约：“永结无情游，相期邈云汉。”然而“月”和“影”毕竟还是无情之物，把无情之物，结为交游，主要还是在于自己的有情，“永结无情游”句中的“无情”是破，“永结”和“游”是立，又破又立，构成了最后的结论。题目是“月下独酌”，诗人运用丰富的想像，表现出一种由独而不独，由不独而独，再由独而不独的复杂情感。表面看来，诗人真能自得其乐，可是背面却有无限的凄凉。诗人曾有一首《春日醉起言志》的诗：“处世若大梦，胡为劳其生？所以终日醉，颓然卧前楹。觉来盼庭前，一鸟花间鸣。借问此何时，春风语流莺。感之欲叹息，对酒还自倾。浩歌待明月，曲尽已忘情。”试看其中“一鸟”“自倾”“待明月”等字眼，可见诗人是怎样的孤独了。孤独到了邀月与影那还不算，甚至于以后的岁月，也休想找到共饮之人，所以只能与月光身影永远结游，并且相约在那邈远的上天仙境再见。结尾两句，点尽了诗人的踽踽凉凉之感。

◆崔 颢

崔颢(? -754年),汴州人(今河南开封)。开元十一年(公元723年)进士,天宝中期任司勋员外郎。在当时即享有盛名,与王昌龄、高适、孟浩然、王维等人并列。早期诗浮艳轻薄,后曾在河东军幕中任职,诗风变得雄浑奔放。殷璠《河岳英灵集》评:"颢年少为诗,名陷轻薄。晚节忽变常体,风骨凛然。一窥塞垣,说尽戎旅。"

黄鹤楼[1]

昔人[2]已乘黄鹤去,此地空余黄鹤楼。
黄鹤一去不复返,白云千载空悠悠。
晴川历历汉阳树[3],芳草萋萋鹦鹉洲[4]。
日暮乡关[5]何处是?烟波江上使人愁。

注 解

①黄鹤楼:在今湖北武汉黄鹤山西北黄鹤矶上,面江而立。传说是因仙人王子安乘黄鹤路经此地而得名。

②昔人:指传说中的仙人。

③历历:分明的样子。汉阳:在今武昌西北,与黄鹤楼隔江相望。

④萋萋:草茂盛的样子。鹦鹉(yīng wǔ)洲:长江中的小沙洲,在武汉市西南长江中,相传因东汉祢衡曾作《鹦鹉赋》而得名。

⑤乡关:故乡。

赏 析

元人辛文房《唐才子传》记李白登黄鹤楼本欲赋诗,因见崔颢此作,为之敛手,说:

“眼前有景道不得，崔颢题诗在上头。”传说或出于后人附会，未必真有其事。然李白确曾两次作诗拟此诗格调。其《鹦鹉洲》诗前四句说：“鹦鹉东过吴江水，江上洲传鹦鹉名。鹦鹉西飞陇山去，芳洲之树何青青。”与崔诗如出一辙。又有《登金陵凤凰台》诗亦是明显地摹学此诗。为此，说诗者众口交誉，如宋代严羽《沧浪诗话》谓：“唐人七言律诗，当以崔颢《黄鹤楼》为第一。”这一来，崔颢的《黄鹤楼》的名气就更大了。

黄鹤楼因其所在之武昌黄鹤山（又名蛇山）而得名。传说古代仙人子安乘黄鹤过此（见南朝宋东阳无疑《齐谐志》）；又云费文伟登仙驾鹤于此（见宋乐史《太平寰宇记》引《图经》）。诗即从楼的命名之由来着想，借传说落笔，然后生发开去。仙人跨鹤，本属虚无，现以无作有，说它“一去不复返”，就有岁月不再、古人不可见之憾；仙去楼空，唯余天际白云，悠悠千载，正能表现世事茫茫之慨。诗人这几笔写出了那个时代登黄鹤楼的人们常有的感受，气概苍莽，感情真挚。

前人有“文以气为主”之说，此诗前四句看似随口说出，一气旋转，顺势而下，绝无半点滞碍。“黄鹤”二字再三出现，却因其气势奔腾直下，使读者“手挥五弦，目送飞鸿”，急忙读下去，无暇觉察到它的重复出现，而这是律诗格律上之大忌，诗人好像忘记了是在写“前有浮声，后须切响”，字字皆有定声的七律。试看：首联的五、六字同出“黄鹤”；第三句几乎全用仄声；第四句又用“空悠悠”这样的三平调煞尾；亦不顾什么对仗，用的全是古体诗的句法。

这是因为七律在当时尚未定型吗？不是的，规范的七律早就有了，崔颢自己也曾写过。

是诗人有意在写拗律吗？也未必。他跟后来杜甫的律诗有意自创别调的情况也不同。

看来还是知之而不顾，如《红楼梦》中林黛玉教人做诗时所说的，“若是果有了奇句，连平仄虚实不对都使得的”。在这里，崔颢是依据诗以立意为要和“不以词害意”的原则去进行实践的，所以才写出这样七律中罕见的、高唱入云的诗句。

清沈德潜评此诗，以为“意得象先，神行语外，纵笔写去，遂擅千古之奇”（《唐诗别裁集》卷十三），也就是这个意思。

此诗前半首用散调变格，后半首就整饬归正，实写楼中所见所感，写从楼上眺望汉阳城、鹦鹉洲的芳草绿树，并由此而引起的乡愁，这是先放后收。

倘只放不收，一味不拘常规，不回到格律上来，那么，它就不是一首七律，而成为七古了。此诗前后似成两截，其实文势是从头一直贯注到底的，中间只不过是换了一口气罢了。

这种似断实续的连接，从律诗的起、承、转、合来看，也最有章法。元杨载《诗法家数》论律诗第二联要紧承首联时说：“此联要接破题（首联），要如骊龙之珠，抱而不脱。”

此诗前四句正是如此，叙仙人乘鹤传说，颔联与破题相接相抱，浑然一体。杨载又论颈联之“转”说：“与前联之意相避，要变化，如疾雷破山，观者惊愕。”疾雷之喻，意在说明章法上至五、六句应有突变,出人意外。

此诗转折处,格调上由变归正,境界上与前联截然异趣,恰好符合律法的这个要求。叙昔人黄鹤,杳然已去,给人以渺不可知的感觉;忽一变而为晴川草树,历历在目,萋萋满洲的眼前景象。这一对比,不但能烘染出登楼远眺者的愁绪,也使文势因此而有起伏波澜。

《楚辞·招隐士》曰:"王孙游兮不归,春草生兮萋萋。"诗中"芳草萋萋"之语,亦借此而引出结尾乡关何处、归思难禁的意思。末联以写烟波江上日暮怀归之情作结,使诗意重归于开头那种渺茫不可见的境界,这样能回应前面,如豹尾之能绕额的"合",也是很符合律诗法度的。

正由于此诗艺术上出神入化,取得极大成功,它被人们推崇为题黄鹤楼的绝唱,就是可以理解的了。

但近人俞陛云《诗境浅说》、高步瀛《唐宋诗举要》,皆以为崔颢《黄鹤楼》诗格调出自沈佺期《龙池篇》。沈诗云:"龙池跃龙龙已飞,龙德先天天不违。池开天汉分黄道,龙向天门入紫微。邸第楼台多气色,君王凫雁有光辉。为报寰中百川水,来朝此地莫东归。"可备一说。

◆ 刘长卿

刘长卿(?-约786年),字文房,宣城(今属安徽)人。天宝元年(公元742年)进士,曾任长州县尉、海盐令,后贬潘州南巴尉,大历(公元766年)时,为鄂岳转运判官,以触犯大官傣吴仲孺,再贬睦州(今浙江淳安)司马,又调任随州刺史。诗名盛于中唐前期。他的诗多写政治失意之感,也有反映离乱之作,善于描绘自然景物。长于五言,称为"五言长城",有《刘随州诗集》。

听弹琴[1]

泠泠七弦上[2],静听松风[3]寒。
古调虽自爱,今人多不弹。

注解

①此题又作《弹琴》,感慨世上无知音,抒发抑郁自伤之情。

②泠泠(líng):形容水声,此处状琴声之清幽。七弦:相传神农氏制琴为五弦,周文王加为七弦。

③松风:一说此为琴曲名,即古曲《风入松》。

赏析

诗题一作《弹琴》,此据《刘随州集》。从诗中"静听"二字细味,题目以有"听"字为妥。

琴,亦称"七弦琴",俗称"古琴",是我国古代传统民族乐器,由七条弦组成。所以首句以"七弦"作琴的代称,意象也更具体。"泠泠"形容琴声的清越,引起"松风寒"三字。"松风寒"以风入松林暗示琴声的凄清,极为形象,引导读者进入音乐的境界。"静听"二字描摹出听琴者入神的情态,可见琴声的超妙。高雅平和的琴声,常能唤起听者水流石上、风来松下的幽清肃穆之感。而琴曲中又有《风入松》的调名,一语双关,用意甚妙。

如果说前两句是描写音乐的境界,后两句则是议论性抒情,牵涉到当时音乐变革的背景。汉魏六朝南方清乐尚用琴瑟。而到唐代,音乐发生变革,"燕乐"成为一代新声,乐器则以西域传入的琵琶为主。"琵琶起舞换新声"的同时,公众的欣赏趣味也变了。受人欢迎的是,能表达世俗欢快心声的新乐。穆如松风的琴声虽美,如今毕竟成了"古调",又有几人能怀着高雅情致来欣赏呢?言下便流露出曲高和寡的孤独感。诗僧齐已有《赠琴客》诗云:"曾携五老峰前过,几向双松石上弹。此境此身谁更爱,掀天羯鼓满长安。"可与此对读。"虽"字转折,从对琴声的赞美进入对时尚的感慨。"今人多不弹"的"多"字,更反衬出琴客知音者的稀少。有人以此二句谓今人好趋时尚,不弹古调,意在表现作者的不合时宜,是很对的。刘长卿清才冠世,一生两遭迁斥,有一肚皮不合时宜和一种与流俗落落寡合的情调。他的集中有《幽琴》(《杂咏八首上礼部李侍郎》之一)诗曰:"月色满轩白,琴声宜夜阑。飕飕青丝上,静听松风寒。古调虽自爱,今人多不弹。向君投此曲,所贵知音难。"其中三句与这首听琴绝句相同。"所贵知音难"也正是诗的题旨之所在。"作诗必此诗,定知非诗人",诗咏听琴,只不过借此寄托一种孤芳自赏的情操罢了。

送灵澈[1]上人

苍苍竹林寺[2],杳杳钟声晚。
荷笠带斜阳,青山独归远。

注解

①灵澈:中唐时期的一位著名诗僧,俗姓汤,字源澄,会稽(今浙江绍兴)人,出家的寺庙就在会稽云门山云门寺。

②竹林寺:在润州(今江苏镇江),是灵澈此次游方歇宿的寺院。

赏析

灵澈上人是中唐时期一位著名诗僧,俗姓汤,字源澄,会稽(今浙江绍兴)人,出家的本寺就在会稽云门山云门寺。竹林寺在润州(今江苏镇江),是灵澈此次游方歇宿的寺院。这首小诗写诗人在傍晚送灵澈返竹林寺时的心情。它即景抒情,构思精致,语言精练,素朴秀美,所以为中唐山水诗的名篇。

前两句想望苍苍山林中的灵澈归宿处,远远传来寺院报时的钟响,点明时已黄昏,仿佛催促灵澈归山。后二句即写灵澈辞别归去情景。灵澈戴着斗笠,披带夕阳余晖,独自向青山走去,越走越远。“青山”即应首句“苍苍竹林寺”,点出寺在山林。“独归远”显出诗人伫立目送,依依不舍,结出别意。全诗表达了诗人对灵澈的深挚的情谊,也表现出灵澈归山的清寂的风度。送别往往黯然情伤,但这首送别诗却有一种闲淡的意境。

刘长卿和灵澈相遇又离别于润州,大约在唐代宗大历四、五年间(公元769-770年)。刘长卿自从上元二年(公元761年)从贬谪南巴(今广东茂名南)归来,一直失意待官,心情郁闷。灵澈此时诗名未著,云游江南,心情也不大得意,在润州逗留后,将返回浙江。一个宦途失意客,一个方外归山僧,在出仕入仕的问题上,可以殊途同归,同有不遇的体验,共怀淡泊的胸襟。这首小诗表现的就是这样一种境界。

精美如画,是这首诗的明显特点。但这帧画不仅以画面上的山水、人物动人,而且以画外的诗人自我形象,令人回味不尽。那寺院传来的声声暮钟,触动诗人的思绪;这青山独归的灵澈背影,勾惹诗人的归意。耳闻而目送,心思而神往,正是隐藏在画外的诗人形象。他深情,但不为离别感伤,是由于同怀淡泊;他沉思,也不为僧儒殊途,是由于趋归意同。这就是说，这首送别诗的主旨在于寄托并表露出诗人不遇而闲适、失意而淡泊的情怀，因而构成一种闲淡的意境。十八世纪法国狄德罗评画时说过："凡是富于表情的作品可以同时富于景色，只要它具有尽可能具有的表情，它也就会有足够的景色。"（《绘画论》）此诗如画，其成功的原因亦如绘画，景色的优美正由于抒情的精湛。

◆ 杜　甫

杜甫（公元712–770年），字子美，原籍襄阳（今湖北襄樊市），生于河南巩县。出身于世代"奉儒守官"的家庭，祖父杜审言是著名诗人，武则天时代做过膳部员外郎；父亲杜闲，做过兖州司马、奉天（陕西乾县）县令。青少年时期度过"读书破万卷"的生活，并南游吴越，北游齐赵，结识了诗人李白、高适等。唐玄宗开元二十三年（公元735年）在洛阳应进士不第。天宝五年（公元746年），他至长安，时值李林甫斥天下士，第二次应"制单"又失败。天宝十年（公元751年），他给唐玄宗献《三大礼赋》，直到天宝十四年（公元755年）才获得右卫率府胄曹参军（掌管兵甲器杖及门禁锁钥）之小官职。这年冬，安史之乱爆发，经过流亡、被俘、出逃，只身奔赴唐肃宗（李亨）驻地凤翔，任左拾遗。不久，因上书营救被罢相的房琯，触怒肃宗，被贬为华州（今陕西华县）司功参军。乾元二年（公元759年）秋，弃官往秦州（今甘肃天水市），再经同谷（今甘肃成县）入蜀，卜居成都草堂。代宗宝应元年（公元762年），蜀中军阀混战，又流亡到梓州和阆州。广德二年（公元764年），重回草堂，被严武表荐为节度参谋、检校工部员外郎。不久辞去。永泰元年（公元765年）离成都顺江东下，在夔州（今重庆市奉节县）住了一段时间。大历三年（公元768年），携家出蜀，漂泊于岳州、潭州、衡州一带。大历五年（公元770年），病死于湖南湘江中的那条与他相依数年的破船上。

杜甫一生坎坷，动乱流离的生活使他对大众的疾苦有切肤之感，因而他的诗歌总是紧密结合时事，较全面地反映了那个时代的社会生活，思想深厚，境界开阔，被后世誉为"诗史"。在诗艺上他兼备众体，形成"沉郁浑厚"的独特风格，成为我国历史上伟大的现实主义诗人，被后人誉为"诗圣"。

画　鹰

素练风霜起，苍鹰画作殊。
㧐身①思狡兔，侧目似愁胡。
绦镟②光堪摘，轩楹③势可呼。
何当击凡鸟，毛血洒平芜。

注解

①㧐(sǒng)身：就是“竦身”。
②绦镟(tāo xuàn)：“绦”是系鹰用的丝绳；“镟”是转轴，系鹰用的金属的圆轴。
③轩楹：堂前廊柱，此指画鹰悬挂之地。

赏析

画上题诗，是我国绘画艺术特有的一种民族风格。古代文人画家，为了阐发画意，寄托感慨，往往于作品完成以后，在画面上题诗，收到了诗情画意相得益彰的效果。为画题诗自唐代始，但当时只是以诗赞画，真正把诗题在画上，是宋代以后的事。不过，唐代诗人的题画诗，对后世画上题诗产生了极大影响。其中，杜甫的题画诗数量之多与影响之大，终唐之世未有出其右者。

这首题画诗大概写于开元末年（公元 741 年），是杜甫早期的作品。此时诗人正当年少，富于理想，也过着“快意”的生活，充满着青春活力，富有积极进取之心。诗人通过对画鹰的描绘，抒发了他那嫉恶如仇的激情和凌云的壮志。

全诗共八句，可分三层意思：一、二两句为第一层，点明题目。起用惊讶的口气说：洁白的画绢上，突然腾起了一片风霜肃杀之气，这是怎么回事呢？第二句随即点明：原来是矫健不凡的画中之鹰仿佛挟风带霜而起，极赞绘画的特殊技巧所产生的艺术效果。这首诗起笔是倒插法。何谓倒插法？试看杜甫《姜楚公画角鹰歌》的起笔曰：“楚公画鹰鹰戴角，杀气森森到幽朔。”先从画鹰之人所画的角鹰写起，然后描写出画面上所产生的肃杀之气，是谓正起。而此诗则先写“素练风霜起”，然后再点明“画鹰”，所以叫作倒插法。这种手法，一起笔就有力地刻画出画鹰的气势，吸引着读者。杜甫的题画诗善用此种手法，如《奉先刘少府新画山水障歌》的起笔曰：“堂上不合生枫树，怪底江山起烟雾。”《画鹘行》的起笔曰：“高堂见生鹘，飒爽动秋骨。”《奉观严郑公厅事岷山沱江画图十韵》的起笔曰：“沱水临中座，岷山到北堂。”这些起笔诗句都能起到先声夺人的艺术效果。

中间四句为第二层，描写画面上苍鹰的神态，是正面文章。“侧目”句见《汉书·李广传》：“侧目而视，号目苍鹰。”又见西晋孙楚《鹰赋》：“深目蛾眉，状如愁胡。”再见西晋傅玄《猿猴赋》：“扬眉蹙额，若愁若嗔。”杜甫这两句是说苍鹰的眼睛和猢狲的眼睛相似，耸起身子的样子，好像是在想攫取狡猾的兔子似的，从而刻画出苍鹰搏击前的动作及其心理状态，真是传神之笔，把画鹰一下子写活了，宛如真鹰。颈联两句是说系着金属圆轴的苍鹰，光彩照人，只要把丝绳解掉，即可展翅飞翔；悬挂在轩楹上的画鹰，神采飞动，气雄万夫，好像呼之即出，去追逐狡兔，从而描写出画鹰跃跃欲试的气势。作者用真鹰来作比拟，以这两联诗句，把画鹰描写得栩栩如生。

此两联中，“思”与“似”“摘”与“呼”两对词，把画鹰刻画得极为传神。“思”写其动态，“似”写其静态，“摘”写其情态，“呼”写其神态。诗人用字精工，颇见匠心。通过这些富有表现力的字眼，把画鹰描写得同真鹰一样。是真鹰，还是画鹰，几难分辨。但从“堪”与“可”这两个推论之词来玩味，毕竟仍是画鹰。

最后两句进到第三层，承上收结，直把画鹰当成真鹰，寄托着作者的思想。大意是说：何时让这样卓然不凡的苍鹰展翅搏击，将那些“凡鸟”的毛血洒落在原野上。“何当”含有希幸之意，就是希望画鹰能够变成真鹰，奋飞碧霄去搏击凡鸟。“毛血”句，见汉班固《西都赋》：“风毛雨血，洒野蔽天。”至于“凡鸟”，张上若说：“天下事皆庸人误之，未有深意。”这是把“凡鸟”喻为误国的庸人，似有锄恶之意。由此看来，此诗借咏《画鹰》以表现作者嫉恶如仇之心，奋发向上之志。作者在《杨监又出画鹰十二扇》一诗的结尾，同样寄寓着自己的感慨曰：“为君除狡兔，会是翻鞲上。”

总体来看，这首诗起笔突兀，先勾勒出画鹰的气势，从“画作殊”兴起中间两联对画鹰神态的具体描绘，而又从“势可呼”顺势转入收结，寄托着作者的思想，揭示主题。清浦起龙《读杜心解》评曰：“起作惊疑问答之势。……‘拟身’‘侧目’，此以真鹰拟画，又是贴身写。‘堪摘’‘可呼’，此从画鹰见真，又是饰色写。结则竟以真鹰气概期之。乘风思奋之心，疾恶如仇之志，一齐揭出。”可见此诗，不但章法谨严，而且形象生动，寓意深远，不愧为题画诗的杰作。

前出塞[1]（其六）

挽弓当挽强，用箭当用长。
射人先射马，擒贼先擒王。
杀人亦有限，列国自有疆。
苟能制侵陵，岂在多杀伤。

注解

①前出塞：诗人先写《出塞》九首，后又写《出塞》五首，故加“前”“后”以示区别。

赏析

《前出塞》是写天宝末年哥舒翰征伐吐蕃的时事，意在讽刺唐玄宗的开边黩武。本篇原列第六首，是其中较有名的一篇。

诗的前四句，很像是当时军中流行的作战歌诀，颇富韵致，饶有理趣，深得议论要领。所以清黄生说它“似谣似谚，最是乐府妙境”（《杜诗说》）。两个“当”，两个“先”，妙语连珠，开人胸臆。诗人提出了作战步骤的关键所在，强调队伍要强悍，士气要高昂，对敌有方略，智勇须并用。四句以排句出之，如数家珍，宛若总结战斗经验。然而从整篇看，它还不是作品的主旨所在，而只是下文的衬笔。后四句才道出赴边作战应有的终极目的。

“杀人亦有限，列国自有疆。苟能制侵陵，岂在多杀伤。”诗人慷慨陈词，直抒胸臆，发出振聋发聩的呼声。他认为，拥强兵只为守边，赴边不为杀伐。不论是为制敌而“射马”，不论是不得已而“杀伤”，不论是拥强兵而“擒王”，都应以“制侵陵”为限度，不能乱动干戈，更不应以黩武为能事，侵犯异邦。这种以战去战，以强兵制止侵略的思想，是恢弘正论，安边良策；它反映了国家的利益，人民的愿望。所以，清张远在《杜诗会粹》里说，这几句“大经济语，借成卒口说出”。

从艺术构思说，作者采用了先扬后抑的手法：前四句以通俗而富哲理的谣谚体开势，讲如何练兵用武，怎样克敌制胜；后四句却写如何节制武功，力避杀伐，逼出“止戈为武”本旨。先行辅笔，后行主笔；辅笔与主笔之间，看似掠转，实是顺接，看似矛盾，实为辩证。因为如无可靠的武备，就不能制止外来侵略；但自恃强大武装而穷兵黩武，也是不可取的。所以诗人主张既拥强兵，又以“制侵陵”为限，才符合最广大人民的利益。清浦起龙在《读杜心解》中很有体会地说：“上四（句）如此飞腾，下四（句）忽然掠转，兔起鹘落，如是！如是！”这里说的“飞腾”和“掠转”，就是指作品中的奔腾气势和波澜；这里说的“兔起鹘落”就是指在奔腾的气势中自然地逼出“拥强兵而反黩武”的深邃题旨。在唐人的篇什中，以议论取胜的作品较少，而本诗却以此见称；它以立意高、正气宏、富哲理、有气势而博得好评。

贫交行

翻手为云覆手雨①，纷纷轻薄何须数。
君不见管鲍贫时交，此道今人弃如土。

注解

①翻手为云覆手雨：得意时便如云之趋合，失意时便如雨之纷散，翻手覆手之间，忽云忽雨，其变化迅速无常。“只起一语，尽千古世态。”（清浦起龙《读杜心解》）“翻云覆雨”的成语，就出在这里。

赏析

此诗约作于天宝中作者献赋后。由于困守京华，“朝扣富儿门，暮随肥马尘。残杯与冷炙，到处潜悲辛”（《奉赠韦左丞丈二十二韵》），作者饱谙世态炎凉、人情反复的滋味，故愤而为此诗。

诗何以用“贫交”命题？这恰如一首古歌所谓：“采葵莫伤根，伤根葵不生。结交莫羞贫，羞贫友不成。”贫贱方能见真交，而富贵时的交游则未必可靠。诗的开篇“翻手为云覆手雨”，就给人一种势利之交“诚可畏也”的感觉。所以首句不但凝练、生动，统摄全篇，而且在语言上是极富创造性的。

虽然世风浅薄如此，但人们还纷纷恬然侈谈交道，“皆愿摩顶至踵，隳胆抽肠；约

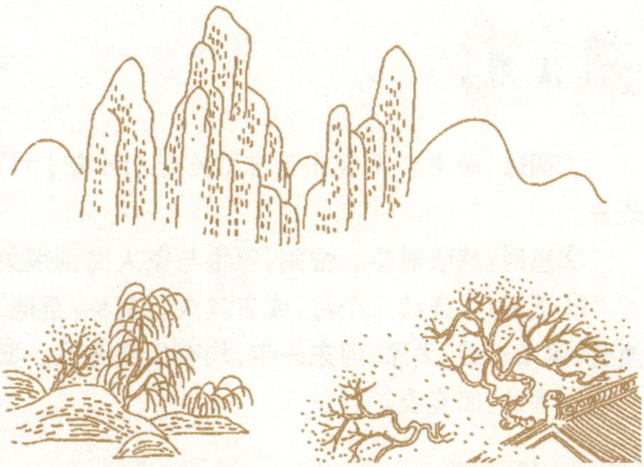

同要离焚妻子，誓殉荆卿湛（沉）七族”“援青松以示心，指白水而旌信”（南朝梁刘峻《广绝交论》），说穿了，不过是“贿交”“势交”而已。次句斥之为“纷纷轻薄”，谓之“何须数”，轻蔑之极，愤慨之极。寥寥数字，强有力地表现出作者对假、恶、丑的东西极度憎恶的态度。

这黑暗冷酷的现实不免使人绝望，于是诗人记起一桩古人的交谊。《史记》载，管仲早年与鲍叔牙游，鲍知其贤。管仲贫困，曾欺鲍叔牙，而鲍终善遇之。后来鲍事齐公子小白（即后来齐桓公），又荐举之。管仲遂佐齐桓成霸业，他感喟说：“生我者父母，知我者鲍叔也。”鲍叔牙待管仲的这种贫富不移的交道，岂不感人肺腑。“君不见管鲍贫时交”，当头一喝，将古道与现实作一对比，给这首抨击黑暗的诗篇添了一点理想光辉。但其主要目的，还在于鞭挞现实。古人以友情为重，重于磐石，相形之下，“今人”之“轻薄”益显。“此道今人弃如土”，末三字极形象，古人的美德被“今人”像土块一样抛弃了，抛弃得多么彻底呵。这话略带夸张意味。尤其是将“今人”一以概之，未免过情。但唯其过情，才把世上真交绝少这个意思表达得更加充分。

此诗“作‘行’，止此四句，语短而恨长，亦唐人所绝少者”（见清杨伦《杜诗镜铨》引王嗣爽语）。其所以能做到“语短恨长”，是由于它发唱惊挺，造形生动，通过正反对比手法和过情夸张语气的运用，反复咏叹，造成了“慷慨不可止”的情韵，吐露出心中郁结的愤懑与悲辛。

春　望

国破[1]山河在，城春草木深。
感时花溅泪，恨别鸟惊心[2]。
烽火连三月，家书抵万金[3]。
白头搔更短，浑欲[4]不胜簪。

注解

①国破：唐玄宗天宝十五年（公元756年）六月，安禄山、史思明叛军攻下唐都长安。

②感时：感叹时事。恨别：怨恨与家人离别很久的社会现状。

③连三月：连续三个月，或言其久。又称：至德二年（公元757年）的正月到三月，潼关、睢阳一线，太原、河东一带，均有反复激战。抵：值。

④浑欲：简直要。

赏析

唐肃宗至德元载（公元756年）六月，安史叛军攻下唐都长安。七月，杜甫听到唐肃宗在灵武即位的消息，便把家小安顿在鄜州（今陕西富县）的羌村，去投奔肃宗。途中为叛军俘获，带到长安。因他官卑职微，未被囚禁。《春望》写于次年三月。

诗的前四句写春城败相，饱含感叹；后四句写心念亲人境况，充溢离情。全诗沉着蕴藉，真挚自然。

"国破山河在，城春草木深。"开篇即写春望所见：国都沦陷，城池残破，虽然山河依旧，可是乱草遍地，林木苍苍。一个"破"字，使人触目惊心；继而一个"深"字，令人满目凄然。宋司马光说："'山河在'，明无余物矣；'草木深'，明无人矣。"（《温公续诗话》）诗人在此明为写景，实为抒感，寄情于物，托感于景，为全诗创造了气氛。此联对仗工巧，圆熟自然，诗意翻跌。"国破"对"城春"，两意相反。"国破"的颓垣残壁同富有生意的"城春"对举，对照强烈。"国破"之下继以"山河在"，意思相反，出人意表；"城春"原当为明媚之景，而后缀以"草木深"则叙荒芜之状，先后相悖，又是一翻。明代胡震亨极赞此联说："对偶未尝不精，而纵横变幻，尽越陈规，浓淡浅深，动夺天巧。"（《唐音癸签》卷九）"感时花溅泪，恨别鸟惊心。"这两句一般解释是，花鸟本为娱人之物，但因感时恨别，却使诗人见了反而堕泪惊心。另一种解释为，以花鸟拟人，感时伤别，花也溅泪，鸟亦惊心。两说虽则有别，其精神却能相通，一则触景生情，一则移情于物，正见好诗含蕴之丰富。

诗的前四句，都统在"望"字中。诗人俯仰瞻视，视线由近而远，又由远而近，视野从城到山河，再由满城到花鸟。感情则由隐而显，由弱而强，步步推进。在景与情的变化中，仿佛可见诗人由翘首望景，逐步地转入了低头沉思，自然地过渡到后半部分——想望亲人。

"烽火连三月，家书抵万金。"自安史叛乱以来，"烽火苦教乡信断"，直到如今春深三月，战火仍连续不断。多么盼望得知家中亲人的消息，这时的一封家信真是胜过"万金"啊！"家书抵万金"，写出了消息隔绝久盼音讯不至时的迫切心情，这是人人心中所有的想法，很自然地使人共鸣，因而成了千古传诵的名句。

"白头搔更短，浑欲不胜簪。"烽火遍地，家信不通，想念远方的惨戚之象，眼望面前的颓败之景，不觉于极无聊赖之际，搔首踌躇，顿觉稀疏短发，几不胜簪。"白发"为愁所致，"搔"为想要解愁的动作，"更短"可见愁的程度。这样，在国破家亡，离乱伤痛之外，又叹息衰老，则更增一层悲哀。

这首诗反映了诗人热爱国家、眷念家人的美好情操，意脉贯通而不平直，情景兼具而不游离，感情强烈而不浅露，内容丰富而不芜杂，格律严谨而不板滞，以仄起仄落的五律正格，写得铿然作响，气度浑灏，因而一千二百余年来一直脍炙人口，历久不衰。

月夜忆舍弟

戍鼓[1]断人行[2]，边秋[3]一雁声。

露从今夜白，月是故乡明。

有弟皆分散，无家[4]问死生。

寄书长[5]不达，况乃未休兵[6]。

注解

①戍鼓：戍楼上的更鼓。秦州城楼上有戍兵把守，定时击鼓。

②断人行：戒严的意思。

③边秋：一作"秋边"，秋天的边境。

④无家：家里没有办法。

⑤长：一直，老是。

⑥未休兵：没有停止打仗。

赏析

这首诗是乾元二年(公元759年)秋杜甫在秦州(治所在今甘肃天水)所作。这年九月,史思明从范阳引兵南下,攻陷汴州,西进洛阳,山东、河南都处于战乱之中。当时,杜甫的几个弟弟正分散在这一带,由于战事阻隔,音信不通,引起他强烈的忧虑和思念。《月夜忆舍弟》即是他当时思想感情的真实记录。在古典诗歌中,思亲怀友是常见的题材,这类作品要力避平庸,不落俗套,单凭作者生活体验是不够的,还必须在表现手法上匠心独运。杜甫正是在对这类常见题材的处理中,显出了他的大家本色。

诗一起即突兀不平。题目是"月夜",作者却不从月夜写起,而是首先描绘了一幅边塞秋天的图景:"戍鼓断人行,边秋一雁声。"路断行人,写出所见;戍鼓雁声,写出所闻。耳目所及皆是一片凄凉景象。沉重单调的更鼓和天边孤雁的叫声,不仅没有带来一丝活气;反而使本来就荒凉不堪的边塞,显得更加冷落沉寂。"断人行"点明社会环境,说明战事频仍、激烈,道路为之阻隔。两句诗渲染了浓重悲凉的气氛,这就是"月夜"的背景。

颔联点题。"露从今夜白",既写景,也点明节候。那是在白露的夜晚,清露盈盈,令人顿生寒意。"月是故乡明",也是写景,却与上句略有不同。作者所写的不完全是客观实景,而是融入了自己的主观感情。明明是普天之下共一轮明月,本无差别,偏要说故乡的月亮最明;明明是自己的心理幻觉,偏要说得那么肯定、不容置疑。然而,这种以幻作真的手法,却并不使人觉得于情理不合,这是因为它极深刻地表现了作者微妙的心理,突出了对故乡的感怀。这两句在炼句上也很见功力,它要说的不过是"今夜露白""故乡月明",只是将词序这么一换,语气便分外矫健有力。所以宋王得臣说:"子美善于用事及常语,多离析或倒句,则语健而体峻,意亦深稳。如'露从今夜白,月是故乡明'是也。"(《麈史》)从这里也可以看出杜甫化平凡为神奇的本领。

以上四句信手挥写,若不经意,看似与忆弟无关,其实不然。不仅望月怀乡写出"忆",就是闻戍鼓,听雁声,见寒露,也无不使作者感物伤怀,引出思念之情。实乃字字忆弟,句句有情。

诗由望月转入抒情,过渡十分自然。月光常会引人遐想,更容易勾起思乡之情。诗人今遭逢离乱,又在这清冷的月夜,自然更是别有一番滋味在心头。在他的绵绵愁思中夹杂着生离死别的焦虑不安,语气也分外沉痛。"有弟皆分散,无家问死生",上句说弟兄离散,天各一方;下句说家已不存,生死难卜,写得伤心断肠,令人不忍卒读。这两句诗也概括了安史之乱中,人民饱经忧患丧乱的普遍遭遇。

"寄书长不达,况乃未休兵",紧承五、六两句进一步抒发内心的忧虑之情。亲人们四处流散,平时寄书尚且常常不达,更何况战事频仍,生死茫茫当更难逆料。含蓄蕴藉,一结无限深情。读了这首诗,我们便不难明白,杜甫为什么能够写出"烽火连三月,家书抵万金"(《春望》)那样凝练警策的诗句来。深刻的生活体验是艺术创作最深厚的源泉。

全诗层次井然，首尾照应，承转圆熟，结构严谨。“未休兵”则“断人行”，望月则“忆舍弟”，“无家”则“寄书不达”，人“分散”则“死生”不明，一句一转，一气呵成。

在安史之乱中，杜甫颠沛流离，备尝艰辛，既怀家愁，又忧国难，真是感慨万端。稍一触动，千头万绪便一齐从笔底流出，所以把常见的怀乡思亲的题材写得如此凄楚哀感，沉郁顿挫。

蜀相

蜀相祠堂何处寻？锦官城外柏森森[①]。
映阶碧草自春色，隔叶黄鹂空好音。
三顾频烦天下计，两朝开济老臣心[②]。
出师未捷身先死，长使英雄泪满襟[③]。

注解

①蜀相：指三国时蜀国丞相诸葛亮。锦官城：今四川成都市，蜀汉故都，城外有锦江，故名。又说成都城的西南部，为古时主管织锦官的居所，故称锦官城。

②三顾：指刘备三次拜访诸葛亮于草庐之中。频烦：屡次劳烦。两朝：指刘备（先主）、刘禅（后主）两朝。开济：开创大业，匡危济世。

③出师：蜀汉刘禅建兴十二年（公元 234 年），诸葛亮率师伐魏，由斜谷出据武功五丈原（今陕西郡县西南），不幸病死军中。英雄：指后代的仁人志士。

赏析

题曰“蜀相”，而不曰“诸葛祠”，可知老杜此诗意在人而不在祠。然而诗又分明自祠写起。何也？盖人物千古，莫可亲承；庙貌数楹，临风结想。因武侯祠庙而思蜀相，亦理之必然。但在学诗者，虚实宾主之间，诗笔文情之妙，人则祠乎？祠岂人耶？看他如何着墨，于此玩索，宜有会心。

开头一句，以问引起。祠堂何处？锦官城外，数里之遥，远远望去，早见翠柏成林，好一片葱葱郁郁，气象不凡——那就是诸葛武侯祠所在了。这首一联，开门见山，洒洒落落，而两句又一问一答，自开自合。

接着，杜甫便写到映阶草碧，隔叶禽鸣。

有人说："那首联是起，此颔联是承，章法井然。"不错。又有人说："从城外森森，到阶前碧色，迤迤逦逦，自远望而及近观，由寻途遂至入庙，笔路最清。"也不错。——不过，倘若仅仅如此，谁个不能？老杜又在何处呢？有人说：既然你说诗人意在人而不在祠，那他为何八句中为碧草、黄鹂、映阶、隔叶就费去了两句？此岂不是正写祠堂之景？可知意不在祠的说法不正确。

又有人说：杜甫意在人在词，无须多论，只是律诗幅短，最要精整，他在此题下，竟然设此二句，既无必要，也不精彩；至少是写"走"了，岂不是老杜的一处败笔？我说：哪里，哪里。莫拿八股时文的眼光去衡量杜子美。要是句句"切题"，或是写成"不啻一篇孔明传"，谅他又有何难。如今他并不如彼。道理定然有在。

须看他，上句一个"自"字，下句一个"空"字。此二字适为拗格，即"自"本应平声，今故作仄；"空"本应仄声，今故作平。彼此互易，声调上有一种变换美。吾辈学诗之人，断不能于此等处失去心眼。

且说老杜风尘澒洞，流落西南，在锦城定居之后，大约头一件事就是走谒武侯祠庙。"丞相祠堂何处寻"？从写法说，是开门见山，更不纡曲；从心情说，祠堂何处，向往久矣！当日这位老诗人，怀着一腔崇仰钦慕之情，问路寻途，奔到了祠堂之地——他既到之后，一不观赏殿宇巍巍，二不瞻仰塑像凛凛，他"首先"注意的却是阶前的碧草，叶外的黄鹂！这是什么情理？要知道，老杜此行，不是"旅游"，入祠以后，殿宇之巍巍，塑像之凛凛，他和普通人一样，自然也是看过了的。不过到他写诗之时（不一定即是初谒祠堂的当时），他感情上要写的绝不是这些形迹的外观，他要写的是内心的感受。写景云云，已是活句死参，更何况他本未真写祠堂之景？换言之，他正是看完了殿宇之巍巍，塑像之凛凛，使得他百感中来，万端交集，然后才越发觉察到满院萋萋碧草，寂寞之心难言；才越发感受到数声呖呖黄鹂，荒凉之境无限。在这里，你才看到一位老诗人，独自一个，满怀心事，徘徊瞻眺于武侯祠庙之间。

没有这一联两句，诗人何往？诗心安在？只因有了这一联两句，才读得出下面的腹联所说的"三顾频烦"（即屡屡、几次，不是频频烦请），"两朝开济"（启沃匡助），一方面是知人善任，终始不渝；一方面是鞠躬尽瘁，死而后已；一方面付托之重，一方面图报之诚：这一切，老杜不知想过了几千百回，只是到面对着古庙荒庭，这才写出了诸葛亮的心境，字字千钧之重。莫说古人只讲一个"士为知己者死"，难道诗人所理解的天下之计，果真是指"刘氏子孙万世皇基"不成？老臣之心，岂不也怀着华夏河山，苍生水火？一生志业，六出祁山，五丈原头，秋风瑟瑟，大星遽陨，百姓失声……想到此间，那阶前林下徘徊的诗人老杜，不禁汍澜被面，老泪纵横了。

庭草自春，何关人事；新莺空啭，祇益伤情。老杜一片诗心，全在此处凝结，如何却说他是“败笔”？就是“过渡”云云（意思是说，杜诗此处颔联所以如此写，不过是为自然无迹地过渡到下一联正文），我看也还是只知正笔是文的错觉。

有人问：长使英雄泪满襟袖的英雄，所指何人？答曰：是指千古的仁人志士，为国为民，大智大勇者是，莫作“跃马横枪”“拿刀动斧”之类的简单解释。老杜一生，许身稷契，志在匡国，亦英雄之人也。说此句实包诗人自身而言，方得其实。然而，老杜又绝不是单指个人。心念武侯，高山仰止，也正是寄希望于当世的良相之材。他之所怀者大，所感者深，以是之故，天下后世，凡读他此篇的，无不流涕，岂偶然哉！

春夜喜雨

好雨知时节，当春乃发生。
随风潜入夜，润物细无声[①]。
野径云俱黑，江船火独明。
晓看红湿处，花重锦官城[②]。

注解

①潜：秘密的、悄悄的、偷偷的。润：浸润、滋润。
②锦官城：指成都市。

赏析

这是描绘春夜雨景，表现喜悦心情的名作。

一开头就用一个"好"字赞美"雨"。在生活里，"好"常常被用来赞美那些做好事的人。如今用"好"赞美雨，已经会唤起关于做好事的人的联想。接下去，就把雨拟人化，说它"知时节"，懂得满足客观需要。不是吗？春天是万物萌芽生长的季节，正需要下雨，雨就下起来了。你看它多么"好"！

第二联，进一步表现雨的"好"。雨之所以"好"，就好在适时，好在"润物"。春天的雨，一般是伴随着和风细细地滋润万物的。然而也有例外。有时候，它会伴随着冷风，由雨变成雪。有时候，它会伴随着狂风，下得很凶暴。这样的雨尽管下在春天，但不是典型的春雨，只会损物而不会"润物"，自然不会使人"喜"，也不可能得到"好"评。所以，光有首联的"知时节"，还不足以完全表现雨的"好"。等到第二联写出了典型的春雨——伴随着和风的细雨，那个"好"字才落实了。

"随风潜入夜，润物细无声。"这仍然用的是拟人化手法。"潜入夜"和"细无声"相配合，不仅表明那雨是伴随和风而来的细雨，而且表明那雨有意"润物"，无意讨"好"。如果有意讨"好"，它就会在白天来，就会造一点声势，让人们看得见，听得清。唯其有意"润物"，无意讨"好"，它才选择了一个不妨碍人们工作和劳动的时间悄悄地来，在人们酣睡的夜晚无声地、细细地下。

雨这样"好"，就希望它下多下够，下个通宵。倘若只下一会儿，就云散天晴，那"润物"就很不彻底。诗人抓住这一点，写了第三联。在不太阴沉的夜间，小路比田野容易看得见，江面也比岸上容易辨得清。如今呢？放眼四望，"野径云俱黑，江船火独明"，只有船上的灯火是明的。此外，连江面也看不见，小路也辨不清，天空里全是黑沉沉的云，地上也像云一样黑。好呀！看起来，准会下到天亮。

尾联写的是想像中的情景。如此"好雨"下上一夜，万物就都得到润泽，发荣滋长起来了。万物之一的花，最能代表春色的花，也就带雨开放，红艳欲滴。等到明天清早去看看吧！整个锦官城(成都)杂花生树，一片"红湿"，一朵朵红艳艳、沉甸甸，汇成花的海洋。那么，田里的禾苗呢？山上的树林呢？一切的一切呢？清浦起龙说："写雨切夜易，切春难。"(《读杜心解》)这首《春夜喜雨》诗，不仅切夜、切春，而且写出了典型春雨也就是"好雨"的高尚品格，表现了诗人也是一切"好人"的高尚人格。

诗人盼望这样的"好雨"，喜爱这样的"好雨"。所以题目中的那个"喜"字在诗里虽然没有露面，但"'喜'意都从罅缝里迸透"(浦起龙《读杜心解》)。诗人正在盼望春雨"润物"的时候，雨下起来了，于是一上来就满心欢喜地叫"好"。第二联所写，显然是听出来的。诗人倾耳细听，听出那雨在春夜里绵绵密密地下，只为"润物"，不求人知，自然"喜"得睡不着觉。由于那雨"润物细无声"，听不真切，生怕它停止了，所以出门去看。第三联所写，分明是看见的。看见雨意正浓，就情不自禁地想像天明以后春色满城的美景。其无限喜悦的心情，又表现得多么生动！

中唐诗人李约有一首《观祈雨》：“桑条无叶土生烟，箫管迎龙水庙前。朱门几处看歌舞，犹恐春阴咽管弦。”和那些朱门里看歌舞的人相比，杜甫对春雨“润物”的喜悦之情难道不是一种很崇高的感情吗？

旅夜书怀

细草微风岸，危樯[①]独夜舟。
星垂平野阔，月涌大江流[②]。
名岂文章著，官应老病休。
飘飘何所似？天地一沙鸥[③]。

注解

①危樯：高高的桅杆。

②星垂：群星低垂如挂，指星光灿烂。涌：腾跃。大江：长江。

③沙鸥：水鸟。

赏析

公元765年，杜甫带着家人离开成都草堂，乘舟东下，在岷江、长江漂泊。这首五言律诗大概是他舟经渝州（治所在今重庆）、忠州（治所在今重庆忠县）一带时写的。

诗的前半描写“旅夜”的情景。第一、二两句写近景：微风吹拂着江岸上的细草，竖着高高桅杆的小船在月夜孤独地停泊着。当时杜甫离开成都是迫于无奈。这一年的正月，他辞去节度使参谋职务，四月，在成都赖以存身的好友严武死去。处此凄孤无依之境，便决意离蜀东下。因此，这里不是空泛地写景，而是寓情于景，通过写景展示他的境况和情怀：像江岸细草一样渺小,像江中孤舟一般寂寞。第三、四两句写远景:明星低垂,平野广阔;月随波涌,大江东流。这两句写景雄浑阔大,历来为人所称道。在这两个写景句中,寄寓着诗人的什么感情呢?有人认为是“开襟旷远”(清浦起龙《读杜心解》);有人认为是写出了“喜”的感情(见《唐诗论文集·杜甫五律例解》)。很明显,这首诗是写诗人暮年漂泊的凄苦景况的,而上面的两种解释,只强调了诗的字面意思,这就很难令人信服。实际上,诗人写辽阔的平野、浩荡的大江、灿烂的星月,正是为了反衬出他孤苦伶仃的形象和颠连无告的凄怆心情。这种以乐景写哀情的手法,在古典作品中是经常使用的。如《诗经·小雅·采薇》“昔我往矣,杨柳依依”,用春日的美好景物反衬出征士兵的悲苦心情,写得多么动人!

诗的后半是“书怀”。第五、六两句说,有点名声,哪里是因为我的文章好呢?做官,倒应该因为年老多病而退休。这是反话,立意至为含蓄。诗人素有远大的政治抱负,但长期被压抑而不能施展,因此声名竟因文章而著,这实在不是他的心愿。杜甫此时确实是既老且病,但他的休官,却主要不是因为老和病,而是由于被排挤。这里表现出诗人心中的不平,同时揭示出政治上失意是他漂泊、孤寂的根本原因。关于这一联的含义,清黄生说是“无所归咎,抚躬自怪之语”(《杜诗说》),清仇兆鳌说是“五属自谦,六乃自解”(《杜少陵集详注》)。恐怕不很妥当。最后两句说,飘然一身像个什么呢?不过像广阔的天地间的一只沙鸥罢了。诗人即景自况以抒悲怀。水天空阔,沙鸥飘零;人似沙鸥,转徙江湖。这一联借景抒情,深刻地表现了诗人内心漂泊无依的感伤,真是一字一泪,感人至深。

清王夫之《薑斋诗话》说:“情景虽有在心在物之分,而景生情,情生景……互藏其宅。”情景互藏其宅,即寓情于景和寓景于情。前者写宜于表达诗人所要抒发的情的景物,使情藏于景中;后者不是抽象地写情,而是在写情中藏有景物。杜甫的这首《旅夜书怀》诗,就是古典诗歌中情景相生、互藏其宅的一个范例。

八阵图

功盖三分国，名成八阵图①。
江流石不转，遗恨失吞吴②。

注解

①八阵图：诸葛亮创造的一种由天、地、风、云、龙、虎、鸟、蛇八种阵势组成的战斗队形及兵力部署的阵势。

②石不转：言八阵图的石头水冲不散。遗恨：遗留下来的遗憾。

赏析

这是作者初到夔州（治今重庆奉节）时作的一首咏怀诸葛亮的诗，写于大历元年（公元766年）。“八阵图”，指由天、地、风、云、龙、虎、鸟、蛇八种阵势所组成的军事操练和作战的阵图，是诸葛亮的一项创造，反映了他卓越的军事才能。

“功盖三分国，名成八阵图。”这两句赞颂诸葛亮的丰功伟绩。第一句是从总的方面写，说诸葛亮在确立魏蜀吴三分天下、鼎足而立局势的过程中，功绩最为卓绝。三国并存局面的形成，固然有许多因素，而诸葛亮辅助刘备从无到有地创建蜀国基业，应该说是重要原因之一。杜甫这一高度概括的赞语，客观地反映了三国时代的历史真实。第二句是从具体的方面来写，说诸葛亮创制八阵图使他声名更加卓著。对这一点古人曾屡加称颂，如成都武侯祠中的碑刻就写道：“一统经纶志未酬，布阵有图诚妙略”，“江上阵图犹布列，蜀中相业有辉光”。而杜甫的这句诗则是更集中、更凝练地赞颂了诸葛亮的军事业绩。

头两句诗在写法上用的是对仗句,“三分国”对“八阵图”,以全局性的业绩对军事上的贡献,显得精巧工整,自然妥帖。在结构上,前句劈头提起,开门见山;后句点出诗题,进一步赞颂功绩,同时又为下面凭吊遗迹作了铺垫。

“江流石不转,遗恨失吞吴。”这两句就“八阵图”的遗址抒发感慨。“八阵图”遗址在夔州西南永安宫前平沙上。据《荆州图副》和刘禹锡《嘉话录》记载,这里的八阵图聚细石成堆,高五尺,六十围,纵横棋布,排列为六十四堆,始终保持原来的样子不变;即使被夏天大水冲击淹没,等到冬季水落平川,万物都失故态,唯独八阵图的石堆却依然如旧,六百年来岿然不动。前一句极精练地写出了遗迹这一富有神奇色彩的特征。“石不转”,化用了《诗经·邶风·柏舟》中的诗句“我心匪石,不可转也”。在作者看来,这种神奇色彩和诸葛亮的精神心志有内在的联系:他对蜀汉政权和统一大业忠贞不二,矢志不移,如磐石之不可动摇。同时,这散而复聚、长年不变的八阵图石堆的存在,似乎又是诸葛亮对自己赍志以殁表示惋惜、遗憾的象征,所以杜甫紧接着写的最后一句是“遗恨失吞吴”,说刘备吞吴失计,破坏了诸葛亮联吴抗曹的根本策略,以致统一大业中途夭折,而成了千古遗恨。

当然,这首诗与其说是在写诸葛亮的“遗恨”,毋宁说是杜甫在为诸葛亮惋惜,并在这种惋惜之中渗透了杜甫“伤己垂暮无成”(清黄生《杜诗说》)的抑郁情怀。

这首怀古绝句,具有融议论入诗的特点。但这种议论并不空洞抽象,而是语言生动形象,抒情色彩浓郁。诗人把怀古和述怀融为一体,浑然不分,给人一种此根绵绵、余意不尽的感觉。

宋　词

◆ 寇　准

寇准（公元961-1023年）北宋政治家、诗人，汉族。字平仲，华州下邽（今陕西渭南）人。寇准与宋初山林诗人潘阆、魏野、“九僧”等为友，诗风近似，也被列入晚唐派。其五律如《冬夜旅思》之类，情思凄婉，很有贾岛诗的风味。

踏莎行·春暮

春色将阑，莺声渐老，红英落尽青梅小。画堂人静雨蒙蒙，屏山半掩余香袅。

密约沉沉，离情杳杳①，菱花尘满慵将照。倚楼无语欲销魂，长空暗淡连芳草。

注解

①离情杳杳：离情，离别之情。杳杳，深远。离情杳杳，指别后的相思之情，无边无际，又深又远。

赏析

这首词开头三句都是写“春暮”之景，词人运用了从一般到具体的写作手法，即首句是对“春暮”一个总的概括性的叙述，接着以莺声渐老、红英落尽，梅树已结成小小的果子，来"状"繁华胜景的春光眼看就要过去了。从这幅"春暮图"来看，景色并不凄婉，"将""渐"两字，用得颇有分寸；而且红英虽尽，青梅却挂满枝头，别是一番清景。从总的感触，到所闻（莺声），再到所见（青梅），动静互见，而尤显其静。

接着由室外景转向室内来。房屋是华美的，此刻静无人声，但觉细雨蒙蒙；屏风掩住了室内景象，只见那尚未燃尽的沉香，余烟袅袅。如果说上面是以"莺声渐老"衬托室外环境的静，是以动衬静，这里却是以"余香袅"来衬托室内环境的静，更悄无声息了。况周颐称："词有淡远取神，只描取景物，而神致自在言外，此为高手。"（《蕙风词话续编》）沈祥龙也有相类的话："写景贵淡远有神，勿堕而奇险。"（《论词随笔》）两人所说的"神"，指的是写景本身并非目的，它只是手段，其中隐喻着的是人的"神"，也就是姜夔说的"景中有意"（《白石道人诗说》）。它可以为下阕作铺垫，继而痛快淋漓地倾吐出人的"情"来。这就是词的通常写法：上阕写景，下阕抒情。就这首词说，上阕句句写景，仔细吟味，景物中隐寓着人的感情。不过既非满怀凄怆，也非赏心悦目；平静中似又糅杂着更多的不平静。

"密约沉沉"——"密约"，指过去互诉衷情，暗约佳期，可是这一切到如今，都如石沉大海，连一点音息也没有了！"离情杳杳"——指别后的相思之情，无边无际，又深又远。这八个字不仅造成一种意味浓醇的气氛，而且把女主人公那种深以往昔恋情为念的内心情愫，深沉地表达出来了。"菱花尘满慵将照"，是对上面义重情深的进一步描绘。"女为悦己者容"，"岂无膏沐？谁适为容！"既然你不回来，我又为谁去梳妆打扮？镜匣很久不打开，那上面都积满尘土了。这三句连贯直下，把她为情所苦，但却决不负情的心愫，通过句句加深，层层加重的复叠手法，表现得沉挚凝练；接着仍是写女主人公情之深："倚楼无语欲销魂，长空暗淡连芳草。"心情极度难过，似乎魂都为之"销"，于是去倚楼望远，可是这时候眼睛所能望见的，只是长空暗淡，芳草连绵。而翘望着的那个人，却始终不见归来！这个"潜台词"，我们是"见之言外"的。

这首词题为"春暮"，通篇都是写女主人公在红英落尽、芳歇春去的节候中的伤感，似暗寓着一种青春易逝、美人迟暮的情绪。今人或认为寇准"是个决澶渊之盟的大政治家，观其一生，似无缘为思妇抒情"。因此可能是作者"罢知青州"时的依托之作。"倚楼少妇比自己，所望密约者比朝廷"，即"终是恋君"。不妨聊备一说。

词从晚唐五代以来，受温庭筠"香而软"词风的影响，写闺情、相思之词，往往旖旎缠绵；但也有写得较疏淡清丽的，如韦庄、李煜的一部分词以及入宋以后林逋的《长相思》等。此作在词风上显然受韦、李的影响，以清新流畅见长，特别是上阕写景，能抓住春暮景物的特点加以形象描绘，情景交融，充满画意。下阕着重抒情，虽不免也是“儿女情长”，但从话语的明白畅晓说，也仍是近韦而不近温的。这首词较前之温庭筠、后之秦观等北宋多数词人那种“香而软”的词风，是颇不相同的。

◆ 林 逋

林逋（公元 967–1028 年），字君复，大里黄贤村人（今奉化市裘村镇黄贤村）。善绘画，工行草，书法瘦挺劲健。诗自写胸意，多奇句，风格澄澈淡远。作诗随就随弃，从不留存，300 余首传世。当时杭州郡守薛映爱其诗敬其人，常至孤山与之唱和。宋真宗闻其名，赐与粟帛，诏告府县存恤之。逋虽感激，但不以此骄人。人多劝其出仕，亦被婉言谢绝。也不娶，无子，惟喜植梅养鹤，人称“梅妻鹤子”。既老，自造墓于庐侧，作诗云：“湖上青山对结庐，坟前修竹亦萧疏。茂陵他日求遗稿，犹喜曾无封禅书。”其咏梅诗《山园小梅》中“疏影横斜水清浅，暗香浮动月黄昏”一联，写出他孤高自许的情怀，最为世所称道，被誉为千古咏梅绝唱。因此，在人们心目中，这位清心寡欲、几乎不食人间烟火的“和靖先生”，该是与爱情无缘了吧？不然。一阕《相思令》，便道出了他关怀人间情爱的款款心曲，展示了他内心世界的另一面。1028 年（天圣六年）卒。其侄林彰（朝散大夫）、林彬（盈州令）同至杭州，治丧尽礼。宋仁宗赐谥“和靖先生”。著有《林和靖诗集》。

相思令

吴山青。越[1]山青。两岸青山相对迎。争忍有离情。
君泪盈。妾泪盈。罗带同心结未成。江边潮已平。

注解

①吴、越：均为春秋时古国名，地在今江浙一带。

赏析

词以一女子的口吻，抒写她因婚姻不幸，与情人诀别的悲怀。开头用民歌传统的起兴手法，“吴山青。越山青”，叠下两个“青”字，色彩鲜明地描画出一片江南特有的青山胜景。钱塘江北岸多属吴国，以南则属越国。这里自古山明水秀，风光宜人，却也阅尽了人间的悲欢。“两岸青山相对迎”，吴山、越山，年年岁岁但对江上行舟迎亲送往，于人间之聚散离合已是司空见惯。“争忍有离情”，歇拍处用拟人手法，向亘古如斯的青山发出嗔怨，借自然无情反衬人生有恨，使感情色彩由轻盈转向深沉，巧妙地托出了送别的主旨。

“君泪盈。妾泪盈”，过片承前，由写景转入抒情。这无人能够理喻的离别的痛苦，却落到了你我身上。临别之际，泪眼相对，哽咽无语。为什么这人间常有的离别，却使他们如此感伤？“罗带同心结未成”，含蓄道出了他们悲苦难言的底蕴。古代男女定情时，往往用丝绸带打成一个心形的结，叫做“同心结”。“结未成”，喻示他们爱情生活横遭不幸。不知是什么强暴的力量，使他们心心相印而难成眷属，只能各自带着心头的累累创伤，来此洒泪而别。“江边潮已平”，船儿就要起航了。“结未成”“潮已平”，益转益悲，一江恨水，延绵无尽。

这首词艺术上的显著特点是：反复咏叹，情深韵美，具有浓郁的民歌风味。词采用了《诗经》以来民歌中常用的复沓形式，在节奏上产生一种回环往复、一唱三叹的艺术效果。词还句句押韵，连声切响，前后相应，显出女主人公的柔情似水、略无间阻、一往情深。而这，乃得力于作者对词调的选择。唐代白居易以来，文人便多用《相思令》调，写男女情爱，以声助情，得其双美。林逋沿袭传统，充分发挥了此调独特的艺术效应，又用清新流美的语言，唱出了吴越青山绿水间的地方风情，使这首小令成为唐宋爱情词苑中一朵溢香滴露的小花。

◆ 范仲淹

范仲淹（公元989—1052年），字希文，吴县（今江苏苏州）人。宋真宗朝进士。庆历三年（1043年）七月，授参知政事，主持“庆历新政”，因守旧派阻挠而未果。次年罢政，自请外任，历知州、邓州、杭州、青州。卒谥文正。他不仅是北宋著名的政治家、军事家，文学成就亦杰然可观。散文《岳阳楼记》为千古名篇，词则能突破唐末五代词的绮靡风气。有《范文正公诗馀》。词仅存五首。

苏幕遮①

碧云天，黄叶地。秋色连波，波上寒烟翠。山映斜阳天接水，芳草无情，更在斜阳外。

黯乡魂②，追旅思③。夜夜除非，好梦留人睡。明月楼高休独倚，酒入愁肠，化作相思泪。

注解

①此调原为西域传入唐教坊曲。“苏幕遮”是当时高昌国语之音译。宋代词家用此调是另度新曲。又名《云雾敛》《鬓云松令》。双调，六十二字，上下片各五句四仄韵。

②黯：形容心情忧郁。黯乡魂：用江淹《别赋》“黯然销魂”语。

③追：追随，可引申为纠缠。旅思：羁旅之思。

赏析

这首词抒写羁旅相思之情，题材基本不脱传统的离愁别恨的范围，但意境的阔大却为这类词所少有。

上片写秾丽阔远的秋景，暗透乡思。起手两句，即从大处落笔，浓墨重彩，展现出一派长空湛碧、大地橙黄的高远境界，而无写秋景经常出现的衰飒之气。王实甫《西厢记》“长亭送别”一折化用这两句，改为“碧云天，黄花地”，同样极富画面美与诗意美。

“秋色连波，波上寒烟翠”两句，从碧天广野写到遥接天地的秋水。秋色，承上指碧云天、黄叶地。这湛碧的高天、金黄的大地一直向远方伸展，连接着天地尽头的淼淼秋江。江波之上，笼罩着一层翠色的寒烟。烟霭本呈白色，但由于上连碧天，下接绿波，远望即与碧天同色而莫辨，如所谓“秋水共长天一色”，所以说“寒烟翠”。“寒”字突出了这翠色的烟霭给予人的秋意感受。这两句境界悠远，与前两句高广的境界互相配合，构成一幅极为寥廓而多彩的秋色图。

“山映斜阳天接水，芳草无情，更在斜阳外。”傍晚，夕阳映照着远处的山峦，碧色的遥天连接着秋水绿波，萋萋芳草，一直向远处延伸，隐没在斜阳照映不到的天边。这三句进一步将天、地、山、水通过斜阳、芳草组接在一起，景物自目之所接延伸到想像中的天涯。这里的芳草，虽未必有明确的象喻意义（如黄蓼园谓芳草喻小人，就不免穿凿），但这一意象确可引发有关的联想。自从《楚辞·招隐士》写出了“王孙游兮不归，春草生兮萋萋”以后，在诗词中，芳草就往往与乡思别情相联系。这里的芳草，同样是乡思离情的触媒。它遥接天涯，远连故园，更在斜阳之外，使瞩目望乡的客子难以为情，而它却不管人的情绪，所以说它“无情”。到这里，方由写景隐逗出乡思离情。整个上片所写的阔远秾丽、毫无衰飒情味的秋景，在文人笔下是少见的，在以悲秋伤春为常调的词中，更属罕见。而悠悠乡思离情，也从芳草天涯的景物描写中暗暗透出，写来毫不着迹。这种由景及情的自然过渡，手法也很高妙。

过片紧承芳草天涯，直接点出“乡魂”“旅思”。乡魂，即思乡的情思，与“旅思”义近。两句是说自己思乡的情怀黯然凄怆，羁旅的愁绪重叠相续。上下互文对举，带有强调的意味，而主人公羁泊异乡时间之久与乡思离情之深自见。

“夜夜除非，好梦留人睡”，九字作一句读。说“除非”，足见只有这个，别无他计，言外之意是说，好梦作得很少，长夜不能入眠。这就逗出下句：“明月楼高休独倚。”月明中正可倚楼凝想，但独倚明月照映下的高楼，不免愁怀更甚，不由得发出“休独倚”的慨叹。从“斜阳”到“明月”，显示出时间的推移，而主人公所处的地方，依然是那座高楼，足见乡思离愁之深重。“楼高”“独倚”点醒上文，暗示前面所写的都是倚楼所见。这样写法,不仅避免了结构与行文的平直,而且使上片的写景与下片的抒情自然地融为一体。

“酒入愁肠,化作相思泪。”因为夜不能寐,故借酒浇愁,但酒一入愁肠,却都化作了相思之泪,这真是欲遣相思反而更增相思之苦了。结拍两句,抒情深刻,造语生新。作者另一首《御街行》则翻进一层,说:“愁肠已断无由醉。酒未到、先成泪。”写得似更奇警深至,但微有做作态,不及这两句自然。写到这里,郁积的乡思旅愁在外物触发下发展到最高潮,词也就在这难以为怀的情绪中黯然收束。

这首词上片写景,下片抒情,这本是词中常见的结构和情景结合方式,它的特殊性在于丽景与柔情的统一,更准确地说,是阔远之境、秾丽之景与深挚之情的统一。写乡思离愁的词,往往借萧瑟的秋景来表达,这首词所描绘的景色却阔远而秾丽。它一方面显示了词人胸襟的广阔和对生活、对自然的热爱,反过来衬托了离情的可伤;另一方面又使下片所抒之情显得柔而有骨,深挚而不流于颓靡。整个来说,这首词的用语与手法虽与一般的词类似,意境情调却近于传统的诗。这说明,抒写离愁别恨的小词是可以写得境界阔远,不局限于闺阁庭院的。

御街行[1]

纷纷坠叶飘香砌[2]。夜寂静、寒声碎。真珠[3]帘卷玉楼空,天淡银河垂地。年年今夜,月华如练,长是人千里[4]。

愁肠已断无由醉。酒未到、先成泪。残灯明灭枕头攲[5],谙尽[6]孤眠滋味。都来此事,眉间心上,无计相回避[7]。

注解

①此调首见柳永《乐章集》,因宋杨湜《古今词话》收无名氏词有“听孤雁声嘹唳”句,因此又名“孤雁儿”。

②香砌:铺有落花的台阶。

③真珠:即珍珠。

④长是人千里:谢庄《月赋》有“隔千里兮共明月”句。

⑤攲(qī):倾斜。

⑥谙(ān)尽:犹言尝尽。谙,熟悉。

⑦眉间心上,无计相回避:李清照《一剪梅》“此情无计可消除,才下眉头,却上心

头”句当化用此句。

赏析

这词一本有副题“秋日怀旧”，是一首怀人之作，其间洋溢着一片柔情。即所谓“铁石心肠人亦作此销魂语”（许昂霄《词综偶评》）。上片描绘秋夜寒寂的景象，下片抒写孤眠愁思的情怀，由景入情，情景交融。

秋夜景象，作者只抓住秋声和秋色，便很自然地引出秋思。欧阳修《秋声赋》说：“星月皎洁，明河在天，四无人声，声在树间。”这首词上片写的正是这种境界。一叶落知天下秋，到了秋天树叶大都变黄飘落。树叶纷纷飘坠在香砌（香阶）之上，不言秋而知秋。夜，是秋夜。夜寂静，并非说一片阒寂，而是如《秋声赋》所说“四无人声”；声还是有的，是寒声，即秋声。这声音不在树间，却来自树间。就是树上飘来的黄叶坠在阶上，沙沙作响。夜里，树叶飘落是看不见的，即便是月色如昼，也是看不清楚的。这里写“纷纷坠叶”，不是诉诸视觉，而是诉诸听觉，是凭耳朵所听到的沙沙声响，感知到叶坠香阶的。“寒声碎”，这三个字，不仅告诉我们，这细碎的声响就是坠叶的声音，而且告诉我们，这声响是带着寒意的秋声。由沙沙响而感知落叶声，由落叶而感知秋时之声，由秋声而感知寒意。这个“寒”字下得极妙，既是秋寒节候的感受，又是孤寒处境的感受，兼写物境与心境。由此引出空楼明月的一段描写。由听觉转入视觉。

“真珠帘卷玉楼空”，在空寂的高楼之上，卷起珠帘，观看夜色。这夜色也如《秋声赋》所说的：“星月皎洁，明河在天。”玉楼观月的一段描写，感情细腻，色泽绮丽，有花间词人的遗风，然而在骨子里，却自有一股清刚之气。唐崔国辅《古意》说“下帘弹箜篌，不忍见秋月”，这里却写在玉楼之上，将珠帘高高卷起，环视天宇。都是写相思之情，其气质却自不同。卷帘观看星月，显得奔放。“天淡银河垂地”，评点家视为佳句，确实是好句，六个字勾画出秋夜空旷的天宇，实不减杜甫“星垂平野阔”之气势。以月写相思，自谢庄《月赋》“美人迈兮音尘阙，隔千里兮共明月”之后，代不乏人。因为千里共月，最易引起相思之情。“年年今夜，月华如练，长是人千里”，写的也是这种意境，其声情顿挫，骨力道劲，和温庭筠《菩萨蛮》“玉楼明月长相忆，柳丝袅娜春无力”，刚柔有别。写珠帘，写银河，写月色，奔放雄壮，深沉激越。写到这里，感情已似激流洪波，以景寓情已不足以表达，很自然地转入下片的直接抒情，倾吐愁思。

下片写酌酒垂泪的愁意，挑灯倚枕的愁态，攒眉揪心的愁容，一个“愁”字，毫不掩饰地端了出来。曹操诗云：“何以解忧，惟有杜康。”古来借酒解忧解愁成了诗词中常咏的题材。有的反其意而用之，说“举杯销愁愁更愁”，“欲解愁肠还是酒，奈酒至愁还又”。范仲淹写酒化为泪，不仅反用其意，而且翻进一层，别出心裁，自出新意。他在《苏幕遮》中就说：“酒入愁肠，化作相思泪。”在这首词里说：“愁肠已断无由醉。酒未到、先成泪。”肠已愁断，酒无由入，虽未到愁肠，已先化泪。比起入肠化泪，又添一折，又进一层，愁更难堪，情更凄切。真可谓善写愁思者也。

自《诗经·关雎》“悠哉悠哉，辗转反侧”出，诗人便多以卧不安席来表现愁态。如曹丕《杂诗》：“展转不能寐兮，披衣起榜徨。”范仲淹在这里说“残灯明灭枕头敧”，室外月明如昼，室内昏灯如灭，两相映照，自有一种凄然的气氛。枕头敧斜，写出了愁人倚枕对灯寂然凝思的神态，这神态比起辗转反侧，更加形象，更加生动。然后补一句：“谙尽孤眠滋味。”由于有前句铺垫，这句独白也十分入情，很富于感人力量。比起作者在《渔家傲》中的“人不寐”三个字，自然含蓄得多，生动得多。《苏幕遮》中说“夜夜除非，好梦留人睡”，假借梦境来衬托，这种构思显得十分新巧，但仍不及“残灯”二句情味之浓。“都来此事”，算来这怀旧之事，是无法回避的，不是在心头萦绕，就是在眉头攒聚。愁，在内为愁肠愁心，在外为愁眉愁脸。古人写愁情，设想愁像人体中的“气”，气能行于体内体外，故或写愁由心间转移到眉上，如毛滂《惜分飞》“愁到眉峰碧聚”；或写由眉间转移到心上，如李清照《一剪梅》“此情无计可消除，才下眉头，却上心头”。范仲淹这首词则说：“眉间心上，无计相回避。”说得比较全面，但从词的语言看，生动性、形象性似稍逊易安一筹，即使如此，仍不失为入情入理的佳句。

纵观下片，由景入情，写情先写愁意，次写愁态，再写愁容，步步逼近，层层翻出，怀人之情直接吐露，淋漓尽致，沉着痛快。

◆ 张　先

张先（公元990-1078年），字子野，乌程（今浙江湖州）人。仁宗天圣八年（1030年）进士。曾任吴江知县、永兴军（今陕西长安）通判、渝州知州，后官至都官郎中。晚年退居吴兴、杭州一带，与苏轼有往来。张先经历了从晏殊、欧阳修到柳永、苏轼的时代。其词作早年以小令和晏、欧并称；晚年以慢词为主，与柳永齐名。但相较而言，其在慢词上的成就不如小令。他的作品多吟花咏月，抒离情别绪，偏于纤巧冶艳，亦有含蓄隽永者。有《安陆词》（亦题《张子野词》）一卷。

醉垂鞭

双蝶绣罗裙[①]，东池宴，初相见。朱粉[②]不深匀，闲花淡淡春。
细看诸处好，人人道，柳腰[③]身。昨日乱山昏。来时衣上云[④]。

注解

①罗裙：丝罗制的裙子。

②朱粉：胭脂和铅粉。

③柳腰：一般泛指女子婀娜的身姿。《云溪友议》："白乐天有二妾，樊素善歌，小蛮善舞，尝有诗曰：'樱桃樊素口，杨柳小蛮腰。'"温庭筠《南歌子》词："转盼如波眼，娉婷似柳腰。"

④衣上云：衣染云霞，仙女装束。喻所赠之妓。

赏析

这首词是酒筵中赠妓之作，以写其人的装束开头，但只写了一半，即她所穿的裙子。罗裙上绣着双飞的蝴蝶，已经很漂亮了，但等到读了结句，才知道，更漂亮的、能够使人产生丰富的联想的，还不是她的裙，而是她的衣。

"东池"两句，记相见之地——东池，相见之因——宴，并且点明她"侑酒"的身份。"朱粉"两句，接着写其人之面貌，而着重于化妆的特征——淡妆。词人在这里，摆脱一切正面描绘，而代之以一个确切的、具体的比喻，这样，就将她的神情、风度，都勾画出来了。试想，秾丽的春光中，万紫千红之外，别有闲花一朵，带着淡淡的春色，在花丛中开放，悠闲淡雅，风韵天然，在许多"冶叶倡条"之中，显得多么出色！

这里涉及到欣赏中一与多的变化的问题。在一般情况下，多数女子并不浓妆，所以一个浓妆的，便显得出众。但在上层社会的行乐场所，或是贵族宫廷里，多数女子都作浓妆，一个淡妆的，就反而引人注目了。唐朝的虢国夫人便很懂得这个道理，所以常常"素面朝天"。张祜为之作诗道："虢国夫人承主恩，平明骑马入宫门。却嫌脂粉污颜色，淡扫蛾眉朝至尊。"而裴潾咏白牡丹则写道："长安豪贵惜春残，争赏街西紫牡丹。别有玉盘承露冷，无人起就月中看。"便是讽刺那些豪贵们不懂这个道理。（唐人重深色牡丹，白居易《买花》云："一丛深色花，十户中人赋。"）我们平常赞美一件东西、一个作品等，说它新奇别致，其中往往就包含了这个一与多的问题。张先显然受了张祜等的启发，但“闲花淡淡春”一句，仍然很有创造性。唐人称美女为春色，如元稹称越州妓刘采春为“鉴湖春色”。此词“春”字，也是双关。

换头三句，是倒装句法。人人都说她身材好，但据词人看来，则不但身材，实在许多地方都好，而这“诸处好”，又是“细看”后所下的评语，与上“初相见”相应。柳与美女之腰，同其婀娜多姿，连类相比，词中多有。如温庭筠《杨柳枝》云：“宜春苑外最长条，闲袅东风伴舞腰。”又《南歌子》云：“转盼如波眼，娉婷似柳腰。”不独白居易“樱桃樊素口，杨柳小蛮腰”之诗，为世人所熟知而已。

结两句写其人的衣。古人较为贵重的衣料如绫罗之类上面的花纹，或出于织，或出于绣，或出于画。出于织者，如白居易《缭绫》：“织为云外秋雁行。”出于绣者，如温庭筠《南歌子》：“胸前绣凤凰。”出于画者，如温庭筠《菩萨蛮》：“画罗金翡翠。”此词写“衣上云”，而连及“乱山昏”，可见不是部分图案，而是满幅云烟，以画罗的可能性较大。词人由她衣上的云，联想到山上的云，而未写云，先写山，不但写山，而且写乱山，不但写乱山，而且写带些昏暗的乱山，这就使人感到一朵朵的白云，从昏暗的乱山中徐徐而出，布满空间。

经过这种渲染，就仿佛衣上的云变成了真正的云，而这位身着云衣的美女的出现，就像一位神女从云端飘然下降了。这两句的作用，决不限于写她穿的衣服的别致，更主要的是制造了一种气氛，衬托出并没有正面大加描写的女主人形象的优美，风神的潇洒。本来只是描写衣上花纹，却用大笔濡染，画出了一片混茫气象，并且写到这里，就戛然而止，更无多话，收得极其有力。所以周济在《宋四家词选》中，评为“横绝”。

作者另一首《师师令》中，有“蜀彩衣长胜未起，纵乱云垂地”之句，用意略同，但不及此词之生动和浑成。

这里还涉及到欣赏中真与幻的联系的问题。将美女与云联系起来，始于宋玉《高唐赋》。赋中神女自白说:“妾在巫山之阳,高丘之阻,旦为朝云,暮为行雨。朝朝暮暮,阳台之下。”又宋玉对楚王问朝云之状,有云:“湫兮如风,凄兮如雨。风止雨霁,云无处所。”赋中神女,是宋玉以人间美女为模型而塑造的,就这一点来说,是真的,而她同时又是“无处所”的云,或随身环绕着云的神,则是幻的。因此,她是一个既有人的情欲,又有神的变化,又真又幻的形象,当然比一般人间的美女更吸引人。李商隐《重过圣女祠》“萼绿华来无定所”,即以另外一个仙女萼绿华来暗比巫山神女,以表现其真而又幻,仙而又凡的特点,可谓深明赋意。本词“昨日”两句,也是很清楚地脱胎于《高唐赋》,而从其人所着云衣生发,就使人看了产生真中有幻之感,觉得她更加飘然若仙了。曹植《洛神赋》写洛神渡水云:“体迅飞凫,飘忽若神,凌波微步,罗袜生尘。”在水波上走路,是幻;走路而起灰尘,则是真。而说凌波可以微步,微步可使罗袜生尘,又使真与幻统一了起来,同样显示出她同时具有人和神的特点,可为旁证。文学中这种真与幻,或人间的与非人间的情景的联系,往往能够使人物形象和景色描写更为丰满而美妙。

筵前赠妓,题材纯属无聊。但词人笔下这幅素描还是动人的。“闲花”一句所给予读者的有关一与多的启示,“昨日”两句所给予读者的有关真与幻的启示,也可供今天写诗的参考。

一丛花①

伤高怀远几时穷?无物似情浓。离愁正引千丝乱,更东陌、飞絮濛濛。嘶骑②渐遥,征尘不断,何处认郎踪?

双鸳池沼水溶溶,南北小桡③通。梯横画阁黄昏后,又还是、斜月帘栊。沉恨细思,不如桃杏,犹解嫁东风④。

注解

①据《词谱》,“一丛花”调以苏轼《一丛花》(今年春浅腊侵年)为正体。其实在苏轼之前,张先这首《一丛花》就已流传很广了。宋人范公偁《过庭录》记载:张先子野郎中《一丛花》,一时盛传。欧永叔尤爱之,恨未识其人。子野家南地,以故至都谒永叔,阍者以通,永叔倒屣迎之曰:“此乃‘桃杏嫁东风,郎中’。”东坡守杭,子野尚在,尝预宴席,有《南乡子》词,末句云:“闻道贤人聚吴分,试问,也应傍有老人星。”盖年八十余矣。

②骑(jì):名词。乘坐的马。

③桡(ráo):船桨。此指船。

④嫁东风:李贺《南园十三首》之一:“可怜日暮嫣香落,嫁于春风不用媒。”《全唐诗》收庾传素《木兰花》:“是何芍药争风彩,自共牡丹长作对。若教为女嫁东风,除却黄莺难匹配”可见以花为女,嫁于东风,唐人已作此想。

赏析

上阕写情中之景,下阕写景中之情。从离愁别恨的产生原因写起,以愁恨之多所产生的“不如桃杏嫁东风”的奇特想法作结,层层推进,条理清晰。这正是张先词作在结构上的共同之处。上阕首句以“几时穷”反问句点出全词抒写别恨的主题基调。此句突兀有力,表现力极强,当受后主“春花秋月何时了”句的影响。接着以“无物似情浓”进一步表达作者对爱情力量的感慨。直如元好问《摸鱼儿》“问世间情是何物,直教生死相许”的情状。“离愁”三句写眼前景致。妙处在于本是柳丝飞絮引起“离愁”,但作者反客为主,却言“离愁正引千丝乱”,既使情绪形象具体,更强调了这种情感的巨大力量。“更东陌”二句在写景方面是自然的联系和开拓,由“柳丝”而“飞絮”,但在写情方面则更进一层,点出心乱如麻的心绪。旧时习俗,折柳赠别,故柳与离别便有了渊源。柳永《雨霖铃》亦有“杨柳岸”句。但这里却跳过别时折柳的情景,而径写别后见柳生相思,有了新意。“嘶骑”三句,直写愁恨之源:“嘶骑渐遥,征尘不断”。而“何处认郎踪”句更写出了当初离别的无奈和凄惨。这三句写别后登高目中所见与心中所想的情景。首句以情起(“几时穷”),末句以情结(“何处认”),感人至深。下阕由回忆转到眼前景物,由景及情,强化情感。池水溶溶,小船南来北往,鸳鸯悠然嬉戏,惹人感伤,为末句“人不如物”的悲叹埋下伏笔。“梯横”句承接首句而来,白日“伤高怀远”,夜来“斜月帘栊”,孤寂冷清之状令人不寒而栗,更何况“又还是”,不只今夜如此,而是长此以往了,夜夜难熬!日日受煎熬,夜夜守斜月,“沉恨细思”——怨极生自怨自艾之慨:“不如桃杏,犹解嫁东风。”风拂桃杏,绰约多姿;人不如花,孤寂自守。结尾三句是此词的“眼睛”,与唐人李益诗“嫁得瞿塘贾,朝朝误妾期。早知潮有信,嫁与弄潮儿”有暗合之处,实属“怨妇”情感的最好表达。

天仙子

时为嘉禾小倅①，以病眠不赴府会。

水调②数声持酒听，午醉醒来愁未醒。送春春去几时回？临晚镜③，伤流景④，往事后期空记省⑤。

沙上并禽⑥池上暝，云破月来花弄影⑦。重重帘幕密遮灯，风不定，人初静，明日落红⑧应满径。

注解

①倅：副职。张先曾于仁宗庆历元年作嘉禾（今浙江嘉兴）判官，时年五十二岁。

②水调：曲调名，据《隋唐嘉话》载："炀帝凿汴河，自制，'水调'歌。"

③临晚镜：晚上对镜自照。

④流景：流年，谓似水年华。系化用杜牧诗句"自伤临晚镜，谁与惜流年"。

⑤后期：日后的约会。省：清楚、明白。

⑥并禽：双栖、成对的鸟儿，此指鸳鸯。

⑦花弄影：花在月光下摆弄它的身影。这是对花的拟人化的描写。据《古今诗话》载："有客谓子野曰：'人皆谓公张三中，即心中事、眼中泪、意中人也。'公曰：'何不目之为张三影？'客不晓，公曰：'云破月来花弄影；娇柔懒起，帘压卷花影；柳径无人，堕飞絮无影。此余平生所得意也。'"

⑧落红：落花。

赏析

时光易逝，青春难再。人生失意，偏逢月照花影，落红满径。借酒浇愁，愁何能消；酒醉易醒，愁何能醒？这首词深刻表达了作者无奈、感伤、失意的情感意绪。这是张先最有名的一首词。本词表达的是伤春、伤时之慨。但这首词与见习的抒发痴男怨女春愁的作品不同，表述的是面对自己老而无为、韶华不再的哀叹。词作题目下有一小序"时为嘉禾小倅，以病眠不赴府会"，足见作者的处境与心态。年轻时张先于官场并非不得志，颇有出息。但老年的他却晚景凄凉，故感时伤怀，作下此词。

上阕因事生情。持酒听歌本是颇为风雅的乐事。然而《水调》那优美的音乐并没有给作者带来欢愉，反倒增添了忧愁——“午醉醒来愁未醒”，不但点出了作者的心情，更写出了这种心情的沉重程度。但这愁并非“为赋新词强说愁”，其原因，在后面四句中以悲怆的情绪表述出来：“送春春去几时回？临晚镜，伤流景，往事后期空记省。”这里，“春去几时回”的设问已经包含作者深沉的痛苦：春光不再。这“春”既是自然之春，也是词人生命之春。“临晚镜，伤流景”与杜牧诗句“自伤临晚镜，谁与惜流年”的诗意有相似之处。这是词人对自己垂暮之年无所作为又觉时不我与的沉痛感慨：回首往事，老大无成；设想未来，毫无希望。这里，“空记省”与“愁未醒”相呼应，表现出愁的原因与程度。下阕触景伤情，融情于景。时间上，上阕由朝至暮，下阕由暮至夜。偏在自己苦闷哀愁时，傍晚却见自然中充满情意的美景：“沙上并禽池上暝”，暮色朦胧中，鸳鸯双栖，更反衬出作者的孤寂、凄清。“云破月来花弄影”句为作者自己和历代诗评词话家推崇和激赏。王国维在《人间词话》中赞曰：“‘红杏枝头春意闹’，着一‘闹’字而境界全出；‘云破月来花弄影’，着一‘弄’字而境界全出矣。”此句妙在眼界开阔，动静结合，情态毕现。天上“云破月来”，地上“花弄影”，一个“破”字，一个“弄”字，既写出了动态，更写出了情态，有拟人化手法的功效，生动感人，云、月、花均有了生命感，被恰当地人格化了。结尾四句，由户外转入室内。夜深人静，作者回到室内：“重重帘幕密遮灯”。“风不定”既补叙了“遮灯”的原因，更为末句的悲叹设下了伏笔：“明日落红应满径”。既伤春，又哀己，意味幽幽，令人感喟唏嘘不已。

◆ 晏　殊

晏殊（公元 991-1055 年），字同叔，抚州临川（今江西省抚州市）人。七岁能属文，真宗景德初年（大约十四岁）以神童召试，与进士千余人并试廷中。“殊神气不慑，援笔立成”，得到皇帝赞赏，赐同进士出身。仕真宗、仁宗两朝，历任右谏议大夫兼侍读学士，同中书门下平章事兼枢密使，礼部、刑部尚书，宰相。好贤，当世知名之士如范仲淹，孔道辅，皆出其门。后降工部尚书，知颍州、陈州、许州，稍复至户部尚书，以观文殿大学士知永兴军。卒谥元献，世称晏元献。晏殊一生著作丰富，有诗文集二百四十卷，编选梁陈以后诗文一百卷，均不传。晏殊词主要表现富贵人家景致气象及闲愁闲绪，承南唐传统，为北宋初期一大家，尤承冯延巳深婉含蓄的风格。王灼在《碧鸡漫志》卷二中赞曰：“晏元献公长短句，风流蕴藉，一时莫及，而温润秀洁，亦无其比。”有《珠玉词》一百三十余首。

清平乐

金风①细细。叶叶梧桐坠。绿酒②初尝人易醉。一枕小窗浓睡。

紫薇朱槿花残，斜阳却照阑干。双燕欲归时节，银屏昨夜微寒。

注解

①金风：秋风。《文选·张协<杂诗>》："金风扇素节，丹霞启阴期。"李善注："西方为秋而主金，故秋风曰金风也。"

②绿酒：美酒。

赏析

这首词的特点是风调闲雅，气象华贵，二者本有些矛盾，但词人却把它统一起来，形成表现自己个性的特殊风格。晏殊以相位之尊，间为小歌词，得花间遗韵。刘颁《中山诗话》说："晏元献尤喜江南冯延巳歌词，其所自作，亦不减延巳。"也就是说他的词风酷似冯延巳。但从这首词来看，它的闲雅风调虽似冯词，而其华贵气象倒有点像温庭筠的作品。不过温词的华贵，大都表现在辞藻上的镂金错彩，故王国维以"画屏金鹧鸪"状其词风。晏词的华贵却不专主形貌，而在于精神。"每吟咏富贵，不言金玉锦绣，而惟说其气象，若'楼台侧畔杨花过，帘幕中间燕子飞'，'梨花院落溶溶月，柳絮池塘淡淡风'之类是也。"（见吴处厚《青箱杂记》）这首词中所写的风情，正与上举两例相似。它所塑造的形象，借用晁补之评论其子晏几道词的话说，一看就知道"不是三家村中人"，而是一个雍容闲雅的士大夫。

词的上片是写酒醉以后的浓睡。起首二句在写景中点明时间，渲染环境。金风，即秋风。《文选》（张协《杂诗》"金风扇素节"）李善注曰："西方为秋而主金，故秋风曰金风也。"此时庭院内是西风落叶，画堂中的词人因饮了绿酒，一会儿便醉眠了。用笔轻灵，色调淡雅，语气仿佛在与一位友人娓娓而谈。其中两组叠字，首尾相接，音律谐婉。以"细细"状金风，就没有秋风惯有的那种萧飒之感，而显得平静、悠闲。以"叶叶"这两个名词连用，就在读者面前展开一片片叶子飘落的景象，并使你感到很有次序，很有节奏。向来写梧桐经秋都是较为凄厉的，如温庭筠《更漏子》："梧桐树，三更雨，不道离情正苦。一叶叶，一声声，空阶滴到明。"李煜《乌夜啼》："寂寞梧桐深院锁清秋。"经过一代又一代词人的染笔，以至于使人一听到秋风吹拂梧桐，就产生凄凉况味。而像晏殊写得如此平淡幽细的，却极为少见。下面"绿酒"一句，因为用了"初"字和"易"字，就觉得他的酒量不大，浅尝辄醉，也是淡淡的一笔。然后词人才用了较重的笔墨："一枕小窗浓睡。""绿酒"句点出"浓睡"的原因，是陪笔，"一枕"句才是此片的主意。小饮何以"易醉"？浅醉何得"浓睡"？原来词人有一点淡淡闲愁，有愁故醉易，愁浅故睡浓。此意于下片见之。

如果说上片是从昨晚的醉眠写起，那么下片则是写次日薄暮酒醒时的感觉。词人一醉就睡了整整一个昼夜，睡极浓矣。浓睡中无愁无忧，酒醒后是什么样的情绪，他没有言明，只是通过他眼中所见的景象，折射出心情之悠闲，神态之慵怠，而在结句中却仍反映出一点淡淡的哀愁。紫薇，夏季开花；朱槿，夏秋间吐艳。上片说金风吹得梧桐叶坠，显然是秋天了，所以词人从小窗望出去，这两种花都已凋残。值得注意的是：前片的梧桐叶坠，为耳中所闻；后片的两种花残，乃眼中所见。词人正是通过对周围事物的细微感觉，来表现他此际的情怀。"斜阳却照阑干"，紧承前句，描写静景。晏殊在另一首《踏莎行》中云："一场愁梦酒醒时，斜阳却照深深院。"词境相似。却者，正也，说举目望去，斜阳正照在阑干上，颇有陶渊明"悠然见南山"的意味，然而所见者乃是残花，是斜阳，表现了词人此时无可奈何的心境。

日暮了，斜阳正照着阑干，正是"双燕欲归时节"。此意平平说来，似不相干语、没要紧语。可是词不比诗，它往往用这样的语言来调和气氛，缓冲节奏，烘托情感。吴衡照《莲子居词话》云："言情之词，必借景色映托，乃具深婉流美之感。""燕子欲归"，乃系景语，它对下句"银屏昨夜微寒"，正好起了一个铺垫和烘托的作用。双双紫燕即将归巢了，这个景象便兴起词人独居无聊之感，于是他想到昨夜酒醉后原是一个人在独宿。一种凄凉意绪、淡漠愁情，不禁流于言外。但他不用"枕寒""衾寒"那些用熟了的字面，偏偏说屏风有些微寒。寓情于景，含蓄蕴藉，令人低回不尽。

这首词除了"绿酒""银屏"是富贵语外，大都写得比较清新。它的华贵气象完全融合在闲雅的风调之中，正如上面所举的"楼台侧畔杨花过，帘幕中间燕子飞"那样。通篇出之以平淡之笔，和婉之音，声调自然，意境清幽，虽承花间余绪，却能自成一格。这是跟词人的地位与涵养密切相关的。

清平乐①

红笺②小字，说尽平生意。鸿雁在云鱼在水③。惆怅此情难寄。

斜阳独倚西楼，遥山恰对帘钩。人面不知何处④，绿波依旧东流。

注解

①王灼《碧鸡漫志》："清平乐，《松窗录》云：开元中，禁中初种木芍药，得四本，红、紫、浅红、通白繁开，上乘照夜白，太真妃以步辇从，李龟年手捧檀板押众乐前，将歌之。上日：焉用旧词为？命龟年宣翰林学士李白，立进《清平调》词三章，上命梨园弟子约格调，抚丝竹，促龟年歌。太真妃笑领歌意甚厚。张君房《脞说》指此为《清平乐》曲。按：明皇宣白进《清平调》，乃是令白于《清平调》中制词。盖古乐取声律高下合为三，曰清调、平调、侧调，此谓三调。明皇止令就择上两调偶，不乐侧调故也。况白词七字绝句，与今曲不类，而《尊前集》亦载此三绝句，止目曰《清平调》，然唐人不深考，妄指此三绝句耳。此曲在越调，唐至今盛行。今世又有黄钟宫、黄钟商两音者，欧阳炯称白有应制《清平乐》四首，往往是也。"复据《词谱》，《花庵词选》名"清平乐令"，张辑词有"忆着故山萝月"句，名"忆萝月"；张翥词有"明朝来醉东风"句，名"醉东风"。

②红笺：红色笺纸。

③鸿雁在云鱼在水：暗含鱼雁传书之意。《全唐诗》收张泌《生查子》："鱼雁疏，芳信断，花落庭阴晚。"

④人面不知何处：语本崔护《题都城南庄》诗"人面不知何处去，桃花依旧笑春风"。

赏析

这是一首怀人之作。上片抒情。起句“红笺小字，说尽平生意”语似平淡，实包蕴无数情事，无限情思。红笺是一种精美的小幅红纸，可用来题诗、写信。词里的主人公便用这种纸，写上密密麻麻的小字，说尽了平生相慕相爱之意。显然，对方不是普通的友人，而是倾心相爱的知音。

信写成了，接着三、四句便抒发无从传递的苦闷。古人有“雁足传书”和“鱼传尺素”的说法，前者见于《汉书·苏武传》，后者见于古诗《饮马长城窟行》（客从远方来），是诗文中常用的典故。作者以“鸿雁在云鱼在水”的构思，表明无法驱遣它们去传书递简，因此“惆怅此情难寄”。运典出新，比起“断鸿难倩”等语又增加了许多风致。

托书不成，唯有借景纾忧。因而过片便由抒情过渡到写景。“斜阳”句点明时间、地点和人物活动，红日偏西，斜晖照着正在楼头眺望的孤独的人影，景象已十分凄清，而远处的山峰又遮蔽着愁人的视线，隔断了离人的音信，更加令人惆怅难遣。“遥山恰对帘钩”句，从象征意义上看，又有两情相对而遥相阻隔的意味。倚楼远眺本是为了纾忧，如今反倒平添一段愁思，从抒情手法来看，又多了一层转折。

结尾：“人面不知何处，绿波依旧东流。”用崔护《题都城南庄》诗句“人面不知何处去，桃花依旧笑东风”之意，略加变化，给人以有余不尽之感。绿水，或曾映照过如花的人面，如今，流水依然在眼前，而人面不知何处，唯有相思之情，跟随流水，悠悠东去而已。

这首词写的是一般的离愁别恨，内容并不新奇，但由于抒情婉曲细腻，用语也相当雅致，体现了作者“闲雅而有情致”的艺术风格，故历来为人传诵。例如“斜阳独倚西楼，遥山恰对帘钩”二句，单从景象来看，词中主人公似乎处于一种极度宁静的状态，外界不存在任何刺激，内心也没有一丝波澜。然而，联系上下文一读，便不难体会到这种表面上的相对静止，正蕴藏着深沉难言的感情浪涛。斜阳、遥山、人面、绿水、红笺、帘钩，出语平淡，而蕴意深挚，写艳情而不艳，写哀愁而不哀，闲雅从容，挚而不刻，故晏小山云：“先公平日小词虽多，未尝作妇人语也。”（《宾退录》卷一引赵与告语）所谓不作“妇人语”，乃言皆自抒己情，不摹拟女子口吻，此词亦然。

踏莎行

碧海①无波，瑶台②有路。思量便合双飞去。当时轻别意中人，山长水远知何处。

绮席③凝尘，香闺掩雾。红笺小字凭谁附④。高楼目尽欲黄昏，梧桐叶上萧萧雨。

注解

①碧海：指海上神仙。

②瑶台：传说中神仙居住的地方。

③绮(qǐ)席：华丽的席具。江淹《杂体诗·效惠休<怨别>》：“膏炉绝沈燎，绮席生浮埃。”

④红笺小字凭谁附：唐韩偓《偶见》诗：“小叠红笺书恨字，与奴方便寄卿卿。”此化用之。附，带去。

赏析

晏殊整整做了五十年的高官。他赋性“刚峻”(《五朝名臣言行录》)，处事谨慎，没有流传什么风流艳事。

他自奉俭约，但家中仍然蓄养歌妓，留客宴饮，常“以歌乐相佐”(《避暑录话》)。他喜欢纳什么歌妓、姬妾，是容易做到的。

照理，他生平不会在男女爱情上产生多少离愁别恨，但他词中写离愁别恨的却颇多。这可能和当时写词的风气有关：酒筵歌席上信手挥写，以付歌妓、艺人歌唱，内容不脱晚唐、五代以来的“艳科”传统；也可能和文学创作的特点有关：它可以描写人们的普遍感情，不限于作者的自我写照。

但晏殊写的这类词，也不像完全脱离自身生活的客观描写，到底是怎么回事，始终是一个谜。

这首《踏莎行》的小令，照样不免是谜。但宋无名氏《道山清话》的一则记载，对于解开这个谜，好像有帮助。

它说："晏元献公为京兆尹，辟张先为通判。新纳侍儿，公甚属意。先字子野，能为诗词，公雅重之。每张来，即令侍儿出侑觞，往往歌子野之词。其后王夫人浸不能容，公即出之。一日，子野至，公与之饮。子野作《碧牡丹》词，令营妓歌之，有云'望极蓝桥，但暮云千里，几重山，几重水'之句。公闻之怃然，曰：'人生行乐耳，何自苦如此！'亟命于宅库中支钱若干，复取前所出侍儿。既来，夫人不复谁何也。"或许由于夫人的"不容"，或其他原因，晏殊有时也放出心爱的侍儿，而旋又悔之，所以会产生一些离愁别恨。这首词，或许就是在这种情况中写成的。当然，事情也不宜看得太死，因为不能忽视当时的写词情况。

词的上片起首三句："碧海无波，瑶台有路。思量便合双飞去。"碧海，指海上神山；瑶台，《离骚》有这个词，但可能从《穆天子传》写西王母所居的瑶池移借过来，指陆上仙境。

说要往海上神山，没有波涛的险阻，要往瑶台仙境，也有路可通，原来可以双飞同去，但当时却没有这样做；现在"思量"起来，感到"不合"，感到后悔。

接着两句："当时轻别意中人，山长水远知何处。"放弃双飞机会，计"意中人"轻易离开，造成后悔。又已无法挽回，现在想念她。可就是"山长水远"，不知她投身何处了。不但不能重聚，而且连消息也都杳然。

"轻别"一事，是这首与其他写离愁别恨的词的不同之处，它是产生词中愁恨的特殊原因，是词的感情的症结所在，值得特别重视。张先《碧牡丹》词有"思量去时容易"句，作者《浣溪沙》词有"等闲离别易销魂"句，说的也是轻别的事。一时的轻别，造成长期的思念，"山长"句就写这种思念。它和作者的《鹊踏枝》词的"山长水阔知何处"，属同一意境。

下片，"绮席凝尘，香闺掩雾"，写"意中人"去后的情况，尘凝雾掩，遗迹凄清，且非一日之故。"红笺小字凭谁附"，音讯难通，和《鹊踏枝》的"欲寄采笺兼尺素"而未能的意思也相同。"高楼目尽欲黄昏"，更同于《鹊踏枝》的"独上高楼，望尽天涯路"。既然是远别，不知人在何处，又是音讯难通，那么登高遥望，也就是一种"痴望"。作品故意写"痴"，是表现情深难制。它不说什么情深、念深，只通过这种行动来表现，显得婉转含蓄。最后接以"梧桐叶上萧萧雨"一句，直写景物，好像并未表现它和人物心情的关系，实际上景中有情，情景浑涵，合成一片而不露痕迹，意味更为深长。比较起来，温庭筠《更漏子》的“梧桐树，三更雨，不道离情正苦。一叶叶，一声声，空阶滴到明”，李清照《声声慢》的“梧桐更兼细雨，到黄昏，点点滴滴”还写得显露些；而作者《采桑子》的“好梦频惊，何处高楼雁一声”，另一首《踏莎行》的“一场愁梦酒醒时，斜阳却照深深院”，结笔的妙处都正相同，都是以景结情。

这首词写离愁别恨，侧重“轻别”，有其“个性”；用内心的懊悔和近痴的行动来表现深情，婉转含蓄；不脱晏殊词的特点；而结笔蕴藉，神韵卓绝，尤堪玩赏。

踏莎行

小径红稀，芳郊绿遍。高台树色阴阴见①。春风不解禁杨花，蒙蒙②乱扑行人面。

翠叶藏莺，朱帘隔燕。炉香静逐游丝③转。一场愁梦酒醒时，斜阳却照深深院。

注解

①阴阴见：树木葱郁茂密，现出幽暗之色。见，同“现”。李商隐《燕台诗》之《夏》：“前阁雨帘愁不卷，后堂芳树阴阴见。”

②蒙（méng）蒙：纷杂貌。

③游丝：飞扬在空中的蜘蛛等虫类的丝。

赏析

这是一首描绘暮春初夏景象，抒写时序流逝轻愁的小词。

上片写郊行所见。起手三句画出一幅具有典型特征的芳郊春暮图：小路两旁，花儿已经稀疏，只间或看到星星点点的几瓣残红；放眼广阔的郊野，却见绿色已经遍布大地；高台附近，树木已经繁茂成阴，呈现出一片幽深的颜色。“红稀”“绿遍”“树色阴阴见”，标志着春天已经消逝，初夏的气息已经很浓。三句所写虽系眼前静景，但“稀”“遍”“见”（同“现”）这几个词语却显示了事物发展的进程和动态。从词人观察景物的角度看，“小径”“芳郊”“高台”，也显见移步换形之迹。

“春风不解禁杨花，濛乱扑行人面。”杨花扑面，也是暮春典型景色。但词人描绘这一景象时，却特意注入自己的主观感情，写成春风不懂得约束杨花，以致让它漫天飞

舞，乱扑行人之面。这一方面是暗示已经再也无计留春，只好听任杨花飘舞送春归去了；另一方面则又突出了杨花的无拘无束和活跃的生命力。虽写暮春景色，却无衰颓情调，而是显得很富生趣。“蒙蒙”“乱扑”，都极富动态感。“行人”二字，点醒上片所写，都是词人郊行所见。

“翠叶藏莺，珠帘隔燕。”过片两句，分写室外与室内，一承上，一启下，转接自然，不着痕迹。上句说翠绿的树叶已经长得很茂密，藏得住黄莺的身影，与上片“树色阴阴”相应；下句说燕子为朱帘所隔，不得进入室内，引出下面对室内景象的描写。两句所写景物，仍带明显季节特征。着“藏”“隔”二字，初夏嘉树繁阴之景与永昼闲静之状如见。

“炉香静逐游丝转。”在闲静的室内，香炉里的香烟，袅袅上升，和飘荡的游丝纠结、缭绕，逐渐融合在一起，分不清孰为香烟，孰为游丝了。这里写了炉香之“逐”，游丝之“转”，表面上是写动态，实际上却反托出整个室内的寂静。“逐”上着一“静”字，境界顿出。那袅袅炉烟与游丝，都很容易让人联想起主人公永日无聊的情思和闲愁。

“一场愁梦酒醒时，斜阳却照深深院。”结拍跳开，接到日暮酒醒梦觉之时。午间小饮，酒困入睡，等到一觉醒来，已是日暮时分，西斜的夕阳正照着这深深的朱门院落。这里点明“愁梦”，说明梦境与春愁有关。梦醒后斜阳仍照深院，便有初夏日长难以消遣之意，贺铸《薄幸》词“人间昼永无聊赖。厌厌睡起，犹有花梢日在”，也正是此意。

初读起来，结尾两句似乎和前面的景物描写有些脱节，主人公的愁绪来得有些突然。实际上前面的描写中一方面固然流露出对春暮夏初富于活力的自然景象的欣赏，另一方面又隐含有对已逝春光的惋惜。由于这两种矛盾的情绪都不那么强烈，就有条件地共处着。当芳郊纵目之际，欣赏之情处于显要地位；当深院闲居之时，惋惜之情转而滋长。结尾二句就是后一种情绪增长的结果。由于这种春愁只是一种时序流逝的惆怅，本身并没有多少实质性的内容，所以它归根到底不过是淡淡的轻愁，并没有否定前者。

玉楼春

绿杨芳草长亭[1]路，年少抛[2]人容易去。楼头残梦五更钟，花底离愁三月雨[3]。

无情不似多情苦，一寸还成千万缕。天涯地角有穷时，只有相思无尽处[4]。

注解

①长亭：古时建于路边的亭子，供远行之人休息避风雨烈日之所，亦为送别之处。此处指送别处。

②抛：离去，舍弃。

③五更钟、三月雨：皆怀人之时。

④"天涯"两句：应是对白居易《长恨歌》诗句"天长地久有尽时，此恨绵绵无绝期"诗意的化用。

赏析

本词写闺怨，颇具婉转流利之致，词中不事藻饰，没有典故，除首两句为叙述，其余几句不论是用比喻，用反语，还是用夸张，都是通过白描手段反映思妇的心理活动，亦即难以言宣的相思之情。

上片一开始是写景。时间是绿柳依依的春天，地点在古道长亭，这是旅客小休之所，也是两人分别之处。"年少"句叙述临行之际，她是泪眼相看，无语凝咽，感到他轻易地撇下自己就走了。年少，是指思妇的"所欢"，也即"恋人"。（据赵与时《宾退录》记载，晏几道曾为其父辩解："说本词中的'年少'是'年轻'之意。'晏叔原见蒲传正曰：'先君平日小词虽多，未尝作妇人语也。'传正曰：'绿杨芳草长亭路，年少抛人容易去，岂非妇人语乎？'叔原曰：'公谓年少为所欢乎，因公言，遂解得乐天诗两句：欲留所欢待富贵，富贵不来所欢去。'传正笑而悟。余按全篇云云，盖真谓所欢者，与乐天'欲留年少待富贵，富贵不来年少去'之句不同，叔原之言失之。"）本词写思妇闺怨，也的确是"妇人语"，晏几道为父辩解之言缺乏说服力量。

"楼头"两句，即自上面"年少抛人"引出，把她的思念之意生动地描绘了出来，从相反方面说明"抛人去"者的薄情。白昼逝去，黑夜降临，她辗转反侧，很久之后才悠

悠进入睡乡，但很快就被五更钟声惊破了残梦，使她重又陷入无边的失望。窗外，飘洒着雾也似的春雨，那些花瓣像是承受不住恨别的泪水，带着离愁纷纷落下。李白《大堤曲》有句云：“春风复无情，吹我梦魂散。不见眼中人，天长音信断”，是说无情春风吹散梦魂，使她在白天和梦中都见不到音书已绝的恋人。王安国《清平乐》曰：“满地残红宫锦（指落花）污，昨夜南园风雨。小怜初上琵琶，晓来思绕天涯。”形容思妇见雨后落花而引起遐思。可见“残梦”和“落花”在这里都是用来曲折地抒发怀人之情，语言工致匀称。陈廷焯《白雨斋词话》称其“婉转缠绵，深情一往，丽而有则，耐人寻味”。

下片两用反语，先以无情与多情作对比，继而以具体比喻从反面来说明。“无情”两句，从“楼头”两句生发而来，用反语以加强语意。先说无情则无烦恼，因此多情还不如无情，从而反托出“多情自古伤离别”的深衷；“一寸”指心，柳丝缕缕，拂水飘绵，最识离怀别苦。两句意思是说，无情，怎似得多情之苦，那一寸芳心，化成了千丝万缕，蕴含着千愁万恨。词意来自李煜“一片芳心千万绪，人间没个安排处”（《蝶恋花》），与冯延巳“心若垂杨千万缕，水阔花飞，梦断巫山路”（《蝶恋花》），意思亦相接近。

末两句含义深婉。天涯地角，昔人以为是天地之尽头，所以说是“有穷时”。然而，别离之后的相思之情，却是无穷无尽，即所谓“无穷无尽是离愁”。这是通过比较来体现出因“多情”而受到的精神折磨，感情真切而含蓄，对于那个“抛人”而去的薄幸年少，却毫无埋怨之语，所以《蓼园词选》说：“末二句总见多情之苦耳。妙在意思忠厚，无怨怼口角。”

◆ 欧阳修

欧阳修（1007－1072年），字永叔，号醉翁，晚号六一居士。吉州永丰（今属江西省）人，天圣八年（1030年）进士。官至枢密副使、参知政事。曾参与修撰《新唐书》《新五代史》。他是北宋诗文革新运动的领袖，属于“唐宋八大家”之一。他奖掖后进，王安石、曾巩及苏洵、苏轼、苏辙等都得其举荐与指导。擅长写词：或写恋情醉歌，缠绵婉曲；或绘自然美景，富于情韵，风格深婉而清丽。词集有《六一词》《近体乐府》《醉翁琴趣外编》等。

采桑子

轻舟短棹[1]西湖好，绿水逶迤。芳草长堤，隐隐笙歌处处随。
无风水面琉璃滑，不觉船移，微动涟漪，惊起沙禽掠岸飞。

注解

①短棹(zhào)：划船用的小桨。

赏析

欧阳修《采桑子》共十三首，其中联章歌咏颍州西湖景物者十首。颍州治所汝阴，在今安徽阜阳。北宋仁宗皇祐元年(1049年)，欧公四十三岁时曾移知颍州，“爱其民淳讼简而物产美，土厚水甘而风气和，于时慨然已有终焉之意也”(《思颍诗后序》)。二十二年之后，神宗熙宁四年(1071年)，欧公六十五岁，以观文殿学士、太子少师致仕，归颍州私第居住，果如所愿。颍州西湖在北宋时曾是清澈幽美的。据明代《正德颍州志》卷一：“西湖在州西北二里外。湖长十里，广三里。相传古时水深莫测，广袤相齐。……湖南有欧阳文忠公书院基。”熙宁五年，“正值柳绵飞似雪”的暮春季节，老同事赵概由南京应天府(今河南商丘)远道相访，高谊雅兴，传为文坛佳话。《蔡宽夫诗话》云：“文忠与赵康靖公概同在政府，相得欢甚。康靖先告老，归睢阳(商丘)；文忠相继谢事，归汝阴(颍州)。康靖一日单车特往过之，时年几八十矣。留剧饮逾月，日于汝阴纵游而后返。前辈挂冠后，能从容自适，未有若此者。”(《苕溪渔隐丛话后集》卷二十三引)欧公这一组十首《采桑子》，从内容看非写一时之景。词前《西湖念语》云“并游或结于良朋，乘兴有时而独往”，盖是通其前后诸胜游的感受以人词，又不止与赵概同乐之事了。词成，并在盛大的宴会上令官妓歌唱以佐清欢。此词就是这组歌词的第一阕。作者用轻松淡荡的笔调，描绘了在春色怀抱中的西湖。轻舟短棹，一开头就给人以悠然自在的愉快感觉。不仅是“春草碧色，春水渌波”，跟绵长的堤影掩映着，看到的是一幅淡远的画面；而且在短棹轻纵的过程里，随船所向，都会听到柔和的笙箫，隐隐地在春风中吹送。这些乐曲处处随着词人的船，仿佛是为着词人而歌唱。这么短短的几笔，就把读者带进了一个可爱的冶春季节的气氛中。下片着重描写湖上行舟、波平如镜的景色。西湖是上下空明，水天一色的，用琉璃来比拟它的滑溜和澄澈，再也贴切不过。“不觉船移”四字，更是语妙天下。正因为春波之滑，所以不待风吹，而船儿已自在地漾去。联系上片的“笙歌处处随”来看，船是不断地在前移，歌声也就不住地在后随，词人是觉到的，偏说是不觉，就有力地显示了水面琉璃之滑。但船移毕竟不可能绝不触动水波，于是，下文就递到“微动涟漪”，词人的观察力和艺术构思，可算是细入毫芒。最后，“惊起沙禽掠岸飞”这一动态，划破了境界的宁静，使全幅画面都跳动起来，更显得词心的活泼。

北宋前半时期的小令，语言比较清新自然。这词清空一气，正如素面佳人，不施粉黛，便能动人。南宋后期那些用浓艳的藻彩去涂抹湖山的作品，倒不免是唐突西施了。

采桑子

画船载酒西湖[1]好，急管繁弦，玉盏催传，稳泛平波任醉眠。

行云却在行舟下，空水澄鲜，俯仰留连，疑是湖中别有天。

注解

①西湖：此指颍州（今安徽阜阳县西北）西湖。

赏析

“西湖好”，是欧阳修十首《采桑子》所要表现的共同主题，所以第一句都以这三个字结尾。但每一首词表现的角度不同，本词描写的是“画船载酒”游西湖的情景。

乘坐彩绘的游船，饮着美酒，荡漾于湖光山色之间，是多么惬意啊！再加上音乐助兴，使这种欢乐更达到了高潮。管乐的声音高亢嘹亮，节奏急促；弦乐纷然齐鸣，紧和着管乐的节奏。“急管繁弦”，这一“急”一“繁”，将音乐欢快、热烈的气氛和节奏渲染出来了。在这样的乐声中，人的情绪更加高涨，朋友间频频举杯，行令助饮，你斟我劝。“玉盏催传”的“催”字，形象地传达出了主客亲密无间、开怀畅饮的情态。这样的豪饮，自然是“一醉方休”。湖上风平浪静，尽可以放心地躺在船上，任船儿在水上自由漂行。

上片写饮酒游湖之乐，下片写醉后观湖之乐。俯视湖水，只见白云朵朵，飘于船下。船在移动，云也在移动，似乎人和船在天上飘飞。这自然是一时产生的错觉。“空水澄鲜”一句，本于谢灵运《登江中孤屿》诗“云日相晖映，空水共澄鲜”，言天空与湖水同是澄清明净。这一句是下片的关键。兼写“空”“水”，绾合上句的“云”与“舟”，下两句的“俯”与“仰’、“湖”与“天”，四照玲珑，笔意俱妙。虽借用成句，而恰切现景，妥帖自然，如同己出。“俯仰留连”四字，又是承上启下过渡之笔。从水中看到蓝天白云的倒影，他一会儿举头望天，一会儿俯首看水，被这空阔奇妙的景象所陶醉，于是怀疑湖中别有一个天宇在，而自己行舟在两层天空之间。“疑是湖中别有天”，与这组词的上一首“兰桡画舸悠悠去，疑是神仙”，同用“疑是”语，上一首取其意态为喻，这一首则就其形貌为说，——与李白《望庐山瀑布》诗“飞流直下三千尺，疑是银河落九天”的手法相近。说“疑”者非真，说“是”者诚是，“湖中别有天”的体会，自出心裁，给人以活泼清新之感。一首好的诗词，贵在真切地传达出特殊环境中的特殊感受。欧词和李诗，可说是春兰秋菊，各极一时之秀。

采桑子

群芳过后西湖好，狼藉残红[1]。飞絮蒙蒙，垂柳阑干尽日风。
笙歌散尽游人去，始觉春空。垂下帘栊，双燕归来细雨中。

注解

①残红：落花。

赏析

这首词写出作者晚年居住的颍州西湖的暮春景象，从而表现了作者异常的、幽微的心理状态。

西湖花时过后，残红狼籍，常人对此，当是无限惋惜，而作者却赞赏说“好”，确是异乎常情的。首句是全词的纲领，由此引出“群芳过后”的西湖景象，及词人从中领悟到的“好”的意味。词的上半阕所写，为“群芳过后”的湖上一片实景，笼罩在这片实景上的是寂寞空虚的气氛。试看，落红零乱满地，杨花漫空飞舞，使人感觉春事已了。“垂柳”句与上二句相联系，写出了栏畔翠柳柔条斜拂于春风中的姿态；单是这风中垂柳的姿态，本来是够生动优美的，然而著以“尽日”二字，联系白居易《杨柳枝》“永丰西角荒园里，尽日无人属阿谁”来体会，整幅画面上一切悄然，只有柳条竟日在风中飘动，其境地之寂静可以想见。在词的上阕里所接触到的，只是物象，没有出现任何人的活动。眼前的自然界，显得多么令人意兴盎然！

下阕“笙歌散尽”，虚写出过去湖上游乐的盛况；游人去后，“始觉春空”，点明从上面三句景象所产生的感觉。谭献说：“‘笙歌散尽游人去’句，悟语是恋语。”（谭评《词辨》）道出了作者的复杂微妙的心境。“始觉”是顿悟之辞，这两句是从繁华喧闹消失后清醒过来的感觉，繁华喧闹消失，既觉有所失的空虚，又觉获得宁静的畅适。首句说的“好”即是从这后一种感觉产生，只有基于这种心理感觉，才可解释认为“狼藉残红”三句所写景象的“好”之所在。

最后两句，写室内景，从而使人揣想，前面所写一切，都是词人在室外凭栏时的观感。末两句是倒装。本是开帘待燕，“双燕归来”才“垂下帘栊”。着意写燕子的活动，反衬出室内一片清寂气氛。“细雨”二字还反顾到上阕的室外景。落花飞絮，着雨更见得春事阑珊。本词从室外景色的空虚写到室内气氛的清寂，通首体现出词人生活中的一种静观自适的情调。

这首词是欧阳修颍州西湖组词《采桑子》十首的第四首。诸词抒写作者以闲退之身恣意游赏的怡悦之情，呈现的景物都具有积极的美的性质，如“芳草长堤”“百卉争妍”“空水澄鲜”等等，独此首所赏会的是“狼藉残红”。整组词描写的时节景物为从深春到荷花开时，“狼藉残红”自然是这段时节过程中应有的一环。如果说诸词表现了词人作为“闲人”对各种景物的“欢然会意”（见组词前“致语”），本词却不自觉地透露出他此时的别样情绪。作者这时是以太子少师致仕而卜居颍州的。他生平经历过不少政治风浪，晚年又值王安石厉行新法，而不可与争，于是以退闲之身放怀世外，这组词确是总的体现了他这种无所牵系的闲适心情。但人情往往也有这样矛盾，解除世纷固觉轻快，而脱去世务又感空虚，本词“笙歌散尽游人去，始觉春空”，确实极微妙地反映出了这种矛盾心情。结末"垂下帘栊"二句，乃极静的境界中着以动象，觉余情袅袅，亦如辛弃疾《摸鱼儿》中所云："算只有殷勤，画檐蛛网，尽日惹飞絮。"表现出对春的留连眷恋意识，不免微露怅惘的情绪。

小令在北宋前期有代表性的作家如晏殊、欧阳修笔下所写出的，虽多为当筵命笔以付歌儿的抒写男女之情的作品，仍袭花间余风，然亦时有流连光景之作，于时节风物的怅触中融入人生感慨，这种感慨，莫可指实，细加体味，总觉其中有物。这乃是因为某种情绪蕴蓄胸中，往往触发于不自知，读来似觉有所寄托。在冯延巳的《阳春集》中，这类作品颇多，而晏、欧亦复不少。晏、欧俱为旧属南唐的江西人，自易承受冯延巳的词风影响，尤其是他们皆身处显位，学养深厚，故词风极为相近，有如清人刘熙载所说："冯延巳词，晏同叔得其俊，欧阳永叔得其深。"(《艺概》卷四)在北宋词人中，他们的这类作品，属辞精雅，意象空灵，成为小令的典范。欧阳修的这组《采桑子》，即是足以显示这类词风的名作。

诉衷情·眉意①

清晨帘幕卷轻霜，呵手试梅妆②。都缘自有离恨，故画作远山③长。

思往事，惜流芳④，易成伤。拟歌先敛，欲笑还颦⑤，最断人肠。

注解

①唐教坊曲名。《全唐诗》收毛文锡《诉衷情》，上下两片的末句各为"何时携手洞边迎，诉衷情""何时解佩掩云屏，诉衷情"，《诉衷情》调名由此而来。又因毛文锡这首词首句为"桃花流水漾纵横"，《诉衷情》又名《桃花水》。

②梅妆：南朝宋武帝女寿阳公主无意中额上作梅花妆，宫女争相仿效。

③远山：指眉。《西京杂记》：“文君姣好，眉色如望远山。”

④流芳：流光，好时光。

⑤颦(pín)：皱眉。

赏析

这首小词，写一位歌女的生活片段。

上片叙事，从一天的清晨写起：帘幕卷，暗示她已起床；轻霜，气候只微寒；因微寒而呵手，想见她的娇怯；梅妆，是一种美妆，始于南朝宋寿阳公主；试梅妆，谓试着描画梅花妆，如是，更突出她的秀慧俏丽。在梳妆中，她把眉儿画得又细又长，作者领会出，她这样做是有意的，因为她本有离愁别恨，所以把眉画得很长，眉黛之长，象征水阔山长。用远山比美人之眉，由来已久。托名汉伶玄《飞燕外传》：“女弟合德入宫，为薄眉，号远山黛。”又托名刘歆《西京杂记》卷二：“文君姣好，眉色如望远山。”在诗词中，常被引用。

下片抒情，从举止、容色中，作者窥测她有感伤的情绪，大概她正在思量着难追的往事，惋惜着易逝的芳年。由于她有感伤，触处皆愁，所以欲歌之际，却先敛容不欢；将笑之时，也还带恨含颦。她诚于中而形于外，人则见其外而知其中，故此情此态，最得知心者怜爱而为之魂销，因魂销乃至肠断。

在这首词中，作者笔下出现一位娇柔羞涩的少女，她多愁善感，敏慧多情，这些，都没有作正面交代，却从侧面点拨，使读者从她的梳妆、歌唇、颦笑中想像而得，而她的形象栩栩如生、呼之欲出。“拟歌”两句，曲折而含蓄，不但现出人物的姿态，而且传出人物的神情，周邦彦的“欲说又休，虑乖芳信，未歌先咽，愁转《清商》”(《风流子》)，即脱胎于此。虽然，她所透露的伤离感旧之情，只是淡薄的、微婉的，可是留给我们的印象，却深刻而难忘。

踏莎行

候馆①梅残，溪桥柳细，草薰风暖摇征辔②。离愁渐远渐无穷，迢迢③不断如春水。

寸寸柔肠④，盈盈粉泪，楼高莫近危阑⑤倚。平芜⑥尽处是春山，行人更在春山外。

注解

①候馆：旅舍。迎候宾客之所，故称。据《周礼·地官·遗人》载："五十里有市，市有候馆。"郑玄注："候馆，楼可以观望者也。"

②薰：香草，此引申为香气。征：远行。辔：驾驭马的嚼子和缰绳。此句是说：在风暖草香中骑马远行。江淹《别赋》有"闺中风暖，陌上草薰"的句子，此处化用其意。

③迢迢：形容遥远，所谓千里迢迢。此有绵长之意。

④寸寸柔肠：意即伤心之极，如肝肠寸断。

⑤危阑：高处的栏杆。危，指高。

⑥平芜：平坦草地。

赏析

在婉约派词人抒写离情的小令中，这是一首情深意远、柔婉优美的代表性作品。

上片写离家远行的人旅途中所见所感。开头三句是一幅洋溢着春天气息的溪山行旅图：旅舍旁的梅花已经开过了，只剩下几朵残英，溪桥边的柳树刚抽出细嫩的枝叶。暖风吹送着春草的芳香，远行的人就在这美好的环境中摇动马缰，赶马行路。梅残、柳细、草薰、风暖，暗示时令正当仲春。这正是最易使人动情的季节。在这种环境下行路，不但看到春的颜色，闻到春的气味，感到春的暖意，而且在心里也荡漾着一种融怡的、醉人的春意。从"摇征辔"的"摇"字中可以想像行人骑着马儿顾盼徐行的情景。

融怡明媚的仲春风光，既令征人欣赏流连，却又很容易触动离愁。因为面对芳春丽景，不免会想到闺中人的青春芳华，想到自己孤身跋涉，不能与对方共赏春光。而梅残、柳细、草薰、风暖等物象又或隐或显地联系着别离，因此三、四两句便由丽景转入对离情的描写："离愁渐远渐无穷，迢迢不断如春水。"因为所别者是自己深爱的人，所以这离愁便随着分别时间之久、相隔路程之长越积越多，就像眼前这伴着自己的一溪春水一样，来路无穷，去程不尽。上文写到"溪桥"，可见路旁就有清流。这"迢迢不断如春水"的比喻，妙在即景设喻，触物生情，亦赋亦比亦兴，是眼中所见与心中所感的悠然神会。从这一点说，它比李煜的"问君能有几多愁？恰似一江春水向东流"显得更加自然。

"寸寸柔肠，盈盈粉泪。"过片两对句，似乎由陌上行人转笔写楼头思妇。其实，整个下片，都是行人对居者的想像。上下片的关系不是并列，而是递进。上片结尾已经讲到自己的离愁迢迢不断，无穷无尽，于是这位深情的主人公便不由得进而想像对方此刻也正在凭高远望，思念旅途中的自己。这正是所谓透过一层，从对面写来的手法。"柔肠"而说"寸寸"，"粉泪"而说"盈盈"，显示出女子思绪的缠绵深切。从"迢迢春水"到"寸寸肠""盈盈泪"，其间又有一种自然的联系。

接下来一句"楼高莫近危阑倚"，是行人在心里对泪眼盈盈的闺中人深情的体贴和嘱咐。你那样凭高倚栏远望，又能望得见什么呢？这就很自然地引出了结拍两句。

"平芜尽处是春山，行人更在春山外"，补足"莫近危阑倚"之故，也是行人想像闺中人凭高望远而不见所思的情景：展现在楼前的，是一片杂草繁茂的原野，原野的尽头是隐隐春山，所思念的行人，更远在春山之外，渺不可寻。这两句不但写出了楼头思妇凝目远望、神驰天外的情景，而且透出了她的一往情深，正越过春山的阻隔，一直伴随着渐行渐远的征人飞向天涯。行者不仅想像到居者登高怀远，而且深入到对方的心灵对自己的追踪。这正是一个深刻理解所爱女子心灵美的男子，用体贴入微的关切怀想描绘出来的心画。

这首词所写的是一个常见的题材，但却展现出一片情深意远的境界，让人感到整首词本身就具有一种"迢迢不断如春水"式的含蓄蕴藉，令人神远：这固然首先取决于感情本身的深挚，但和构思的新颖、比喻的自然、想像的优美也分不开。上片写行者的离愁，下片写行者的遥想，这遥想实际上是离愁的深化，它使整个词境更加深远。而上下片结尾的比喻和想像所展示的情意和境界，更使人感到词中所展示的画面虽然有限，情境却是无限的。俞平伯说下片结尾两句"似乎可画，却又画不到"（《唐宋词选释》），这"画不到处"不只是春山外的行人，更是那悠远的情境。

生查子

去年元夜①时，花市灯如昼②。月上柳梢头，人约黄昏后。
今年元夜时，月与灯依旧。不见去年人，泪湿春衫袖。

注解

①元夜：农历正月十五日夜，即元宵夜。自唐代开始于元夜张灯，民间有观灯的风俗，故又叫“灯节”。

②花市：卖花、赏花的集市。

赏析

此词作者，或作朱淑真，或作秦观。但南宋初曾糙所编《乐府雅词》作欧阳修，当较为可信。词作通过主人公对去年今日的往事回忆，写物是人非之感，其语言通俗可谓到口即消，其内容情事几乎一目了然，但构思巧妙，饶有新意，这集中表现在词的分片上。

词的上片写“去年元夜”情事。“元夜”今称元宵节，自唐时起即有观灯闹夜的风俗：“谁家见月能闲坐？何处闻灯不看来”（崔液《上元夜》），“火树银花合，星桥铁锁开”“金吾不禁夜，玉漏莫相催”（苏味道《正月十五夜》）。这些诗句正是写“花市灯如昼”的情景，此“花”乃“火树银花”之“花”。这金吾不禁之夜，不但是观灯赏月的好时节，也给予恋爱的青年男女以良好时机。或于人众稠密处眉目传情，或在灯光阑珊处秘密相会。此处所写的大抵属于后一种情况。“月上柳梢头”分明不像闹市区，“人约黄昏后”是观花灯去么？这一结恰如水穷云起，言有尽而意无穷。虽未像下片那样明确表

情，一种“月出皎兮，佼人僚兮”（《诗·陈风·月出》）的甜情蜜意却溢于言表。在禁锢很严的封建时代，这实在是难得的一个机会，它在情人们心中会留下永不磨灭的记忆。下片写“今年元夜”情景。“月与灯依旧”，虽只举月与灯，实应包括上片二、三句的“花”“柳”“灯”“月”而言，是说闹市佳节良宵与去年完全一样。言景物“依旧”，暗逗下句“不见去年人”，“泪湿春衫袖”，表情极明显，与上片对比更觉有味。一个“满”字，将物是人非、旧情难续的感伤表现得很充分。

上片说去年，下片说今年，元夜、灯、月、人等字面互相关照。两片文义并列，基本重叠，但颇寓变化。诗歌重叠方式运用于全章的，《诗经》国风比比皆是，每章字句大同小异，或易词申意（如《郑风·褰裳》），或循序递进（如《周南·芣苢》），回旋往复的音节对于简朴的歌词颇有增强表情的功用。双调的词有重头（不换头）与换头之分，重头的词上下片字句调式全同，《生查子》即属此类。作者根据词调特点采取文义并列的分片结构，就形成章的重叠，颇类歌曲反复一遍，有回旋咏叹之致。

作者大约受到唐人崔护《题都城南庄》诗的启发。此后词人亦多效此法。如王迈《南歌子》上片写“家里逢重九”，下片写“官里逢重九”；吕本中《采桑子》上片说“恨君不似江楼月”，下片说“恨君却似江楼月”；辛弃疾《采桑子》上片写“少年不识愁滋味”，下片写“而今识尽愁滋味”，均是此法的运用或翻新。而此词具有风诗那种明快、浅切、自然的民歌风味，则为诸词所未备的。

玉楼春

别后不知君远近，触目凄凉多少闷。渐行渐远渐无书，水阔鱼沉①何处问。

夜深风竹敲秋韵②，万叶千声皆是恨。故欹单枕③梦中寻，梦又不成灯又烬④。

注解

①鱼沉：古有鱼雁传书的传说。鱼沉入水，指鱼不传书，没有音信。

②风竹敲秋韵：风吹竹林，构成秋声悲凉的韵味。

③故欹单枕：有意地斜靠枕头，意谓急于入睡成梦。欹，通“倚”，倾斜。

④灯又烬：灯熄灭。烬，结灯花。

赏析

本词是写闺中思妇深沉凄绝的别恨。发端句“别后不知君远近”是恨的缘由。因不知亲人行踪，故触景皆生出凄凉、郁闷，亦即无时无处不如此。“多少”，“不知多少”之意，以模糊语言极状其多。三、四两句再进一层，抒写了远别的情状与愁绪。“渐行渐远渐无书”，一句之内重复叠用了三个“渐”字，将思妇的想像意念从近处逐渐推向远处，仿佛去追寻爱人的足迹，然而雁绝鱼沉，天涯何处寻觅踪影！“无书”应首句的“不知”，且欲知无由，她只有沉浸在“水阔鱼沉何处问”的无穷哀怨之中了。“水阔”是“远”的象征，“鱼沉”是“无书”的象征。“何处问”三字，将思妇欲求无路、欲诉无门的那种不可名状的愁苦，抒写得极为痛切。在她与亲人相阻绝的浩浩水域与茫茫空间，似乎都充塞了触目凄凉的离别苦况。词的笔触既深沉又婉曲。

词篇从过片以下，深入细腻地刻画了思妇的内心世界，着力渲染了她秋夜不寐的愁苦之情。“自古伤心惟远别，登山临水迟留。暮尘衰草一番秋。寻常景物，到此尽成愁。”（张先《临江仙》）风竹秋韵，原是“寻常景物”，但在与亲人远别，空床独宿的思妇听来，万叶千声都是离恨悲鸣，一叶叶一声声都牵动着她无限愁苦之情。“故欹单枕梦中寻，梦又不成灯又烬”。思妇为了摆脱苦况的现实，急于入睡成梦，故特意斜靠着孤枕，幻想在梦中能寻觅到在现实中寻觅不到的亲人，可是“千山万水不曾行，魂梦欲教何处觅”（韦庄《木兰花》），连仅有的一点小小希望也成了泡影，不单是“愁极梦难成”（薛昭蕴《小重山》），最后连那一盏做伴的残灯也熄灭了。“灯又烬”一语双关，闺房里的灯花燃成了灰烬，自己与亲人的相会也不可能实现，思妇的命运变得像灯花一样凄迷、黯淡。词到结句，哀婉幽怨之情韵袅袅不断，给人以深沉的艺术感染。

前于欧阳修的花间派词人，往往喜欢对女性的外在体态服饰进行精心刻画，而对人物内心的思想感情则很少揭示。欧阳修显然比他们进了一大步，在这首词中，他没有使用一个字去描绘思妇的外貌形象，而是着力揭示思妇内心的思想感情，字字沉着，句句推进，如剥笋抽茧，逐层深入，由分别——远别——无音信——夜闻风竹——寻梦不成——灯又烬，将一层、一层、又一层的愁恨写得愈来愈深刻、凄绝。全词写愁恨由远到近，自外及内，从现实到幻想，又从幻想回归到现实。且抒情写景情景两得，写景句寓含着婉曲之情，言情句挟带着凄凉之景，表现出独特的深曲婉丽的艺术风格。

临江仙①

柳外轻雷②池上雨，雨声滴碎荷声③。小楼西角断虹明。阑干倚处，待得月华④生。

燕子飞来窥画栋，玉钩垂下帘旌⑤。凉波不动簟纹平。水精双枕，畔有堕钗横⑥。

注解

①临江仙，唐教坊曲名。原本用来歌咏水仙，故名“临江仙”。又名《庭院深深》《采莲回》《花屏春》等。

②轻雷：隐隐的雷声。唐高适《陪窦侍御灵云南亭宴诗得雷字》：“新秋归远树，残雨拥轻雷。”

③荷声：雨打荷叶的声响。李商隐《宿骆氏亭寄怀崔雍崔衮》：“秋阴不散霜飞晚，留得枯荷听雨声。”

④月华：月光。

⑤帘旌（jīng）：帘幕。

⑥“凉波”三句：化用李商隐《偶题》诗“水文簟上琥珀枕，傍有堕钗双翠翘”句意。簟（diàn）纹，席纹。

赏析

此词甚奇，奇在所取时节、景色、人物、生活，都不是一般作品中常见重复或类似的内容，千古独此一篇，此即是奇，而不待挟山超海、揽月驱星，方是奇也。所写是夏景，傍晚阵雨旋晴，一时之情状，画所难到，得未曾有。柳在远处近处？词人不曾交代，然而无论远近，雷则来自柳的那一边，雷为柳隔，声似为柳“滤”过，分明已经音量减小，故是轻雷，隐隐隆隆之致，有异于当头霹雳。雷在柳外，而雨到池中，是一是二？亦觉不易分疏。雨来池上，雷已先止，唯闻沙沙飒飒，乃是雨声独响。最奇者，是“雨声滴碎荷声”。奇不在两个“声”字叠用。奇在雨声之外，又有荷声。荷声者，其叶盖之声也。奇又在“碎”。雨本一阵，了不可分，而因荷承，声声清晰。此为轻雷疏雨，于一“碎”字尽得风流，如于耳际闻之。

雨本不猛，旋即放晴。“人间重晚晴”，晚晴之美，无可着笔。“夕阳无限好”，而断虹一弯，忽现云际，则晚晴之美，无以复加处又加一重至美，无可着笔处乃偏偏有此断虹，来为生色，来为照影。晚晴之美，至矣极矣！

断虹之美，又无可写处，难于落笔，词人又只下一“明”字，而断虹之美，斜阳之美，雨后晚晴的碧空如洗之美，被此一“明”字写尽，再无可写矣！“明”乃寻常之字，本无奇处，但细思之，此处此字，实又甚奇，因为它表现了那么丰富的光线、色彩、时间、境界！

断虹现于何处？乃在小楼西角。小楼西角，引出上片闻雷听雨之人。其人独倚画阑，领此极美的境界，久久不曾离去。久久，久久，一直到天边又见了一钩新月，宛宛而现。“月华生”三字，继“断虹明”三字，奇外添奇，美上增美，其笔致之温丽明妙，直到不可思议处，——此方是无奇处真奇，盖词人连一个生僻字、粉饰字也不曾使用，而达此极美的境界，方是高手，也是圣手。

下片词境继月华生而再进一层，写到阑干罢倚，人归帘下，天真晚矣。凉波以比簟纹，已妙极，又下“不动”字，下“平”字，力写静处生凉之境。水晶枕，加一倍渲染画栋玉钩，大似温飞卿“水晶帘里玻璃枕”，皆以精美华丽之物以造一理想的人间境界。而结以钗横，后来苏东坡（《洞仙歌》）亦以之写夏夜：“绣帘开，一点明月窥人，人未寝，欹枕钗横鬓乱。”末四字为俗流妄用为亵词，其实坡公止是写热甚不能入寐，毫无他意。欧公此处，神理不殊，先后一揆。若作深求别解，即堕恶趣，而将一篇奇绝之名作践踏矣。

浪淘沙

把酒祝东风，且共从容[1]。垂杨紫陌[2]洛城东，总是当时携手处，游遍芳丛。

聚散苦匆匆，此恨无穷。今年花胜去年红，可惜[3]明年花更好，知与谁同。

注解

①从容:留连。

②紫陌:专指帝都洛阳郊野的道路。洛阳曾为东周、东汉的都城,用紫色土铺路,故云“紫陌”。李白《南都行》:“高楼对紫陌,甲第连青山。”

③可惜:可叹。

赏析

此词为春日与友人在洛阳城东旧地重游有感而作。据词意,在写作此词的去年春,友人亦曾同作者在洛城东同游。仁宗天圣九年(1031 年)三月,欧阳修至洛阳西京留守钱惟演幕作推官,与同僚尹洙和河南县(治所即在洛阳)主簿梅尧臣等诗文唱和,相得甚欢,这年秋后,梅尧臣调河阳(治所在今河南孟县南)主簿,次年(明道元年,1032 年)春,曾再至洛阳,写有《再至洛中寒食》和《依韵和欧阳永叔同游近郊》等诗。欧阳修在西京留守幕前后共三年,其间仅明道元年春在洛阳,此词当即本年所作。词中同游之人或即梅尧臣。

上片叙事,从游赏中的宴饮起笔。这里的新颖之处,是作者既未去写酒筵之盛,也未去写人们的宴饮之乐,而是写作者举酒向东风祝祷:希望东风不要匆匆而去,能够停留下来,参加他们的宴饮,一道游赏这大好春光。首二句词语本于司空图《酒泉子》“黄昏把酒祝东风,且从容”,而添一“共”字,便有了新意。“共从容”是兼风与人而言。对东风言,不仅是爱惜好风,且有留住光景,以便游赏之意;对人而言,希望人们慢慢游赏,尽兴方归。“洛城东”揭出地点。洛阳公私园囿甚多,宋人李格非著有《洛阳名园记》专记之。京城郊外的道路叫“紫陌”。“垂杨”同“东风”合看,可想见其暖风吹拂,翠柳飞舞,天气宜人,景色迷人,正是游赏的好时候、好处所。所以末两句说,都是过去携手同游过的地方,今天仍要全都重游一遍。“当时”就是下片的“去年”。“芳丛”说明此游主要是赏花。

下片是抒情。头两句就是重重的感叹。“聚散苦匆匆”,是说本来就很难聚会,而刚刚会面,又要匆匆作别,这怎能不给人带来无穷的怅恨呢!“此恨无穷”,并不仅仅指作者本人而言,也就是说,在亲人朋友之间聚散匆匆的这种怅恨,从古到今,以至今后,永远都没有穷尽,都给人带来莫大的痛苦。“黯然销魂者唯别而已矣!”(南朝梁江淹《别赋》）好友相逢，不能久聚，心情自然是非常难受的。这感叹，就是对友人深情厚谊的表现。下面三句是从眼前所见之景来抒写别情，也可以说是对上面的感叹的具体说明。“今年花胜去年红”，有两层意思。一是说今年的花比去年开得更加繁盛，看去更加鲜艳，当然希望同友人尽情观赏。说“花胜去年红”，足见去年作者曾同友人来观赏过此花，此与上片“当时”呼应，这里包含着对过去的美好回忆；也说明此别已经一年，这次是久别重逢。聚会这么不易，花又开得这么美好，本来应该多多观赏，然而友人就要离去，怎能不使人痛惜？这句写的是鲜艳繁盛的景色，表现的却是感伤的心情，正是清代王夫之所说的“以乐景写哀”。末两句意思更进一层：明年这花还将比今年开得更加繁盛，可惜的是，自己和友人分居两地，天各一方，明年此时，不知同谁再来共赏此花啊！再进一步说，明年自己也可能已离开此地，更不知是谁来赏此花了。杜甫《九日蓝田崔氏庄》诗云：“明年此会知谁健，醉把茱萸仔细看”，立意与此词相近，可以合看，不过，杜诗意在伤老，此词则意在惜别。把别情熔铸于赏花中，将三年的花加以比较，层层推进，以惜花写惜别，构思新颖，富有诗意，是篇中的绝妙之笔。而别情之重，亦即说明同友人的情谊之深。

清人冯煦谓欧阳修词“疏隽开子瞻（苏轼），深婉开少游（秦观）”（《宋六十家词选例言》）。此词笔致疏放，婉丽隽永，近人俞陛云称它“因惜花而怀友，前欢寂寂，后会悠悠，至情语以一气挥写，可谓深情如水，行气如虹矣”（《宋词选释》），正说明它兼具这两方面的特色。

浣溪沙

堤上游人逐画船，拍堤春水四垂天。绿杨楼外出秋千①。
白发戴花君莫笑，六幺②催拍盏频传。人事何处似尊③前。

注解

①绿杨楼外出秋千：吴曾《能改斋漫录》卷八记载“王摩诘《寒食城东即事》诗云：‘蹴踘屡过飞鸟上，秋千竞出垂杨里。’欧公用‘出’字盖本此”。

②六幺：曲调名，即“绿腰”，节奏急促。

③尊：同“樽（zūn）”，酒杯。

赏析

欧阳修善于写一些即景抒情的小词。他往往能在很短的篇幅中，运用清丽自然的语言，描绘生动优美的景象，抒发婉曲深厚的感情，具有一种独特的风神之美，这首《浣溪沙》就是这方面的代表作之一。

此词大约作于知颍州（治所在今安徽阜阳）时，叙写作者春日载酒湖上的所见所感。上片描摹明媚秀丽的春景和众多游人的欢娱。“堤上游人逐画船”，写所见之人，堤上踏青赏春的人随着画船在行走。一个“逐”字，生动地道出了游人如织，熙熙攘攘，喧嚣热闹的情形。“拍堤春水四垂天”，写所见之景，溶溶春水，碧波浩瀚，不断地拍打着堤岸；上空天幕四垂，远远望去，水天相接，广阔无垠。第三句“绿杨楼外出秋千”，写出了美景中人的活动。这句中的“出”字用得极精。晁无咎说：“只一‘出’字，自是后人道不到处。”（吴曾《能改斋漫录》卷十六引）王国维则说：“余谓此本于正中（冯延巳字）《上行杯》词‘柳外秋千出画墙’，但欧语尤工耳。”（《人间词话》卷上）“出”字突出了秋千和打秋千的人，具有画龙点睛的作用，使人们好像隐约听到了绿杨成阴的临水人家传出的笑语喧闹之声，仿佛看到了秋千上娇美的身影，这样就在幽美的景色中，平添出一种盎然的生意。上片真切地描写出了一幅春光旖旎的图画，给人以清新迷人的美感；同时又着力渲染了春景中世人的得意欢娱、为下片写词人自己作铺垫。

下片叙写作者在画船中宴饮的情况，着重抒情。“白发戴花君莫笑”，“白发”，词人自指。这样的老人头插鲜花，自己不感到可笑，也不怕别人见怪，俨然画出了他狂放不羁，乐而忘形的狂态。《浣溪沙》词调过片二句多用对偶句。下句“六幺催拍盏频传”和上句对仗，但对得灵活，使人不觉。“六幺”即“绿腰”，曲调名。“拍”，歌的节拍。此句形象地写出画船上急管繁弦，乐声四起，频频举杯，觥筹交错的场面。和上句一起描绘了一幅湖上宴乐图，作者沉醉于其间的

神态，跃然纸上。歇拍“人生何处似尊前”，虽是议论，但它是作者感情的升华，写得凄怆沉郁，耐人品味。至此，作品完成了对词人自我形象的塑造，这个形象正是《醉翁亭记》中那个“苍颜白发，颓然乎其间”的“太守”。欧阳修刚正不阿，忧国忧民，可是宦海浮沉，政治上多次遭受挫折，他在知颍州时，已到了晚年。他的嗜酒耽乐正是他借以排遣苦闷的特殊方式，绝不是一般的生活放纵。

这首词上片和下片对比鲜明，上片写众人在春光中的得意欢娱、喧嚣热闹，正衬托出下片词人在画船中的酣酒耽乐，别有意趣。而在刻摹词人的自我形象，抒发作者的感慨时，既疏放清旷，又婉曲含蓄，意在言外。

蝶恋花[①]

庭院深深深几许？杨柳堆烟，帘幕无重数[②]。玉勒雕鞍游冶处[③]，楼高不见章台路[④]。

雨横风狂三月暮。门掩黄昏，无计留春住。泪眼问花花不语，乱红[⑤]飞过秋千去。

注解

①蝶恋花：关于这首词的作者曾有不同意见。但宋人李清照、黄升等人一致认为是欧阳修作品，应可相信。

②帘幕无重数：帘幕重重数不清楚。

③玉勒雕鞍游冶处：游冶的地方停满了富豪贵族的车马。玉勒雕鞍，镶玉的马笼头，雕花的马鞍，指华贵的马车。游冶处：歌楼妓院。首句“庭院”当指此等处所。

④楼高不见章台路：在高楼上也看不见丈夫寻欢作乐的游冶之所。章台路，汉代长安有章台街在章台下，为歌伎聚居之所。后常以章台代指妓女集中的游冶之所。

⑤乱红：零乱落花。

赏析

这首词亦见于冯延巳的《阳春集》。清人刘熙载说：“冯延巳词，晏同叔得其俊，欧阳永叔得其深。”（《艺概·词曲概》）在词的发展史上，宋初词风径承南唐，没有太大的变化，而欧与冯俱仕至宰执，政治地位与文化素养基本相似。因此他们两人的词风大同小异，有些作品，往往混淆在一起。此词据李清照《临江仙》词序云："欧阳公作《蝶恋花》，有'深深深几许'之句，予酷爱之，用其语作'庭院深深'数阕。"李清照去欧阳修未远，所云当不误。

此词写闺怨。词风深稳妙雅。所谓深者，就是含蓄蕴藉，婉曲幽深，耐人寻味。此词首句"深深深"三字，前人尝叹其用叠字之工；兹特拈出，用以说明全词特色之所在。不妨说这首词的景写得深，情写得深，意境也写得深。

先说景深。词人像一位舞台美术设计大师一样，首先对女主人公的居处作了精心的安排。我们读着"杨柳堆烟，帘幕无重数"这两句，似乎在眼前出现了一组电影摇镜头，由远而近，逐步推移，逐步深入。随着镜头所指，我们先是看到一丛丛杨柳从眼前移过。"杨柳堆烟"，说的是早晨杨柳笼上层层雾气的景象。着一"堆"字，则杨柳之密，雾气之浓，宛如一幅水墨画。随着这一丛丛杨柳过去，词人又把镜头摇向庭院，摇向帘幕。这帘幕不是一重，而是过了一重又是一重。究竟多少重，他不作琐屑的交代，一言以蔽之曰"无重数"。"无重数"，即无数重。秦观《踏莎行》词"驿寄梅花，鱼传尺素，砌成此恨无重数"，与此同义。一句"无重数"，令人感到这座庭院简直是无比幽深。可是词人还没有让你立刻看到人物所在的地点。他先说一句"玉勒雕鞍游冶处"，宕开一笔，把你的视线引向她丈夫那里；然后折过笔来写道："楼高不见章台路"。原来这词中女子正独处高楼，她的目光正透过重重帘幕，堆堆柳烟，向丈夫经常游冶的地方凝神远望。这种写法叫做欲扬先抑，做尽铺排，造足悬念，然后让人物出场，如此便能予人以深刻的印象。

再说情深。词中写情，通常是和景结合，即景中有情，情中有景，但也有所侧重。此词将女主人公的感情层次挖得很深，并用工笔将抽象的感情作了细致入微的刻画。词的上片着重写景，但"一切景语，皆情语也"（王国维《人间词话》），在深深庭院中，人们仿佛看到一颗被禁锢的、与世隔绝的心灵。词的下片着重写情，雨横风狂，催送着残春，也催送着女主人公的芳年。她想挽留住春天，但风雨无情，留春不住。于是她感到无奈，只好把感情寄托到命运同她一样的花上："泪眼问花花不语，乱红飞过秋千去"。这两句包含着无限的伤春之感。清人毛先舒评曰："词家意欲层深，语欲浑成。作词者大抵意层深者，语便刻画；语浑成者，意便肤浅，两难兼也。或欲举其似，偶拈永叔词云：'泪眼问花花不语，乱红飞过秋千去'，此可谓层深而浑成。"（王又华《古今词论》引）他的意思是说语欲浑成与情意层深往往是难以兼具的，但欧词这两句却把它统一起来。所谓"意欲层深"，就是人物的思想感情要层层深入，步步开掘。且看这两句是怎样进行层层开掘的。第一层写女主人公因花而有泪。见花落泪,对月伤情,是古代女子常有的感触。此刻女子正在忆念走马章台(汉长安章台街,后世借以指游冶之处)的丈夫,可是望而不可见,眼中唯有在狂风暴雨中横遭摧残的花儿,由此联想到自己的命运,不禁伤心泪下。第二层是写因泪而问花。泪因愁苦而致,势必要找个发泄的对象。这个对象此刻已幻化为花,或者说花已幻化为人。于是女主人公向着花儿痴情地发问。第三层是花儿竟一旁缄默,无言以对。是不理解她的意思呢?还是不肯给予同情?殊令人纳闷。紧接着词人写第四层,花儿不但不语,反而像故意抛舍她似地纷纷飞过秋千而去。人儿走马章台,花儿飞过秋千,有情之人,无情之物对她都报以冷漠,她怎能不伤心呢?这种借客观景物的反应来烘托、反衬人物主观感情的写法,正是为了深化感情。毛先舒评曰:"人愈伤心,花愈恼人,语愈浅而意愈入,又绝无刻画费力之迹,谓非层深而浑成耶?然作者初非措意,直如化工生物,笋未出而苞节已具,非寸寸为之也。"(引同上)词人一层一层深挖感情,并非刻意雕琢,而是像竹笋有苞有节一样,自然生成,逐次展开。在自然浑成、浅显易晓的语言中,蕴藏着深挚真切的感情,这是本篇一大特色。

最后是意境深。词中写了景,写了情,而景与情又是那样的融合无间,浑然天成,构成了一个完整的意境。我们读此词,总的印象便是意境幽深,不徒名言警句而已。词人刻画意境也是有层次的。从环境来说,它是由外景到内景,以深邃的居室烘托深邃的感情,以灰暗凄惨的色彩渲染孤独伤感的心情。从时间来说,上片是写浓雾弥漫的早晨,下片是写风狂雨暴的黄昏,由早及晚,逐次打开人物的心扉。过片三句,近人俞平伯评曰:"'三月暮'点季节,'风雨'点气候,'黄昏'点时刻,三层渲染,才逼出'无计'句来。"(《唐宋词选释》)暮春时节,风雨黄昏;闭门深坐,情尤怛恻。个中意境,仿佛是诗,但诗不能写其貌;是画,但画不能传其神;唯有通过这种婉曲的词笔才能恰到好处地勾画出来。尤其是结句,更臻于妙境:"一若关情,一若不关情,而情思举荡漾无边。"(沈际飞《草堂诗余正集》)近人王国维认为这是一种"有我之境"。所谓"有我之境",便是"以我观物,故物皆著我之色彩"(《人间词话》)。也就是说,花儿含悲不语,反映了词中女子难言的苦痛;乱红飞过秋千,烘托了女子终鲜同情之侣、怅然若失的神态。而情思之绵邈,意境之深远,尤令人神往。

◆苏　轼

苏轼(1037–1101年),字子瞻,号东坡居士,眉山(今四川省眉山市)人。与其父苏洵、其弟苏辙并称"三苏",同属"唐宋八大家"之列。嘉祐二年(1057年)进士,曾任凤翔府签判。熙宁二年(1069年)王安石变法,苏轼在改革主张与策略上持不同政见,被视为旧党。自请离开朝廷,出任杭州通判,转知密州、徐州、湖州。政敌以东坡讥讽朝政的罪名发动"乌台诗案",元丰二年(1079年)苏轼经牢狱之灾后被贬为黄州团练副使。哲宗继位后被召回朝廷,任翰林学士、知制诰。元祐四年(1089年)出知杭州,转知颍州、扬州;元祐七年(1092年)再召回京,历任礼部尚书、兵部尚书。绍圣元年(1094年)再受党争牵累,被贬往惠州、儋州。建中靖国元年(1101年)遇赦北归途中病死在常州。苏轼一生坎坷,总成为党争的牺牲品。但他始终关心民生疾苦,关注朝政大局。苏轼才华横溢,在诗文词赋、书法绘画诸多方面都取得辉煌成就,逐渐形成清新淡雅与雄浑奔放并存的风格,又奖掖后进,产生深远影响。苏轼词被认为是豪放派代表,实则风格多样,题材广泛,个性鲜明,超凡脱俗。他"以诗为词",一洗绮罗香泽之态;声韵谐婉,但不拘泥于音律;语言清新,兼采史传、口语;调名之外,创立标题、小序。他把诗文革新的成果推广到词的领域,为宋词的发展开拓出一片新天地。苏词版本很多,重要的有宋绍兴间傅干《注坡词》、元延祐间《东坡乐府》,《彊村丛书》本始创编年,《全宋词》收苏轼词最为完备。

水调歌头[①]

丙辰中秋,欢饮达旦,大醉。作此篇,兼怀子由[②]。

明月几时有[③],把酒问青天。不知天上宫阙,今夕是何年[④]。我欲乘风归去,又恐琼楼玉宇[⑤],高处不胜寒。起舞弄清影,何似在人间。

转朱阁,低绮户[⑥],照无眠。不应有恨,何事长向别时圆。人有悲欢离合,月有阴晴圆缺,此事古难全。但愿人长久,千里共婵娟[⑦]。

注解

①《历代诗馀》卷五十八："《水调》，隋唐时曲名。《水调歌》者，一曲之名。如称《河传》曰《水调河传》。蜀王衍泛舟阆中，亦自制《水调银汉曲》是也。歌头，又曲之始音，如《六州歌头》《氐州第一》之类。姜夔填此词名为《花犯》《念奴》，吴文英名为《江南好》，皆此调也。一名《凯歌》。"复据《词谱》卷二十三："《水调》，乃唐人大曲。凡大曲有歌头，此必裁截其歌头，另倚新声也。"

②丙辰中秋：宋神宗熙宁九年(1076)八月十五日。子由：作者之弟苏辙，字子由。

③明月几时有：借用李白《把酒问月》"青天有月来几时？我今停杯一问之"诗意。

④不知天上宫阙，今夕是何年：《周秦行记》载牛僧孺诗"香风引到大罗天，月地云阶拜洞仙。共道人间惆怅事，不知今夕是何年"。天上宫阙，指月宫。

⑤琼楼玉宇：想像月宫中晶莹瑰丽的楼台殿阁。

⑥低绮(qǐ)户：月光移入彩绘雕花的门窗。

⑦婵娟：指代明月。末二句化用谢庄《月赋》"隔千里兮共明月"句。

赏析

本篇长调词，作于宋神宗熙宁九年(1076年)，即丙辰年的中秋节日。时作者正任密州(今山东诸城)知州。从题序来看，这首词概为醉后抒情，怀念兄弟(子由)之作。古人评论说："此词前半自是天仙化人之笔。"(清程洪先著《词洁》)今天看来，本词通篇风调，又何尝不是这样。至于明卓人月把本词比为"画家大斧皴，书家擘窠体"，则是囿于"苏词粗豪"的传统之见。揆诸实际，本篇除具苏词一般共有的豪迈清雄特色之外，它还有其飘逸空灵以及韶秀方面的特点。与"粗"则是毫无关涉的。

这首中秋词作，主旨在于抒发作者外放无俚的茕独情怀。词中杂用道家思想，观照世界，并且自为排遣。作者俯仰古今变迁，感慨宇宙流转，厌薄险恶的宦海风涛，揭示睿智的人生理念。运用直接描绘的形象范畴，勾勒出一种皓月当空、美人千里、孤高旷远的境界氛围，把自己遗世独立意绪和往昔神话传说融合一起，在月的阴晴圆缺当中，渗进浓厚的哲学意味，是一首自然与社会高度契合的感喟作品。此种思想蕴涵是至为明显的。

苏轼一生，是以崇尚儒学，讲究实务为主。但他也"龆龀好道"，中年以后，又曾表示"皈依佛僧"，是经常处在儒释道纠葛当中的。尤其是每当挫折失意，则老庄思想上升，以帮助自己解释穷通进退的困惑。这在苏轼一生中是屡见不鲜的事。熙宁四年(1071年)，他以开封府推官通判杭州，是为了权且避开汴京政争漩涡。熙宁七年调知密州，虽曰出于自愿，实质上仍是处于外放冷遇地位。尽管他当时是"面貌加丰"，颇有一些旷达表现，也难以掩饰深藏内心的幽愤。这首中秋词，正是此种宦途险恶体验的升华与总结。“大醉”遣怀是主；“兼怀子由”是辅。对于一贯秉持“尊主泽民”节操的作者来说，手足分离的私情，比起内忧边患的国势来，毕竟是属于次要的伦理负荷。此点在题序中并有明确揭举。

本词通篇咏月，月是词的中心形象，却处处关合人事，表现出自然社会契合的特点。它上片借明月自喻清高，下片用圆月衬托离别。开篇“明月几时有”一问，排空直入，笔力奇崛。诸家指出此处词意和屈原《天问》、李白《把酒问月》的传承关系，正可说明作者“奋励有当世志”，而又不谐尘俗的怫郁心理。“不知天上宫阙，今夕是何年”以下数句，笔势夭矫回折，跌宕多彩。它说明作者在“出世”与“入世”，亦即“退”与“进”“仕”与“隐”之间抉择上的深自徘徊困惑的心态。李泽厚在阐述苏轼诗文的美学观时说：“苏轼把中晚唐开其端的进取与退隐的矛盾双重心理发展到一个新的质变点”，“苏轼一生并未退隐”，“但他通过诗文所表达出来的那种人生空漠之感，却比前人任何口头上或事实上的‘退隐’‘归田’‘遁世’要更深刻更沉重。”（《美的历程》）李氏这些论断，对理解《水调歌头》中秋词，是颇有启示意义的。

“我欲乘风归去，又恐琼楼玉宇，高处不胜寒”几句，把见于《酉阳杂俎》诸书关于月的神话传说中的“广寒清虚之府”具象化。说入世不易，出世则尤难。言外之意仍是说应在现实社会中好自为之。这里寄寓着作者出世入世的双重矛盾心理，也潜藏着作者对封建秩序的些微怀疑情绪，尽管词的上下衔转处曾经表达自己顾影自怜、径欲遐举之意。苏轼诗文中，很多貌似“出世”的内容思想，实质都是“入世”思想的反拨形式，本篇正复如此。

下片融写实为写意，化景物为情思，一韵一意，一意一转，淋漓挥洒，无往不适。唐圭璋《唐宋词简释》评云：“转朱阁，低绮户，照无眠”三句，“实写月光照人无眠。以下愈转愈深，自成妙谛”。“照无眠”者，当兼月照不睡之人与月照愁人使不能入睡这两层意思；作者《永遇乐·长忆别时》云：“别来三度，孤光又满，冷落共谁同醉？卷珠帘，凄然顾影，共伊到明无寐”，即兼具这两层意思，可以参读。“不应有恨，何事长向别时圆”两句，承“照无眠”而下，笔致浏漓顿挫，表面上是恼月照人，增人“月圆人不圆”的怅恨，骨子里是本抱怀人心事，借见月而表达。石曼卿诗“月如无恨月长圆”，说的是月缺示有恨，无恨应长圆；词人糅入人事，谓月圆时，月固无恨矣，而人不圆，见圆月转有恨。又进一步说：月“长向别时圆”，亦“应有恨”。“不应”与“何事”两者抵消，即见此正面之命意。这里把人此时的思想感情移之于月，对石曼卿诗语是发展，对上文月照无眠又是转深一层。“人有悲欢离合，月有阴晴圆缺，此事古难全”三句，又转出一意，从“别时圆”生发而来。知人之离合（“悲欢”包含其中）与月之圆缺（“阴晴”，谓月至中秋虽圆，亦有可见与不可见之时，与“圆缺”同等），实自古而然。（此处偏义于“合”与“圆”，故云“难全”。）既知此理，便不应对圆月而感睽离，生无谓的怅恨。由感情转入理智，化悲怨而为旷达，这三句词意转折较大，而意脉仍承自上文。亲人间的欢聚既不能强求，当此中秋月圆，则唯有“但愿人长久，千里共婵娟”，亦足以慰情。两句据南朝宋人谢庄《月赋》“美人迈兮音尘阙，隔千里兮共明月”，转出更高的思想境界，向世间所有离别的亲人（包括自己的兄弟），发出深挚的慰问和祝愿，给全词增加了积极奋发的意蕴。作者此后两年有《中秋月寄子由三首》诗云：“悠哉四子心，共此千里明”（“四子”指友人舒焕、郑仅、顿起、赵杲卿），所向之祝长久、共婵娟者，更由亲人扩大到朋友了。下片词意三转，愈转愈深。不仅意深，情更深，“但愿”二字，感人肺腑；南宋赵彦卫《云麓漫钞》谓曾见苏轼真迹，“但愿”作“但得”，并云“以此知前辈文章为后人妄改亦多矣”。但味词意，用“愿”字，情恩实较“得”字为深厚，真迹作“得”者安知非属初稿而后自改为“愿”？说“后人妄改”，是只知其一而不知其二。

《水调歌头》中秋词，是苏词代表性篇章之一。它落想奇拔，蹊径独辟，极富浪漫色彩。格调上，它“一洗绮罗香泽之态，摆脱绸缪宛转之度；使人登高望远，举首高歌”（胡寅《酒边词序》），是历来公认的中秋词中的绝唱。在表现上，本词前半纵写，后半横叙。前半高屋建瓴，后半峰回路转。前半是对古老神话传说、故事笔记的推陈出新，也是对魏晋六朝游仙诗的递嬗发展。后半白描素写，人月双济。它名为演绎物理，实则阐释人生。笔势错综回环，摇曳有力。布局上，本词上片凌空而起，入虚处似；下片波澜层叠，返虚转实。最后虚实相萦，纡徐作结。豪宕中自有谨饬之致。

词中，作者既揭举了“复绝尘寰的宇宙意识”，又摒弃那种“在神奇的永恒面前的错愕”心态（借用闻一多评《春江花月夜》语）。作者的世界观并非是完全超然地对待自然界的变化发展，而是努力从自然规律中寻求“随缘自娱”的生活意义。所以，尽管本词基本上是一种情怀寥落的秋的吟咏，读来却并不缺乏“触处生春”（赵翼）的韵味。

念奴娇[1]·赤壁怀古[2]

大江东去，浪淘尽、千古风流人物。故垒西边，人道是、三国周郎赤壁[3]。乱石穿空，惊涛拍岸，卷起千堆雪。江山如画，一时多少豪杰。

遥想公瑾当年，小乔初嫁了[4]，雄姿英发[5]。羽扇纶巾[6]，谈笑间，樯橹灰飞烟灭。故国神游[7]，多情应笑我，早生华发。人生如梦，一樽还酹江月[8]。

注解

①宋王灼《碧鸡漫志》：念奴娇，元微之《连昌宫词》云：“力士传呼觅念奴，念奴潜伴诸郎宿。”自注云：“念奴，天宝中名倡，善歌。每岁楼下酺宴，万众喧溢。严安之、韦黄裳辈，辟易不能禁，众乐为之罢奏。上遣高力士大呼楼上曰：‘欲遣念奴唱歌，使二十五郎吹小管逐，看人能听否?’皆悄然奉诏。岁幸温汤，时巡东洛，有司潜遣从行而已。”《天宝遗事》云：“念奴有色，善歌，宫伎中第一，帝尝曰：‘此女眼色媚人。’又云：‘念奴每执板当席，声出朝霞之上。’”今大石调《念奴娇》，世以为天宝间所制曲。予固疑之，然唐中叶渐有今体慢曲子。而近世有填连昌辞入此曲者，后复转此曲入道调宫，又转入高宫大石调。

②赤壁怀古：宋神宗元丰五年(1082 年)七月在黄州(今湖北省黄冈市)游赤壁矶后作。

③周郎：三国时吴将周瑜，字公瑾。吴主孙策授以“建威中郎将”时年仅二十四岁，吴中呼为周郎。

④小乔：据《三国志》载，周瑜从孙策攻皖，得乔公二女，皆国色也。策自纳大乔，瑜纳小乔。

⑤英发：神采焕发。

⑥羽扇纶(guān)巾：据《演繁露》载，诸葛亮与司马懿将决战于渭水边，诸葛亮扎着葛布制作的头巾，摇着白色羽毛扇，指挥三军。后以此形容儒将的装束，表现其指挥若定，潇洒从容。此处指周瑜。

⑦神游：心神向往，如亲游其境。《列子·黄帝》：“昼寝而梦游于华胥氏之国。华胥氏之国在弇州之西，台州之北，不知斯齐国几千万里，盖非舟车足力之所及，神游而已。”南朝梁沈约《谢齐竟陵王教撰<高士传>启》：“迹屈岩廊之下，神游江海之上。”

⑧酹(lèi)：以酒洒地，表示祭奠。

赏析

清代词论家徐釚谓东坡词“自有横槊气概，固是英雄本色”(《词苑丛谈》卷三)。在《东坡乐府》中，最具有这种英雄气格的代表作，恐怕要推这篇被誉为“千古绝唱”的

《赤壁怀古》了。这篇词是北宋词坛上最为引人注目的作品之一。它写于宋神宗元丰五年(1082年)七月。当时,由于苏轼诗文讽喻新法,为新派官僚罗织论罪贬谪到黄州,这首词是他游赏黄冈城外的赤壁矶时写下的。

此词上阕,先即地写景,为英雄人物出场铺垫。开篇从滚滚东流的长江着笔,随即用“浪淘尽”,把倾注不尽的大江与名高累世的历史人物联系起来,布置了一个极为广阔而悠久的时空背景。它既使人看到大江的汹涌奔腾,又使人想见风流人物的卓荦气概,更可体味到作者兀立江岸凭吊胜地才人所诱发的起伏激荡的心潮,气魄极大,笔力非凡。接着“故垒”两句,点出这里是传说中的古代赤壁战场。在苏轼写此词的八百七十多年前,东吴名将周瑜曾在长江南岸,指挥了以弱胜强的赤壁之战。当年的战场究竟在哪儿?向来众说纷纭,东坡在此不过是聊借怀古以抒感,读者不必刻舟求剑。“人道是”下字极有分寸。“周郎赤壁”,既是拍合词题,又是为下阕缅怀公瑾预伏一笔。以下“乱石”三句,集中描写赤壁雄奇壮阔的景物:陡峭的山崖散乱地高插云霄,汹涌的骇浪猛烈地搏击着江岸,滔滔的江流卷起千万堆澎湃的雪浪。这种从不同角度而又诉诸不同感觉的浓墨健笔的生动描写,一扫平庸萎靡的气氛,把读者顿时带进一个奔马轰雷、惊心动魄的奇险境界,使人心胸为之开阔,精神为之振奋!煞拍二句,总束上文,带起下片。“江山如画”,这明白精切、脱口而出的赞美,应是作者和读者从大自然的雄伟画卷中自然而然地得出的结论。“地灵人杰”,锦绣山河,必然产生、哺育和吸引无数出色的英雄,三国正是人才辈出的时代:横槊赋诗的曹操,驰马射虎的孙权,隆中定策的诸葛亮,足智多谋的周公瑾……真可说是“一时多少豪杰”!

上片重在写景,将时间与空间的距离紧缩集中到三国时代的风云人物身上。但苏轼在众多的三国人物中,尤其向往那智破强敌的周瑜,故下片由“遥想”领起五句,集中腕力塑造青年将领周瑜的形象。作者在历史事实的基础上,挑选足以表现人物个性的素材,经过艺术集中、提炼和加工,从几个方面把人物刻画得栩栩如生。据史载,建安三年东吴孙策亲自迎请二十四岁的周瑜,授予他“建威中郎将”的职衔,并同他一齐攻取皖城。周瑜娶小乔,正在皖城战役胜利之时,而后十年他才指挥了有名的赤壁之战。此处把十年间的事集中到一起,在写赤壁之战前,忽插入“小乔初嫁了”这一生活细节,以美人烘托英雄,更见出周瑜的丰姿潇洒、韶华似锦、年轻有为,足以令人艳羡。同时也使人联想到:赢得这次抗曹战争的胜利,乃是使东吴据有江东、发展胜利形势的保证,否则难免出现如杜牧《赤壁》诗中所写的“铜雀春深锁二乔”的严重后果。这可使人意识到这次战争的重要意义。“雄姿英发,羽扇纶巾”,是从肖像仪态上描写周瑜束装儒雅,风度翩翩。纶巾,青丝带头巾,“葛巾毛扇”,是三国以来儒将常有的打扮,着力刻画其仪容装束,正反映出作为指挥官的周瑜临战的潇洒从容,说明他对这次战争早已成竹在胸、稳操胜券。“谈笑间,樯橹灰飞烟灭”,抓住了火攻水战的特点,精切地概括了整个战争的胜利场景。据《三国志》引《江表传》,当时周瑜指挥吴军用轻便战舰,装满燥荻枯柴,浸以鱼油,诈称请降,驶向曹军,一时间“火烈风猛,往船如箭,飞埃绝烂,烧尽北船”。词中只用“灰飞烟灭”四字,就将曹军的惨败情景形容殆尽。试看，在滚滚奔流的大江之上，一位卓异不凡的青年将军周瑜，谈笑自若地指挥水军，抗御横江而来不可一世的强敌，使对方的万艘舳舻，顿时化为灰烬，这是何等的气势！苏轼为什么如此钦慕周瑜？这是因为他觉察到北宋国力的软弱和辽夏军事政权的严重威胁，他时刻关心边庭战事，有着一腔报国疆场的热忱。面对边疆危机的加深，目睹宋廷的萎靡慵懦，他是多么渴望有如三国那样称雄一时的豪杰人物，来扭转这很不景气的现状呵！这正是作者所以要缅怀赤壁之战，并精心塑造了导演这一战争话剧的中心人物周瑜的思想契机。

然而，眼前的政治现实和词人被贬黄州的坎坷处境，却同他振兴王朝的祈望和有志报国的壮怀大相抵牾，所以当词人一旦从“神游故国”跌入现实，就不免思绪深沉、顿生感慨，而情不自禁地发出自笑多情、光阴虚掷的叹惋了。仕路蹭蹬，壮怀莫酬，使词人过早地自感苍老，这同年华方盛即卓有建树的周瑜适成对照。然而人生几何，何苦让种种“闲愁”萦回我心，还是放眼大江、举酒赏月吧！“一樽还酹江月”，玩味着这言近意远的诗句，一位襟怀超旷、识度明达、善于自解自慰的诗人，仿佛就浮现在我们眼前。词的收尾，感情激流忽作一跌宕，犹如在高原阔野中奔涌的江水，偶遇坎谷，略作回旋，随即继续流向旷远的前方。这是历史与现状，理想与实际经过尖锐的冲突之后在作者心理上的一种反映，这种感情跌宕，更使读者感到真实，从某种意义上说，更能引起读者的思考。

这首词从总的方面来看，气象磅礴，格调雄浑，高唱入云，其境界之宏大，是前所未有的。通篇大笔挥洒，却也衬以谐婉之句，英俊将军与妙龄美人相映生辉，昂奋豪情与感慨超旷的思绪迭相递转，做到了庄中含谐，直中有曲。特别是它第一次以空前的气魄和艺术力量塑造了一个英气勃发的人物形象，透露了作者有志报国、壮怀难酬的感慨，为用词体表达重大的社会题材，开拓了新的道路，产生了重大影响。据俞文豹《吹剑录》记载，当时有人认为此词须关西大汉手持铜琵琶、铁绰板进行演唱，虽然他们囿于传统观念，对东坡词新风不免微带讥诮，但也从另一方面说明，这首词的出现，对于仍然盛行缠绵悱恻之调的北宋词坛，确有振聋发聩的作用。

定风波

三月七日沙湖道中遇雨[1]，雨具先去，同行皆狼狈，余独不觉。已而遂晴，故作此。

莫听穿林打叶声，何妨吟啸且徐行。竹杖芒鞋[2]轻胜马，谁怕？一蓑烟雨[3]任平生。

料峭春风吹酒醒，微冷，山头斜照却相迎。回首向来萧瑟处，归去，也无风雨也无晴。

注解

①三月七日：宋神宗元丰五年（1082年）的三月七日。时苏轼谪居黄州，即今湖北黄冈。沙湖：在黄冈东三十里。

②芒鞋：芒草编结的草鞋。

③一蓑烟雨：喻指人世的风雨烟波。蓑，蓑衣，蓑草编织的防雨具。此处为虚指。

赏析

此词作于宋神宗元丰五年（1082年），贬谪黄州后的第三年。写眼前景，寓心中事；因自然现象，谈人生哲理。属于即景生情，而非因情造景。作者自有这种情怀，遇事便触发了。《东坡志林》说："黄州东南三十里为沙湖，亦曰螺师店，予买田其间，因往相田。"途中遇雨，便写出这样一首于简朴中见深意、寻常处生波澜的词来。

首句"莫听穿林打叶声"，只"莫听"二字便见性情。雨点穿林打叶，发出声响，是客观存在，说"莫听"，就有外物不足萦怀之意。那么便怎样？"何妨吟啸且徐行"，是前一句的延伸。在雨中照常舒徐行步，呼应小序"同行皆狼狈，余独不觉"，又引出下文"谁怕"即不怕来。徐行而又吟啸，是加倍写；"何妨"二字逗出一点俏皮，更增加挑战色彩。首两句是全篇主脑，以下词情都是从此生发。

"竹杖芒鞋轻胜马"，先说竹杖芒鞋与马。前者是步行所用，属于闲人的。作者在两年后离开黄州量移汝州，途经庐山，有《初入庐山》诗云："芒鞋青竹杖，自挂百钱游；可怪深山里，人人识故侯。"用到竹杖芒鞋，即他所谓"我是世间闲客此闲行"（《南歌子》）者。而马，则是官员或忙人的坐骑，即俗所谓"行人路上马蹄忙"者。两者都从

“行”字引出，因而具有可比性。前者胜过后者在何处？其中道理，用一个“轻”字点明，耐人咀嚼。竹杖芒鞋诚然是轻的，轻巧，轻便，然而在雨中行路用它，拖泥带水的，比起骑马的便捷来又差远了。那么，这“轻”字必然另有含义，分明是有“无官一身轻”的意思。

何以见得？封建士大夫总有这么一项信条，是“达则兼济天下，穷则独善其身”。苏轼因反对新法，于元丰二年被人从他的诗中寻章摘句，硬说成是“谤讪朝政及中外臣僚”，于知湖州任上逮捕送御史台狱，羁押四月余，得免一死，谪任黄州团练副使，本州安置。元丰三年到黄州后，答李之仪书云：“得罪以来，深自闭塞，扁舟草履，放浪山水间，与樵渔杂处，往往为醉人所推骂，辄自喜渐不为人识。”被人推搡谩骂，不识得他是个官，却以为这是可喜事；《初人庐山》诗的“可怪深山里，人人识故侯”，则是从另一面表达同样的意思。这种心理是奇特的，也可见他对于做官表示厌烦与畏惧。“官”的对面是“隐”，由此引出一句“一蓑烟雨任平生”来，是这条思路的自然发展。

关于“一蓑烟雨任平生”，流行有这样一种解释：“披着蓑衣在风雨里过一辈子，也处之泰然。（这表示能够顶得住辛苦的生活）”（胡云翼《宋词选》）从积极处体会词意，但似乎没有真正触及苏轼思想的实际。这里的“一蓑烟雨”，我以为不是写眼前景，而是说的心中事。试想此时“雨具先去，同行皆狼狈”了，哪还有蓑衣可披？“烟雨”也不是写的沙湖道中雨，乃是江湖上烟波浩渺、风片雨丝的景象；苏轼是想着退隐于江湖！他写这首《定风波》在三月，到九月作《临江仙》词，又有“小舟从此逝，江海寄余生”之句，使得负责管束他的黄州知州徐君猷听到后大吃一惊，以为这个罪官逃走了（叶梦得《避暑录话》卷二）；结合答李之仪书中所述的“扁舟草履，放浪山水间，与樵渔杂处”而自觉可喜，他的这一种心事，在黄州的头两三年里一而再、再而三地表白出来，用语虽或不同，却可以彼此互证。再看看别人对“一蓑”的用法，如陆游《题绣川驿》的“会买一蓑来钓雨”和《舟过小孤有感》的“商略人生为何事，一蓑从此人空蒙”，不俨然是苏轼“一蓑烟雨任平生”“小舟从此逝，江海寄余生”那几句的翻版吗？陆游也是个宦途不得志的诗人，以放翁诗证东坡词，则“一蓑烟雨任平生”之为归隐的含义，也是可以了然的。苏轼对于张志和的《渔父》词“青箬笠，绿蓑衣，斜风细雨不须归”极为称赏，恨其曲调不传，曾改写为《浣溪沙》入歌（吴曾《能改斋漫录》卷十六）。江湖上的“斜风细雨”既令他如此向往，路上遭遇的几点雨自然就不觉得什么了。

下片到“山头斜照却相迎”三句，是写实，不须作过深的诠解；不过说“斜照相迎”，也透露着喜悦的情绪。词序说：“已而遂晴，故作此词。”八个字闲闲写下，却是点睛之笔。没有这个“已而遂晴”，这首词他是不一定要写的。写晴，仍牵带着原先的风雨。

他对于这一路上的雨而复晴，引出了怎样的感触来呢？这就是接下去的几句：“回首向来萧瑟处，归去，也无风雨也无晴。”萧瑟，风雨声。“夜雨何时听萧瑟”，是苏轼的名句。天已晴了，回顾来程中所经风雨，自有一番感触。自然界阴暗圆缺的循环，早已惯见，毋用怀疑；宦途中风雨的袭来，却很难料定何时能有转圜，必定有雨过天晴的遭际吗？既然如此，则如黄庭坚所说的，“病人多梦医，囚人多梦赦”（《谪居黔南十首》），遭受风吹雨打的人那是要望晴的吧，苏轼于此想得更深，他说无风雨最好。无风雨，则盼晴、喜晴的心事也不需有了，这便是“也无风雨也无晴”的真谛。如何到得政治上“也无风雨也无晴”的境界？是“归去”！这个词汇从陶渊明的“归去来兮”取来，照应上文“一蓑烟雨任平生”。在江湖上，即使是烟雨迷蒙，也比宦途的风雨好多了。

江城子·密州[1]出猎

老夫聊发少年狂。左牵黄，右擎苍[2]。锦帽貂裘[3]，千骑卷平冈。为报倾城随太守[4]，亲射虎，看孙郎[5]。

酒酣胸胆尚开张。鬓微霜，又何妨。持节[6]云中，何日遣冯唐。会挽雕弓如满月[7]，西北望，射天狼[8]。

注解

①密州：今山东诸城。

②黄：黄犬。苍：苍鹰。围猎时用以追捕猎物。

③锦帽貂裘：汉羽林军戴锦蒙帽，穿貂鼠裘。这里与下句“千骑”均指苏轼的随从。

④报：告、语。倾城：指全城观猎的士兵。

⑤“亲射”二句：孙权曾亲自射虎于庱亭，这里借以自指。

⑥节：符节。汉时冯唐曾奉文帝之命持节复用魏尚为云中太守。这里以冯唐自比，有不服老与赴边的两层意思。

⑦会：当。如满月：把弓拉足，表示有力。

⑧天狼：古时以天狼星主侵略，这里以天狼喻西夏。

赏析

出猎对于苏轼这样的文人来说，或许是偶然的一时豪兴，但他平素报国立功的信念却因这次小试身手而得到鼓舞，以至信心十足地要求前赴西北疆场弯弓杀敌了。苏轼任密州知州刚四十岁。他是四年前因与王安石政见不合自愿请求外任，自杭州来至这北方边郡的。除了他在各地任上致力于地方政绩外，一直要求大用于世。当时西北边事紧张。熙宁三年（1070年），西夏大举进攻环、庆二州。四年，陷抚宁诸城。“会挽雕弓如满月，西北望，射天狼。”就是指宋与西夏的战事。

这首词上片出猎，下片请战，不但场面热烈，音节嘹亮，而且情豪志壮，顾盼自雄，精神百倍。同苏轼其他豪放词相比，它是一首豪而能壮的壮词。把词中历来软媚无骨的儿女情换成有胆有识、孔武刚建的英雄气了。苏轼对此也颇为自负，他在密州写给好友鲜于侁的信中说：“近却颇作小词，虽无柳七郎风味，亦自是一家。数日前，猎于郊外，所获颇多。作是一阕，令东州壮士抵掌顿足而歌之，吹笛击鼓以为节，颇壮观也。”就是指的这首词。

水龙吟·次韵章质夫杨花词①

似花还似非花，也无人惜从教坠②。抛家傍路，思量却是，无情有思③。萦损柔肠，困酣娇眼，欲开还闭。梦随风万里，寻郎去处，又还被、莺呼起。

不恨此花飞尽，恨西园、落红难缀④。晓来雨过，遗踪何在？一池萍碎⑤。春色三分，二分尘土，一分流水。细看来不是杨花，点点是、离人泪。

注解

①水龙吟：调名。首见于柳永咏梅之作。又名《龙吟曲》《庄椿岁》《小楼连苑》《鼓笛慢》《海天阔处》《丰年瑞》等。

②从教坠：任（杨花）坠落。

③有思(sì):有情思。

④落红难缀:落花难于再连接上枝头。缀:连接。

⑤萍碎:作者《再和曾仲锡荔枝》诗自注:“飞絮(即杨花)落水中,经宿即化为萍。”

赏析

这是一首咏物之作。开头一句“似花还似非花”抓住了杨花的特点,接着以“无人惜”的意脉贯下,提起“无情有思”一篇精神。由此开始,将杨花喻为美人,她正在梦中“随风万里”,寻找情郎的游踪。上阕体物,花与人糅合,饱含情愫。下阕就杨花事议论抒情。“不恨”三句,突出伤春幽恨。花已飘落,断无重上枝头之望,最令人伤感。晓雨过后的杨花令人心寒。那流水中化为一池的浮萍,仔细辨认,不是杨花,分明是离人点点滴滴的眼泪!

永遇乐①

彭城夜宿燕子楼,梦盼盼,因作此词。

明月如霜,好风如水,清景无限。曲港跳鱼,圆荷泻露,寂寞无人见。紞②如三鼓,铿③然一叶,黯黯梦云惊断。夜茫茫、重寻无处,觉来小园行遍。

天涯倦客,山中归路,望断故园心眼。燕子楼空,佳人何在,空锁楼中燕。古今如梦,何曾梦觉,但有旧欢新怨。异时对、黄楼④夜景,为余浩叹。

注解

①永遇乐:词牌名。又名《消息》。

②紞(dǎn):象声词,击鼓声。

③铿:象声词,金石声。此状叶落之声。

④黄楼:在徐州城东门,苏轼守徐州时建。

赏析

上阕写在清纯的环境中入梦及梦醒后独行小园的情景，所见种种"清景"均可能入梦。"梦"而言"云"，谓梦的缥缈迷蒙，正如楚王游巫山云雨般短促和神志恍惚。下阕开头转写身世飘零，萌生归隐山中的思想和怀念故乡的愁情。接着由关盼盼事联想人生无常，古今如同一梦。结尾由自己向燕子楼浩叹联想后人将面对黄楼而为我浩叹，感悟人生正是轮回、重复在"旧欢新怨"的怪圈中。

◆ 辛弃疾

辛弃疾（1140－1207 年），字幼安，号稼轩居士，历城（今山东省济南市）人。二十二岁参加抗金义军；南归后任江阴签判、建康府通判，乾道八年（1172 年）知滁州；淳熙间历任荆湖南路、江南西路安抚使，罢任后闲居江西上饶的带湖；绍熙间一度出任福建提点刑狱和安抚使；嘉泰三年（1203 年）起知绍兴府，改知镇江府，开禧二年（1206 年）任兵部侍郎。曾上《美芹十论》《九议》等，为抗金献计献策，却始终不得重用。一腔忠愤泄于词中，抒发爱国豪情，感慨国事身世，歌唱抗金、恢复中原成为辛词主旋律，农村词和爱情词亦质朴清新、充满活力。他以诗体赋体入词，善于用典用事，熔铸经史而无斧凿痕，丰富了词的表现手法和语言技巧。辛词题材多样，桀骜雄奇，慷慨纵横，是豪放词派最高产的代表作家。有《稼轩词》及十二卷本《稼轩长短句》两种。《四库总目提要》云："其词慷慨纵横，有不可一世之概，于倚声家为变调，而异军特起，能于翦红刻翠之外，屹然别立一宗，迄今不废。"

阮郎归·耒阳道中为张处父推官赋

山前灯火欲黄昏，山头来去云。鹧鸪声里数家村，潇湘[①]逢故人。

挥羽扇，整纶巾，少年鞍马尘。如今憔悴赋招魂，儒冠多误身。

注解

①潇湘:潇水和湘水,在湖南省零陵县汇合之后称潇湘,这里指耒阳地区。

赏析

词题为“耒阳道中为张处父推官赋”。耒阳,即今湖南省耒阳县。张处父,生平不详,为词人好友。推官,是州郡的属官。据考,淳熙六年(1179年)或七年,辛弃疾任湖南转运副使和安抚使,词作大约写于此时。此作的特点是写景与心理状态密切关合,用典自然巧妙,从中表现词人屡遭排斥,频繁调任,无法施展抱负的愁闷。

开头两句,用昏暗浮动的景象,衬托作者飘然不定的心理状态。淳熙三年(1176年),作者由江西提点刑狱调任京西转运判官,次年又调任江陵知府兼湖北安抚使,辗转又调任湖南。南宋议和派当权,朝政黑暗,排斥忠良,陷害贤能,词人抗金救国理想,难于实现。因此他在另一首词中写道:“聚散匆匆不偶然,二年历遍楚山川。”(《鹧鸪天·离豫章别司马汉章大监》)而这两句,把昏暗的夜色,与山头飘来飘去的浮云,构成一种暗淡浮动的意象,巧妙地与词人的心理状态密切关合。首句“欲”字,用得绝妙,写出了夕阳似落非落、夜幕似降非降的刹那之间的景象。这两句笔法纯熟,自然天成,把山村景象,和盘托出。

第三句,是陈述句,在心理描写上,比前两句又深化一步。古人认为,鹧鸪的叫声,好似“行不得也哥哥”,令人寒心。作者写他在黄昏的山村,听见“鹧鸪声”,是在表现对前途的忧虑,衬托他的凄凉心境。第四句笔锋陡然一转,写词人遇见老友,立即转忧为喜,气氛也随之由沉闷转为轻松愉快。“潇湘逢故人”,化用梁代柳恽诗句“洞庭有归客,潇湘逢故人”(《江南曲》),承上启下,紧扣“为张处父推官赋”的词题。“故人”,指张处父。

下片全用典故,上承“潇湘逢故人”一句一路写来。作者见到友人,不免要倾诉衷肠,回首往事的。下片前三句,是回忆镜头,作者借三国时诸葛亮手持羽扇、头戴纶巾、指挥三军的潇洒形象,巧妙地比喻他当年抗击金兵时的潇洒风度。“鞍马尘”,谓跃马扬戈,驰骋在烟尘滚滚的沙场。词人抚今思昔,心潮澎湃,不胜感慨。他当年渡淮南归,正是为了在恢复事业中做出一番轰轰烈烈的壮举。不料如今屡遭排斥,频繁调任,抗金的奏策，如同废纸，无人问津。所以，他发出“英雄千古，荒草没残碑”（《满庭芳·和洪丞相景伯韵》）的悲鸣。

“如今憔悴赋招魂，儒冠多误身”两句，是词人蘸着血和泪的笔触，向南宋议和派迫害爱国志士的强烈控诉，表现出作者极其痛苦和复杂的心情。词人认为，他之所以会落到如今丧魂落魄、疲惫不堪的境地，大概由于是个儒生的原因吧，似乎，他百思不解，找不出答案来。“招魂”，是《楚辞》的篇名，词人使用此典，表明自己满腹哀怨牢骚。“儒冠多误身”，是借用杜甫的诗句“纨绔不饿死，儒冠多误身”（《奉赠韦左丞丈二十二韵》），表现自己一身落魄蹉跎的遭遇。最后两句，语调低沉，感情凄怆，读之令人垂泪，引起对词人的无限同情。

◆ 柳 永

柳永（约公元987–约1060年），初名三变，改名永，字耆卿，因排行第七，人称“柳七”。崇安（今属福建省）人。景祐元年（1034年）进士，历任睦州团练推官、馀杭令、定海晓峰盐场监官、泗州判官、太常博士，终官屯田员外郎，世称“柳屯田”。政治上不得志，虽奔走干谒已见于词篇，仍未得重用，遂流连于歌楼妓馆，“忍把浮名换了浅斟低唱”。在词学史上柳永有两大贡献：其一是推广慢词长调，用来铺写城市风光、承平气象，或抒发离情别绪，题材广阔，音律谐婉，时出隽语，对后世影响深远。其二是独辟蹊径，旧调翻新；俗语入词，俗事入词。《宋史》无传，事迹散见笔记、方志。善为诗文，“皆不传于世，独以乐章脍炙人口”（《清波杂志》卷八）。所著《乐章集》凡一百五十余曲。其词自成一派，世称“屯田蹊径”“柳氏家法”。《避暑录话》卷三记西夏归朝官语：“凡有井水饮处，即能歌柳词”，可见柳词影响之大。

红 窗 迥

小园东，花共柳。红紫又一齐开了。引将蜂蝶燕和莺，成阵价①、忙忙走②。

花心偏向蜂儿有。莺共燕、吃他拖逗③。蜂儿却入、花里藏身，胡蝶儿、你且退后。

注解

①成阵价：成群成片地。
②忙忙走：飞来飞去。
③拖逗：宋元时口语，惹引、勾引。吃：被。

赏析

这首词写春景。上阕起笔点出地点，紧接两句写树木花卉，展示一片浓郁春意。“引将”三句借蜂、蝶、燕、莺，渲染春景之绚丽。下阕开头具体写蝶戏花。“花心”两句赋生物以人的情态，生动有趣，“拖逗”两句，活画出莺、燕为花吸引却又无可奈何的神态。“蜂儿”两句写蜜蜂采蜜，“藏身”二字，活灵活现。最后两句以蜜蜂口吻写，更有妙趣。上阕从蜂蝶莺燕绕花飞舞落笔，热闹生动、充满情趣；用口语、俗语入词，在以雅为主的词坛上别具一格，表现出另一种美学趣味。

采莲令①

月华收，云淡霜天曙。西征客、此时情苦。翠娥执手送临岐②，轧轧③开朱户。千娇面、盈盈伫立，无言有泪，断肠争忍回顾。

一叶兰舟，便恁④急桨凌波去。贪行色、岂知离绪。万般方寸⑤，但饮恨，脉脉同谁语。更回首、重城不见，寒江天外，隐隐两三烟树。

注解

①采莲令：词牌名。唐宋词中，此调仅此一词。
②临岐：岐路分别。
③轧轧：象声词，开门声。

④恁：如此。

⑤方寸：指心。

赏析

这是首别情词。行者、送者交替间夹写之，回环曲折，道尽离愁别苦。上阕写明月欲沉，霜天欲晓，征客欲行，美人执手相送，一个“泪眼盈盈”，一个“不忍回顾”。下阕写行人离去后的无限惆怅和无尽的思念，“翠娥”却抱怨征客，只贪看旅途中的景色，不知我此时的离情别绪，心如刀割。舟中征客，此刻也正“回首”“重城”，表现出无限依恋的凄迷离苦。这种用误会法加倍表达情人的离情别绪的方式，具有特殊的魅力。

曲玉管[①]

陇首云飞[②]，江边日晚，烟波满目凭阑久。立望关河萧索，千里清秋。忍凝眸。

杳杳神京[③]，盈盈仙子[④]，别来锦字[⑤]终难偶。断雁无凭[⑥]，冉冉飞下汀洲[⑦]，思悠悠。

暗想当初，有多少、幽欢佳会，岂知聚散难期，翻成雨恨云愁[⑧]。阻追游。每登山临水，惹起平生心事，一场消黯[⑨]，永日无言[⑩]，却下层楼。

注解

①曲玉管：为唐教坊曲名。此调并不常见，只柳永这一首词。

②陇首云飞：《梁书·柳恽传》记载：“少工篇什，始为诗曰：‘亭皋木叶下，陇首秋云飞。’琅邪王元长见而嗟赏，因书斋壁。”“陇首云飞”语本于此。

③杳(yǎo)杳：远隔貌。神京：指都城汴京。意谓词人离京后，与自己思念的人天各一方。

④仙子：容颜姣好的女子，唐宋间常以“仙子”代指娼妓或女道士。

⑤锦字：又称锦书，情书的美称。《晋书》卷九十六：“窦滔妻苏氏，始平人也。名蕙，字若兰。善属文。滔，苻坚时为秦州刺史，被徙流沙。苏氏思之，织锦为回文旋图

诗以赠滔，宛转循环读之，词甚凄惋。”因以“锦字”指情侣间往还的书信。

⑥断雁无凭：言孤鸿不足以传书。断雁，孤鸿。雁，传书之鸿雁。典出《汉书·苏武传》。

⑦汀洲：水中的小洲。

⑧雨恨云愁：言聚散如云似雨，难以预料。王禹偁《点绛唇·感兴》：“雨恨云愁，江南依旧称佳丽。”

⑨消黯（àn）：黯然销魂，语出江淹《别赋》。

⑩永日：从早到晚，整天。

赏析

这首词是写离别之恨与羁旅之愁的。作者登高怀远，触景伤情，而将情景打成一片，往复交织，前后照应，针线尤为细密。

全词共分三叠。凡是三叠的词，以音律论，前两叠是双拽头，后一叠才是换头（一称过片）。故文词也每每是前两叠大体一意，后一叠另作一意，使声情相应。此词第一叠“陇首”三句，是当前景物和情况。“云飞”“日晚”，隐含下“凭阑久”。“亭皋木叶下，陇首秋云飞”，是梁柳恽的名句。陇首，犹言山头。云、日、烟波，皆凭阑所见，而有远近之分。由此启下三句。“一望”，不是望一下，而是一眼望过去，由近及远由实而虚，千里关河，可见而不尽可见，逼出“忍凝眸”三字，极写对景怀人，不堪久望之意。然而上言“凭阑久”，可见已经久望了，则“忍凝眸”者，乃是事后觉得望之无益，是透过一层的写法。此段五句都是写景，只用“忍凝眸”三字，便将内心活动全部贯注到上写景物之中，而使情景交融。

第一叠是先写景，后写情；第二叠则反过来，先写情，后写景。“杳杳”三句，接上“忍凝眸”来。“杳杳神京”，写所思之人在汴京；“盈盈仙子”，则写所思之人的身份。唐人诗中习惯上以仙女作为美女之代称，一般用来指娼妓或女道士。如施肩吾有《赠仙子》，仙子指娼妓；赵嘏有《赠女仙》，女仙指女道士。这里大约是指汴京的一位妓女。“锦字”是用窦滔、苏蕙夫妻故事。苻秦时，滔得罪徙流沙，蕙作回文诗，织于锦上以寄，词甚凄婉，见《晋书》。作者和这位“仙子”，并非正式夫妻，其所以用此典故，或系因应举时被仁宗放落，因而出京，与窦滔之获罪远徙，有些近似之故。文献不足，无从深考。此句是说，“仙子”虽想寄予“锦字”，而终难相会（“偶”作“遇”解），这是悬揣之词，并非真正收到她的信了，观下文可知。鸿雁本可传书，而说“断”，说“无凭”，则是始终不曾负担起它的任务。雁给人传书，无非是个传说或比喻，而雁“冉冉飞下汀洲”，则是眼前实事。由虚而实，体现出既得不着信，又见不了面的惆怅心情，自然就不能不老是想着，放不下了。“思悠悠”三字，总结次段之意，与上“忍凝眸”遥应，而更深入一层。因第一段写景物萧索，使人不忍凝眸，第二段则写即使凝眸，其人终于难偶，不但人难偶，信也难通，所以除了相思之外，更无其他办法。

第三叠是“思悠悠”的铺叙。第一、二叠写景抒情，眼前之事，已经表现得非常丰满。而今日之惆怅，实缘于旧日之欢情，所以“暗想”四句，便概括往事，写其先相爱，后相离，既相离，难再见的愁恨心情。“阻追游”三字，横插在上四句下五句中间，包括了多少难以言说的酸辛在内。然后，笔锋一转，又从回忆而到当前。但是，在回到当前之时，却又荡开一笔，在平叙之中，略作波折，指出这种“忍凝眸”“思悠悠”的情状，并不是这一次，而是许多次，每次“登山临水”，就“惹起平生心事”。然后再写到这回依然如此，在“黯然销魂”的心情之下，长久无话可说，走下楼来。“却下层楼”，遥接“凭阑久”，使全词从头到尾，血脉流通。刘熙载《艺概》说柳词“细密而妥溜，明白而家常，善于叙事，有过前人”。这首词，特别是其第三叠，很可以证实这一论点的正确。此词的“暗想当初”以下，似乎平铺直叙，没有什么技巧，但这正是柳永的特色，是其他词人所难以企及的地方。

雨霖铃①

寒蝉①凄切，对长亭②晚，骤雨初歇。都门帐饮③无绪，留恋处、兰舟④催发。执手相看泪眼，竟无语凝噎⑤。念去去、千里烟波，暮霭沉沉楚天⑥阔。

多情自古伤离别。更那堪、冷落清秋节。今宵酒醒何处？杨柳岸、晓风残月。此去经年⑦，应是良辰好景虚设。便纵有、千种风情⑧，更⑨与何人说。

注解

①寒蝉：似蝉而小，又名寒蜩。入秋始鸣。
②长亭：古时驿站上十里一长亭，五里一短亭，是行人休息或送别之处。
③都门帐饮：在京城郊外，设置帐幕宴饮送行。
④兰舟：泛指质地精良的船只。
⑤凝噎：喉咙里像是塞住，说不出话来。一作“凝咽”。
⑥楚天：古时楚国占有今鄂、湘、江、浙一带，这里泛指南方的天空。
⑦经年：年复一年。
⑧风情：情意，深情密意。
⑨更：一作“待”。

赏析

此词当为词人从汴京南下时与一位恋人的惜别之作。柳永因作词忤仁宗，遂“失意无俚，流连坊曲”，为歌伶乐伎撰写曲子词。由于得到艺人们的密切合作，他能变旧声为新声，在唐五代小令的基础上，创制了大量的慢词，使宋词开始了一个新的发展阶段。这首词调名《雨霖铃》，盖取唐时旧曲翻制。据《明皇杂录》云，安史之乱时，唐玄宗避地蜀中，于栈道雨中闻铃音，起悼念杨贵妃之思，“采其声为《雨霖铃》曲，以寄恨焉”。王灼《碧鸡漫志》卷五云：“今双调《雨霖铃慢》，颇极哀怨，真本曲遗声。”在词史上，双调慢词《雨霖铃》最早的作品，当推此首。柳永充分利用这一词调声情哀怨、篇幅较长的特点，写委婉凄恻的离情，可谓尽情尽致，读之令人於悒。

词的上片，写一对恋人饯行时难分难舍的别情。起首三句写别时之景，点明了地点和节序。《礼记·月令》云：“孟秋之月，寒蝉鸣。”可见时间大约在农历七月。然而词人并没有纯客观地铺叙自然景物，而是通过景物的描写，氛围的渲染，融情入景，暗寓别意。时当秋季，景已萧瑟；且值天晚，暮色阴沉；而骤雨滂沱之后，继之以寒蝉凄切，词人所见所闻，无处不凄凉。加之当中“对长亭晚”一句，句法结构是一二一，极顿挫吞咽之致，更准确地传达了这种凄凉况味。

前三句通过景色的铺写，也为后两句的“无绪”和“催发”设下伏笔。“都门帐饮”，语本江淹《别赋》：“帐饮东都，送客金谷。”他的恋人在都门外长亭摆下酒筵给他送别，然而面对美酒佳肴，词人毫无兴致。可见他的思绪正专注于恋人，所以词中接下去说：“留恋处、兰舟催发”。这七个字完全是写实，然却以精炼之笔刻画了典型环境与典型心理：一边是留恋情浓，一边是兰舟催发，这样的矛盾冲突何其尖锐！林逋《相思令》云：“君泪盈，妾泪盈，罗带同心结未成，江头潮欲平。”仅是暗示船将启碇，情人难舍。刘克庄《长相思》云：“烟迢迢，水迢迢，准拟江边驻画桡，舟人频报潮。”虽较明显，但仍未脱出林词窠臼。可是这里的“兰舟催发”，却以直笔写离别之紧迫，虽没有他们含蕴缠绵，但却直而能纡，更能促使感情的深化。于是后面便迸出“执手相看泪眼，竟无语凝噎”二句。语言通俗而感情深挚，形象逼真，如在目前。寥寥十一字，真是力敌千钧！后来传奇戏曲中常有“流泪眼看流泪眼，断肠人对断肠人”的唱词，然却不如柳词凝练有力。那么词人凝噎在喉的是什么话呢？“念去去”二句便是他的内心独白。词是一种依附于音乐的抒情诗体，必须讲究每一个字的平仄阴阳，而去声字尤居关键地位。这里的去声“念”字用得特别好。清人万树《词律发凡》云:“名词转折跌宕处,多用去声,何也?三声之中,上、入二者可以作平,去则独异。……当用去者,非去则激不起。”此词以去声“念”字作为领格,上承“凝噎”而自然一转,下启“千里”以下而一气流贯。“念”字后“去去”二字连用,则愈益显示出激越的声情,读时一字一顿,遂觉去路茫茫,道里修远。“千里”以下,声调和谐,景色如绘。既曰“烟波”,又曰“暮霭”,更曰“沉沉”,着色可谓浓矣;既曰“千里”,又曰“阔”,空间可谓广矣。在如此广阔辽远的空间里,充满了如此浓密深沉的烟霭,其离愁之深,令人可以想见。

上片正面话别,到此结束;下片则宕开一笔,先作泛论,从个别说到一般,得出一条人生哲理:“多情自古伤离别”。意谓伤离惜别,并不自我始,自古皆然。接以“更那堪、冷落清秋节”一句,则为层层加码,极言时当冷落凄凉的秋季,离情更甚于常时。“清秋节”一辞,映射起首三句,前后照应,针线极为绵密;而冠以“更那堪”三个虚字,则加强了感情色彩,比起首三句的以景寓情更为明显、深刻。“今宵”三句蝉联上句而来,是全篇之警策,后来竟成为苏轼相与争胜的对象。据俞文豹《吹剑录》云:“东坡在玉堂日,有幕士善歌,因问:‘我词何如柳七?’对曰:‘柳郎中词,只合十七八女郎,执红牙板,歌“杨柳岸、晓风残月”。学士词,须关西大汉,(执)铜琵琶,铁绰板,唱“大江东去”。’”这三句本是想像今宵旅途中的况味:一舟临岸,词人酒醒梦回,只见习习晓风吹拂萧萧疏柳,一弯残月高挂杨柳梢头。整个画面充满了凄清的气氛,客情之冷落,风景之清幽,离愁之绵邈,完全凝聚在这画面之中。比之上片结尾二句,虽同样是写景,写离愁,但前者仿佛是泼墨山水,一片苍茫;这里却似工笔小帧,无比清丽。词人描绘这清丽小帧,主要采用了画家所常用的点染笔法。清人刘熙载在《艺概》中说:“词有点,有染。柳耆卿《雨霖铃》云:‘多情自古伤离别。更那堪冷落清秋节。今宵酒醒何处?杨柳岸、晓风残月。’上二句点出离别冷落,‘今宵’二句乃就上二句意染之。点染之间,不得有他语相隔,隔则警句亦成死灰矣。”也就是说,这四句密不可分,相互烘托,相互陪衬,中间若插上另外一句,就破坏了意境的完整性,形象的统一性,而后面这两个警句,就将失去光彩。

“此去经年”四句,构成另一种情境。因为上面是用景语,此处则改用情语。他们相聚之日,每逢良辰好景,总感到欢娱;可是别后非止一日,年复一年,纵有良辰好景,也引不起欣赏的兴致,只能徒增怅触而已。“此去”二字,遥应上片“念去去”;“经年”二字,近应“今宵”,在时间与思绪上均是环环相扣,步步推进,可见结构之严密。“便纵有千种风情,更与何人说”,益见钟情之殷,离愁之深。而归纳全词,犹如奔马收缰,有住而不住之挚;又如众流归海,有尽而未尽之致。其以问句作结,更留有无穷意味,耐人寻绎。

耆卿词长于铺叙,有些作品失之于平直浅俗,然而此词却能做到“曲处能直,密处能疏,羃处能平,状难状之景,达难达之情,而出之以自然”(冯煦《六十一家词选例言》论柳永词)。像“兰舟催发”一语,可谓兀傲排再,但其前后两句,却于沉郁之中自饶和婉。“今宵”三句，寄情于景，可称曲笔，然其前后诸句，却似直抒胸臆。前片自第四句起，写情至为缜密，换头却用提空之笔，从远处写来，便显得疏朗清远。词人在章法上不拘一格，变化多端，因而全词起伏跌宕，声情双绘，付之歌喉，亦能奕奕动人。

蝶恋花[①]

伫倚危楼风细细，望极春愁，黯黯生天际[②]。草色烟光残照里，无言谁会凭阑意。

拟把疏狂[③]图一醉，对酒当歌[④]，强乐[⑤]还无味。衣带渐宽终不悔，为伊消得人憔悴[⑥]。

注解

①蝶恋花：为唐教坊曲名。本名为鹊踏枝。晏殊取梁简文帝萧纲诗句“翻阶蛱蝶恋花情”改作今名。又名黄金缕、凤栖梧、卷珠帘、江如练等。

②望极春愁，黯黯生天际：黯黯春愁，生于天际。黯黯，意为伤心忧愁的样子。以黯黯言春愁有韦应物《寄李儋元锡》诗：“世事茫茫难自料，春愁黯黯独成眠。”另，“薄暮起暝愁”是古诗中一个常见的主题，此处言日暮时分，心生春愁。前人有不少类似的诗句，唐人张祜《折杨柳枝》：“伤心日暮烟霞起，无限春愁生翠眉。”《鹤林玉露》引唐人赵嘏诗云：“夕阳楼上山重迭，未抵春愁一倍多。”

③疏狂：豪放而不受拘束。白居易《代书诗寄微之》：“疏狂属年少，闲散为官卑。”朱敦儒《鹧鸪天·西都作》词：“我是清都山水郎，天教懒慢带疏狂。”

④对酒当歌：语出曹操《短歌行》“对酒当歌，人生几何”。

⑤强乐：勉强作乐。《二程遗书》卷十八：“勉强乐不得，须是知得了，方能乐得。”

⑥“衣带渐宽”以下二句：“衣带渐宽”化自《古诗十九首》中的“相去日已远，衣带

日已缓”。柳词中的这两句言为思念而憔悴，虽憔悴而不悔，较之《古诗十九首》又更进一层。冯延巳《蝶恋花》有“日日花前常病酒，不辞镜里朱颜瘦”句，两相比较，意虽有相似，但境界、气象已是不同。王国维《人间词话》将这两句作为“古今之成大事业大学问”的第二重境界，看重的正是柳永在这首词中所创造的锲而不舍、执著如一的精神境界。消得，犹言值得。唐人崔涂《夷陵夜泊》：“一曲巴歌半江月，便应消得二毛生。”柳永《尾犯》：“一种劳心力，图利非长策。除是恁，点检笙歌，访寻罗绮消得。”

赏析

这是一首怀人之作。词人把漂泊异乡的落魄感受，同怀恋意中人的缠绵情思结合到一起来写，采用“曲径通幽”的表现方式，抒情写景，感情真挚。

他首先说登楼引起了“春愁”：“伫倚危楼风细细”，全词只此一句叙事，其余全是抒情，但只此一句，便把主人公的外在形象像一幅剪纸那样突现出来了。他一个人久久地伫立在高楼之上，向远处眺望。“风细细”，带写一笔景物，为这幅剪影添加了一点背景，使画面立刻活跃起来了。他“伫倚”楼头做什么？“望极春愁，黯黯生天际”，极目天涯，一种黯然魂销的“春愁”油然而生。“春愁”，又点明了时令。但这“愁”的具体内容又是什么？词人只说“生天际”，可见是天际的什么景物触动了他的愁怀。从下一句“草色烟光”来看，是春草。芳草萋萋，划尽还生，很容易使人联想到愁恨的连绵无尽，柳永是借用春草来表现自己春愁的无限。春草，容易引起他乡游子思归的感情。《楚辞·招隐士》曰：“王孙游兮不归，春草生兮萋萋。”柳永是借用春草，表示自己已经倦游思归了？春草，也容易使人怀念亲爱的人。南朝江总妻《赋庭草》云：“雨过草芊芊，连云锁南陌。门前君试看，是妾罗裙色。”柳永是“记得旧罗裙，处处怜芳草”（牛希济《生查子》），在思念他的意中人？这就是那天际的春草，所牵动的词人的“春愁”？究竟是哪一种呢？词人却到此为止，不说了。要想知道究竟，还须再往下看。

四、五两句，写主人公的孤单凄凉之感：“草色烟光残照里，无言谁会凭阑意”！前一句用景物描写点明时间，联系首句“伫倚”二字我们可以知道，他久久地站立在楼头眺望，时已黄昏还不忍离去。“草色烟光”写春天景色极为生动逼真。春草，铺地如茵，登高下望，在夕阳的余晖下，闪烁着一层迷蒙的如烟似雾的光色。这本来是一种极为凄美的景象，但加上“残照”二字，便带上了一层感伤的色彩，为下一句抒情，烘托出和谐的气氛。“无言谁会凭阑意”，因为没有人理解他登高远望的心情，所

以他默默无言。这一是说明他眼前没有知心人，很孤单寂寞；二是说明，他太痴情，在楼头“伫倚”太久，超出常情，不能被人理解。有“春愁”又无可诉说，这虽然不是“春愁”本身的内容，却加重了“春愁”的愁苦滋味。煞是奇怪，他并没有说出他的“春愁”是什么，却又掉转笔墨，埋怨起别人不理解他的心情来了。词人就是这样故意闪烁其词，让读者捉摸不定。词人的生花妙笔真是神出鬼没。读者越是想知道他的“春愁”所为何来，他越是不讲，偏偏把笔宕开，写他如何苦中求乐。“愁”，自然是痛苦的，那还是把它忘却，自寻开心吧！“拟把疏狂图一醉”，写他的打算。他已经深深体会到了“春愁”的深沉，单靠自身的力量是难以排遣的，所以他要借助于酒：借酒浇愁。词人说得很清楚，目的是“图一醉”，并不是对饮酒真的有什么兴趣。为了追求这“一醉”，他“疏狂”，不拘形迹，只要醉了就行。不仅要痛饮，还要“对酒当歌”，借放声高歌来抒发他的愁怀。又是疏狂痛饮，又是吟啸高歌，大有非抑制住“春愁”不可的气势。结果如何呢？“强乐还无味”，他失败了。没有真正欢乐的心情，却要强颜欢笑，这“强乐”本身就是痛苦的一种表现，哪里还有兴味可谈呢？故作欢乐而“无味”，正说明“春愁”的缠绵执著，是解脱不了、排遣不去的。

为什么这种“春愁”如此执著呢？至此，作者才透露这是一种坚贞不渝的感情。他哪是真的想忘却“春愁”另寻欢乐呢？要是那样，他的“愁”就不会无法排遣了。他的满怀愁绪之所以挥之不去，正是因为他不仅不想摆脱这“春愁”的纠缠，甚至还“衣带渐宽终不悔”，心甘情愿为“春愁”所折磨，即使渐渐形容憔悴、瘦骨伶仃，也是值得的，也决不后悔。至此，已经信誓旦旦了，却依然不肯把“春愁”这层窗纸捅破，词人可真沉得住气。究竟是什么使得抒情主人公钟情若此呢？直到词的最后一句才一语破的：“为伊消得人憔悴”——原来是为她！

我们可以看出，词人的所谓“春愁”，不外是“相思”二字，但他却迟迟不肯说破，只是从字里行间向读者透露出一些消息，让读者去猜。眼看要写到了，却又煞住，掉转笔墨，远远发来；迤逦写到之时，又煞住，另起笔墨，更端发来，如此影影绰绰，扑朔迷离，千回百折为读者设下一个迷魂阵，让这个悬念引导读者沿着曲曲折折的路走下去，直到最后一句，才把词人精心捆结起来的“包袱”抖开，使真相大白，构思巧妙，具有强烈的吸引力。在词的最后两句相思感情达到高潮的时候，戛然而止，激情回荡，又具有很强的感染力。

全词成功地刻画出一个志诚男子的形象，描写心理细腻充分，尤其是词的最后两句，直抒胸臆，画龙点睛般地揭示出主人公的精神境界，被王国维称为“专作情语而绝妙者”，“求之古今人词中，曾不多见”（《人间词话删稿》）。

定风波

自春来、惨绿愁红，芳心是事可可[①]。日上花梢，莺穿柳带，犹压香衾[②]卧。暖酥[③]消，腻云亸[④]。终日厌厌倦梳裹。无那[⑤]。恨薄情一去，音书无个。

早知恁么，悔当初、不把雕鞍锁。向鸡窗[⑥]，只与蛮笺象管[⑦]，拘束教吟课。镇[⑧]相随，莫抛躲。针线闲拈伴伊坐。和我，免使年少，光阴虚过。

注解

①是事可可：对任何事情都不经心不在意，没有兴趣，任其自便。

②衾：被子。

③暖酥：喻指美女的肌肤。酥，油脂。消：即消瘦。

④腻云亸（duǒ）：腻云喻指美女乌黑油亮的秀发。亸，散乱下垂的样子。

⑤无那：无可奈何。

⑥鸡窗：书窗，代指书房。据《幽明录》记载，"晋兖州刺史沛国宋处宗尝买得一长鸣鸡。爱养甚至，恒笼著窗间。鸡遂作人语，与处宗谈论极有言智，终日不辍。处宗因此言巧大进。"后遂用"鸡窗"代称"书房"。

⑦蛮笺象管：读书写字用的纸和笔。古代蜀地产彩色笺纸，因蜀地处偏僻，被蔑称"蛮笺"。象管，即象牙做的笔管，此代称笔。

⑧镇：终日，整天。

赏析

这是一首"闺怨"词，是柳永"俚词"的代表作。

全词塑造一个有自己的生活理想，敢于追求自由生活的年青女子的形象。起句以春天美景来反衬少妇的寂寞、愁苦，总写百无聊赖的心境。春光明媚，桃红柳绿的美好景致，对于思妇来说，只不过是惨愁的映照，这种移情入景的写法，加深了情的表达，情更真更深了。"日上花梢""莺穿柳带"的风和日丽中，而她却"犹压香衾卧"，极写她心灰意冷之状。接下去细写她的愁容：往日里丰润酥嫩的姿容消失了，浓密如云的头

发蓬乱了，“终日厌厌倦梳裹”，这一切皆因“恨薄情一去，音书无个”。如闸口的积水一下子喷涌而出了，这是一切烦恼所在，也是全篇的关脉。

下阕直笔写出思妇因怨恨而生的后悔心理，“悔”字看似放得轻，含意却深重。“针线闲拈伴伊坐”，这三句细腻逼真地描绘出思妇的美好愿望，表现了她对夫妻终日相随陪伴的温馨生活的渴求。收尾两句，词人用通俗的语言，畅快淋漓，直率地坦露她对爱情的热烈追求。

事密情真，通俗直白，是本词的一个显著特色。全词上下一气呵成，感情真挚、炽烈，人物形象鲜明。尤其是一些俚词俗语的大胆采用，使本词的“市井”特色更加鲜明。

少年游

长安古道马迟迟①，高柳乱蝉嘶。夕阳岛②外，秋风原上，目断③四天垂。

归云一去无踪迹，何处是前期？狎兴④生疏，酒徒萧索⑤，不似去年⑥时。

注解

①长安古道：长安是中国历史上数代古都，古诗文中，常以“长安”代称京城。古道指通往长安的路，因长安为帝王所在之处，所以通往长安的路又常被用来代称追逐功名利禄的道路。迟迟：行走缓慢。

②岛：一作鸟。

③目断：望断，极目远望，到视力所及之处。

④狎兴：游冶玩乐的兴致。

⑤酒徒：饮酒欢乐的旧友。萧索：稀少。

⑥去年:一作少年时。

赏析

柳词题材较为广阔,主要内容有羁旅行役、男女恋情和都市生活三个方面。本词是以小令写"羁旅行役"的代表作。

上阕以写景为主,但景中含情。"长安古道"二句,作者纯用白描,勾勒出仕途嘈嘈,如群蝉鸣柳般的景象。一个"乱"字,实写蝉声,暗指心情。起首两句近景描写,已然声情并茂。举目远望,夕阳西下,寒风骤起,旷野上一片苍茫。寥寥几笔便极形象地将野外清旷空阔的图景展现在读者面前,凄清冷落的感触,落拓飘零的悲凉溢于言表。

下阕借景抒怀。"归云一去无踪迹",在纷乱的人世上,一切不亦如此么?于是词人追问:"何处是前期?""前期"指往昔的期待和愿望。以"归云"为喻,写一切期望已落空,人似浮云影不定,其弦外之音,不难体味。自然而然地引出结句,直写自己今日的寂寥落寞。早年失意之时,"幸有意中人,堪寻访",而今与歌伎们狎玩之兴已冷落荒疏,当年宴饮欢聚的旧友也日见甚少,一切都不比过去的光景了。这正是作者"悲秋"的原因。"不似去年时"犹如痛彻心脾的呐喊,悲叹自己的落拓无成,道出作者深刻的哀伤。同时,全词在"失落"之外,弥漫着一种情感无寄的悲哀,那伤今感昔的慨叹,更令人同情,启迪人思。

全词情景交融,虚实相应,不饰藻绘,语淡情深,可以说是一首表现柳永一生悲剧而艺术造诣很深的令词。

◆ 晏几道

晏几道(1038-1110年),字叔原,号小山。晏殊第七子。汉族,抚州临川文港沙河(今属江西省南昌市进贤县)人。历任颍昌府许田镇监、乾宁军通判、开封府判官等。性孤傲,晚年家境中落。著名词人。词风哀感缠绵、清壮顿挫。一般讲到北宋词人时,称晏殊为大晏,称晏几道为小晏。《雪浪斋日记》云:"晏叔原工小词,不愧六朝宫掖体。"

蝶恋花

醉别西楼醒不记，春梦秋云[1]，聚散真容易。斜月半窗还少睡，画屏闲展吴山翠。

衣上酒痕诗里字，点点行行，总是凄凉意。红烛自怜无好计，夜寒空替人垂泪[2]。

注解

①春梦秋云：白居易诗："来如春梦不多时，去似朝云无觅处。"

②替人垂泪：杜牧诗："蜡烛有心还惜别，替人垂泪到天明。"

赏析

这是一首伤别的恋情之作，写别后的凄凉情景。没有事件的具体描述，通过一组意象反复诉说离愁的无处不在和无时不有。上阕写醉梦醒来，感慨人生如梦如云，醉别西楼，醒后已不记得当时的情景，即使什么都忘了，可醒后有一点清醒的：人生聚散，像春梦，像秋云，容易消失！下阕写聚时的酒痕诗文，现在睹物生情，无不感到哀伤，最后两句写燃烧的红烛也好像悄悄替人流泪。全词迷茫的意态和伤感的氛围平添了含蓄酸楚的氛围，颇有情调。

鹧鸪天[1]

彩袖[2]殷勤捧玉钟，当年拚却[3]醉颜红。舞低杨柳楼心月，歌尽桃花扇底风[4]。

从别后，忆相逢，几回魂梦与君同。今宵剩把银釭照[5]，犹恐相逢是梦中。

注解

①鹧鸪天：词牌名。又名《千叶莲》《思佳客》《思越人》《醉梅花》《锦鹧鸪》《鹧鸪引》等。

②彩袖：借代手法，指歌女。

③拚(pàn)却：甘愿尽最大力。

④桃花扇底风：桃花扇背面的歌曲目录。风：歌曲。

⑤剩：尽量，力求达到最大限度。银釭：银制烛台，指蜡烛。

赏析

这首词写作者与一相恋歌女别后相忆及久别重逢，而重逢时怀疑是梦的惊喜的感情经历。“彩袖”本身不能“殷勤”，这是突出对舞女服装的感官印象的写法。并对“捧”的动作进行强调。“拚却”，用坚定的语气表示为知己者饮，舍命一醉的真诚。“几回魂梦与君同”进一步强调互为知己的友情。得以相逢而疑在梦中，也是写极度兴奋的心理。全词由昔日之真实到梦幻，又由梦幻变成现实，至真反又疑梦，凸现恋情之深和其中的况味。

生查子[1]

关山魂梦长，塞雁音书少。两鬓可怜青[2]，只为相思老。
归傍碧纱窗，说与人人[3]道。真个[4]别离难，不似相逢好。

注解

①生查子：唐教坊曲名。又名《楚云深》《梅和柳》《晴色入青山》《绿罗裙》《陌上郎》《遇仙槎》《愁风月》等。

②可怜青：非常青、怪青。可怜：奇怪、非常之意。

③人人：对所爱之人的昵称，宋代口语。

④真个：真正。

赏析

这首词咏别情、写相思，立意很新。上阕写漂泊游子对离别的整体感受。“梦魂长”与“音书少”的对比，洗练而精确地概括了离愁别绪；两鬓青青的头发，为“相思”而苍老变白，这是有情人的真实情感和人生体验。下阕是想像，亲切自然。写游子归来向妻子说的一句话：“别离”难受，“相逢”美好！似真似幻，朴实而真切，虽是人人都会有的感触，但由此人说出，别有韵味和深度。这就是诗意的魅力。

六幺令①

绿阴春尽，飞絮绕香阁。晚来翠眉宫样，巧把远山学②。一寸狂心未说，已向横波③觉。画帘遮匝④，新翻曲妙，暗许闲人带偷掐⑤。

前度书多隐语，意浅愁难答。昨夜诗有回文⑥，韵险还慵押。都待笙歌散了，记取来时霎。不消红蜡，闲云归后，月在庭花旧阑角。

注解

①六幺令：唐教坊大曲名，本唐时琵琶曲名。

②远山学：学将眉画成远山模样。

③横波：指眼神，目光流转如水波横流。

④遮匝：周围都被遮盖。

⑤偷掐：暗暗地依曲调记谱。掐：掐记，此指按着手指计拍节记谱。

⑥回文：诗体的一种，顺读倒读都可成文。

赏析

此词写香闺恋情。上阕写晚春时节，香闺人认真梳妆，巧学“远山眉”模样，内心狂喜，嘴上没说，已能从她流盼的眼波看出内心兴奋的激情。这天她又谱了一支新曲子，任凭画帘外听曲的人偷偷学去。下阕写此女与情人约会的具体时间、地点，女主人公能文、能诗，又能自制新曲，男主人公写信用“隐语”，写诗用“回文”、押“险韵”，可见他们很有文学修养。所以词中虽写艳情，但却不俗，颇富有喜剧性和故事色彩。

玉楼春

东风又作无情计，艳粉娇红[1]吹满地。碧楼帘影不遮愁，还似去年今日意。

谁知错管春残事，到处登临曾费泪。此时金盏直须[2]深，看尽落花能几醉。

注解

①艳粉娇红：指落花。

②直须：应当。

赏析

这是一首伤春惜花遗恨之作。上阕写东风无情，践踏粉红，开头二句立意新颖，用拟人手法将东风吹落百花说成是有意布设的“无情计”，巧妙地表达出对无情东风的怨恨。“帘影”本“不遮愁”，此处这么说，强调愁的无处不在；“还似去年今日”从时间着笔，两句表达春愁的深度和广度。“谁知”句让开一步，“到处”句进逼一层，明写后悔伤“春残”而“费泪”是“错管”闲事，实际强调“费泪”的无可奈何及对“春残”的无法抗拒。最后句写以借酒浇愁作解脱。

清平乐

留人不住，醉解兰舟[1]去。一棹碧涛春水路，过尽晓莺啼处。

渡头杨柳青青，枝枝叶叶离情。此后锦书[2]休寄，画楼云雨[3]无凭。

注解

①兰舟：船的美称。

②锦书：苏蕙织回文锦字诗寄与其夫。后称情书为锦书。

③云雨：指男女间的欢娱之情。无凭：没有准信。

赏析

此作写别情离怨。上阕写送者，“留人不住”，已自念怨，“一棹”而“过尽”，离人匆匆，全无留意，可见其人无情。然而送行的女子依然在渡头发呆，杨柳枝枝叶叶，也都含有离情。但很快便似有感悟：今后你也不必寄情书了吧，我所居画楼，云雨变幻而没有定准的。此种结束语，出人意料，表达出主人公独特的个性。这是怨极生恨，恨极自暴自弃。既然你去得绝情，那也别怨我举动“无凭”了。表现一位女性的独立意识。

木兰花

秋千院落重帘暮，彩笔[①]闲来题绣户。墙头丹杏雨余花，门外绿杨风后絮。

朝云信断知何处？应作襄王春梦[②]去。紫骝[③]认得旧游踪，嘶过画桥东畔路。

注解

①彩笔：江淹有五彩笔，因而文思敏捷。
②襄王春梦：楚襄王游高唐，梦神女荐枕，临去，神女有"旦为行云，暮为行雨"语。
③紫骝：一种马。

赏析

此作写恋情。上阕写别后回想以前闲来绣户彩笔题诗，突出文字姻缘。现在恐怕欢尽人散，庭院冷落，暗写别离：墙内之人如雨后杏花，墙外之人似风后柳絮，沦落凄迷，情意缠绵。下阕写对佳人的深深怀念。"朝云"两句以楚王游高唐与神女欢洽的神话，写与恋人离别后音讯全无，只有凭春梦相见了。

最后两句又更进一层，说自己的马尚能记得恋人的住处，从"画桥东畔路"上经过时，竟长嘶而鸣，何况人呢！此种境界极富诗意，极有情趣，将恋旧的真情表达得淋漓尽致。

留春令①

画屏天畔，梦回依约，十洲②云水。手捻红笺寄人书，写无限、伤春事。

别浦高楼曾漫倚，对江南千里。楼下分流水声中，有当日、凭高泪。

注解

①留春令：晏几道始创此调。

②十洲：神仙之所居，在八方巨海之中。汉东方朔有《十洲记》，谓祖洲、瀛洲、玄洲、炎洲、长洲、元洲、流洲、生洲、凤麟洲、聚窟洲。

赏析

这也是一首伤别念远之作。画屏中的写景仿佛在遥远的天边。残梦之中，好像见到那十洲的行云流水。手中拿着红笺，是准备寄给他的信，信上写的是无限伤春之感。下阕介绍信中主要内容。此作由远梦触动离怀，在信中与远方征人娓娓诉说，说的内容没有停留在想念之类，而是写她常去“别浦高楼”远眺江南，并告诉对方江涛声中有她登高坠下的相思泪。情感真挚，在平实的语言中饱含浓浓的情意。

御街行

街南绿树春饶絮①，雪满游春路。树头花艳杂娇云，树底人家朱户。北楼闲上，疏帘高卷，直见街南树。

阑干倚尽犹慵去，几度黄昏雨。晚春盘马②踏青苔，曾傍绿阴深驻。落花犹在，香屏空掩，人面③知何处？

注解

①饶絮：柳絮很多。

②盘马：骑马徘徊。

③人面：唐朝诗人崔护有《题都城南庄》一诗，原诗为："去年今日此门中，人面桃花相映红。人面不知何处去，桃花依旧笑春风。"此处化用崔护诗。

赏析

这是一首冶游之作。上阕写晚春柳花飘飞时节，主人公登上北楼，见柳絮如雪漫舞，百花娇艳，而树下"朱户人家"隐约在万绿丛中。下阕写思念。他已倚遍北楼栏杆，多少次在雨中黄昏登上楼来。也曾骑马穿过南街，踏过青苔，停下来在绿阴深处等候。但只见纷纷落花，闺阁画屏轻掩，不知美人上哪儿去了！词中浸透相思之情，表达的是一种朦胧而并未被对方知晓的单相思的恋情。

阮郎归①

旧香残粉似当初，人情恨不如。一春犹有数行书，秋来书更疏。

衾凤② 冷，枕鸳③ 孤，愁肠待酒舒。梦魂纵有也成虚，那堪和梦无。

注解

①阮郎归：词牌名。首见李煜词。又名《碧桃春》《醉桃源》《宴桃源》《濯缨曲》。

②衾凤：衾上所绣之凤凰，突指凤衾。

③枕鸳：枕上所绣之鸳鸯图案，实指凤衾、鸳枕。

赏析

此词写思归之怨。写而且情人负心，改变了初衷，虽然也怨恨其人情淡薄，却宁愿独守寂寞，不改初衷。“旧香残粉”与“人情”对比，写人情不如物，写美人情怀依旧而情郎薄情。他自离别后春天只有简单书信，秋天信更少。下阕写佳人的思念和独处之悲，只得靠酒宽慰。这是以生活情境写内心愁绪。结尾二句写梦虽是虚幻，总可聊以慰藉受伤的心，更何况梦也没有！一种由相思埋怨到绝望的意境，层次分明地加以表达，语淡情深。

阮郎归

天边金掌露成霜①，云随雁字长。绿杯红袖趁重阳②，人情似故乡。

兰佩紫，菊簪黄，殷勤理旧狂。欲将沉醉换悲凉，清歌莫断肠。

注解

①金掌：铜仙人掌。汉武帝刘彻曾在建章宫筑神明台（一作柏梁台），上铸铜柱二十丈，有仙人掌托承露盘以伫露水，和玉屑服之，以求长生。

②绿杯：美酒。红袖：美女。

赏析

这是一首重阳佳节失意伤怀之作。情绪压抑悲凉，好像有许多愁情，但表现得模糊闪烁。临佳节而在异乡做客，受款待又有“人情似故乡”的亲切。可是从其饮酒狂欢，又可见其借酒浇愁的心境。词中以兰佩、菊簪与自己作比较，其主动克制“旧狂”，可见此狂是出自不得已而为之。词意超越一般的幽怨，风格凝重而清丽。

虞美人①

曲阑干外天如水，昨夜还曾倚。初将明月比佳期，长向月圆时候、望人归。

罗衣著破前香在，旧意谁教改。一春离恨懒调弦，犹有两行闲泪、宝筝前。

注解

①虞美人:唐玄宗时教坊曲名。又名《虞美人令》《玉壶水》《巫山十二峰》《忆柳曲》《一江春水》等。

赏析

这是写思妇念远的伤情词。上阕写秋天的思念。开头将思妇盼归的思情淡淡提起。阑干外,天如水,“昨夜”还“倚”,天天倚栏夜望,“将明月比佳期”,月圆几度,伊人不归,引出下句“罗衣著破”。“衣破”“香在”,不忘前情。离人薄情早已放弃初衷。“谁教”句足见思妇怨恨之深。整个春天被这种愁情困扰,坐在宝筝前,全无心思拨弄琴弦,只有眼眶涌出两行清泪,在脉脉诉说哀情而已。

思远人①

红叶黄花秋意晚②,千里念行客。飞云过尽,归鸿无信,何处寄书得。

泪弹不尽临窗滴,就砚旋研墨。渐写到别来,此情深处,红笺为无色。

注解

①思远人:晏几道创调。词中有“千里念行客”句,取其意为调名。

②红叶:枫叶。黄花:菊花。

赏析

此为闺中念远之词。上阕写秋晚而引起思念远方行客的离愁。“飞云”“归鸿”两句写云来雁去，不见来信，写企盼之苦。下阕写愁极和泪研墨写信的情形。“泪弹不尽”而滴入砚中“旋研墨”，细节生动而新颖。最后三句最是传神之笔。“红笺”“无色”，则此信红格因伤心而黯然失色，将和泪研墨的深情惨痛表达得淋漓尽致。明白如话，似拙实巧。

采桑子

西楼月下当时见，泪粉偷匀[1]。歌罢还颦。恨隔炉烟看未真。
别来楼外垂杨缕，几换青春。倦客[2]红尘。长记楼中粉泪人。

注解

①泪粉偷匀：偷偷地抹去脸上的泪痕。

②倦客：作者自称。

赏析

这是一首怀旧词。上阕以“月”和“炉烟”为中介物，烘托歌女的温柔多情；下阕以“垂杨”和“红尘”为参照，反衬自己对歌女的深切思念。首尾两次用“泪”字，与“倦客红尘”相呼应，深有“同是天涯沦落人”之感。

◆ 王　观

王观(1035-1100 年),字通叟,如皋(今属江苏)人。王安石为开封府试官时,擢置高等,仁宗嘉祐二年(1057 年)进士。神宗熙宁中,曾以将仕郎守大理寺丞,知扬州江都县事。

有《冠柳集》1 卷,宋代有长沙书肆《百家词》本,早佚。近人刘毓盘、赵万里均有辑本。《全宋词》录词 16 首,断句 1 则。《全宋词补辑》又增补 12 首。

卜算子·送鲍浩然之浙东

水是眼波横,山是眉峰聚。欲问行人去那边,眉眼盈盈①处。
才始送春归,又送君归去。若到江南赶上春,千万和春住。

注解

①盈盈:充满的样子,此处有含情丰富的意思。

赏析

此词写送别友人,构思新颖。没有送别情境的刻画和别情依依的渲染,开头便着眼于山、水。水是横着的眼波,山是皱着的眉头,将离人的形象放得无穷大,以眉眼盈盈喻山川之美,故乡山河之美。将人之眉眼与自然山水两组意象重复叠加,在艺术表现上很有特色。上阕将“送君归”与“送春归”叠合,忽生“到江南赶上春”的奇想,又叮嘱:“千万和春住”。一扫千古惜春佳句,独具创新之佳妙。

◆ 周邦彦

周邦彦（1056-1121年），字美成，号清真居士，钱塘（今浙江省杭州市）人。元丰七年（1084年）献《汴都赋》，擢为试太学正；元祐四年（1089年）出为庐州（今安徽合肥）教授。绍圣四年（1097年）还朝，任国子主簿。徽宗即位，改除校书郎，历考功员外郎，卫尉宗正少卿兼议礼局检讨。政和二年（1112年），出知隆德府（今山西长治）。六年，自明州（今浙江宁波）任入秘书监，进徽猷阁待制，提举大晟府。宣和二年（1120年）移知处州（今浙江丽水），值方腊起义，道梗不赴。未几罢官，提举南京鸿庆宫，辗转避居于钱塘、扬州、睦州（今浙江建德）。卒年六十六。写词严分平仄四声、五音六律、清浊轻重，故音律谐婉，堪称格律词派之开山。词中多拗句；又善于概括、熔铸前人诗句；用典自如，又善铺叙。词风富艳而高雅，沉着而拗怒。有词集《清真集》，又名《片玉集》。

过秦楼①

水浴清蟾②，叶喧凉吹，巷陌马声初断。闲依露井，笑扑流萤③，惹破画罗轻扇。人静夜久凭阑，愁不归眠，立残更箭④。叹年华一瞬，人今千里，梦沉⑤书远。

空见说，鬓怯琼梳，容消金镜，渐懒趁时匀染⑥。梅风地溽⑦，虹雨苔滋，一架舞红⑧都变。谁信无聊为伊，才减江淹，情伤荀倩。但明河影下，还看稀星数点。

注解

①过秦楼：词牌名。

②清蟾：明月。

③笑扑流萤：扑捉萤火虫。

④更箭：古代以铜壶水滴漏，壶水中立箭标刻度以计时辰。

⑤梦沉：梦灭没而消逝。

⑥趁时匀染：赶时髦而化妆打扮。

⑦溽(rù)：湿润。

⑧舞红：落花。

赏析

这是一首即景思人之作。先写秋夜之景：夜空里一弯新月，凉风使树叶晃动，街头人马声已归于沉寂。这唤起对美好往事的回忆，当年凭栏闲看她的娇憨可爱，历历在目。又转写今日孤独，离别后天各一方，音信阻隔，连梦也无。又写所思之人：自别离后怕梳妆，镜里容颜日瘦，“梅风”三句在景语中进一步表述人生来都要自然老去的不可抗拒。接下说自己为了所思之人而伤感，只能数着稀落的星星发呆。此词深婉缠绵地表现了男子思念情人的细腻真情，很有意识流的色彩。

兰陵王[1]

柳阴直[2]，烟里丝丝弄碧[3]。隋堤上，曾见几番，拂水飘绵送行色[4]。登临望故国，谁识京华倦客？长亭路，年去岁来，应折柔条过千尺。

闲寻旧踪迹。又酒趁哀弦，灯照离席。梨花榆火[5]催寒食。愁一箭风快，半篙波暖，回头迢递便数驿。望人在天北。

凄恻，恨堆积。渐别浦萦回，津堠[6]岑寂。斜阳冉冉春无极。念月榭携手，露桥闻笛。沉思前事。似梦里，泪暗滴。

注解

①兰陵王：唐教坊曲名。

②柳阴直：指长堤上柳树行列齐整，阴影连成一条直线。

③烟：指雾气。丝丝弄碧：指柳条丝丝飞舞，显现出一片碧绿的颜色。

④几番：多少次。飘绵：指柳絮飞扬。行色：行旅出发前的情景。

⑤榆火：清明时节取榆柳之火赐百官。《云笈七签》："清明一日取榆柳作薪煮食名曰'换薪火'，以取一年之利。"

⑥津堠(hòu)：渡口边的土堡。

赏析

这是一首送别词，状写送客之离愁。全词共分三阕，每一阕有两层意思。上阕前五句写柳，后五句写自己的倦游心情。中阕前四句写送别，后四句设想朋友在离别后的旅途情景。下阕前五句写朋友旅途中的孤寂，最后五句回笔写自己的追忆。古人有折柳送行的习惯。这首词将咏柳和送别结合起来写，更能表现作者要表达的缠绵婉转的情绪。在此词中，有生活细节，有人物活动，有抒情主体的心理意绪，形成词作较为鲜明的叙事性和戏剧性特色。

瑞龙吟①

章台路②，还见褪粉梅梢，试花桃树。愔愔坊陌人家③，定巢燕子，归来旧处。

黯凝伫。因念个人④痴小，乍窥门户。侵晨浅约宫黄⑤，障风映袖，盈盈笑语。

前度刘郎重到⑥，访邻寻里，同时歌舞。唯有旧家秋娘⑦，声价如故。吟笺赋笔，犹记燕台句⑧。知谁伴，名园露饮⑨，东城闲步。事与孤鸿去⑩。探春尽是，伤离意绪。官柳低金缕。归骑晚、纤纤池塘飞雨。断肠院落，一帘风絮。

注解

①瑞龙吟：周邦彦创调。

②章台路：见前欧阳修《蝶恋花》注。

③愔愔(yīn)：安静无声。坊陌：伎女所居，一作"坊曲"。

④个人：那人，伊人。

⑤约宫黄：用黄粉化妆。

⑥“前度”句：唐刘禹锡再度遭贬又重回长安，赋《再游玄都观》绝句云：“种桃道士归何处？前度刘郎今又来。”词人受元党打击遭黜十年后重回京都，故有此说。

⑦秋娘：唐金陵著名歌妓，杜牧有《赠杜秋娘》诗并序。

⑧燕台句：李商隐《赠柳枝》诗：“长吟远下燕台句，唯有花香染未消。”

⑨露饮：户外露顶饮酒，表示豪兴。

⑩事与孤鸿去：杜牧诗：“恨如春草多，事与孤鸿去。”“官柳”句：官道旁的柳树垂下如金线般的柳条。

赏析

这是一首访旧感怀之作。是词人因遭党祸罢黜庐州教授，十年后方被召回京师任国子监主簿。此词便是写回京后访问旧友的复杂心情。全词三段。上阕写初春访旧的环境氛围，中阕回忆当年初来时所见所爱，忆念伊人。当年万种风情，宛在目前。下阕抚今追昔，极写物是人非的哀戚。“歌舞”依旧，“秋娘”不在，于是引发过去与“秋娘”的一段文字姻缘的回顾。“吟笺赋笔”二句用李商隐赠歌女情诗之故实写自己与“秋娘”的挚爱。此作以铺叙手法绘画形象披露内心愁苦，今昔交错，人物情绪与作品境界均给予动态性的表现，其结构模式甚至带有戏剧性特点。这使它成为一篇不可多得的佳作。

琐窗寒[1]

暗柳啼鸦，单衣伫立，小帘朱户。桐花半亩，静锁一庭愁雨。洒空阶、夜阑未休，故人剪烛西窗语[2]。似楚江暝[3]宿，风灯零乱[4]，少年羁旅。

迟暮，嬉游处。正店舍无烟，禁城百五[5]。旗亭[6]唤酒，付与高阳俦侣[7]。想东园、桃李自春，小唇秀靥[8]今在否。到归时、定有残英，待客携尊俎。

注解

①琐窗寒：周邦彦创调，因词有“静锁一庭愁雨”“故人剪烛西窗语”句，故取以为词调名。

②剪烛西窗语：李商隐《夜雨寄北》诗：“何当更剪西窗烛，却话巴山夜雨时。”

③暝(míng)：日落，天黑。

④风灯零乱：杜甫诗：“风起春灯乱。”

⑤禁城百五：据传，冬至节后一百五日，为“寒食”节，禁火三日，清明始以榆火燃薪。禁城：全城皆禁火。

⑥旗亭：市楼，有旗立于上，并设酒肆，为唐宋时文人墨客游憩之所。

⑦高阳俦侣：高阳酒徒的朋友。

⑧小唇秀靥：李贺诗：“浓眉笼小唇”，又“晚奁妆秀靥”，写女子美貌。

赏析

此词抒写年老远游思念家乡的凄凉感受。上阕写词人听到户外雨声，昔日爱妻在西窗前剪烛私语的情景又现眼前，宛若自己少年时代身处雨夜的孤舟之中也是这样风灯零乱、夜雨止宿。少年远行，老年羁旅，心情一样的萧索。下阕回到眼前：地点又是昔日的“嬉游处”，但却今非昔比。全城在过寒食节，眼前一片萧瑟。今日凄凉与昔日“嬉游”的强烈反差，更令人伤感心痛，于是往旗亭买醉，以麻醉自己剧烈的心痛。“想东园”三句是对家乡现况的描写，昔日常去的东园，现在该是桃李争妍，春色满园了吧！“小唇秀靥”的伊人如今还在不在？最后三句设想归去，人已迟暮，春正远去，残英遍地，只能花下酣醉，排解郁结。全词就是在忽此忽彼的时空转换中，吞吐复杂心绪。全词字句典雅，巧妙化用前人诗句而无雕琢之痕。

风流子[1]

新绿小池塘，风帘动、碎影舞斜阳。羡金屋[2]去来，旧时巢燕；土花[3]缭绕，前度莓墙[4]。绣阁里，凤帏深几许？听得理丝簧[5]。欲说又休，虑乖[6]芳信。未歌先噎，愁近清觞[7]。

遥知新妆了，开朱户，应自待月[8]西厢。最苦梦魂，今宵不到伊行[9]。问甚时说与，佳音密耗。寄将秦镜[10]，偷换韩香[11]。天便教人，霎时厮见何妨？

注解

①风流子：唐教坊曲名。

②金屋：美人住的地方。汉武帝幼时曾说："若得阿娇，当以金屋储之。"

③土花：此指贴墙而生的苔藓类植物。

④莓墙：长满苔藓之墙。

⑤丝簧：弦乐与管乐乐器。

⑥乖：错过。

⑦清觞（shāng）：洁净的酒杯。

⑧待月：元稹《会真记》莺莺与张生诗："待月西厢下，迎风户半开。"

⑨不到伊行（háng）：不到她身边。行：那边，旁边。

⑩秦镜：汉秦嘉赠给妻子徐淑明镜。

⑪韩香：晋时贾充的女儿贾午暗恋韩寿，赠香与寿，贾充闻寿身上的香气，知是女儿所赠，于是将午嫁给韩寿。

赏析

这是一首表达相思之情的词。开头三句写初春黄昏外景，点明时间地点。接下四句，写燕能入金屋，而心上人却不能谋面。只能听到伊人弹琴吹簧的声音，倍增孤独。“欲说”以下四句忆旧，将当时两人欲言又止，欲说还休情态生动绘出。下阕着重写自己的思恋。“遥知”三句假想对方念己；“最苦”写自己梦魂难寻，虽有伊“待月西厢”，却连梦中也不能去到伊人身边。“问”数句盼望重叙旧欢。但结尾又转而把期待全抛掉，诘问苍天：难道让我们“霎时厮见”都不行吗？全词由景而情，吞吐往复，层层递进，将情写到极处，令人读后心潮难平。

虞美人

疏篱曲径田家小，云树开清晓。天寒山色有无中，野外一声钟起、送孤蓬①。

添衣策马寻亭堠②，愁抱③惟宜酒。菰蒲④睡鸭占陂塘，纵被行人惊散、又成双。

注解

①蓬：船帆，此代指船。

②亭堠：古时观察敌情的岗亭。此借指驿馆。

③愁抱：愁怀。

④菰蒲：两种水草名。

赏析

此词妙在以景寓情，含而不露。上阕以田家的闲逸幽静，暗示自己的相思之情，以远山和晨钟，烘托自己漂泊天涯的孤独。下阕以陂塘睡鸭，反衬自己离恨之苦。全词虽然只有一处明写“愁抱”，但处处皆是愁景。

绕佛阁·暗尘四敛

暗尘四敛，楼观迥出，高映孤馆，清漏将短。厌闻夜久、签声[1]动书幔，桂华[2]又满。闲步露草，偏爱幽远，花气清婉。望中[3]迤逦[4]，城阴度河岸。

倦客最萧索[5]，醉倚斜桥穿柳线，还似汴堤、虹梁[6]横水面。看浪飐[7]春灯[8]，舟下如箭，此行重见。叹故友难逢，羁思空乱。两眉愁、向谁舒展[9]。

注解

①签声：古时夜报更，更签掷地作响。

②桂华：月光。

③望中：视野之中。

④迤逦：音以李，曲折连绵。

⑤萧索：萧条，冷落。江淹《恨赋》有“秋日萧索，浮云无光”。

⑥虹梁：曲梁形如虹者。

⑦飐：音展，风吹而颤。

⑧春灯：元宵时多制灯谜，故称春灯。

⑨“向谁舒展”句：本作“向谁行展”，俗本改作“向谁舒展”，非。此句乃一二一句式。谁行，谁人那边也。

赏析

周邦彦精通音律，晚年被宋徽宗任命为国家最高音乐机关——大晟府提举官。他同当时任大晟府协律郎的晁端礼、撰制万俟咏一起，讨论古音，制定古调，增演漫词，创制了许多新曲。《绕佛阁》，就是其中的一种。

这首词，描写的是作者宦途失意、流落他乡所引起的倦客之悲和对故友的怀念。就四声、韵脚与句式长短来看，下片变化很大，五、七、九字的句式，占据主导地位，只是在后面穿插使用三个四字句。感情比上片有明显变化，节奏也变得急骤而有较大的起伏。领字，如“厌闻”“望中”“还似”“看”“叹”等，在词中起着穿针引线、转换语气的作用，更增添了音节的激越。这样的节奏和句法，都是随着声情变化而来的。而且与词的内容结合得十分紧密，非洞晓音律的音乐家，是不能做到这一步的。

六丑·蔷薇谢后作①

正单衣试酒，怅客里、光阴虚掷。愿春暂留，春归如过翼②，一去无迹。为问花何在，夜来风雨，葬楚宫倾国③。钗钿堕处④遗香泽。乱点桃蹊，轻翻柳陌⑤。多情为谁追惜⑥。但蜂媒蝶使，时叩窗槅。

东园岑寂，渐蒙笼暗碧。静绕珍丛底，成叹息。长条故惹⑦行客，似牵衣待话，别情无极。残英小、强簪巾帻⑧。终不似、一朵钗头颤袅，向人欹侧⑨。漂流处、莫趁潮汐。恐断红⑩、尚有相思字，何由见得。

注解

①六丑：周邦彦创调。

②过翼：飞过的鸟。

③楚宫倾国：楚王宫里的美女，喻蔷薇花。

④钗钿（diàn）堕处：花落处。白居易《长恨歌》：“花钿委地无人收，翠翘金雀玉搔头。”

⑤桃蹊（xī）：桃树下的路。柳陌：绿柳成阴的路。

⑥多情为谁追惜：即“为谁多情追惜”，意即还有谁多情（似我）地痛惜花残春逝呢？

⑦惹:挑逗。

⑧强簪巾帻:勉强插戴在头巾上。

⑨向人欹侧:向人表示依恋媚态。欹侧:倚靠。

⑩断红:用唐人卢渥和宫女在红叶上题诗的典故。联系前句,意指红花飘零时,对人间充满了依恋之情。

赏析

本篇写游子思念佳人。笔触细腻,融情于景。全词以美人喻鲜花,用爱的柔笔抒发自己的迟暮之感,使花园的寂寞与人世的幽独有机地结合在一起,词人惜花伤春的同时,也在自怜自伤。上阕写花谢,极尽想像;下阕写追惜,极尽缠绵之致。全词妙想联翩、委婉曲折。

满庭芳·夏日溧水无想山作

风老莺雏,雨肥梅子,午阴嘉树清圆。地卑山近,衣润费炉烟。人静乌鸢自乐,小桥外,新渌溅溅。凭阑久,黄芦苦竹,拟泛九江船。

年年。如社燕[1],飘流瀚海[2],来寄修椽[3]。且莫思身外[4],长近尊前。憔悴江南倦客,不堪听、急管繁弦。歌筵畔,先安簟[5]枕,容我醉时眠。

注解

①社燕:燕春社来,秋社去,故称社燕。

②瀚海:大沙漠。

③修椽(chuán):屋顶盖的长大木条,此指屋檐。

④莫思身外:杜甫《绝句漫兴九首》第四:"莫思身外无穷事,且尽生前有限杯。"

⑤簟(diàn):竹席。

赏析

周邦彦于哲宗元八年任溧水(属今江苏)县令。此词正是作者被贬时心中愤愤不平,而又求自我解脱的一首抒情之作。上阕系凭栏所见,有自然恬淡的初夏景致。"地卑"两句转写卑湿之地令人不适。"人静"三句又描画出一种风景宜人的境界。"凭栏久"将自己的处境与被贬江州的白居易相比较。下阕写凭栏所想,写逐客之悲。以飘流的"社燕"自比,将为宦亦喻为寄人篱下,可见词人孤愤与凄凉心境。只好在酒里去寻求暂时超脱。此词表现了词人内心深处的痛苦与矛盾,无论是寄情山水还是以酒麻醉,都不能使自己完全忘却现实。所以总是陷于沉郁顿挫之中。

解语花·上元

风销绛蜡[1],露浥红莲[2],花市光相射。桂华[3]流瓦,纤云散,耿耿[4]素娥欲下。衣裳淡雅,看楚女纤腰[5]一把。箫鼓喧,人影参差[6],满路飘香麝[7]。

因念都城放夜[8],望千门[9]如昼,嬉笑游冶。钿车罗帕[10],相逢处,自有暗尘随马[11]。年光是也[12]。惟只见旧情[13]衰谢。清漏移[14],飞盖归来[15],从舞休歌罢。

注解

①绛蜡:红烛。

②红莲:一作"烘炉",指莲花灯。

③桂华:代指月亮,因传说月中有桂树。

④耿耿:光明的样子。

⑤楚女纤腰:形容女子身姿娉婷优美。楚女,泛指南方女子。杜牧《遣怀》诗:"落

魄江南载酒行，楚腰纤细掌中轻。”

⑥参差：杂乱不齐的样子。

⑦香麝：即麝香。

⑧放夜：元宵期间，皇宫附近的灯彩允许都人和仕女纵观。

⑨千门：指宫里千门万户。

⑩钿车罗帕：车上的歌伎用香罗手帕和游人相招。钿车，豪华的车子。

⑪暗尘随马：苏味道《上元》：“暗尘随马去，明月逐人来。”这里指车马经过之地，聚拢了很多人。

⑫是也：还是一样。

⑬旧情：过去的豪情。

⑭清漏移：此指夜深了。

⑮飞盖：飞驰的车子。盖，车篷，代指车子。

赏析

以正月十五上元节为题材的诗词，历来首推初唐苏味道的《上元》诗，其次则以北宋的苏轼《蝶恋花·密州上元》和周邦彦《解语花·上元》、南宋的李清照《永遇乐》和辛弃疾《青玉案》等词为代表作。柳永、欧阳修等虽亦有词，皆不及上述诸作脍炙人口。苏味道诗写承平时代长安元宵夜景，纯是颂诗。苏轼词则以追忆杭州上元的热闹来反衬自己到密州后的心境荒凉。辛词别有怀抱，意不在专咏元宵；李词则抚今追昔，直抒国亡家破之恨。从描写上元节的具体内容看，周邦彦的这首《解语花》诚不失为佳作。正如张炎在《词源》卷下所说：“美成《解语花》赋元夕云云，……不独措辞精粹，又且见时序风物之盛，人家晏（宴）乐之同。”盖此词既写出了地方上过元宵节的情景，又回顾了汴京上元节的盛况，然后归结到抒发个人的身世之感，还是比较完整的。不过摆到宋徽宗在位期间这个时代背景下，自然给人以好景不常的联想，而且统治阶级的醉生梦死也使人不无反感，至少也难免感慨系之。特别是周邦彦本人，填词的工力虽深，而作品的思想内容却并不很高明，所以这首《解语花》，近年来已不大为人注意了。

拜星月慢[1]

夜色催更，清尘收露，小曲幽坊月暗。竹槛灯窗，识秋娘庭院。笑相遇，似觉琼枝玉树相倚[2]，暖日明霞光烂。水眄兰情[3]，总平生稀见。

画图中、旧识春风面[4]，谁知道、自到瑶台畔[5]。眷恋雨润云温，苦惊风吹散。念荒寒、寄宿无人馆。重门闭、败壁秋虫叹。怎奈向、一缕相思，隔溪山不断。

注解

①拜星月慢：唐教坊曲名《拜新月》，周邦彦改为慢词长调。

②琼枝玉树：指美人佳士。

③水眄兰情：目盼如秋水，情香如兰花。眄（miàn）：顾盼。

④画图中、旧识春风面：词人用旧典以昭君喻“秋娘”。

⑤瑶台：仙人所居处。

赏析

此词状写恋情及别后相思。上阕追忆与情人首次幽会。开头三句写相逢时间和环境。“竹槛灯窗”，陈设简陋，可见二人感情建立在淳朴的两情相悦基础之上，“笑相遇”，是一见钟情；“琼枝玉树相倚”是二人情投意合。“暖日”句更让感情升华。“水眄兰情”从视觉和嗅觉方面作比。“平生稀见”是对佳人的总体评价。下阕“画图中”一句交代相见之前，业已慕名。“眷恋雨润云温”是见面后之情事。“苦惊风吹散”，揭示出欢后苦别的悲剧。“念荒寒”四句写今日自己的飘零落魄。结尾三句，更是凄艳动人。此作通过对失去恋情的追忆，表达仕途失落后的悲惨心态。

绮寮怨[1]

上马人扶残醉，晓风吹未醒[2]。映水曲、翠瓦失檐，垂杨里、乍见津亭。当时曾题败壁，蛛丝罩、淡墨苔晕青。念去来、岁月如流，徘徊久、叹息愁思盈。

去去倦寻路程，江陵旧事，何曾再问杨琼。旧曲凄清，敛愁黛[3]、与谁听？尊前故人如在，想念我、最关情。何须渭城[4]。歌声未尽处，先泪零。

注解

①绮寮怨：周邦彦创调。

②“晓风”句：柳永《雨霖铃》：“今宵酒醒何处？杨柳岸、晓风残月。”

③愁黛：愁眉。

④渭城：即王维《渭城曲》。

赏析

这是一首写羁旅伤感的词作。开头两句表现词人的潦倒和狼狈。接下不说原委，而写途中所见。津亭败壁、蛛丝网罩——乃是岁月的足迹。下阕开头“去去倦寻路程”才对首二句作了正面回答。旧地重经，席上奏起“旧曲”。此时只是想到曾为我樽前演唱的“故人”。下阕是词人意识流程的真实记录，表现如烟往事，在重经故地时——涌上心头。故而才有了起首“上马人扶残醉，晓风吹未醒”的麻木，以逃避忆旧（尤其是那位善唱的“故人”）给自己带来的深沉痛苦。

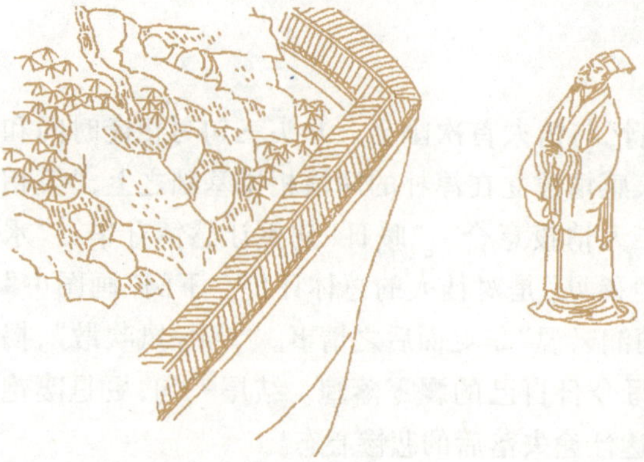

尉迟杯[1]

隋堤路，渐日晚、密霭[2]生深树。阴阴淡月笼沙[3]，还宿河桥深处。无情画舸，都不管、烟波隔南浦。等行人、醉拥重衾，载将离恨归去。

因念旧客京华，长偎傍疏林，小槛欢聚。冶叶倡条[4]俱相识，仍惯见珠歌翠舞。如今向、渔村水驿，夜如岁、焚香独自语。有何人、念我无聊，梦魂凝想鸳侣。

注解

①尉迟杯：词牌名。
②密霭：浓云密雾。
③淡月笼沙：杜牧《泊秦淮》："烟笼寒水月笼沙，夜泊秦淮近酒家。"
④冶叶倡条：指歌妓。

赏析

这又是一篇抒写离愁之作。一开始"密霭生深树"，景中已透露前途迷茫之预感。接着，在流动中表现出离京渐远的过程和凄凉、孤独……种种难言之苦。下阕前半忆旧。"旧客京华"，本有许多情事可以回顾，但词人却只回忆与妓女们的"欢聚"。下阕后半又回到现实："渔村水驿"，这与京都的"珠歌翠舞"的鲜明对比强化了落魄的凄楚。所以"夜如岁"二句便显得甚有分量。"梦魂凝想鸳侣"又表现出愁极无聊时，仍痴迷于旧情。此词营造出的忧愁胜境，独具一格。

瑞鹤仙[1]

悄郊原带郭。行路永、客去车尘漠漠。斜阳映山落，敛余红犹恋，孤城阑角。凌波步弱[2]，过短亭、何用素约[3]。有流莺劝我，重解绣鞍，缓引春酌[4]。

不记归时早暮，上马谁扶，醒眠朱阁。惊飙[5]动幕。扶残醉、绕红药。叹西园已是，花深无地，东风何事又恶？任流光过却，犹喜洞天[6]自乐。

注解

①瑞鹤仙：此调始于北宋，周邦彦词为正体。
②凌波步弱：指步伐轻盈的歌女。
③素约：旧约。
④春酌：春酒。
⑤惊飙：狂风。
⑥洞天：道家谓神仙所居地。

赏析

此词写偶遇旧时相知的伤感之情。表现词人向往神仙自在境界的意绪。此词据周邦彦说是“梦中得句”，并将此词与方腊起义联系起来。当时词人为躲避起义，东奔西避，但词中并无一语对起义的微词，尾句竟唱出“任流光过却，犹喜洞天自乐”的轻快之调，反映词人晚年对朝廷时局的不满与出世之愿。

西河·金陵怀古①

佳丽地②,南朝盛事③谁记?山围故国绕清江,髻鬟对起④。怒涛寂寞打孤城,风樯遥度天际。断崖树,犹倒倚;莫愁⑤艇子曾系。

空余旧迹郁苍苍,雾沉半垒。夜深月过女墙⑥来,伤心东望淮水。

酒旗戏鼓甚处市?想依稀、王谢邻里,燕子不知何世⑦;向寻常巷陌人家,相对如说兴亡,斜阳里。

注解

①西河:唐教坊曲。

②佳丽地:指江南。

③南朝盛事:南朝宋、齐、梁、陈四朝建都于金陵。

④髻鬟对起:以女子髻鬟喻在长江边相对而屹立的山。

⑤莫愁:相传为金陵善歌之女。

⑥女墙:城墙上的矮墙。

⑦燕子不知何世:刘禹锡《乌衣巷》:"朱雀桥边野草花,乌衣巷口夕阳斜。旧时王谢堂前燕,飞入寻常百姓家。"

赏析

此词系咏史之作。全词化用刘禹锡咏金陵之《石头城》和《乌衣巷》两首诗,但又浑然天成。此词三阕结构:上阕起调至"风樯遥度天际",写金陵胜境;中阕由"断崖树"至"伤心东望淮水",写金陵古迹并发出凭吊;下阕由"酒旗戏鼓甚处市"至末,写目前景物及千古兴亡之思。此作苍凉悲壮,平易爽畅,笔力遒劲。

应天长①

条风②布暖，霏雾弄晴，池台③遍满春色。正是夜堂④无月，沉沉暗寒食。梁间燕，前社⑤客，似笑我、闭门愁寂。乱花过、隔院芸香⑥，满地狼藉。

长记那回时，邂逅⑦相逢，郊外驻油壁⑧。又见汉宫传烛，飞烟五侯宅⑨。青青草，迷路陌。强裁酒、细寻前迹。市桥远，柳下人家，犹自相识。

注解

①应天长：此调有令词、慢词两种。

②条风：即春风。

③池台：有本作“池塘”。

④夜堂：有本作“夜台”。

⑤前社：春社。

⑥芸香：泛指花之香气。

⑦邂（xiè）逅（hòu）：不期而遇。

⑧油壁：油壁车，车壁以油饰之。

⑨“又见汉宫传烛”句：唐韩翃诗：“春城无处不飞花，寒食东风御柳斜。日暮汉宫传蜡烛，轻烟散入五侯家。”

赏析

这是一首写寒食节的伤春之作，主要写从前偶遇的恋情，而今重回故地，只留下无限惆怅。上阕由“春色”写起，而黑暗与冷峻又将词人包围。更见我之愁苦。极言己乃是世间最不幸者。接着又以艳景反衬我之零落，使自己的悲哀更显强烈。接着又追忆当年艳遇。用“汉宫传烛”之故事，暗示当年邂逅时间与对象。“青青草”以下至末，重回今日。“前迹”不可寻，离人不可见；“柳下人家”尚还认识我，昭示出我常回故地寻觅伊人。正是其情绵绵无尽期！

浪淘沙慢

昼阴重，霜凋岸草，雾隐城堞。南陌脂车[1]待发，东门帐饮乍阕[2]。正拂面、垂杨堪揽结；掩红泪[3]、玉手亲折。念汉浦离鸿去何许，经时信音绝。

情切。望中地远天阔。向露冷风清无人处，耿耿寒漏咽。嗟万事难忘，唯是轻别。翠尊未竭。凭断云留取，西楼残月。

罗带光销纹衾叠。连环解、旧香顿歇。怨歌永、琼壶敲尽缺[4]。恨春去、不与人期，弄夜色，空余满地梨花雪。

注解

①脂车：车轴涂上油脂的车，润滑以利快行。

②乍阕：方停，刚结束。

③红泪：胭脂泪。

④琼壶敲尽缺：《世说新语》载，晋王敦酒后，咏曹操《龟虽寿》："老骥伏枥，志在千里，烈士暮年，壮心不已。"以如意击唾壶为节，壶口尽缺。

赏析

这是一首伤春念情的词作。全词三阕，上阕追忆当年时令节候及折柳惜别的情事。前者则是后者的烘托。"拂面、垂杨"与"红泪、玉手"，细节传神，足见当年印象之深。"念汉浦"以下三句抒言信断绝之憾。中阕写别后情思。在流动的情绪中，浓化别离的伤感。无可奈何的凄凉，令人叹惜。"凭断云留取"，最先使人哀叹。下阕写去则去也，可"怨歌"，永唱。虽"怨"，却不"恨"伊，只有"恨春"不给机会。所以，"怨"是表层，深层依然是"爱"——刻骨铭心的爱，其实也是无悔无恨的爱。满地梨花，冰凉洁白，正无言地叙说着无奈的人生……以景结情，留下怅远、空阔的情韵，使人回味无穷。

夜游宫[1]

叶下斜阳照水。卷轻浪、沉沉千里。桥上酸风射眸子[2]。立多时，看黄昏，灯火市。

古屋寒窗底。听几片、井桐飞坠。不恋单衾[3]再三起。有谁知，为萧娘[4]，书一纸。

注解

①夜游宫：调名可能取汉成帝“宵游宫”意。

②酸风射眸子：指冷风刺眼使鼻酸。

③单衾(qīn)：薄被。

④萧娘：唐人泛称女子为萧娘，男子为萧郎。

赏析

此词为即景抒情之作。写接到情人(萧娘)一封信后的沉痛情绪。落叶、斜阳、江水，千里不绝，是立在桥上的词人视角所及。而江水“沉沉千里”，是词人心潮的表征。由“斜阳”而“黄昏”，而“灯火”，揭示出词人长久地伫立于冷风之中，酸泪欲滴。下阕写室内愁怀。古屋寒窗，凄凉森冷，但“不恋单衾再三起”的原因，却是“萧娘书一纸”！结尾点出主旨。

◆ 秦 观

秦观(1049-1100年),字少游,一字太虚,号淮海居士。高邮(今属江苏省)人。少有才名,研习经史,喜读兵书。熙宁十年(1077年),往谒苏轼于徐州,次年作《黄楼赋》,苏轼以为"有屈、宋姿"。元丰八年(1085年)进士,元祐初,任秘书省正字,兼国史院编修;晚年一再遭贬。他是"苏门四学士"之一,其诗清新婉丽;词多写恋情和身世之慨,语工而入律,情韵兼胜,哀艳动人,曾因《满庭芳》词赢得"山抹微云君"雅号。他毕生追随苏氏兄弟,而词风不学东坡,独创一格,以秀丽含蓄取胜,情调略嫌柔弱与凄凉。有单刻本《淮海居士长短句》三卷行世,后收入《疆村丛书》。

如梦令·春景[①]

门外绿荫千顷,两两黄鹂相应。睡起不胜情,行到碧梧金井[②]。人静,人静,风弄一枝花影。

注解

①曾慥《乐府雅词》及黄升《花庵词选》以为曹组作。
②金井:雕饰华丽的井栏。

赏析

这首小令题为"春景",情因景生。"风弄一枝花影",以动写静,妙绝。

八六子①

倚危亭，恨如芳草②，萋萋刬尽还生③。念柳外青骢别后④，水边红袂⑤分时，怆然暗惊。

无端天与娉婷⑥。夜月一帘幽梦，春风十里柔情⑦。怎奈向⑧、欢娱渐随流水，素弦声断，翠绡香减，那堪片片飞花弄晚，濛濛残雨笼晴。正销凝⑨，黄鹂又啼数声⑩。

注解

①八六子：杜牧始创此调，又名《感黄鹂》。

②恨如芳草：李煜《清平乐》："离恨恰如芳草，更行更远还生。"

③刬：同"铲"。

④青骢（cōng）：毛色青白相间的马。

⑤红袂（mèi）：红袖，指女子，情人。

⑥娉婷：美貌，指美人。

⑦"春风"句：杜牧《赠别》诗："春风十里扬州路，卷上珠帘总不如。"

⑧怎奈向：即怎奈、如何。宋人方言，"向"字为语尾助词。

⑨销凝：销魂凝恨。

⑩黄鹂：又名黄莺。

赏析

这是首伤人之作。开头由情直入，由春草比离恨，含蓄空灵，"柳外青骢别"，"水边红袂分"，对仗工稳，色彩鲜明，"怆然暗惊"又回到现实，含无限凄楚之感。下阕由追忆情人的美貌和柔情，承上启下，"那堪"以下又一对句，落花纷纷，残雨蒙蒙，在凄迷之景中融入深切的怀人之情，更生苦愁。"黄鹂"啼声在愁境中缭绕，让声音展示更空阔的愁怀，含无限深长的情思。

满庭芳[1]

山抹微云，天连衰草，画角声断谯门[2]。暂停征棹，聊共引离尊。多少蓬莱旧事，空回首、烟霭纷纷。斜阳外，寒鸦万点，流水绕孤村[3]。

销魂。当此际，香囊[4]暗解，罗带轻分。谩赢得青楼，薄幸名存[5]。此去何时见也，襟袖上、空惹啼痕。伤情处，高城望断，灯火已黄昏。

注解

①满庭芳：此调取柳宗元诗句“满庭芳草积”。又名《锁阳台》《满庭霜》《潇湘暮雨》《满庭花》《话桐乡》。

②山抹微云：指一缕缕薄云横绕山腰，像是涂抹上去一样。天连衰草：指远处的枯草紧连着天际。画角：涂有彩色的军中号角。谯门：高楼上之门，可以眺望远方，今城市所存鼓楼，正与谯门同。

③“寒鸦”句：化用隋炀帝诗句：“寒鸦千万点，流水绕孤村。”

④香囊：装香物的小袋，古人佩在身上的一种装饰物。

⑤谩：徒然。薄幸：薄情。

赏析

此词叙写恋人离别时的哀愁。上阕写景，引出别意，妙在“抹”与“连”两个动词表现出风景画中的精神，显出高旷与辽阔中的冷峻与衰飒，与全词凄婉的情调吻合。接着将“多少蓬莱旧事”消弭在纷纷烟霭之中，概括地表现离别双方内心的伤感与迷茫。“斜阳外”三句宕开写景，别意深蕴其中，下阕用白描直抒伤心恨事，展示自己落拓江湖不得志的感受。结尾三句写船愈来愈远，回首“高城”，只见到昏黄的灯火；内怀无可奈何的别情。本词摹写景物，很能传神达意。

满庭芳

晓色云开，春随人意，骤雨才过还晴。古台芳榭，飞燕蹴红英[2]。舞困榆钱[3]自落，秋千外，绿水桥平。东风里，朱门映柳，低按小秦筝。

多情。行乐处，珠钿翠盖，玉辔红缨。渐酒空金榼[4]，花困蓬瀛。豆蔻梢头旧恨，十年梦，屈指堪惊[5]。凭阑久，疏烟淡日，寂寞下芜城[6]。

注解

①此为春游感怀之作。

②蹴(cù)：追逐。杜甫《城西陂泛舟》："鱼吹细浪摇歌扇，燕蹴飞花落舞筵。"

③榆钱：唐施肩吾《戏咏榆荚》："风吹榆钱落如雨，绕林绕屋来不住。"

④金榼(kē)：酒器。

⑤"豆蔻"二句：语本杜牧《赠别》诗"豆蔻梢头二月初"和《遣怀》诗"十年一觉扬州梦"。

⑥芜城：扬州的别名。

赏析

这是一首伤春怀旧之作，寄寓词人失意的身世之感。上阕以写景为主，从天气景物写到人事，又从人相会写到离别。东风吹送"朱门"传出的筝声，正是触发下阕忆旧愁怀的媒介。下阕以抒情为主，回忆往昔多艳情的富贵与欢洽，以突出十年如梦、屈指堪惊的失落痛楚。强烈的反差，加强了凭倚着栏杆久久眺望的寂寞。人生如梦，繁华很快即变成过眼云烟的无常之叹，尽在"疏烟淡日，寂寞下芜城"的境界之中。

减字木兰花[1]

天涯旧恨，独自凄凉人不问。欲见回肠[2]，断尽金炉小篆香[3]。
黛蛾[4]长敛，任是春风吹不展。困倚危楼，过尽飞鸿字字愁[5]。

注解

①据《词谱》：《木兰花》令始于韦庄，系五十五字，全用仄韵者。《花间集》魏承班有五十四字词一体，毛熙震有五十三字词一体，亦用仄韵，皆非减字也。自南唐冯延巳制《偷声木兰花》五十字，前后起两句仍作仄韵，七言结处乃偷平声，作四字一句，七字一句，始有两仄、两平、四换韵体。故《减字木兰花》又称《偷声木兰花》《减兰》《小木兰花》等。

②回肠：司马迁《报任安书》有"是以肠一日而九回"，南朝陈徐陵《在北齐与杨仆射书》："朝千悲而掩泣，夜万绪而回肠，不自知其为生，不自知其为死也。"

③篆（zhuàn）香：即盘香，此处喻"回肠"。李清照《满庭芳》："篆香烧尽，日影下帘钩。"

④黛蛾：女子之眉。温庭筠《晚归曲》："湖西山浅似相笑，菱刺惹衣攒黛蛾。"

⑤飞鸿：即雁。字字：雁飞时排成"一"字或"人"字，故云。

赏析

这是写一个独处女子在困人的春天思念远方情人的离愁别恨至深的词。词的上片"天涯"二句，首句"天涯"就距离写游子之远、彼此分离天各一方，"旧恨"就时间写分手之后，别愁离恨之长。词篇本事，就此揭示了出来。次句，"人不问"，写无人对语，独居高楼，本够凄凉，有谁关心慰问，即连同情的人都没有，故"独自凄凉"，即分外感觉到凄凉难堪了。这里"人不问"之人，当指为其朝思暮想远在"天涯"之人。其人"不问"，可知音信不通，相思难寄，这就必然加重了她对远方情人的思念更加迫切，相见的欲望更加强烈。“欲见”两句，写女子在百无聊赖愁苦之极，只好用燃香数刻来耗费时间。“欲见”写怀情人之切，“回肠”写内心之痛，用形状回环如篆的盘香，形容恰如人的回肠百转。“断尽”，指炷一根根断尽。这里用以突出女子柔肠寸断，即“一寸相思一寸灰”的强烈感受。香断烟消，也是形容时间流逝、愁闷未散，女子的愿望终于烟雾一样虚幻。总之，这两句极写其相思怀人的愁苦。

过片从一年四季写愁。“黛蛾”两句写这位女子从冬到春愁眉难展的情状。由于别恨难消，故存于心头而现于眉梢，以致常是愁眉紧锁，尽管春天来临，“东风”劲吹，具有神奇伟大的东风，吹绿了大地江岸，吹开了百花吐艳。但无论怎样吹拂，也吹不展她的一双愁眉，这就深刻地揭示出在“长敛”“不展”背后其愁恨的深重。此句构思特妙，它和辛词《鹧鸪天》“春风不染白发须”同一机杼，都可说是文艺美学上无理而妙的写法。即通过这种似乎无理的描写，却更深刻地表达了人的情思，给人以无穷的韵味。歇拍“困倚”二句，写她从夏到秋守傍高楼，默默无语地目视一群群大雁消失在遥远的天边，渴望着有远人锦书的到来，但她凭着自己有多少次失望的经验，明知那毕竟是缥缈无凭的幻想，即使倚遍危楼，也依然是天涯离恨。因此在她眼里，那远去飞鸿组成的“人”字飞翔，实际上都可说是一个个巨大的“愁”字而已。这就是俗话说的“情人眼里出西施”。因为她思念情人，见雁字倍增愁思，“人”字也就变成了“愁”字。因为人在激情强烈情况下，客观景物在人的眼里会改变情调色彩的。所以，王国维说：“以我观物，故物我皆著我之色彩。”这话是言之有理的。

阮郎归

湘[1]天风雨破寒初，深沉庭院虚。丽谯吹罢小单于[2]，迢迢清夜徂[3]。

乡梦断，旅魂孤，峥嵘岁又除。衡阳犹有雁传书[4]，郴阳和雁无[5]。

注解

①湘：泛指现在湖南一带。

②丽谯：华丽的高楼。小单于：唐代曲名。即《梅花落》。梁吴均《梅花落》云："隆冬十二月，寒风西北吹。独有梅花落，飘荡不依枝。流连逐霜彩，散漫下冰澌。何当与春日，共映芙蓉池。"李白《与史郎中饮听黄鹤楼中吹笛》云："一为迁客去长沙，西望长安不见家。黄鹤楼中吹玉笛，江城五月落梅花。"

③徂(cú)：消逝。

④"衡阳"句：古代相传北雁南飞，至衡阳而返，不再往前。衡阳，今湖南衡阳市。

⑤郴(chēn)阳：今湖南郴县，在衡阳南。和雁无：犹连雁也没有。

赏析

秦观词多写相思别离，男女情爱，但这首词写于作者贬谪郴州之际，抒写的是除夕之夜漂泊异乡的孤独寂寞和思乡之情。

除夕之夜，本是我国一年中最隆重的全家团聚的日子，也是最热闹的夜晚。可在这首词中，独自身居贬所的词人在上阕里描写的是一个孤寂的岁暮，忧伤之情通过这一凄凉景象隐隐可见。湘天之内，虽然寒冬转暖，却风雨如晦，深沉庭院中一片空虚，既无同享天伦的妻儿老小，又无串亲访友的亲戚朋友。贬谪之人，在风雨交加中面对空空荡荡的庭院，想象其他人家合家团聚的情景，其凄凉孤独之状，可以想见。"丽谯"两句，写词人所闻。高楼上传来吹奏《小单于》的乐声，引人顿伤自己之飘荡无依，乐声停止，而哀伤难尽，面前是漫漫长夜，清冷孤苦，什么时候才能过去？下阕直抒除岁时的孤独。"乡梦"三句，将其梦想归乡却最终无望，他乡飘零如孤魂游荡的凄楚境地直接点出。归家不成，尚可做梦聊作安慰，但此时连梦也都断绝；旅居在外，即使人心有托，也会孤单思乡，但此时连魂魄都深感孤寂，何况又逢凄风苦雨，夜闻《梅花落》的悲凉曲调。以"峥嵘"形容岁月，可见词人内心对其坎坷生涯的深切感受，似乎每一天都是在煎熬中度过。"又"字，写出这种峥嵘岁月的年复一年，每年都似乎给人希望，却又年年失望。"衡阳"句，意为衡阳还有大雁飞去，可以传递书信，位于衡阳之南的郴州却连大雁都不会飞去，哪里会有鸿雁传书这回事呢？词人借衡阳、郴阳地理位置上的差异，巧妙地将自己的孤独绝望用递进关系的词句表达出来，感慨之深，无以复加。

全词意象沉郁，心境悲凉，语言虽然浅显，却洗练形象，富有情韵，寄托了作者深深的身世之感，是作者内心无限痛苦的外化。

鹊桥仙①

纤云弄巧②，飞星传恨③，银汉迢迢暗度。金风玉露一相逢④，便胜却、人间无数。

柔情似水，佳期如梦，忍顾鹊桥归路⑤。两情若是久长时，又岂在、朝朝暮暮⑥。

注解

①鹊桥仙：此调有两体，五十六字者始自欧阳修，因其词中有“鹊迎桥路接天津”句，取以为名；八十八字者始于柳永。此调多咏七夕。

②纤云弄巧：丝丝云彩编织出许多奇巧形态，暗示这是乞巧节。

③飞星传恨：作者想像被银河阻隔的牛郎、织女二星，闪现出离愁别恨的样子。

④金风：秋风。玉露：晶莹如玉的露珠，指秋露。

⑤忍顾：不忍心回头看。

⑥朝朝暮暮：日日夜夜。这里指日夜相聚。

赏析

这是一首咏七夕的节序词，起句展示七夕独有的抒情氛围，“巧”与“恨”，则将七夕人间“乞巧”的主题及“牛郎、织女”故事的悲剧性特征点明，练达而凄美。借牛郎织女悲欢离合的故事，歌颂坚贞诚挚的爱情。结句“两情若是久长时，又岂在朝朝暮暮”最有境界，这两句既指牛郎、织女的爱情模式的特点，又表述了作者的爱情观，是高度凝练的名言佳句。这首词因而也就具有了跨时代、跨国度的审美价值和艺术品位。

如梦令

遥夜沉沉如水[①]，风紧驿亭[②]深闭。梦破鼠窥灯[③]，霜送晓寒侵被[④]。无寐，无寐，门外马嘶人起。

注解

①遥夜：长夜。沉沉：深沉，寂静。
②驿亭：古代旅途供过往官员、差役休息、换马处。
③梦破：梦醒。鼠窥灯：老鼠胆怯地望着灯盏，想偷吃灯油。
④侵被：透进被窝。

赏析

本篇是词人贬谪途中，夜宿寒冷荒僻的驿舍所作。借写夜宿驿舍的况味，诉说旅途的艰辛。写的是在漫漫的长夜里，霜风紧吹，饥鼠窥灯，弄得无法安睡。等到天刚破晓，门外驿马长鸣，人声嘈杂，艰苦的长途跋涉又将开始。通过环境的描写和景物的烘托，寓情于景，把旅人的艰辛和谪贬者的失意表达得真切感人。词作短小而精练，也很有生活气息。

望海潮[①]

梅英疏淡，冰澌溶泄[②]，东风暗换年华[③]。金谷俊游[④]，铜驼巷陌[⑤]，新晴细履平沙。长记误随车，正絮翻蝶舞，芳思[⑥]交加。柳下桃蹊，乱分春色到人家。

西园夜饮鸣笳[⑦]。有华灯碍月，飞盖妨花。兰苑未空，行人渐老，重来是事[⑧]堪嗟。烟暝[⑨]酒旗斜。但倚楼极目，时见栖鸦。无奈归心，暗随流水到天涯。

注解

①望海潮：柳永创调，见《乐章集》。此调咏钱塘（今浙江杭州），当是以钱塘作为观潮胜地取意。

②冰澌（sī）溶泄：冰块融化流动。

③东风暗换年华：是说东风吹起不知不觉又换了岁月。

④金谷：金谷园，在洛阳西北。俊游：同游的好友。

⑤铜驼巷陌：古洛阳宫门南四会道口，有二铜驼夹着相对，后称铜驼陌。巷陌：街道。

⑥芳思（sì）：春天引起了错综复杂的情思。

⑦西园：宋时洛阳有董氏西园为著名的园林。后世泛指风景优美的园林。鸣笳：奏乐助兴。胡笳是古代传自北方少数民族的一种乐器。

⑧是事：事事。

⑨烟暝：烟雾弥漫，天色昏暗。

赏析

秦观词向以“情韵”著称，多语言工巧，文字精密，风格流于纤弱感伤，从这首词作可以见此特点。

上阕写重游西园，唤起旧日记忆。“梅英”三句，写梅花凋谢、冰雪融化，又一个春天随着东风悄悄而至。写春天不以花草渲染欣欣向荣，而是以清冷冬景写时光流逝，初春景象之中，见出作者心情郁郁寡欢之状。尤其是“暗”字，道出词人蓦然回首时对季节交替的惆怅心情。“金谷”三句，用历史上的金谷园、铜驼街等著名胜游之地回忆旧日汴京所历，含蓄蕴藉而又繁华初现。“长记”到上阕结束，以一个富有戏剧性的场景写春色宜人之状，匠心独具。韩愈《嘲少年》有“只知闲信马，不觉误随车”之句。秦观此句化用韩愈语意，描写春光骀荡，少年信马由缰纵情任性之状。不觉误随人家女眷车马，看一路蝴蝶飞舞，柳絮翻飞，情思不断，春色铺天盖地。世间春意盎然，人心意气扬扬，只是尽情享受春景，何曾想过年华流逝，老大无成？下阕继续描写旧日繁华景象而又另起一景。在上阕所忆白天郊游春色之后，转写晚上欢歌畅饮。“西园”三句，文字精练，写尽夜间欢宴之显赫辉煌。夜幕降临，笳声四起，华灯熠熠生辉，竟使明月黯然失色，车辆穿梭往来，时时挡住人们的视线。如此繁荣美景，的确令人心驰神荡。过去的春景越美，越衬出后来者的黯然，过去的夜饮越辉煌，越使人感叹时光易逝。“兰苑”三句，词意顿转，胜游之地虽在，自己却韶华见老，重见此春光夜饮景象，只是

多增嗟叹，而少兴致豪情了。如此心情远远望去，所见春景已自不同：苍茫暮色中，酒旗依稀可见，时不时栖鸦隐现，更增伤感。“无奈”两句，正面写作者心情。对此景象，无可把握，只有将“归心”付诸流水，任其奔流到自己也难以明了的遥远他乡了。

全词咏今忆昔，将昔日之鲜丽景象与目前之暗淡冷落相对照，在反衬中婉转地表达了作者的忧郁情怀。结构上，作者不采用一般词作以上下阕断开的常法，而是首尾咏今，中间从“金谷”起一直到下阕“飞盖妨花”为忆昔，章法新颖，构思巧妙。

◆ 贺 铸

贺铸（1052-1125 年），字方回，自号庆湖遗老，卫州（今河南省汲县）人。重和元年（1118 年）以太祖贺皇后族孙恩，迁朝奉郎，赐五品服。他终生不得美官，仕途失意。家藏书万卷，亲自校雠。其词刚柔兼济，或盛丽妖冶，或幽洁悲壮，既有语精意新的婉约佳篇，又有直抒胸臆的慷慨悲歌。他善于化用中晚唐诗句，题材意境均有所开拓，风格多样。曾自编词集为《东山乐府》，未言卷数，今存者名《东山词》，收入《彊村丛书》。

石州慢

薄雨初寒，斜照弄晴，春意空阔。长亭[①]柳色才黄，远客一枝先折。烟横水际，映带几点归鸦，东风销尽龙沙[②]雪。还记出关[③]来，恰而今时节。

将发。画楼芳酒，红泪清歌[④]，顿成轻别[⑤]。回首经年，杳杳音尘都绝[⑥]。欲知方寸[⑦]，共有几许清愁？芭蕉不展丁香结[⑧]。枉望

断天涯，两厌厌风月⑨。

注解

①长亭：古代驿道上供人休息、送别的地方。十里一亭的叫长亭，五里一亭的叫短亭。

②龙沙：塞外的通称。

③出关：自汴京到临城，途经白马关。

④红泪：指佳人胭脂沾满了离别的泪水。

⑤轻别：不经意的离别。

⑥音尘：音信。

⑦方寸：指心。

⑧“芭蕉”句：化用李商隐《代赠》里的诗：“巴蕉不展丁香结，同向春风各自愁。”巴蕉不展，丁香花蕾丛生，常用来比喻人愁心不解。

⑨厌厌：愁苦的样子。风月：指风景。

赏析

这是一首伤别词，是宋词中最早以“石州慢”为词牌的作品，又称“石州引”“柳色黄”，属商调。商者，伤也，词调与所抒之情正相吻合。以景衬情，比喻言愁。词作感情沉郁，笔势手法变化多端。

上阕着重以北国初春景色来衬托思乡之情。开篇先概括写出冬去春来的依稀氛围。“薄雨”“斜照”给人些许暖意，特别是“弄”字给人万物复苏的感觉，但“空阔”一词将北国边地一切春归伊始的气象变得淡然了。“长亭”以下具体描绘客乡春景，紧承“空阔”，写柳色微黄，才显淡淡春色，整装归乡的人已经急不可耐地折下一枝柳条。古有折柳赠别的习俗。“先”暗示出游子思归心切，不等春天完全来到就要离开此地。思归未归，于是写远望所见。只见远处苍茫的暮气笼罩着一片春水，黄昏的天幕下一队大雁披着夕阳的霞辉归来了。这里将人与雁相比，更写出归思难禁。“东风销尽龙沙雪”一句将所有的景物都纳入特殊的地域环境边塞之中，并给前文的景色描绘以特定的征人视角，交代了所见所感之所以如此的原因。

下阕回忆当年的离别情景。“将发”与“犹记”紧密连接，引出当年春光依旧里的饯别场面。雕梁画栋的酒楼里酒香扑鼻，美貌的歌女唱着伤感的歌曲。“轻”字写出作者当年不知人间悲欢离合之苦的年轻幼稚，暗含如今深刻的悔恨。特别是一年又一年之后，音信断绝的孤寂更加深了这种悔意。由“轻别”而思，而悔，而愁。离愁日积月累地加重，作者不禁以设问领起加以强调。“欲知方寸，共有几许清愁？”“共”字写出愁苦是两心相知的，并非我一人所有；“清”字是谓愁苦不断之意。再巧借李商隐的诗句以比喻加以形容，用未展芭蕉、丁香花蕾比喻郁结于心的愁思，于形象生动之中写尽相思的愁苦不堪。词到此，一切似乎皆已道尽，但词人又补上末两句。“两”字与“共有”相呼应。天各一方，两心相念，音信杳然，无数愁苦，对景难排，再美的风光在作者眼中也是愁情一片。茫然之境，足以使人为之伤怀。

全词上阕淡远空阔，下阕浓丽热烈。笔势由现今而过去，再由过去而眼前，末了展望将来，“愁情”的意脉流畅连贯。关里关外，一种愁情。天地“方寸”之间，多有照应。结构精巧，善于炼字亦为其特色。

青玉案

凌波不过横塘路[1]，但目送，芳尘去。锦瑟华年谁与度[2]？月桥花院，琐窗朱户[3]，只有春知处。

飞云冉冉蘅皋[4]暮，彩笔[5]新题断肠句。试问闲情都几许[6]？一川[7]烟草，满城风絮，梅子黄时雨[8]。

注解

①凌波：曹植《洛神赋》有“凌波微步，罗袜生尘”句，凌波形容女子步态轻盈。下句“芳尘”取“罗袜生尘”意，指美女的踪迹，这里指代美女。横塘：苏州一地名，作者住处附近。

②锦瑟华年：语出李商隐《锦瑟》开头两句“锦瑟无端五十弦，一弦一柱思华年”。这里指美好的时光。

③琐窗朱户：雕花窗户，红色大门。

④蘅皋：指长有香草的水边高地。蘅，香草。皋，水边。

⑤彩笔：五色笔。形容人极有才情。《南史·江淹传》记载江淹晚年梦见郭璞对他说："吾有笔在卿处多年，可以见还。"江淹掏出一只五色笔给郭璞，从此写诗作文缺乏文采，人称"江郎才尽"。

⑥都几许：共有多少。

⑦一川：遍地。

⑧梅子黄时雨：春夏之交阴雨连绵的时节正是梅子成熟的时候，俗称"梅雨"。

赏析

这首词又名《横塘路》，是贺铸晚年的作品。作者因之盛传一时而被称为"贺梅子"。宋朝周紫芝在《竹坡诗话》里说："贺方回曾作《青玉案》词，有'梅子黄时雨'之句，人皆服其工，士大夫谓之'贺梅子'。"全词以江南暮春之景集中表现美人离去的"闲情"。另一说认为通篇兴中有比，寄忧愤于明丽的春景，抒发仕途坎坷的失意苦闷。

上阕以虚实相生的笔法写情之断阻。开篇三句即借曹植《洛神赋》之典故，用"不过""目送""去"写美人不至，自己只能以目光追随其芳踪（不能亲往）的落寞无奈。美好的时光谁人与共？这一问既关涉作者自身的孤寂，又暗示作者所倾心的佳人的处境，并领起下文。良辰美景虽好，却无美人相伴左右，作者于是开始怜惜并试图寻到处于幽雅富丽的深院香闺中的佳人，然而爱慕、企盼带来的是只有春知晓的无限伤感。

下阕以写实之笔绘愁思纷乱。晚霞中流云袅袅，河岸边香草遍地，好一幅黄昏图景。作者用以乐景写哀情的手法突现自己因眷恋佳人而悲苦不堪、愁情难遣的心绪。了无生趣之下，新题的都是让人伤心欲绝的词句。"试问"几句被黄庭坚誉为"江南断肠句"，用联珠博喻具体渲染作者心中的"闲情"，因精警工巧成为千古传唱的名句。作者选取的烟草、风絮、梅雨分别存在于地上、人间、天上，这是极言愁思之多，无处不在；它们分别又是江南二三月、三四月、四五月之景，这是极写愁绪之久，无时不有。并且诸种景物迷濛灰暗、苍茫凄迷的特征会使本已浓重的愁思更加浓重。草是一望无边的烟雾中的草，絮是空中飞动的絮，雨是如烟似雾的梅雨，这些都不是前人用来写愁思的山、水、花等事物，它们在末句连用的综合效应，或许正是以相思写"美人迟暮"的身世感慨的基础。因此，沈际飞在《草堂诗馀正集》中评为"真绝唱"。

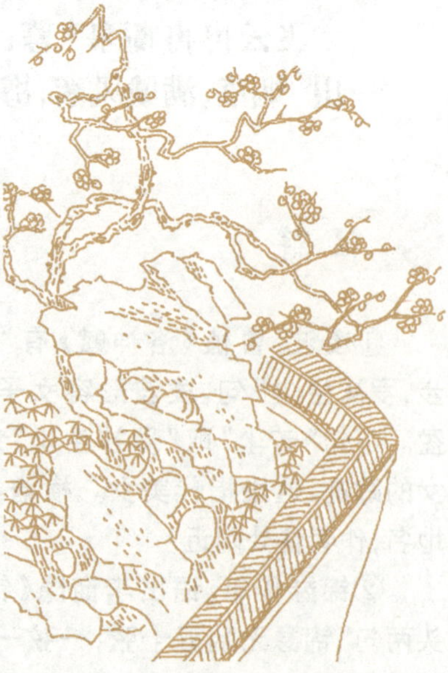

感皇恩[1]

兰芷满芳洲，游丝横路[2]。罗袜尘生步。迎顾。整鬟颦黛，脉脉两情难语。细风吹柳絮，人南渡。

回首旧游，山无重数。花底深、朱户何处？半黄梅子，向晚一帘疏雨。断魂分付与，春将去[3]。

注解

①感皇恩：唐教坊曲名。

②游丝横路：庾信《春赋》："一丛香草足碍人，数尺游丝即横路。"

③春将去：把春带去。

赏析

这是一首咏别情的词作。先写离别：送行的佳人如《洛神赋》中的宓妃，含情带愁，整鬟皱眉；行人在柳絮飘飞中，乘船南去……又写别后相思：青山阻隔，可心中却永存花丛深处中的伊人。"黄梅""疏雨"，乃是内心思情别绪的外在表征，愁得"断魂"，只得吩咐春携带这颗蕴满相思情离别恨的心回到伊人身边！苦苦恋情，使人为之感动。

鹧鸪天

重过阊门万事非[1]，同来何事不同归[2]？梧桐半死[3]清霜后，头白鸳鸯失伴飞[4]。

原上草，露初晞[5]。旧栖新垅两依依[6]。空床卧听南窗雨，谁复挑灯夜补衣？

注解

①阊(chāng)门:苏州城的西门名阊门。万事非:这里是人事全非的意思。

②何事:为何。不同归:作者夫妇曾旅居苏州,后来妻子死去,他一人独自离去,所以说是不同归。

③梧桐半死:枚乘《七发》说,“龙门之桐,高百尺而无枝”“其根半死半生”,用这样的桐来制琴,其声最悲。贺铸以“梧桐半死”比喻自己遭丧偶之痛。

④头白:点明不能白头偕老。

⑤露初晞(xī):汉代的挽歌《薤(xiè)露》说:“薤上露,何易晞!”把短促的人生比作薤叶上的露水,极其短暂。晞:干燥。

⑥“旧栖”句:对旧居和新坟都留恋难舍,不忍离去。

赏析

这是一首悼亡之作。作者重游故地,想起他死去的妻子,触发伤感之情。全词写得沉痛悲切,结尾处追忆他们过去共同生活中的日常细节,短短两句,饱含着深厚的感情,极为动人。

元 曲

◆白 朴

白朴，元代散曲作家、词人，“元曲四大家”之一。字太素，号兰谷。初名恒，字仁甫。山西河曲人，客居真定（今河北正定）。父白华，为金枢密院判官。白朴幼年蒙古军攻占南京（今开封），父母离散，曾由元好问照料。蒙古灭金后，白朴终生不仕。后移居金陵（今江苏南京），与诸遗老诗酒往还。作杂剧16种，今存《唐明皇秋夜梧桐雨》《裴少俊墙头马上》《董月英花月东墙记》三种，而以《梧桐雨》为代表作。《梧桐雨》取材于唐代陈鸿《长恨歌传》，以李隆基、杨玉环二人爱情为主线，反映了安史之乱这一重大历史事件。对李、杨二人既有同情又有批判，主题思想较复杂，艺术表现亦较成功，对清代的传奇戏曲《长生殿》有重大影响。白朴也是元代有成就的散曲作家之一。散曲内容大多是叹世、咏景和闺怨之作。曲词秀丽清新，有些小令颇有民歌特点。白朴的词流传至今100余首，大多为怀古、闲适、咏物与应酬之作，豪放婉约兼而有之，不少怀古之作，寄托了故国之思。今存《天籁集》词2卷。散曲存小令37首，套曲4首，今人隋树森《全元散曲》收录。

［越调］天净沙·秋

孤村落日残霞[①]，轻烟老树寒鸦[②]，一点飞鸿影下。
青山绿水，白草红叶黄花。

注解

①残霞:晚霞。
②寒鸦:天寒归林的乌鸦。

赏析

在这支秋景曲中,作者描绘了两幅图画,色彩明暗对比鲜明,虚实对照,情从景出。第一幅是前两句所描绘的。作者撷取了六种自然景物:村、日、霞、烟、树、鸦,再用孤、落、残、轻、老、寒等六个感情色彩一致的词加以渲染。

六个意象并置在一起,使得整幅画面笼罩着一派萧瑟的气氛,令人感到浓浓的秋意,照应了题目"秋"。"落日残霞"不仅点明了是傍晚时分,更传递出一种"夕阳无限好,只是近黄昏"的无奈惆怅之感。孤零零的小村庄,树木枯老,乌鸦出没,一点生气都没有,又缭绕着缥缈迷蒙的"轻烟",这样的画面使人不由得会产生一种凄凉、扑朔迷离的情思。

在这里,作者正是运用了写实的手法,描绘出一幅暗淡、萧瑟、冷清的迟暮秋景图。

在第二幅画面中,"一点飞鸿影下""青山绿水,白草红叶黄花"的景象,使这幅画面色彩斑斓,鲜艳明丽,充满着勃勃的生机,表现了作者对隐居生活的热爱之情。

在这支曲子中,作者非常巧妙地、不露痕迹地把"心中之景"与当时真实的环境放在一起,产生强烈的对比效果,含蓄地流露出自己的爱憎之情。

◆ 张养浩

张养浩(1270-1329年),字希孟,号云庄,济南(今属山东)人,他"幼年好学,读书不辍",二十岁被荐为东平(今属山东)学正。后历任县尹、监察御史礼部尚书等官。为官清正廉明、直言敢谏。英宗时曾上疏谏元夕内迁张灯为鳌山,后感仕途险恶,弃官归隐奉养老父。后朝廷七次征召,"皆不赴"。文宗天历二年(1329年),关中大旱,特拜陕西行台中丞,前往救灾,到任四月,就以积劳成疾,卒于任上。著有《云庄休君自适小乐府》,多为辞官归隐后所写,既讴歌了隐居之乐,也揭露出仕途险恶,世态炎凉。还有些关怀民生疾苦的作品,与一般接近市井勾阑的作家不同。

［中吕］喜春来

路逢饿殍[1]须亲问，道遇流民必细询。满城都道好官人。还自哂，只落的白发满头新。

注解

①饿殍（piǎo）：快要饿死的人。

赏析

这首小令内容显豁，语言朴实，艺术手法也比较单纯，对它的理解与欣赏应着重于在了解作者生平事迹的基础上，体会他在曲中流露出来的拳拳爱民之情。

中国封建社会中像白居易那样对自己“曾不事农桑”却“吏禄三百石，岁晏有余粮”（《观刈麦》）感到羞愧的官吏，当属少数，而真正“为民父母”“爱民如子”者，千载之下，能有几人？张养浩入仕途后，成为“昨日尚书，今日参议”（［中吕·普天乐］《辞参议还家》），地位显要，后因直言敢谏，为当国者所不容而辞官归隐。后朝廷数次征召，他都坚辞不就。可天历二年（公元 1329 年）关中大旱，陕西一带百姓处于倒悬之中，亟待解救，此时朝廷又特召他任陕西行台中丞，他却立即登车就道。临行前他“散其家之所有与乡里之贫者”，表现了与人民同命运和义无反顾的决心。途中“遇饿者即赈之，死者则葬之”。“到官四月，未尝家居，止宿公署，夜则祷于天，昼则出赈饥民终日无少怠。每一念至，即抚膺痛哭，遂得疾不起，卒年六十。关中之人，哀之如失父母。”这些记载俱见于《元史》本传中，可见“路逢饿殍须亲问，道遇流民必细询”乃是直书其事，并非自饰之词。“满城都道好官人”也不是自诩而是事实。他的确是一个爱民如子、称得上为百姓鞠躬尽瘁，死而后已，因而百姓视之如父母的好官。

面对着百姓的赞扬，应该说他是感到欣慰的。但又为什么“还自哂”呢？首先，这是一种严于责己的态度，他并未居功而对百姓的颂扬自觉受之无愧；其次，朝廷所拨赈灾的粮、资，虽解一时之急，然而也是杯水车薪，并不能解决根本问题。面对着饥民之困厄，他并没有因博得了一个“好官人”的名声而满足，而是为不能真正救民于水火之中日夜焦虑着。其套曲［一枝花］《咏喜雨》云：“眼觑着灾伤叫我没是处，只落的雪满头颅。”这正是他“还自哂”的原因。下文“白发满头新”的涵意即在此。同时，其“还

自哂”中还包含着更深沉的自责。请再看另一首他当时所作的重头小曲：“乡村良善全生命，廛市凶顽破胆心，满城都道好官人。还自哂，未戮乱朝臣。”说明他并不以已做的在下层保护良善、除奸除恶之事为满足，他自恨朝中还有危害更大的乱臣未除，百姓称他“好官人”，他是不安的。一个处于十三、十四世纪的封建官吏能有如此的胸怀和献身精神，这不仅是对当时绝大部分尸位素餐或视民命如草芥、甚至不惜以万千生灵的鲜血浸染朱袯的官僚们的反衬，同时也能提高今日读者对我中华民族优良品格的认识，增强我们的民族自信心。

［中吕］山坡羊·潼关①怀古

峰峦如聚，波涛如怒，山河表里潼关路。望西都，意踌躇，伤心秦汉经行处，宫阙万间都做了土。兴，百姓苦；亡，百姓苦。

注解

①潼关：关名，在今陕西省潼关县。

②山河表里：《左传》僖公二十八年载，晋楚之战前，子犯劝晋文公决战，说即使打了败仗，晋国“山河表里，必无害也”。这里用此成语，说明潼关形势异常险要。

③西都：长安。

④意踌躕：心里犹豫不定。

⑤伤心秦汉经行处：伤心的是一路上经过秦汉的历史遗迹。

⑥宫阙万间都做了土：万间宫室都变成了废墟。

赏析

《山坡羊·潼关怀古》是作者路过潼关时所写,第一句中的"聚"字让读者眼前呈现出华山飞奔而来之势、群山攒立之状;潼关外黄河之水奔腾澎湃,一"怒"字让读者耳边回响千古不绝的滔滔水声。为此景所动,"山河表里潼关路"之感便油然而生,至此潼关之气势雄伟可窥见一斑,如此险要之地,乃为历代兵家必争之地,也由此引发了下文的感慨。

华山的山峰好像从四面八方奔集起来,黄河的波涛汹涌澎湃好像在发怒,潼关外有黄河,内有华山,山河雄伟,地势险要。

从而把潼关的地形与历史巧妙地结合在一起,寓情于景,触景生情,以潼关作为历史的见证者,气势宏伟,表达诗人忧国忧民的思想感情。

诗人站在潼关要塞的山道上,眼前是华山群峰,脚下是黄河急流的河水在峡谷中奔腾着,咆哮着,就像暴怒疯狂的兽群。群峰高低参差地簇拥着,仿佛集合到这里来接受检阅。

想起古代,诗人不禁向西方望去。落日苍茫之中,诗人一无所见,却在脑海里浮现出一座座巍峨壮观的古都,一簇簇富丽堂皇的宫殿,多少帝王将相、英雄豪杰曾在那里龙争虎斗,威震一时,然而如今踪影全消,剩下来的只有黄土一片。西望长安,叫人彷徨,"兴,百姓苦;亡,百姓苦",这是对几千年历史一针见血的总评。

这首散曲,从潼关要塞想到古都长安,又从古都长安想到历代兴亡,地域远近数百里,时间上下千余年,思绪驰骋纵横,最后归结为"百姓苦"一句,反复咏叹,兼有山水诗的意境和历史家的眼光。说明历史上无论是朝代的兴起还是衰亡,受苦遭殃的都是老百姓,从而指出了封建政权与广大人民的根本对立性。

［双调］雁儿落兼得胜令

往常时为功名惹是非，如今对山水忘名利。往常时趁鸡声赴早朝，如今近晌午犹然睡。往常时秉笏立丹墀[①]，如今把菊向东篱[②]。往常时俯仰承权贵，如今逍遥谒故知。往常时狂痴[③]，险犯着笞杖徙流罪[④]，如今便宜，课[⑤]会风花雪月题。

注解

①笏(hù)：古代大臣上朝时拿的手板，可用以记事备忘。丹墀(chí)：皇帝殿前的台阶。

②如今把菊向东篱：此句是借陶潜《饮酒》诗"采菊东篱下，悠然见南山"句意，表示过着悠闲自在的生活。

③往常时狂痴：过去头脑痴傻。

④笞(chī)：用竹板打。杖：用棍子打。徙：流放。

⑤课：先拟定题目然后按题作文。

赏析

作者在《雁儿落兼得胜令》中描述了为官时与退隐后两种不同的生活情况。全曲用对比的笔法，形成强烈反差：在朝时必须卑躬屈膝，秉笏立丹墀，处处仰承权贵意志，如对朝政有所论谏，则可能被判刑；辞官后的生活却悠然轻松，自在飘逸，人如在世外桃源中。这种比较完全是来自作者本人的亲身体验，因而对当时社会现实黑暗的批判格外有力，态度也极为鲜明。

［南吕］西番经[①]

累次征书至[②]，教人去往难。岂是无心作大官？君试看，萧萧[③]双鬓斑；休嗟叹，只不如山水间。

注解

①此曲共四首，此为第三首。

②累次：多次，屡次。征书：皇帝征召的文书。

③萧萧：与“萧瑟”同，此处形容景况凄凉。

赏析

《西番经》抒发了作者不慕荣达、热爱山水的隐逸之情。征召文书“累次”下达，而作者却是进退两难，“岂是”一句设问，承上启下，引出对其原因的推究。作者先以“萧萧双鬓斑”回答，年老体衰，难以赴召，确是个理由；然而作者接着以“休嗟叹”一语，说明其真正原因是“只不如山水间”。小小短篇波澜起伏，一气盘旋，令人兴味盎然。

［中吕］普天乐

折腰惭，迎尘拜[①]。槐根梦觉[②]，苦尽甘来。花也喜欢，山也相爱。万古东篱天留在[③]。做高人轮到吾侪[④]，山妻稚子，团栾[⑤]笑语，其乐无涯。

注解

①折腰惭，迎尘拜：是倒置句，正常语序应是：迎尘拜，折腰惭。

②槐根梦觉：对做官像淳于棼做梦在槐树里做官那样清醒过来了。

③万古东篱天留在：陶潜的高尚节操流芳千古。东篱：此处代指陶潜。

④侪（chái）：辈，类。

⑤团栾（luán）：团圆。

赏析

在《普天乐》曲中，作者引用陶潜解印归田的故事，说明自己辞官也是因为“折腰惭”。又引用《南柯太守传》的故事，说明自己对做官也觉得犹如南柯一梦。最后抒写辞官后的生活乐趣，事实上又是对在官与辞官两种不同的生活进行对比，表明自己厌弃官场生活，向往自由的隐逸生活。

［中吕］山坡羊

休图官禄，休求金玉，随缘[1]得过休多欲。富何如？贵何如？没来由[2]惹得人嫉妒，回首百年都做了土[3]。人，皆笑汝；渠[4]，干受苦[5]。

注解

①随缘：顺随着机遇的安排。

②没来由：无缘无故的，平白无端的。

③回首百年都做了土：意谓人活一世，终不免一死。

④渠：他。

⑤干受苦：白受苦。

赏析

张养浩的这支《山坡羊》，是针对追求官爵禄位，贪图金玉财宝这种腐败现象而发的。人生百年，终了还是变作一堆黄土，随缘得过似乎显得有些消极，甚至虚无，但是，依全中国封建社会、特别是元代社会的具体情况来看，整个曲子所表现的思想情调，显然是与当政者不合拍的。

［中吕］山坡羊

与人方便，救人危患，休趋[①]富汉欺穷汉。恶非难，善为难[②]。细推物理[③]皆虚幻，但得个美名儿留在世间。心，也得安；身，也得安。

注解

①趋：趋附，亲近。

②恶非难，善为难：做坏事容易，做好事就不容易了。

③细推物理：仔细推究事物的道理。

赏析

张养浩这支《山坡羊》，是有所感而发。元代社会里，除了贪官污吏，豪权势要之外，还有一批地痞恶棍，恃强凌弱，欺压良善，横行霸道，无恶不作，成为祸害。张养浩这支曲子就劝人为善，劝诫人们不要趋炎附势，欺侮贫弱；要多做好事，争取在世上留个好名声。这样，身心才得安稳。否则如何呢？曲中没有说，但言外之意，读者已体悟明白了，那只是心劳日拙，身败名裂，良心永远受到遣责。此曲颇具警世作用。

［中吕］红绣鞋

才上马齐声儿喝道[1]，只这的便是送了人的根苗[2]。直引到深坑里恰[3]心焦。祸来也何处躲？天怒也怎生饶？把旧来时[4]威风不见了。

注解

①才上马：刚走马上任。喝道：古代官员出行，前面有衙役高声吆喝，让行人回避。

②这的：这个。根苗：根由，原因。

③恰：才。

④旧来时：从前。

赏析

本曲对当官为宦者敲起警钟：平时作威作福，必然天怒人怨，最后大祸临头。开头活画出了一个气焰嚣张的官吏形象，第二句作者明白指出，如此猖狂骄横，正是招灾惹祸送人性命的根苗。接着告诫，人们得意忘形时，不知自己正在招灾惹祸。待到大难临头时，才会着急，但为时已晚。然后作进一步警告：灾祸降临时，躲是躲不掉的，只有严厉的报应。最后一句“把旧来时威风不见了。”对这种作威作福的官宦，则给予嘲讽。

［双调］殿前欢·对菊自叹

可怜秋，一帘疏雨暗西楼，黄花[1]零落重阳后，减尽风流[2]。对黄花人自羞，花依旧，人比黄花瘦[3]。问花不语，花替人愁。

注解

①黄花：菊花。

②减尽风流：减去美好的风光。

③人比黄花瘦：引用李清照《醉花阴》词句。

赏析

《对菊自叹》是一首寓情于物、借景抒怀的曲子。作者看到菊花遭到秋雨，黄花零落，减尽风流。自己也精神颓唐，瘦过黄花。怜花正是自怜，作者借菊自叹，乃是对自己政治上失节（为异族统治者服务）的悔恨。最后两句化用欧阳修《蝶恋花》中“泪眼问花花不语”句，则又是隐晦笔法说自己有难言之隐，有些近于替自己开脱了。“人”与“黄花”互怜互叹的“对话”，构成了该曲独具一格的形式。

［双调］殿前欢·登会波楼

四围山，会波楼上倚阑干。大明湖铺翠描金间，华鹊中间①。爱江心六月寒。荷花绽，十里香风散。被沙头啼鸟，唤醒这梦里微官。

注解

①华鹊中间：是指在大明湖附近的华不注山与鹊山。

赏析

这首《登会波楼》写登上会波楼所见所感，绘声绘色，引人入胜。先从大明湖自然风光写起，末句说自己从做官的迷梦中清醒过来了，表达了对官场的厌倦。全曲语言清丽，感情真挚，结构严谨，表现了作者高超的艺术技巧。

［双调］殿前欢·村居

会[1]寻思，过中年便赋去来词[2]。为甚等闲间[3]不肯来城市？只怕俗却新诗[4]。对着这落花村，流水堤，柴门闭，柳外山横翠。便有些斜风细雨，也近不得这蒲笠蓑衣[5]。

注解

①会：正在。

②赋去来词：指归隐。陶潜辞官归隐时曾赋《归去来兮辞》。

③等闲间：平常，此处意为轻易、随便。

④俗却新诗：其意是说在城市做官或来往豪门，会使所赋新诗庸俗不堪。

⑤蒲笠蓑衣：用蒲草编的斗笠，用蓑草编的雨衣。

赏析

这首《村居》歌吟隐居生活的闲适安稳。前四句表达归隐的决心。他还把来往于城市，看成是会“俗却新诗”，进一步突出了官场豪门与乡野隐居的对立。后六句写隐居环境的优美和隐居生活的安逸。山水澄明，风光秀丽，垂柳落花，安宁闲适。戴上斗笠，披上蓑衣，江畔垂钓，何等惬意。纵有斜风细雨，亦不必归去。

［中吕］朝天曲

柳堤，竹溪，日影筛金翠[1]。杖藜徐步近钓矶[2]，看鸥鹭闲游戏。农父渔翁，贪营活计，不知他在图画里。对着这般景致，坐的[3]，便[4]无酒也令人醉。

注解

①日影筛金翠：从树阴漏下的日影，宛如筛金翠似的在闪动。

②杖藜徐步近钓矶：拄着藜杖慢步走近钓鱼的石滩。藜：草本植物，枯老的茎可做手杖。矶(jī)：水边突出的岩石或石滩。

③坐的：因此。

④便：即使，纵然。

赏析

《朝天曲》是一首完全用白描的手法写的记游曲。头三句是写堤上溪边的景色，下两句是写走近钓矶看到的景象，下三句是写作者羡慕农夫渔翁生活的优美环境，最后几句是写作者看到这种景象之后引发的感受与体验：便无酒也令人心醉。这“醉”当然是“心醉”，是“痴迷”，是全身心的浸透，沉浸在这比醇酒还要纯美的乡野生活中。“看鸥鹭闲游戏”一句的“闲”字，是该曲的曲眼，也是作者闲适心态的写照。

［双调］沽美酒兼太平令

在官[1]时只说闲，得闲也又思官，直到教人做样看。从前的试观，那一个不遇灾难？楚大夫[2]行吟泽畔，伍将军[3]血污衣冠，乌

江[4]岸消磨了好汉，咸阳市干休了丞相[5]。这几个百般，要安，不安，怎如俺五柳庄逍遥散诞[6]。

注解

①在官：即居官。

②楚大夫：屈原曾任三闾大夫，故称楚大夫。

③伍将军：伍员字子胥，春秋时吴国大夫，因参谋军务，又称伍将军。

④乌江：在今安徽省和县境内。项羽与刘邦争天下，失败后在乌江边自刎。

⑤丞相：指秦丞相李斯，为秦王朝的建立立下功勋，后为赵高所害，腰斩于咸阳市。干休：徒然被杀害。

⑥五柳庄：此处指作者隐居时的住所。陶潜归隐后，曾在其宅边植柳五株，并作《五柳先生传》。作者效法陶渊明，也在宅边栽柳五棵，号五柳庄。散诞：自由自在。

赏析

《沽美酒兼太平令》是一首表明作者厌恶官场，决心归隐的曲子。此曲开头两句，作者就真实地写出了辞官前的心理矛盾：想“无官一身轻”，过隐居生活；待到真过上闲适生活时，想到自己寒窗十载，却壮志未酬，实不甘心，故而进退维谷。从前为官者都遭灾受害的事实使他还是选择了归隐之路。下片开头四句，则将前面所说，进一步具体化，所举四例，是极有作为的四个人，均对国家有大功，但最终结局惨不忍睹，令人寒心。于是，他决心以史为鉴，隐居五柳庄，还自己以逍遥自在。本曲由两支小令组成，但浑然一体，一韵到底，流水行云，畅达自然。又将抒情与议论结合，别有风姿。

［中吕］普天乐·平沙落雁[1]

稻粱收，菰蒲秀[2]，山光凝暮，江影涵秋。潮平远水宽，天阔孤帆瘦。雁阵惊寒埋云岫[3]，下长空飞满沧州[4]。西风渡头，斜阳岸口，不尽诗愁。

注解

①平沙落雁：此为“潇湘八景”之第五首。

②菰(gū)蒲：菰是多年水生草本植物。蒲亦是水生植物，即苇子，可以编席。

③岫(xiù)：峰峦。

④沧州：水边比较开阔的地方，常用指隐士住地。

赏析

《普天乐》写的是清秋时候江边晚景。稻谷已经收割，水边的菰和蒲正是秀美之时。山光与暮色相凝相聚，江水倒影中蕴含着秋的神韵。江潮平静，显得秋水宽阔；秋空辽远空旷，反衬得孤帆更加瘦小。雁阵为秋寒所惊，穿过山边薄云，落在江边沙滩上。红日西沉，秋风吹拂着渡口，主人公凝目痴望，无尽的诗思与情愁在心中郁积。这篇写景之作，意境辽远，境界开阔，字里行间渗透着作者漂泊异乡的无限忧思。锻字铸句尤有功力，如“孤帆瘦”的“瘦”字，既写帆小，又是诗人自身心里忧伤的投射。

［双调］折桂令·芦沟晓月①

出都门鞭影摇红，山色空蒙，林景玲珑②。桥俯危波，车通远塞，栏倚长空。起宿霭千寻卧龙③，掣流云万丈垂虹④。路杳疏钟⑤，似蚁行人，如步蟾宫⑥。

注解

①芦沟晓月：这是《燕山八景》组曲之一。

②玲珑：明澈的样子。

③“起宿”句：形容芦沟桥之雄伟，如同从夜雾中腾起的千寻（八尺为一寻）卧龙。

④“掣流”句：形容芦沟桥的壮丽宛如拉住流云垂向大地的万丈彩虹。

⑤路杳(yǎo)疏钟:道路幽远,稀疏的钟声隐隐约约。

⑥蟾宫:月宫。

赏析

“芦沟晓月”是名传千古的胜景。这首小令,为我们再现了元代“芦沟晓月”的风姿。出了京城的门,摇着红色的鞭鞘。策马前进。远山朦胧树林明彻。芦沟桥俯看着下面湍急的流水。车辆可以从此桥通向遥远的边塞,大桥的栏杆背靠长空。整个大桥,有如一条千丈巨龙从夜雾中飞腾而起;又像万丈彩虹从云端直扑水面。结尾三句把芦沟桥与晓月、天上与人间,融为一体,创造出一个恬淡愉悦,深邃高远的境界。作者将芦沟桥置于一个阔大的时空背景下,准确又极富感情地描画出“芦沟晓月”景色的特点,将读者带进了一个神话般的世界。

◆ 元好问

元好问(1190-1257 年),字裕之,号遗山。太原府秀容(今山西忻州)人。7 岁能诗,20 岁成学,名闻京师。金宣宗兴定五年(1221 年)进士,先后任内乡(今河南内乡)、南阳(今河南南阳)等地县令,后转行尚书省左司员外郎。金亡之后,弃官归隐,致力于金代文献的搜集编辑和整理。富豪侠之气,又逢乱世,饱经忧患,所以他的诗苍凉沉郁、悲壮雄健,多感伤时事之作。真实生动地反映了当时尖锐的民族矛盾与人民苦难,堪称史诗。著有《遗山先生集》,还编有《中州集》《中州乐府》。

[双调]小圣乐·骤雨打新荷

绿叶阴浓,遍池亭水阁,偏趁凉多。
海榴①初绽,朵朵簇红罗②。
乳燕雏莺弄语,有高柳鸣蝉相和。

骤雨过，珍珠乱撒，打遍新荷。

人生有几？念良辰美景，一梦虚过。

穷通前定，何用苦张罗[3]。

命友邀宾玩赏，对芳樽[4]浅酌低歌。

且酩酊，任他两轮日月，来往如梭。

注解

①海榴：即石榴。

②罗：即纱罗。

③张罗：料理与筹划。

④芳樽：精美的酒杯。此处指代美酒。

赏析

此曲调名本为“小圣乐”，因为元好问之作“骤雨过，珍珠乱撒，打遍新荷”几句脍炙人口，故人们又称此曲为“骤雨打新荷”。

这首小令语词清新，构思巧妙，且体式与词相近，分上下两曲，上曲写盛夏纳凉，流连光景赏心乐事。主写景。从铺叙的层次看，可说是渐入佳境：作者先用大笔着色，铺写出池塘水阁的一片绿阴，并以“偏趁凉多”四个字，轻轻点出夏令。然后在此万绿丛中，点染上朵朵鲜红如罗的石榴花，令读者顿觉其景照眼欲明，进而，写鸟语蝉鸣。而这鸟，专指“乳燕雏莺”，是在春天诞生，此时刚刚孵出的新雏，其声稚嫩娇软而可喜。那蝉儿想必也是刚出蝉蜕，踞高柳而长鸣。在这一片新生命的合唱中，池塘水阁平添生趣。到此，作者妙笔生花，在热烈、喧闹的气氛中，特意安排了一场骤雨。这雨绝非煞风景，它是过路的阵雨，给盛夏带来凉意，又替画面作了润色。这骤雨持续时间不长，却刚好打遍新荷，那景致，恰如后来吴敬梓描绘的：“一阵大雨过了，那黑云边上镶着白云，渐渐散去，透出一派阳光出来，照耀的满湖通红。湖里有十来支荷花，苞子上清水滴滴，荷叶上水珠滚来滚去。”（《儒林外史》第一回）那不是“琼珠乱撒”的写照么？真是人在画图中。此乃曲中一段绝妙好辞，无怪一时传播。

下曲即景抒怀，宣扬浅斟低唱、及时行乐的思想，调子是低沉的，又是旷达的。在用笔上，作者一洗上片的丹青色彩，换作白描抒写。“良辰美景”句总括前文，言如此好景，应尽情欣赏，不使虚过。“穷通前定”（命运的好坏乃前世注定）是一种宿命的说法，作者这样说，旨意在“何用苦张罗”，即反对费尽心机的钻营。这种旷达的外部，仍掩盖不住内心的苦闷。“命友邀宾玩赏”二句，谓人生乐趣在于流连光景、杯酒，这是从六朝以来，封建士大夫在无所作用之际典型的人生态度。因为光阴似箭，日月如梭，会使他们感动心惊，而沉浸在酩酊大醉中，庶几可以忘怀一时，取得片刻麻醉。

从总体上看，此曲写法与词相近，这是因为在宋元之交，词、曲均称为乐府，都是被诸管弦，传与歌宴的，所以早期的词曲分疆并不严格。具有词味，也可算是此曲的一个特点。

［中吕］喜春来·春宴

春盘宜剪三生菜①，春燕斜簪七宝钗②。春风春酝透人怀。春宴排，齐唱喜春来。

注解

①“春盘”句：立春那天，人们常用生菜、春饼等装盘，邀集亲友春游，庆贺春的到来。

②七宝钗：用多种宝物装饰的妇女用的首饰。

赏析

中吕，宫调名。宫调是古代音乐名词，我国历代称宫、商、角、徵、羽、变宫、变徵为七声，其中以任何一声为主，即可构成一种调式，凡以“宫”为主的调式称“宫”，以其他各声为主的称为“调”，统称为“宫调”。“中吕宫”就是以中吕为宫声的调式。

喜春来，曲牌名，又叫“阳春曲”，是元散曲中常用的曲调，多用于描写景物和抒怀。

生菜，又叫叶用莴苣，可做蔬菜，生食熟食皆可。七宝钗，用多种宝物装饰的妇女用的首饰，“七”是虚数。春酝，春酒，即春造冬熟的酒。

这是元好问四首《喜春来》中的第一首。曲的意思是说，立春那天，人们喜欢用生菜、春饼等物装盘，然后邀集亲友野游，庆贺春天的来临。和煦的春风如同醇香的美酒令人陶醉。作者通过对早春景物和民间迎春风俗的描写，表达了人们以欢快喜悦的心情迎接春天的到来。在迎春的宴会上，人们和着春风，喝着美酒，唱着《喜春来》的曲子，好一幅令人陶醉的世俗迎春画卷。

◆ 马致远

马致远(约 1250-1324 年),字千里,号东篱,大都(今北京)人。早年在大都生活二十余年,郁郁不得志。元灭南宋后南下,曾出任江浙省务官,与卢挚、有唱和。晚年隐居田园,过着“酒中仙,尘外客,林中友”的“幽栖”生活。他是元曲四大家之一,极负盛名。散曲有瞿钧编注《乐篱乐府全集》,共收套数 22 套,小令 117 首。

[越调]天净沙·秋思

枯藤老树昏鸦[1],小桥流水人家,古道西风瘦马。
夕阳西下,断肠人在天涯。

注解

①昏鸦:黄昏时的乌鸦。乌鸦色黑,黄昏时天色昏暗,人们更不易看清乌鸦的头脑,故称昏鸦。

赏析

马致远,元代杰出的戏剧家、散曲家,他的《天净沙·秋思》历来被人们推崇为小令中出类拔萃的杰作,被誉为“秋思之祖”。

马致远少年时曾热衷功名,但由于元统治者在初期执行着民族高压政策,因而一直未能得志。可以说,他一生几乎都过着一种漂泊无定的羁旅生活。

这首小令仅五句二十八字,语言极为凝练,容量却巨大,寥寥数笔就勾画出一幅悲绪四溢的“游子思归图”,淋漓尽致地传达出漂泊羁旅的游子心。这幅图画由两部分构成:第一部分,由精心选取的几组能代表萧秋的景物组成一幅暮色苍茫的秋野图景;

第二部分，描绘内心深处无尽伤痛而独行寒秋的天涯游子剪影。

其中，第一幅画共十八个字，九个名词，其间无一虚词，却自然流畅而涵蕴丰富，作者以其娴熟的艺术技巧，让九种不同的景物沐于夕阳的清辉之下，像电影镜头一样以“蒙太奇”的笔法在我们面前依次呈现，一下子就把读者带入深秋时节：几根枯藤缠绕着几棵凋零了黄叶的秃树，在秋风萧萧中瑟瑟地颤抖，天空中点点寒鸦，声声哀鸣……写出了一片萧飒悲凉的秋景，造成一种凄清衰颓的氛围，烘托出作者内心的悲戚。我们可以想像，昏鸦尚能有老树可归，而游子却漂泊无着，有家难归，其间该是何等的悲苦与无奈啊！接下来，眼前呈现一座小桥，潺潺的流水，还有依稀袅起炊烟的农家小院。这种有人家安居其间的田园小景是那样幽静而甜蜜，安逸而闲致。这一切，不能不令浪迹天涯的游子想起自己家乡的小桥、流水和亲人。在这里，以乐景写哀情，令人倍感凄凉，烘托出沦落他乡的游子那内心彷徨无助的客子之悲。

第二幅画里，我们可以看到，在萧瑟的秋风中，在寂寞的古道上，饱尝乡愁的游子却骑着一匹延滞归期的瘦马，在沉沉的暮色中向着远方踽踽而行。此时，夕阳正西沉，洒下凄冷的斜晖，本是鸟禽回巢、羊牛回圈、人儿归家的时刻，而游子却仍是“断肠人在天涯”，此时此刻、此情此景，漂泊他乡的游子面对如此萧瑟凄凉的景象，怎能不悲从中来，怎能不撕心裂肺，怎能不柔肠寸断！马致远就是以这样一支极为简短的小曲，表达了难以尽述的内蕴，形象地描绘出天涯游子凄楚、悲怆的内心世界，给人以震撼人心的艺术感受。

［南吕］四块玉·紫芝路

雁北飞，人北望[1]，抛闪煞明妃也汉君王。小单于把盏呀刺刺唱[2]。青草畔有收酪牛，黑河边有扇尾羊[3]，他只是思故乡。

注解

①人北望:指汉元帝向北望昭君。

②小单于把盏呀剌剌唱:小单于面对昭君高兴得呀剌剌高声歌唱。小单子,指呼韩邪单于。呀剌剌,象声词,指小单于唱的歌声。

③黑河边有扇尾羊:黑河岸边有肥壮的尾像扇形的羊。黑河,在呼和浩特市南郊,昭君墓在河畔。

赏析

这是一首咏史曲,写昭君出塞的故事。昭君出嫁匈奴,自汉以来,一向被人认为是带有民族屈辱性的憾事。历代许多诗人、歌手、剧作家、画家以它为题材写成各种作品。古乐府有〔昭君怨〕乐曲,据《乐府古题要解》说:“王嫱,字昭君,汉元帝时匈奴入朝,诏以嫱配之,汉人怜昭君远嫁,为作歌咏。”后又有词牌〔昭君怨〕。绘画有《昭君出塞图》。元杂剧除马致远的《汉宫秋》,还有吴昌龄的《走昭君》,张时起的《昭君出塞》等,著名诗人常建、杜甫、白居易、王安石等也都有咏昭君的诗歌。

这支曲前四句作者以鲜明的对比手法描绘出汉君王和小单于两个不同的形象和两种不同的心情。一个是翘首北望,只见雁北飞,不见昭君面,感到无限的懊悔和沮丧;一个是面对昭君举杯畅饮“呀剌剌”得意忘形地欢唱。作者用这样两种不同状态的描写,表现出对两人不同的倾向性。很显然对汉君王表现出极大的同情,对小单于表现出带有民族意识的憎恶。作者在《汉宫秋》第三折中写汉元帝送昭君回宫后的一段唱曲更为淋漓尽致地表现出元帝误嫁昭君的悔恨心情。原辞是:“他,他,他,伤心辞汉主;我,我,我,携手上河梁。他部从,入穷荒;我銮舆,返咸阳。返咸阳,过宫墙;过宫墙,绕回廊;绕回廊,近椒房;近椒房,日昏黄;夜生凉,泣寒螿;泣寒蛰,绿纱窗;绿纱窗,不思量。呀!不思量,除是铁心肠,铁心肠,也愁泪滴于行。”

曲的最后三句是写昭君在塞外尽管有丰富的牛羊乳肉供她享受,但她还是时时怀念自己的故乡。这也正似杜甫《咏怀古迹》之三中所写的那样:“画图省识春风面,环珮空归月夜魂。”(意为元帝只能在画图中约略地看识昭君青春美丽的面容,昭君死在匈奴,思念家乡,她的魂只有在月夜归来。)这支曲也可以说是《汉宫秋》主题的缩写。

［南吕］金字经·夜来西风里

夜来西风里，九天[①]雕鹗[②]飞，困煞中原[③]一布衣。悲，故人知未知，登楼意[④]，恨无上天梯[⑤]。

注解

①九天：即言天之高远。

②雕鹗：均属鹰类，此以自谓。

③中原：泛指黄河中、下游地区。

④登楼意：东汉末王粲依附荆州刺史刘表，不被重用，郁郁不乐，曾登湖北当阳县城楼，并作《登楼赋》以明志抒怀。

⑤上天梯：此指为官的阶梯。

赏析

这是一首作者抒发怀才不遇的曲子。开头两句是比喻朝廷黑暗，恶人当道。下几句是抒泄自己怀才不遇的悲愤。从这支曲的思想内容来看，马致远在仕途上，原来并非无意进取，而是由于"夜来西风里，九天雕鹗飞"，自己原有"登楼意，恨无上天梯"。恐怕这是他后来产生"恬退"的思想根源。这支曲对了解马致远的思想变化是有帮助的。

［双调］寿阳曲

一阵风，一阵雨，满城中落花飞絮。纱窗外蓦然[①]闻杜宇[②]，一声声唤回春去。

注解

①蓦然：突然。

②杜宇：鸟名，又名子规、杜鹃和布谷。传说蜀国王杜宇，教民务农，一次闹水灾，丞相开明决玉垒山以除水害，杜宇就让位给开明。他隐居到西山。时二月杜鹃鸟鸣，人们认为是杜宇所化，啼声悲切像“不如归去”之声。

赏析

这首小令写的是暮春时候，“一阵风，一阵雨”，真是“风雨送春归”。这里写的不是风雨交加，而是时而风时而雨。因为只有风才能卷起满城飞絮，只有雨才能摧落满城落花。飞絮、落花已经形象地点出了暮春时节。这时候突然听到纱窗外杜宇声声啼叫，叫的声音像是“不如归去”，这不是一声声把春叫回去吗！纱窗、杜宇，“不如归去”的啼叫，又点出了暮春时节。这首小令语言流畅自然，像一首抒情小诗，记述了作者一时的感受，并赋予了说不尽的言外之意。也颇有宋词的韵味，意境是较深远的。

酒旋沽，鱼新买。满眼云山画图开。清风明月还诗债。本是个懒散人，又无甚经济才。归去来。

［南吕］四块玉·马嵬坡

睡海棠①，春将晚，恨不得明皇掌中看。《霓裳》②便是中原患。不因这玉环③，引起那禄山。怎知“蜀道难”④！

注解

①睡海棠：比喻杨贵妃。

②《霓裳(cháng)》：即《霓裳羽衣曲》，相传杨贵妃善舞此曲。

③玉环：杨贵妃字玉环。

④蜀道难：指安禄山攻入潼关，唐玄宗仓皇逃往四川之事。

赏析

这首曲子借唐玄宗与宠妃杨玉环终日游戏作乐，发出了兴亡之叹。但作品对杨玉环的责备重于玄宗，表明作者由于历史观的局限，仍有“女人祸水”的消极思想。这就减弱了这首咏史诗的分量。但全曲造词清新、畅达自然，后世流传甚广。

［双调］蟾宫曲

咸阳百二山河①，两字功名，几阵干戈②。项废东吴③，刘兴西蜀④，梦说南柯⑤。韩信功兀的般证果⑥，蒯通言那里是风魔⑦？成也萧何，败也萧何⑧，醉了由他⑨！

注解

①百二山河：形容地势的险要，二万兵力可抵挡一百万兵。

②“两字”二句：为了功名二字，几次大动干戈。

③项废东吴：指项羽在垓(gāi)下兵败，自刎乌江边。

④刘兴西蜀：刘邦利用封地汉中和蜀中的人力物力，得以勃兴。

⑤梦说南柯：就像南柯一梦。

⑥韩信：汉朝的开国功臣，后被吕后设计杀害。兀的般：这般。证果：佛家语，因果报应，结果。

⑦“蒯通”句：蒯(kuǎi)通，汉高祖的著名辩士。韩信用蒯通之计定齐地。后蒯通要求韩信反叛，韩信不从。他怕受牵累，假装风魔。

⑧“成也萧何”句：韩信因萧何推荐得到刘邦的重用。后来吕后杀韩信，也是用了

萧何之计。

⑨他：读 tuō。

赏析

这首曲子表现作者的历史观和政治观，将人们带入历史之中，让人们从中吸取教训。咸阳为易守难攻之地。可是，为了功名二字，这里却战事频发！楚汉相争，结果是项羽兵败，自刎于乌江边上。刘邦却凭借汉中和蜀地的人力物力，取代了秦朝。这些历史的纷争，其实有如“南柯一梦”。最后打败项羽的功臣也被杀被逼疯。功名权位没有什么值得留恋的，还是痛饮美酒，由他醉去吧！这个曲子借对历史事件的回顾与评说，表现了对功名利禄的厌恶。对现实政治表示了反感。全曲有浓厚的厌世情绪。

［双调］拨不断·叹世

布衣中，问英雄，王图霸业[①]成何用？禾黍高低六代宫，楸梧[②]远近千官冢[③]？一场恶梦。

注解

①王图霸业：成王的宏图，称霸的大业。

②楸梧：墓地上的树木。

③冢：坟墓。

赏析

曲子表现了作者浓重的叹世情绪。在作者看来，古今英雄争王称霸，做得高官显赫，但最终化为尘土，这如同做了一场噩梦一样，没有什么意义。不难看出曲子中流露出的历史虚无感和厌世感，这也是元代文人作品中一个比较普遍的现象。

［双调］寿阳曲·山市晴岚①

花村外，草店西，晚霞明雨收天霁②。四围山一竿残照里③，锦屏风又添铺翠④。

注解

①山市：山区小市镇。晴岚：雨过天晴，山间散发的水汽。

②天霁（jì）：雨过天晴。

③一竿残照：太阳西下，离山只有一竿子高。

④屏风：指像屏风一样的山峦。

赏析

这支曲子写傍晚小山村雨过天晴的秀美景色。仰望天空，天空明净如洗，晚霞又照得满天光华绚艳，景色极为迷人。山村小镇四周的山峦，笼罩在夕阳的光辉里，给人一种柔和而明丽的感觉。本来就很美的像是小镇屏风的山峦，经过雨水的洗濯，又在夕阳的映照之下，还飘散着薄纱似的水汽，显得格外青翠，像是在原来的绿色上添上一层绿色。天上的晚霞和四周的山色，给这个山村小市增添了静谧气氛和美丽景色。

［双调］清江引·野兴

西村日长人事少①，一个新蝉噪②。恰待葵花开③，又早蜂儿闹，高枕上梦随蝶去④了。

注解

①人事：指交往俗事。

②噪：虫或鸟叫。

③恰：正，恰好。

④梦随蝶去：意谓人生如意，《庄子·齐物论》载，庄周曾梦为蝴蝶，自谓适志，不知曾经为庄周。俄而梦醒，又忽然感觉自己为庄周，不知曾亦为蝴蝶。

赏析

元代前期整个社会就已经变得腐败黑暗，马致远在半世飘泊之后厌倦了世事，遂生退隐之心。这支曲子即是表现他隐居乡村的村野逸情。在远离尘嚣的僻远乡村，人际关系变得简单，人与人之间交往的繁琐俗事也少了不少。闲来无事听蝉鸣、看葵花开放，又看前来采花粉的蜜蜂，高枕而眠进入了梦乡。像庄周梦蝶一样，作者也在梦中分不清自己和蝶了。

◆ 周德清

周德清（1277-1365年），元代文学家。字日湛，号挺斋，高安（今属江西高安市）人。北宋词人周邦彦的后代。工乐府，善音律。终身不仕。著有音韵学名著《中原音韵》，为我国古代有名的音韵学家。元代卓越的音韵学家与戏曲作家。《寻鬼簿续篇》对他的散曲创作评价很高，然其编著的《中原音韵》在中国音韵学与戏曲史上却有非凡影响。《中原音韵》是为北曲用韵而作，纠正作曲家用韵不一，其正音依据是中原语音。成书后，戏曲作曲、唱曲都有了规范，促进了戏曲用韵的统一。《中原音韵》以当时北方实际语音为标准，所定之韵接近今北京音，因而此书是研究近代以北方音为主的普通话语音的珍贵资料。《全元散曲》录存其小令31首，套数3套。至正己（1365年）卒，年八十九。

[中吕]满庭芳·看岳王①传

披文握武②，建中兴庙宇③，载青史图书。功成却被权臣妒，正落奸谋④。闪杀人望旌节中原士夫⑤，误杀人弃丘陵南渡銮舆⑥。钱塘⑦路，愁风怨雨，长是洒西湖。

注解

①岳王：即岳飞，宋宁宗时追封为鄂王，故称岳王。

②披（pī）文握武：指文武双全。

③建中兴庙宇：岳飞为国竭智尽忠，挫败了金兵的侵略，使宋朝得以中兴。

④正落奸谋：落入奸臣贼子的阴谋。

⑤闪杀人望旌（jīng）节中原士夫：弄得中原人民只能遥望宋军撤退，而不能恢复祖国的统一。闪杀：抛闪。旌节：指旌旗仪仗。士夫：宋朝的官员。这句指岳飞破金打至朱仙镇被宋廷召回的事。

⑥误杀人弃丘陵南渡銮（luán）舆（yú）：奸臣杀害了岳飞，致使大宋皇帝渡江南逃，大片国土沦于金人之手。丘陵：泛指国土。銮舆：代指皇帝，即宋高宗赵构。

⑦钱塘：即今杭州。

赏析

本曲为元人小令中歌颂宋代名将岳飞的名篇，开头三句对岳飞作概括性的评价，称他文武双全，有再建宋王朝宋庙社稷之功，足以流芳百世。后两句追述被诬身亡的悲剧，一个“却”字，饱含悲愤、痛惜。“闪杀人”两句揭示由此产生的后果：丢弃宗庙南逃，收复失地无望。最后三句落笔于岳坟。那“愁风怨雨”所凝聚的，正是千古不灭的民族正气，为忠臣的冤魂长掬一腔热泪。全曲叙事抒情一气呵成，动人心魂。

◆ 王实甫

王实甫(1260-1336年),字德信。河北省定兴县究室村人。元代杂剧作家。中国著名剧作《西厢记》的作者。《录鬼簿》把他列入“前辈已死名公才人”而位于关汉卿之后,可以推知他与关同时而略晚,在元成宗元贞、大德年间(1295-1307年)尚在世。贾仲明在追悼他的[凌波仙]词中,约略提到有关他的情况:“风月营密匝匝列旌旗,鸯花寨明飚飚排剑戟。翠红乡雄赳赳施谋智。作词章,风韵美,士林中等辈伏低。”所谓“风月营”“莺花寨”,是艺人官妓聚居的场所。王实甫混迹其间,可见与市民大众十分接近。

[中吕]十二月过尧民歌·别情

自别后遥山隐隐,更那堪远水粼粼[1]。
见杨柳飞绵滚滚,对桃花醉脸醺醺[2]。
透内阁香风阵阵,掩重门暮雨纷纷。
怕黄昏忽地[3]又黄昏,不销魂怎地不销魂[4]。
新啼痕压旧啼痕,断肠人忆断肠人[5]。
今春香肌瘦几分?搂带[6]宽三寸。

注解

①粼(lín)粼:形容水清澈。

②对桃花醉脸醺醺:面对着如吃醉酒那样鲜红脸色的桃花。

③忽地:表示时间极短。

④不销魂怎地不销魂:不丧魂怎能不丧魂。

⑤断肠人忆断肠人：这句开头的“断肠人”是思妇说自己，下边的“断肠人”是指被思念的一方。

⑥搂带：腰带。

赏析

“十二月过尧民歌”是吕宫里的带曲，由“十二月”和“尧民歌”两支曲子组成，但仍只算一首。

这首散曲写女主人公久别思念的深情，写得缠绵幽怨，酣畅淋漓，与《西厢记》风格相近。前支曲子(十二月)句句用叠字，景中寓情。开头两句，主人公因思念而对“遥山”，遥山层峦叠嶂遮望眼；看“远水”，远水波光粼粼动离情。这两句不仅点明离人相隔之远，更渲染出一种气氛。人有情，青山绿水也似有情有义。三、四句写近景，不仅与“遥山”“远水”构成抒情，而且点明了思念之情的时间背景是春天。五、六句写抒情主人公在“内阁”“重门”中掩饰不住内心的寂寞和悲愁，发出无可奈何的声声叹息。

后支曲子(尧民歌)的首句紧接上文“暮雨纷纷”。前两句从李清照“梧桐更兼细雨，到黄昏点点滴滴”和江淹“黯然销魂者，唯别而已”二句化来，惟妙惟肖地刻画出抒情主人公矛盾而复杂的心理活动。一个“怕”字细腻地写出了思念之苦，而“忽地又黄昏”，说明经历这种情感煎熬，并非一朝一夕，甚至想抛开这种念头也身不由己。因此主人公不禁潸然泪下。天天思念、日日啼哭，特别想到对方也在思念自己，“一种相思，两处闲愁”，主人公更是柔肠寸断。结尾三句，因相思人瘦，衣带也宽了。用形体消瘦进一步衬托出相思之深，离别之苦。真是“相去日已远，衣带日已缓”(《古诗十九首》)，“衣带渐宽终不悔，为伊消得人憔悴”(柳永《蝶恋花》)。后支曲子抒情，句式多用连环，情中带景。上下连贯，一气呵成。

◆ 杨朝英

杨朝英，元代文学家，号澹斋，生卒年及生平事迹均未详，《录鬼簿》及《录鬼簿续编》皆失载。青城（青城县有二，一在今山东，一在今四川，论者多以为杨朝英是山东青城）人。曾任郡守、郎中，后归隐。与贯云石、阿里西瑛等交往甚密，相互酬唱。时人赞为高士。他选辑元人小令、套数，编成《阳春白雪》《太平乐府》，人称《杨氏二选》，元人散曲多赖此二书保存和流传。本人亦工散曲，《太和正音谱》评其曲“如碧海珊瑚”，杨维祯将他与关汉卿、卢疏斋等并提，赞其“奇巧莫如”。现存小令27首。

［商调］梧叶儿·客中闻雨

檐头溜[①]，窗外声，直响到天明。滴得人心碎，聒[②]得人梦怎成？夜雨好无情，不道[③]我愁人怕听！

注解

①檐（yán）头溜：从屋檐下溜淌雨水。

②聒（guō）：喧扰。

③不道：岂不知，不管、不顾。

赏析

这是一首写游子离愁别恨的小令。游子离家，往往心绪不佳；客舍中适逢阴雨，就更多别恨离愁。雨声扰人，使人彻夜难眠。小令起句就写得非常入境。正因为主人公一夜未眠，才得知雨声一夜未停！不是夜雨不停地下到天明，主人公哪会一夜不能梦回故乡！夜雨不停与主人公失眠相互因果，相辅相成，相互引发，相互加浓，从而构成了这“客中无雨”的独特意境。

◆ 陈草庵

陈草庵(1245-?)名英，字彦卿，号草庵。析津人。《录鬼簿》列其前辈名公，称“陈草庵中丞”。卒时已近八十岁。《全元曲》录存其小令二十六首。元·钟嗣成《录鬼簿》称其“陈草庵中丞”，名列前辈名公之中。孙楷第《元曲家考略》以为陈草庵名英，曾任宣抚，延初拜河南省左丞。元代张养浩《云庄类稿》卷九《析津陈氏先茔墓碑铭》引陈英自述，叙其家世及任职历程甚详(见《元曲百家纵论》第七三页)，可备一说。其存曲多为愤世嫉俗之作。

［中吕］山坡羊

晨鸡初叫，昏鸦争噪。
那个不去红尘①闹？
路迢遥，水迢迢，功名尽在长安道。
今日少年明日老。
山，依旧好；人，憔悴了。

注解

①红尘：飞扬的尘土，形容都市的繁华热闹。

赏析

这首小令，作者旨在嘲讽追逐功名之徒，主题虽老，但仍不乏新意。

“晨鸡初叫，昏鸦争噪。”起笔二句，表现出人们为追逐功名而朝夕奔波不休的情景，“晨鸡初叫”从人们启程之早，便见出其求功名之切。昏鸦争噪，转眼又是黄昏，乌鸦归巢，争噪不休。“争噪”二字，写出黄昏群鸦归巢之热烈，实则突显出人们轻易抛家之荒谬。两句写景，颇有含蕴。

“那个不去红尘闹。”红尘，既指路途上之仆仆风尘，亦指功名场中乌烟瘴气。“闹”字主要表现众士人趋之若鹜，甚嚣尘上之状。“路遥遥，水迢迢，功名尽在长安道。”陆路是如此遥远，水路也是如此迢递，这都为的是奔向京中去求功名啊。此句中，“路遥遥，水迢迢”一语双关，是用空间之景象，隐喻抽象之时间；用入京道路之漫长，暗示求官之遥不可期。“今日少年明日老”意思是说，功名无日，而白首有期，多少人为求功名，而等白了少年头，岂不可悲！“今日、明日”指少年易老，人生短暂。“山，依旧好”二句，掉转笔锋，赞美大自然。山，自是青山。青山不失其自然之本色，永远是那么青，那么美好。

“人，憔悴了”，指人生有限，容易憔悴，而人们却为了外在的功名，失掉了自己的青春年华，甚至失掉了自己的本性。如此人生，其生命的价值又何在？结尾意味深长，令人沉思。

从整体上看，这首小令富有发人深思的理趣和冷隽的艺术魅力。全篇大半幅，皆嘲讽追逐功名者的丑态与可怜，而在“今日少年明日老”与“人憔悴了”之间，则突现“山，依旧好”二句，使之与上下文形成鲜明对照。用大自然的永恒与美好，启示人生的短暂与荒谬，便觉格外冷隽清新，益人神智。

［中吕］山坡羊

伏[1]低伏弱，装呆装落[2]，是非犹自来着莫[3]。
任从他，待如何？天公尚有妨农过[4]，蚕怕雨寒苗怕火。
阴，也是错；晴，也是错。

注解

①伏：屈服。
②落：衰朽。
③着莫：招惹。
④妨农过：妨碍农时之罪过。

赏析

这首小令，是慨叹处世之艰难。在元代，有其特定的现实意义。“伏低伏弱，装呆装落”，起唱二句，哀感已深。装呆装落，言处处装傻瓜，甘落人后。凡是人，皆有一份自尊心。落到这样一味的委屈自己的地步，岂不滑稽可笑，而又可悲！然而，尽管这样委曲求全，“是非犹自来着莫。”是非，此指纠纷、麻烦，甚至祸殃。着莫，意思是沾惹、纠缠，元人口语。纵然是事事服输，处处装傻，麻烦、祸殃还是会来纠缠不休。可见得这世道，哪有公道可言！不幸而生于斯世，又如何作人？“任从他，待如何？”任凭他们摆布吧，看能怎么样？态度够洒脱的了，其实是无可奈何。接下来，作者用一番幽默的比喻，诉说出自己的处境：“天公尚有妨农过，蚕怕雨寒苗怕火。阴，也是错；晴，也是错。”连老天也有违背农时的过失呢！春夏之交，蚕怕下雨天寒，禾苗又怕骄阳似火，那时节，老天如若下了雨，便妨了蚕，是错，如若放了晴，便又害了苗，也是错，横竖都是罪过！这一比喻极幽默，也耐人寻味。它清楚地喻示了作者的处境，真是动辄得咎。看起来好像是“婆婆多”，不得罪此，便得罪彼。事实上他对你怀有敌意，你便这也不是，那也不对，欲加之罪，何患无辞。这一象喻，也透露出作者的心态，实在是相当矛盾复杂。整个比喻很幽默，带有自嘲自解的意味，见得出一种旷达的态度，但其心灵之深层，实是惨淡已极。

辛酸的幽默，是这首小令的艺术特色。惨淡已极，却又自嘲自解，这种心态，在元代士人中，相当普遍。元曲艺术基本特征，乃由此而生成。这首小令，语多自嘲自解，尤其“天公尚有妨农过”以下六句，幽默意味很浓，其句法参差错落，兼以重言叠句，声情活泼，平添了俏皮可笑的色彩。作者越是幽默俏皮，便越发透露出惨淡的内心世界。不能不令人发笑，更不能不令人悲哀，这就是辛酸的幽默。

◆ 阿鲁威

阿鲁威，字叔重，号东泉，蒙古人。生卒年均不详，约元成宗大德中前后在世。官剑南太守内召作经筵官，参知政事，他尝眷名妓郭氏顺，时秀而郭氏尤重王学士，元鼎一天。他问郭氏道："我北元鼎如何？"答道："参政宰相也举士，才人也变理。阴阳致君泽民学士不如参政，嘲风咏月惜玉怜香，参政不如学士。"他大笑而罢。《太和正音谱》评他的曲"如鹤唳高空"，所作有折桂令九支，与屈原的九歌极学博可喜，今存《阳春白雪》中。

[双调]蟾宫曲

问人间谁是英雄，有酾酒临江，横槊曹公[1]。紫盖黄旗[2]，多应借得，赤壁东风[3]。更惊起南阳卧龙[4]，便成名八阵图[5]中。鼎足三分，一分西蜀[6]，一分江东[7]。

注解

①"有酾（shī）酒临江"二句：此处指曹操临江饮酒，横握长矛吟诗，可谓一代英雄。酾酒：饮酒。槊（shuò）：长矛。

②紫盖黄旗：指一种云气，也叫紫云，形状如黄旗紫伞。按照古代迷信说法，黄旗紫盖状的云气在哪里出现，哪里就会有真龙天子。此处指东吴孙权建立了帝业。

③赤壁东风：指东吴周瑜在赤壁大败曹操。

④更惊起南阳卧龙：诸葛亮出山后辅助刘备建立统一大业。南阳卧龙：诸葛亮曾隐居于南阳卧龙岗，人称卧龙先生。

⑤八阵图：诸葛亮所作的阵形。

⑥西蜀：三国之一，又称蜀汉，历史上把刘备建立的国家称为西蜀。

⑦江东：指三国时孙权建立的吴国，地处江东，又称东吴。

赏析

《蟾宫曲》是一首咏史的曲子。作者赞颂曹操、周瑜、诸葛亮的丰功伟业。借用典故，抓住“酾酒临江”“赤壁东风”和“八阵图”等典型事件，言简意丰地塑造了曹操、周瑜、诸葛亮的英雄形象，并对三国鼎立的形势进行了鸟瞰与概括。全曲写得沉郁奔放，与所吟人物的胸襟抱负暗相契合。

◆ 关汉卿

关汉卿（约1220-1300年），元代杂剧作家。是中国古代戏曲创作的代表人物。号已斋（一作一斋）、已斋叟。汉族，解州（今山西运城）人，关于他的籍贯，还有祁州（今河北安国）伍仁村人、大都（今北京）人等说。大约生于金代末年（约1220年前后），卒于元成宗大德初年（约1300年前后）。与马致远、郑光祖、白朴并称为“元曲四大家”，关汉卿位于“元曲四大家”之首。

［双调］沉醉东风

忧则忧鸾孤凤单[①]，愁则愁月缺花残，为则为俏冤家，害则害[②]谁曾惯，瘦则瘦不似今番，恨则恨孤帏绣衾寒，怕则怕黄昏到晚。

注解

①则：只。鸾凤：比喻夫妻。

②害：指相思。

赏析

这支散曲写别离后的凄凉。其最大特点是采用了散曲的重叠句法，从各个侧面反复铺陈。淋漓尽致地渲染了浓重的离情别绪，并通过忧、愁、害、恨、怕等情绪的层层递进，步步深化，提示了女主人公一系列的心理状态，从而塑造了一个痴情笃爱却孤独凄惶的思妇形象。

［南吕］四块玉·别情

自送别，心难舍，一点相思几时绝？凭阑袖拂杨花雪①。溪又斜，山又遮，人去也。

注解

①杨花雪：像雪一般的杨花。

赏析

此曲从别后说起，口气虽平易，然送别的当时，既觉“难舍”，过后思量，心绪自然无法平静。说“相思”只“一点”，似乎不多，但又不知“几时”能绝。这就强调了别情缠绵的一面，比起强调别情的沉重那一面，似乎更合情理。

“凭阑袖拂杨花雪”含有二重意味：首先点明季节为暮春（杨花如雪）时候，此时节容易动人离思。二是点明处所系有阑杆处，当是高楼。这句点明了女主人公是“独上高楼，望尽天涯路”。

末尾三句“溪又斜，山又遮，人去也”，可有多种解释：一种是作顺承看，女主人公既在“凭阑”，不免由望着情人的去路而引起神伤。另一种可认为作者在章法上作了倒叙腾挪，使得作品结构不直致，结尾有余韵。而这两种解释还可以融合，因为那倒叙也可以看作是女主人公的追忆。这种“多义”现象包含着一个创作奥秘。接受美学认为，文学欣赏是一种补充性的确定活动，读者须用自己的想像填补作品的未定点和空白。此曲之妙，就在于作者在关键处巧设下了这样的想像空间，从而使作品具有多义性和启发性，令人百读不厌。

从整体上看，此曲短句虽多，但句尾的腔口均须延宕，读来韵味悠扬。特别是结尾以虚字入韵，为诗词所罕见。

［双调］大德歌·春

子规啼①，不如归，道是春归人未归，几日添憔悴②。
虚飘飘柳絮飞，一春鱼雁③无消息，则见双燕斗衔泥④。

注解

①子规啼，不如归：子规啼声很像人说“不如归”，容易引起离人的乡愁。
②憔悴：疲惫没有精神。
③鱼雁：书信的代称。
④则见双燕斗衔泥：只见一对对燕子争相衔泥筑巢。

赏析

《春》这支小令，首二句“子规啼，不如归”，意思是讲：春天的杜鹃鸟（即子规鸟）啼叫了，啼声好像在说“不如归去”。子规鸟的啼叫声，声声都响在闺中少妇的耳旁，回旋在闺中少妇的心上，因而深深触动了她怀念远人的情怀。故第三句便落笔到：“道是春归人未归”。意思是讲：你走的时候对我说过春天就归来，而今春天已到，却不见你的踪影。话语之间，流露出少妇对远人的不满。正由于盼人不至，心烦意乱，精神饱受折磨，于是才又引出“几日”两句对少妇愁苦的描绘。“几日添憔悴”，是说她近日的面色已显得枯槁瘦弱，憔悴多了。

这是从外形上描绘少妇的愁苦。接着又进一步从内部揭示少妇心灵上的创伤。“虚飘飘柳絮飞”，表面写的是景，实际是借喻少妇的心理状态。少妇因情侣久去不归，在外是凶、是吉、是祸还是福，都不得而知，怎不令人担心。因而心绪不定，忽上忽下，正像虚飘飘的柳絮，漫天飞扬，无所适从。作者这样从外而内两个方面刻画，便把一个愁苦的少妇写得真实感人。

柳絮杨花，又正是暮春的景象，作者从中又巧妙地暗示出少妇在等待中度过了一个漫长的春天，同时也使下句的“一春”二字有了依据。既然少妇一等再等，结果春光已过，不仅人未归，连信息也没得到，最后就不能不伤感地明确点出“一春鱼雁无消息”了。在这七个字中，虽未有“思”字，而少妇思念远人的炽烈感情已溢于言表。不用说，这时的少妇痛苦已极，凄迷纷乱，百无聊赖。妙的是作者却未从正面明白写出这种感情，而是宕开一笔，用“则（只）见双燕斗衔泥”加以反衬。

在写作手法上，本曲开头以子规鸟的啼叫引起少妇的思念，用的是起兴手法。中间写闺中少妇的离别之苦，由表及里，层层深入。最后又以双燕衔泥反衬一春未得信息的少妇的孤独之苦。全篇紧紧围绕一个“春”字，从各个侧面描绘，突出了少妇的思念。

［双调］大德歌·夏

俏冤家①，在天涯，偏那里绿杨堪系马②？困坐南窗下，数③对清风想念他。

蛾眉④淡了教谁画？瘦岩岩羞戴石榴花⑤。

注解

①俏冤家：此指在外远游的爱人。

②偏那里绿杨堪系马：偏是那里的绿杨树能够拴住你的马？此系怨词，恨她爱人久离不归。

③数：每每。

④蛾眉：弯而长的眉毛。

⑤瘦岩岩羞戴石榴花：脸瘦得露骨，羞戴石榴花。

赏析

这支小令，是写少妇对远方情人的猜疑和抱怨。开头一句“俏冤家”是妇女对情人的昵称，可如今他远走天涯，一去不归，怎能不叫人怀疑。

第三句，“偏那里绿杨堪系马”，更明显地由怀疑流露出抱怨的情绪。如把前三句连起来，意思就是说：我那心爱的人儿，远在天涯，你怎么在外贪恋新欢，而偏偏不愿回家呢！“偏”在这里用作副词，表示发生的事，把少妇爱极而怨深的感情反映得淋漓尽致。“绿杨堪系马”句，一语双关，既点明夏日的时令，又比喻滞留异地、拈花惹草的负心郎。“困坐”“数对”两句，虽看似平淡无奇，实则大有深意，它进一步刻画出少妇对远人思之弥深、爱之弥笃的感情。而少妇究竟“思念他”什么呢？下文就是给我们的答案：“蛾眉淡了教谁画”？这是少妇借汉代张敞为妻画眉的故事来表示她对夫妻恩爱生活的回味和渴望。然而好事难成，希望终无由实现，以致愁得“瘦岩岩羞带（戴）石榴花”。“瘦岩岩”，瘦骨嶙峋貌，它比“憔悴”状瘦弱不堪之状，更具体，更形象。“羞带（戴）石榴花”句中的“羞”字，尤为传神之笔，它既含戴花与体貌不相称的自我嘲讽之意，又表露出戴花无人欣赏的寂寞，刻画出少妇难以言状的复杂的心理状态。

（本曲首句“俏冤家”，是统领全篇的关键句。）少妇的思念、怀疑以致抱怨，都由此而发。少妇对她们过去美满生活的回味和对未来生活的憧憬，以及“为悦己者容”的心理，也是以此为依据。

［双调］大德歌·秋

风飘飘，雨潇潇，便做[①]陈抟[②]睡不着。懊恼伤怀抱，扑簌簌[③]泪点抛。秋蝉儿噪罢寒蛩[④]儿叫，淅零零[⑤]细雨打芭蕉。

注解

①便做：就算，即使。

②陈抟（tuán）：五代宋初著名道士，字图南，自号扶摇子，宋太宗赐名“希夷先生”，曾修道于华山，常一睡百天不醒。

③扑簌簌：流泪的样子。

④蛩（qióng）：蟋蟀，又名促织。

⑤淅零零:形容雨声。

赏析

这首小令写少妇因“人未归”而引起的烦恼,“风飘飘,雨潇潇”,是说风雨交加,突然而至,声势咄咄逼人。这开头两句,就给脆弱的少妇带来很大压力。常言“秋风秋雨愁煞人”,况忧心忡忡的少妇值此闷人天气,又如何经受得了!心绪不宁,夜难成寐,所以第三句就说“便作陈抟睡不着”。这是借唐五代时在华山修道的陈抟(传说能一睡百日不醒)的故事,极言少妇被哀思愁绪煎熬着,说她即使做了陈抟,也难以入睡。忧思如此之深,终至烦恼、悔恨、伤心、落泪。所以第四、五句又写道:“懊恼伤怀抱,扑簌簌泪点抛。”如果说在《春》《夏》两支小令里,尚局限于由于忧思而形容憔悴、瘦骨嶙峋的话,那么在《秋》这支小令里,她的忧思就势如潮涌,终于冲决感情的堤坝,伤心的泪水滚滚而下了。不言而喻,“扑簌簌泪点抛”,就是对这位女主人公的悲凉心境的具体展现。最后两句“秋蝉儿噪罢寒蛩儿叫,淅零零细雨打芭蕉”,作者又借外界的景物,强烈地衬托出女主人公的孤独、寂寞和难以言喻的久别之苦。此时此刻,窗内:枕冷衾寒,形单影只;窗外:秋蝉寒蛩,轮番聒噪。窗内:泪如泉涌,揩不干,擦不净;窗外:细雨敲打着芭蕉,连绵不断。这一切都融合在一起,从而使女主人公的离思之苦得到了充分的表现。

本曲从秋景写起,又以秋景作结,首尾照应,结构完整。中间经过由物及人又由人及物的转换,情景相生,交织成篇,从而加强了人物形象的真实感,大大提高了艺术感染力。

[双调]大德歌·冬

雪纷纷,掩重门,不由人不断魂①,瘦损江梅韵②。
那里是清江江上村③?香闺里冷落谁瞅问?好一个憔悴的凭栏人④。

注解

①断魂：形容人极度悲伤。

②瘦损江梅韵：瘦损了如梅妃那样的风韵。江梅，唐玄宗的妃子梅妃。她本姓江，因爱梅，玄宗赐名梅妃。

③此句是写离妇遥望远处的景象。

④此句是离妇在大雪纷飞中倚着楼栏，面容憔悴地翘望远人的归来。

赏析

这支小令，多一半反映的都是闺中少妇绝望的心情。开头两句“雪纷纷，掩重门”，是说年冬腊月，大雪纷飞，掩蔽重门，造成交通阻塞的困难，远行人就更不易归来了，少妇如何不为之心碎！在这个时候，要表露少妇的感情再也容不得半点含蓄，因此第三句便直抒胸臆，明白写出了“不由人不断魂”的惨痛诗句。“断魂”，乃极喻少妇悲观失望，痛苦欲绝之词。这种令人肠回九转的颓丧情绪，由作者所下“不由人”三字表现的更为强烈和无法控制。少妇的绝望到了如此程度，其精神所受折磨之深可以想见。故第四句“瘦损江梅韵”，又借江上梅花瘦得不成样子，已失掉往日的风采，来比喻少妇因愁苦而瘦削不振的形貌。第五句“清江江上村”进一步形象地表达了“凭栏人”凄清孤寂的悲痛心情。至此，少妇便脱口发出“香闺里冷落谁瞅问”的慨叹。少妇处此绝境，似乎一切都已破灭，其实，她并未被这一切所压倒，内心的希望之火，仍在燃烧。尽管风狂雪骤，身体瘦弱不堪，仍勉力支撑着凭阑远望，要“望断天涯路”。故最后一句“好一个憔悴的凭阑人”，一扫上文所言绝望的情绪，显示出一个少妇对爱情的执著追求和坚强的性格。“好”字意义双关，下的非常妙，它似是修饰“憔悴”，用作甚辞，有“很”“太”等意，寄寓着作者深厚的同情，但也有更多的赞赏之意。有此一句，才显示出本曲精妙之所在，它可以使全篇的消沉气氛为之一振。

本曲在结构上，采用的是前后矛盾对立的写法。前面几句写的都是少妇无可奈何的绝望心情，经彩笔左涂右抹，色调越来越浓，似乎已绝望到底，而最后一句，则急转直下，一反常态。这样，先抑后扬，更富有吸引人的艺术魅力。

[双调]沉醉东风

咫尺的天南地北，霎时间月缺花飞。手执着饯行杯，眼阁[①]着别离泪。刚道得声“保重将息[②]”，痛煞煞[③]教人舍不得。“好去者。望前程万里！”

注解

①阁：同“搁”，放置。这里指含着。

②将息：休息，调养身体。

③痛煞煞：十分悲痛难过。

赏析

这首曲描写一个女子为情人饯行的情景：含泪举杯，言语凝噎，殷切叮嘱，诚恳祝愿。通过富有特征性的动作、表情和言语，生动地揭示了女主人公此时此境依恋痛楚的复杂情怀。刻画细腻，缠绵悱恻，真挚动人。

[南吕]四块玉·闲适　（其二）

旧酒投[①]，新醅泼[②]，老瓦盆边笑呵呵。共山僧野叟闲吟和。他出一个鸡，我出一个鹅，闲快活。

注解

①投：酿酒过程中把饭投入曲液，此处指再酿之酒。

②醅（pēi）泼：即未滤过的重酿酒。

赏析

《闲适》共四首，这是第二首，写诗人同良朋好友诗酒欢宴的动人情景。

在一个风和日暖的日子里，旧酒重新酿过，新酒刚刚蒸熟，老瓦盆边几个良朋好友围坐一团，喜笑颜开，意气扬扬。原来是诗人同山野中的和尚、田叟在一起饮酒赋诗，吟咏唱和。今天，他拿来了一只鸡，我带了一只鹅，大家在这里自在消受一番，好不快活。

这是一个充满诗情画意，富有浓厚生活气息的小宴会。这次宴会既无达官贵人迎宾娱客、妙舞笙歌的豪华奢靡场面，也无文人雅士宾主饮宴、传杯换盏的繁缛礼节，一切是那么自然，那么简朴，然而又是那么融洽和谐，那么真诚、热烈。虽然酒是自家旧投、新泼的，酒具是简陋的老瓦盆，饮食是大家凑合的，客人是山僧野叟，不是什么有身份的人，但菜肴却也不少，有酒、有肉、有鸡、有鹅，大家笑呵呵，乐陶陶，还吟诗唱和地闲快活。总之，情绪是欢乐的，志趣是高雅的，气氛是真挚友好的。这种"打平伙"式的真诚欢聚，无拘无束，率性而行，彼此尊重，平等相待，和睦友好，正是田园生活的乐趣和山野隐逸的高洁所在。诗人不慕荣利、鄙弃官场的高尚情操充分表现了出来，不言而自明。

本色的语言、鲜明的形象是这首小令的一个显著特点。整首小令全用通俗易懂的民间口语，朴实自然，毫无雕琢斧凿的痕迹，仿佛信手拈来一般。"他出一个鸡，我出一个鹅"，这样的句子自然贴切而又似毫不经意，却很好地表现了这些自食其力而并不富有的山林隐士彼此之间亲密无间的感情。"老瓦盆边笑呵呵""共山僧野叟闲吟和"，亦是平常口头语，然而诗人与"山僧野叟"饮酒赋诗、欢乐无穷的动人场景却历历如绘，宛在眼前，形象鲜明生动，传神感人。

[双调]碧玉箫·笑语喧哗

笑语喧哗，墙内甚人家？度柳穿花①。院后那娇娃，媚孜孜整绛纱②，颤巍巍插翠花③，可喜煞，巧笔难描画。他，困倚在秋千架。

注解

①度柳穿花：在花柳间穿行玩耍。

②媚孜孜整绛纱：美滋滋地正在整理头上戴的绛色纱巾。媚孜孜与美滋滋谐音同义。

③颤巍巍插翠花：头上插着颤巍巍翠玉镶的花。

赏析

这是一首即景写实曲。是写作者经过一家墙外，听到墙内有笑语喧哗声，好奇地探头向墙里一看，正有几个娃娃在那里嬉戏玩耍。作者用简单的笔墨，却勾画出三个场景。开头三句是写几个娃娃在花柳间一边跑着一边说说笑笑，喧哗不止。这是群象的概括描写。这是一个场景。下五句是写在院后看到一个小姑娘正在整理纱巾，头上插一支颤巍巍的翠花，她那娇媚的姿态，使作者惊叹“巧笔难描画”。这又是一个场景。最后两句是写一个娃娃，打秋千疲乏了，倚在秋千架上休息。这又是一个场景。作者把这三个场景有机地联结起来，构成一幅令人喜爱的娇娃嬉戏图，形象逼真、生动。

◆ 胡祗遹

胡祗遹(1227-1295年)字绍开,号紫山。磁州武安(今属河北)人。于世祖朝历任户部员外郎、右司员外郎、太原路治中、河东山西道提刑按察副使、荆湖北道宣慰副使、济宁路总管及山东、浙西提刑按察使等职,以精明干练著称,所至颇具声誉。后召拜翰林学士,未赴,改任江南浙西按察使,不久以疾辞归。卒,谥文靖。《元史》有传。祗遹学出宋儒,著述较丰,著有诗文集《紫山大全集》,今存二十六卷本。卷八有《黄氏诗卷序》《优伶赵文益诗序》《朱氏诗卷序》等文,为研究元曲之珍贵资料。明·朱权《太和正音谱》评其词"如秋潭孤月"。

[双调]沉醉东风·赠妓朱帘秀①

锦织江边翠竹,绒穿海上明珠。月淡时,风清处,都隔断落红尘土。一片闲云任卷舒,挂尽朝云暮雨。

注解

①朱帘秀:元大德年间著名青楼艺人,"杂剧称当今独步"。有多少名公才士曾经吟咏过她,已无法说清了。因为许多诗词特别是散曲作品失了。但是现存为数不多的散曲中,居然还存有关汉卿、卢挚、胡祗通等多首赠朱帘秀的曲作及冯海粟的词[鹧鸪天],都对她赞誉备至,足见当时的文人对这位一代名优何等倾倒。

赏析

咏赞朱帘秀的作品各有千秋。朱帘秀本姓朱,由于她的艺名改"朱"作"珠",便给一些咏赞者提供了巧妙构思的材料,即以咏珠帘双关其人,颇称妙绝,胡祗通这首小令也是如此。陶宗仪《南村辍耕录》载:"歌儿珠帘秀,姓朱氏,姿容姝丽,杂剧当今独步。

胡紫山宣慰(胡祗通号紫山,曾为宣慰副使)极钟爱之,尝拟[沉醉东风]小曲以赠云云。冯海粟先生亦有[鹧鸪天]云云。皆咏珠帘以寓意也,由是声誉宜彰。”说明这些作品曾传诵一时,对这位演员声名的传播有着很大影响。由于两首作品手法相似,我们不妨把那首[鹧鸪天]引在这里:“凭倚东风远映楼,流莺窥面燕低头。虾须瘦影纤纤织,龟背香纹细细浮。红雾敛、彩云收,海霞为带月为钩。夜来卷尽西山雨,不着人间半点愁。”据《青楼集》:“盖朱背微偻,冯故以帘钩寓意。”这是以朱外形的白璧微瑕作谐谑语。我们不必对两作全面比较、品评,高下自见。

这首[沉醉东风]明是一首咏物之作,咏的是一挂珠帘,然而它的语意知句双关,含蕴着对这位艺人品格的赞美。

首二句说的是珠帘的质地。它是用彩色丝线绒线将竹丝和明珠编织而成,自然是十分华丽精美的。然而诗句所表现的不止于此。它叙述这些物质的来源时,赋予了美丽的想像。竹是“江边翠竹”,使我们联想到汩汩江水边摇曳着的风尾森森;“海上明珠”使我们联想到滚滚海涛中闪耀着光辉的奇珍异宝。于是眼前便不再是一挂普通的珠帘,它熠熠然泛出了夺目的异彩。这正是那位色艺双全的艺术家形象的写照。

次三句写珠帘的用途:“都隔断落红尘土”。帘子本是为遮蔽尘土为清洁而设,再加上“月淡时”“风清处”的时刻和环境,就使得珠帘似乎笼罩在清雅素淡的氛围中,纤尘不染、高雅脱俗。这更是那位艺术家品格风貌恰当的比拟。

然而珠帘毕竟是实用之物,它时时、日日,从早到晚垂挂在门前、窗前,对着庭院、楼台、大地、长空,它不总是那么平静的,不总是不受惊扰的,它也有丰富的阅历。“画栋朝飞南浦云,珠帘暮卷西山雨”,作者巧妙地将王勃这两句包含了艺人名字的诗句用在此处,含蕴非常丰富。朝飞之云,暮卷之雨,日日垂挂着的珠帘览尽了这大自然的万千气象。同时或则微风细雨,或则狂风暴雨还会侵袭到它的身上,但是它是镇定的、安详的;它任凭外力将它舒卷,仍然像一片闲云那样自在从容。“卷舒”是风吹帘动的形象,“挂”的也是珠帘,这里并没有用拟人手法,咏物而双关于人再用拟人手法就弄巧反拙了。句句字字贴切于物而又无不与所寓人事关合,方是上乘。请看,这哪里只是在写门帘?这不正是这位女艺术家面对风云变幻的生活保持着坚韧不拔精神的写照吗？然而，又不牵强生硬，“不即不离，不缚不脱”（《咽觉经》），如是咏物，方为上乘。

咏物以寓人，并非鲜见，但花、月一类事物以其自然生机容易引发文学家的想像，可以在双关方面做出不尽的文章。但门帘只不过一家常物亭；并无许多诗意和浪漫色彩。而作者却将它关乎一位美人、艺人，从外表到风神关合得如此恰切自然，令人叫绝。

［中吕］阳春曲

几枝红雪①墙头杏，数点青山屋上屏。一春能得几晴明？三月景，宜醉不宜醒。

残花酝酿蜂儿蜜，细雨调和燕子泥。绿窗春睡觉来②迟。谁唤起？窗外晓莺啼。

一帘红雨③桃花谢，十里清阴柳影斜。洛阳花酒一时别。春去也，闲煞旧蜂蝶。

注解

①红雪：形容初春盛开杏花的繁茂。

②觉来：醒来。

③红雨：比喻飘落的桃花。此出自唐·李贺《将进酒》：“桃花乱落如红雨。”

赏析

阳春曲，又名喜春来、惜芳春，以这个曲牌写春景真是名副其实，相得益彰。胡祗通用这个曲牌写了二三首小令，渲染出一派风和日丽、蝶逐蜂嚷、百花争艳的烂漫春色。然而一二首又各有侧重。

第一首可名之曰“春晴”。首二句写景。首句写墙头杏花。这里用“红雪”形容杏花，但这杏花却不是堆满枝头，而是被雨打风吹，临空飞舞了，这杏花是令人败兴的。

反之,这首曲写的杏花,正是晴天的景物。次句写青山,青山在屋后,但并不在屋的近处。如果屋正在山脚下,无论如何也看不到几座山的,而且也绝不是"点",只好说是"一片青山"。正因为较远,所以是"数点"。又由于在屋后,远远看去,像屋上树的一架屏风。又既然较远,如果是蒙蒙细雨天气,是看不清这"数点",也看不出"青"色来的。所以这里写了"明",也就是写了晴。两句均不着一"晴"字、一"日"字,而处处写出了"晴"。综合起来,两句构成一幅画面。画的主体不是杏花,也不是青山,而是一座房院。杏花堆在房前院墙墙头,青山是屋的背景。但两句却又无一句及于屋之本身。一方面,本曲重点写晴,只能通过自然景色才能表现出来;另一方面,有了房前屋后之美,这房屋环境之优美,房内主人心情之自得自足也自然写出来了。这便是"不写之写"。写景的目的归根结底是为了写人,故下句承上暗写晴一转,明点出"晴明"二字。不仅点出,而且以反问句提起:"一春能得几晴明?"强调这晴的难得。从前引盍西村曲也可以看出,春雨是如何令人败兴的。所以这问句就流露了作者满意的心情。在结构上这句起了过渡的作用。"三月景,宜醉不宜醒",看似发议论,说这样的天气,适宜喝得醉醺醺,实则是抒情,是在赞美这阳春三月的令人陶醉,在醉眼蒙眬中,这景色将会更美,流露了作者在这大好春光中的悠然和满足的心情。

第二首可名之曰"春睡"。曲中明写"春睡觉来迟",是晓莺将他唤起的。的确,"春眠不觉晓",符合自然规律。但仔细琢磨此曲,却与上曲着意写晴不同,并非要突出睡意。前两句"残花酝酿蜂儿蜜,细雨调和燕子泥"是名句,大戏剧家关汉卿的杂剧《诈妮子调风月》中就用了这两个句子:"你又不是残花酝酿蜂儿蜜,细雨调和燕子泥。"清李调元又曾将之与马致远"红尘不向门前惹"等名句并列,谓"皆人所不能道也"(李误以此曲为马致远作)。其难得之处何在呢?这里恐怕是不能理解为"花残了,蜂蜜也酝酿成了;雨来了,燕泥却调和好了"的。因为这样,作者就不是在咏赞残花、细雨了。恰恰相反,作者正是在咏赞它们。花虽然残了,蜂儿却还在花丛中飞来飞去,从残蕊中采蜜。而这样的残花仍然是美好的,不给人以零落凄凉之感。春雨往往令赏春者扫兴,可是燕子却还在雨中穿梭忙碌,衔泥筑窠,纷纷的细雨不但没有妨碍它们,反而帮助它调和泥土。燕子真是非常感激这细雨呢。燕子无情!"人是有情的,是诗人在赞美雨的适时。所以这两句为"人所不能道"者,其一是作者对生活观察的细致入微,从小小的虫鸟活动中看出了春的生意;其二是以喜悦的心情写了残花、细雨,写了春的另一种旖旎。"绿窗春睡觉来迟"一句写窗内人的浓睡,似与窗外的蜂、燕无关,但一个

"春"字点出了前后的内在联系,又加一"绿"字,对"春"作了补充,窗内窗外联成一片了。睡意之酣畅,正因为春天气候之宜人。"觉来迟",毕竟还是醒来了。为什么醒来呢?是"窗外晓莺啼"惊醒的。但这里没有"打起黄莺儿,莫教枝上啼"哪种对莺儿的埋怨,而是对莺声的欣悦。总之,这里写浓睡,是写了春天;写醒觉,也是写了春天,都写了春天的美好。

◆ 卢 挚

卢挚(1242-1314年),字处道,一字莘老;号疏斋,又号蒿翁。元代涿郡(今河北涿县)人。至元五年(1268年)进士,任过廉访使、翰林学士。诗文与刘因、姚燧齐名,世称"刘卢""姚卢"。与白朴、马致远、朱帘秀均有交往。散曲如今仅存小令。著有《疏斋集》(已佚),传世散曲120首。有的写山林逸趣,有的写诗酒生活,而较多的是"怀古",抒发对故国的怀念。今人有《卢书斋集辑存》《全元散曲》录存其小令。

[南吕]金字经·宿邯郸驿

梦中邯郸道,又来走这遭。须不是山人索价高。时自嘲,虚名无处逃。谁惊觉,晓霜①侵鬓毛。

注解

①晓霜:比喻白发。

赏析

这首金字经,写作者夜宿邯郸驿舍的感触。邯郸在今河北省南部。"梦中邯郸道,又来走这遭。"开篇即点出又一次走在邯郸道上这一事,这里用了"邯郸梦"的典故。唐代沈既济的传奇《枕中记》,写卢生在邯郸道邸舍遇吕翁,吕翁授一瓷枕命睡,梦中历尽富贵荣华，醒来主人蒸的黄粱尚未熟，他因此领悟了穷通得失都不过是一场梦的道理。卢挚重官燕南，在他的仕历中已是最后一次。前此四十年中，他由皇帝的侍从之臣开始，历任按察使、廉访使、路总管、翰林学士等要职，也可说是荣华历尽了。当他又一次来到“黄粱梦”故事的地点，主人公的姓氏又恰好与他相同，他于是产生了以往的仕宦生活不过是一场梦，而今日再次出任要职也不过是旧梦重温的想法。他在写此曲时巧妙地利用了这个典故，是含有自嘲自讽为功名而奔波劳碌的意思的；一“又”字更见出无限感慨。所谓一之为甚，其可再乎，就是他此刻的心情了。

“须不是”三句，承上文而来，意思是说：自己之所以至今仍奔走道途，不是因为归隐有什么困难，而是摆脱不了功名之念之故。这里用“山人索价高”（山中人索高价才让他入山归隐）来表示归隐的不易，用“虚名无处逃”（虚名没有地方逃避）来说明功名之念难断，都是一种风趣的说法。加上“时自嘲”三字，自嘲自讽的味道就十足了。这样的表达方式，是符合散曲这种体裁的要求的。

最后，“谁惊觉”二句，惊呼年华老去，鬓毛已斑。同上文联系起来，就是自伤到老还为功名奔走而不能大彻大悟之意。

纵观全曲，作者自嘲自讽自伤的意思是明显的，古人于仕、隐之间常有矛盾，加上元代特殊的政治环境，卢挚在经历了长期的仕宦之后，产生这种思想是很自然的。全曲一气呵成，意无旁溢，笔墨是比较酣畅的。

［双调］沉醉东风·秋景

挂绝壁松枯倒倚，落残霞孤鹜①齐飞。四围不尽山，一望无穷水。散西风满天秋意。夜静云帆②月影低，载我在潇湘画③里。

注解

①鹜(wù):野鸭。

②云帆:一片白云似的船帆。

③潇湘画:宋代画家宋迪曾画过八幅潇湘山水图,世称潇湘八景。历代题咏者不少。潇湘,湖南境内两条水名。湘水流至零陵县和潇水合流,世称潇湘。

赏析

这是一首写景曲,前五句写黄昏之景,后两句写静夜之景,二者又有机地构成一幅有时、空推移的动态的画面,传达出作者悠闲宁静而略带萧瑟的情意。

"挂绝壁松枯倒倚。"首句描写悬崖之上一棵枯松倚绝壁而倒挂,既写出枯松的奇姿,又衬托出山势的险峻。"落残霞孤鹜齐飞",这里套用了王勃《滕王阁序》里的名句"落霞与孤鹜齐飞",写秋天傍晚江上明丽的景物。鹜就是野鸭子,生长水边,故有鹜之地必有水。王勃此句底下是"秋水共长天一色"。人们可以想像那辽阔明朗的画面:在渺茫无际的水面上,天边残留的晚霞好像与孤单的野鸭子在齐飞。以上两句,一苍劲,一明丽,构成了一幅鲜明的画面。

"四围不尽山"两句,是对前面两句所写景物的概括,也是在意象上的扩大和补充。前面两句是镜头各对准一个焦点,摄取最动人的画面,它们的景观是具体的,色彩是绚丽的,但却是定位的,是在某一个方向上。现在加上这两句,进一步扩大了读者的视野,使他们看到除了上面写到的景物之外,四围还有数不尽的山,无穷际的水。随着视野的开阔,读者的心胸也开朗起来,但一种苍茫的心绪也暗暗涌出。这种大笔勾勒式的写景,为下面写"秋意"做了心理上的铺垫。

"散西风满天秋意","西风"无形,"秋意"无迹,然而又确实有"意"可感,从宋玉的《九辩》到曹丕的《燕歌行》和欧阳修的《秋声赋》,感秋而生愁已经形成了一种具有萧瑟悲凉情意的特征。因此,添了这一句,就能把人们引到比肃穆、明净这样的表面景象更深一层的萧瑟的境界中去。这境界既有物境,也有心境。曲写至此,自成一段落,它把秋景、秋意都提供给我们了。但是如果曲子就到此结束,它还不过是一幅没有人物的静物画,而且构图不够多样与丰富。可贵的是作者接着又把时间从黄昏移到晚上,为人们展示了一幅新的画面:"夜静云帆月影低,载我在潇湘画里。"静静的夜,静静的湘水，一只船，高挂着云帆，悠悠前进。“月影低”，说明月亮刚刚升起，它的清光投射在船帆上，使帆影显得低而且长。在这里，作者把自己摆进图画中，使自己也成为画面中的一员。人物出现，使画面顿时活了起来。“潇湘画”指的是宋人宋迪的《潇湘八景图》，是著名的一组平远山水画。在古人的心目中，诗情和画意是相通的。因为“云帆月影”的夜航点缀了清旷的江面，太富有画意了，而且地点正好在潇湘之上，就像一幅潇湘景物图一样，所以说“载我在潇湘画里”。

整首小令写的都是潇湘行舟所见。是按照时间顺序道来。作者的态度，更多的是冷静的观照。视野所及，潇湘两岸的山水风物，都使他感到心旷神怡。虽然西风的轻拂带来了满天的秋意，传统的季节感受，加上身在旅途，不能不使他产生微微的萧瑟之感。但因为他身为湖南宪使，也许是外出公干，也许就在赴任途中，所以心境是平静的。正因如此，我们获得了一幅气象阔大、意境飞动的秋光图。

［双调］沉醉东风·闲居

恰离了绿水青山那答①。
早来到竹篱茅舍人家。
野花路畔开，村酒槽头榨。
直吃的欠欠答答。
醉了山童不劝咱，白发上黄花乱插。

注解

①那答：那边。

赏析

卢挚用[沉醉东风]《闲居》这个题目写的小令共三首，写的都是隐居之乐，这是其中的第二首。

“恰离了绿水青山那答，早来到竹篱茅舍人家”二句，写信步闲游，从野外的青山绿水(“那答”即那儿、那边之意)，来到竹篱茅舍边的人家。“恰离了”“早来到”两个词语，在表达时间的观念上衔接紧密，写出了主人公留连山水的浓厚兴趣和健捷的步履。“绿水青山”，“竹篱茅舍”，都是令人心旷神怡的村野美景，这两个词语所包含的意蕴，是具有某种质的规定性而在数量和构图上又是笼统的、模糊的，它便于读者发掘储存于印象仓库中的材料，而加以创造性的组合，因而读者对山水田园的美感经验越丰富，对这一幅画面的体会就越美。

“野花路畔开，村酒槽头榨”二句，写一路所见。野花在路边盛开，色彩缤纷，品种繁多。当然，不可能也没有必要一一列举这些花的名字；读者在这里大可以张开想像的翅膀，编织出一幅美丽的图画。“村酒槽头榨”，指的是村边有一间小酒店，酒是从槽头榨出的，格外诱人。于是，我们的主人公走进去了，“直吃的欠欠答答”，一直吃得迷迷糊糊，踉踉跄跄。

“醉了山童不劝咱，白发上黄花乱插”，跟随他的童子是知道他的脾气的。所以任他喝得酩酊大醉，也不去管他。后来，他又大发酒狂，摘下路边的菊花，胡乱地插在白发上。这位抒情主人公的“白发上黄花乱插”，也是属于为人笑之列的，但他却毫不在意。这一形象，表现了作者的狂放旷达。

[双调]寿阳曲·别朱帘秀[1]

才欢悦，早间别[2]，痛煞煞好难割舍。
画船儿载将春去也[3]，空留下半江明月[4]。

注解

①珠帘秀:元代名伶。

②早间别:很快就分别。

③载将春去也:意思是说她乘的船把聚会的快乐也一同带了去。

④“空留下”句:意思说所思念之人走后他只能同半江明月做伴。

赏析

这是一支写离愁别恨的小令,它以强烈而真实的感情,抒写依依话别那一刹那间的黯然魂销的高潮,因而能够感人至深。曲的前三句,纯用白描的手法,不作渲染,不加粉饰,是质朴的,明朗的;后两句,则用象征的手法,通过具体的形象,表现与之相似或相近的概念与思想,是婉曲的,含蓄的。明朗而不含蓄,容易流于浅薄;含蓄而不明朗,又易流于晦涩。质朴而不婉曲,容易伤于直率;婉曲而不质朴,又易流于雕缋。这支小令之所以脍炙人口,就在于它的质朴与婉曲相结合,明朗与含蓄相统一。

曲的开端,“才欢悦,早间别,痛煞煞好难割舍”,在感情色彩上特别显得真实,强烈而深刻。而真实、强烈、深刻,又是诗的美学情感的三维性原则,所以具有强大的艺术感染力。“化俗为雅”“变熟为新”,是作曲的一条必须遵循的原则,这支曲的结尾,在极俗极熟的声口之后,继之以极雅极新的曲辞,使之“俗而不俗,文而不文”。“画船儿载将春去也,空留下半江明月”,固然是从宋人俞国宝的“画船载取春归去,余情付湖水湖烟”(《风入松》)的句意脱化而来,但比起俞作来却更富韵味,更具形象。好像珠帘秀一去,春的温暖、春的明媚、春的生机和活力,都被那只画船儿载走了,于是诗人的空虚寂寞、凄凉惆怅之感,便在字里行间强烈地透露出来。船走了,人去了,送别的人呢?还呆呆地伫立在江畔,目送着那船儿渐渐消失在远处的碧空里,只有映在江心的明月,无声地伴着他这孤独的人儿。表现出作者与主人公之间深厚的情谊。

这首曲的一个主要特色是,把雅与俗、新与熟置于同一机体内,使之互相依存,互相映衬,发出新的耀眼的光辉,从而使曲更新颖。

[双调]殿前欢

酒杯浓,一葫芦春色醉山翁①。
一葫芦酒压花梢重,随我奚童②。
葫芦干兴不穷,谁人共,一带青山送。
乘风列子③,列子乘风。

注解

①山翁:指山简,晋襄阳太守,性好酒。
②奚童:书童。
③乘风列子,列子即列御寇,战国时郑人。庄子说他能御风而行。

赏析

列子,名列御寇。一作列圄寇、列国寇。传说中得道的“至人”。《庄子》中多载有关于他的传说。《汉书·艺文志》著录《列子》,八篇,列入道家。后列子被道教徒视作超凡脱俗、能御风而行的仙人。唐天宝元年定《列子》一书为《冲虚真经》,宋景德中又加称为《冲虚至德真经》,成为道教的经典之一。而列子其人便成为“任真”而脱俗的偶像,其体现的冲淡虚静、无所拘系的所谓“冲虚”之精神境界,便成道家极推崇的人生至境。

“酒杯浓”,开首一句,便给全曲笼罩了一层浓浓的醉意。酒杯,此处代指饮酒。酒杯浓即酒意已浓,诗人因何而醉?酒“钓”出了真情:“一葫芦春色醉山翁”。“一葫芦春色”者,一葫芦酒中尽寓春色也。酒意、酒兴,不在酒而在春色之中耳。这就不由得让人想起“醉翁”欧阳修揭示酒中三昧的名句:“醉翁之意不在酒,在乎山水之间也。山水之乐,得之心而寓之酒也。”

(《醉翁亭记》)多么有趣的一个"醉翁"!"一葫芦酒压花梢重":酒挂树梢,压弯花枝,花映酒意更浓。这一句,诗人用"花梢"点睛式地勾出春色之美,为前句"春色醉山翁"作一轻灵而绝妙的点染;而挂酒葫芦于树梢,则又活脱画出率情任意的醉翁之态。一个无拘无束、任情恣性的"我"跃然纸上。酒之听"钓"者,正在此"任真"之"我"情耳。至此,诗人用寥寥三句,已将"酒意"说透,然而诗人还不满于此,他还要将意境更翻进一层:"葫芦干兴不穷。"诗意真情既已"钓"出,又何在乎酒之有无。醇酒可尽而诗意无尽,诗人和他的伴童更加心旷神怡地徜徉在大自然的怀抱中。这里似乎已是"无人"的境界:没有车马之喧喧、嚣尘之扰扰、俗念之萦萦,只有汲尽春意的青山翠岭与诗人相伴,仿佛陪送着诗人走进与大自然融为一体的纯真世界,就像传说中御风而行、和光同尘的仙人列御寇那样遨游在"冲虚"之中,"山翁"今醉否?既醉而非醉,他已在春色酒兴中进入了一个更高的"至人"境界:"彼至人者,归精神乎无始,而甘冥乎无何有之乡。"(《庄子·列御寇》)——"无始"而"无何有",这超脱一切,相接混茫,与自然同体同在的无我之"我",这"忘却营营","任真无所先"的自在之"我",便成了"醉翁"为自己塑造和完善的形象。

在陶、欧、苏等前人的饮酒之作中,我们曾领略过各类"醉翁"的风采。卢挚笔下的"醉翁"又是独特的"这一个",他也"超然",但不像陶渊明那样追求"桃花源"般的古风淳厚之境,也不像欧公坡仙在"超然"中暗涵着一丝失意的隐痛,更不像那些"超脱"背后乃是"曲埋万丈虹霓志"的"酩子里胡捱"。卢挚一生高官厚禄,一帆风顺。他没有现实人生的深忧巨痛,也没有一时失意的不平之慨,他是在无忧中寻找精神的陶冶和完善,而不是在烦恼痛苦中寻求解脱。所以,此翁醉浓兴豪,但又恬静飘然。他"超然"境界的最终归向是悠远、安宁。与前代及他同时代的许多"醉翁"相比,他"纯";但似乎又像缺点儿什么——或许是富贵人往往不易具有的激情和深沉?然而,卢挚又绝非忸怩作态、无病呻吟地"为赋新词强说愁"。他只是把他的无忧之怀,无杂之念一一现于曲,故其曲多有一种纯净之美,贯云石评其曲"如仙女寻春",从这个角度言确是的,卢挚能成为元代前期散曲"清丽派"的有影响人物,此是重要原因之一。但他毕竟又深知散曲三昧,他的"清丽"还没有像以后散曲那样过多地向词靠近。散曲特有的灏烂放达之趣时时在其曲中闪现。如"葫芦"一词在全篇中重复出现三次,这种情况,是作诗词之大忌,然却是散曲特有的风味,这种以"葫芦"为语脉串通全篇,紧扣"酒杯浓"层层递进展开的做法颇得酣畅爽快之曲旨。而曲尾回文的句式更增加了全曲的洒脱之趣。此外,清丽之中而兼豪放,也是疏斋散曲的一大特色,本曲以“清”为里，以“放”为面，诗人是在“我”的抒展中进入“冲虚”之境的，这种悠远和安宁与诗词大多以一种含蓄的内向深化而进入“超然”之境迥异其趣。词重内蓄，曲重外旋。读疏斋此曲，正可窥其一斑。

［黄钟］节节高·题洞庭鹿角庙壁

雨晴云散，满江明月。风微浪息，扁舟一叶。半夜心[1]，三生梦[2]，万里别。闷倚篷窗睡些。

注解

①半夜心：指子夜不眠生起的愁心。

②三生梦：谓人的三生如梦。三生，佛家指前生、今生、来生。

赏析

这首小令当是元成宗大德年间，卢挚出任湖南岭北道肃政廉访使，赴任途中所作。鹿角，即鹿角镇，在今湖南岳阳南洞庭湖滨。

卢挚这次外放湖南，心情不是很愉快的。在［蟾宫曲］《长沙怀古》中，他曾以古代被贬逐于此的屈原、贾谊自比。而从长江进入洞庭湖以后，又遇上了阴雨天气，很可能正如范仲淹《岳阳楼记》所写的：“阴风怒号，浊浪排空；日星隐曜，山岳潜形；商旅不行，樯倾楫摧；薄暮冥冥，虎啸猿啼。”这些更使诗人内心充满了愁闷和烦躁。但入夜以后，景物一变：“雨晴云散，满江明月。风微浪息，扁舟一叶”。

这里说的是“满江”，实际上包括“满湖”。八百里洞庭，南汇湘、资、沅、澧四水，北吞长江，一望无垠的湖面，此时都沐浴着明月的光华。晚风习习吹送，平静的湖面上荡漾着诗人的一叶扁舟。这种境界，大似南宋词人张孝祥《念奴娇·过洞庭》中所写的“洞庭青草，近中秋，更无一点风色。玉鉴琼田三万顷，着我扁舟一叶”有着一种光明澄澈之美。

此时此地，诗人的心境如何呢？是不是也像这湖面一样涟漪不泛呢？恰恰相反。湖上风微浪息，而诗人却是心潮难平，百感交集。这里有“半夜心”——夜阑人静时油然而生的离愁别恨。有“三生梦”——三生指前生、今生、来生，为佛教语。此处“三生梦”的内涵可能有两种：其一，诗人或许想到自己的命运。如果说自己真有前身的话，

那到底应该是哪一位古人呢？白居易诗:“世说三生如不谬,共疑巢、许是前身”(《赠张处士山人》),是以巢父、许由等隐士高人自况;刘因诗:“扁舟捉月记三生”(《盆池》),是以人水捉月而死的诗仙李白自许。卢挚到底以谁自比呢？这里没有明说。实际上他是以屈原、贾谊自比的,他的[蟾宫曲]《长沙怀古》便透露了此中消息。其二,“三生梦”还可能用唐代僧人圆观临死时,与友人李源相约十二年后在杭州天竺寺三生石上重见的典故。这是说自己与友人(或恋人)今生恐怕不能重逢只能以来生相见为约。“三生梦”的这两种内涵,都使这首小令染上了一层感伤的色彩。此外还有“万里别”——无论同友人的分别,还是同恋人的分别,都令人难堪,而后者尤甚。在[寿阳曲]《别朱帘秀》中,诗人就曾写道:“才欢悦,早间别,痛煞煞好难割舍。画船儿载将春去也,空留下半江明月。”此刻,面对着这“满江明月”“半夜心”“三生梦”“万里别”,种种复杂的感情一齐涌上诗人心头。他愁绪千端,莫可暂释,于是只有闷倚篷窗,希望小睡片刻,以求得精神的安宁。但“客夜何曾著,秋天不肯明”(杜甫《客夜》),在这耿耿长夜之中,诗人恐怕终究是难以入梦的——这首小令展示给读者的,正是这样一种痛苦的灵魂,而明月清辉与诗人心头的阴云,平湖的静谧与诗人内心的动荡,昔日的欢会与今日的离愁,这层层对比,无不加深着这篇短小的抒情诗所蕴含的感情容量。

◆王 恽

王恽(1227-1304年),字仲谋,号秋涧,卫州路汲县(今河南卫辉市)人。元朝著名学者、诗人、政治家,一生仕宦,刚直不阿,清贫守职,好学善文。成为元世祖忽必烈、裕宗皇太子真金和成宗皇帝铁木真三代的谏臣。著有诗文集《秋涧集》100卷。

［越调］平湖乐·尧庙秋社

社坛烟淡散林鸦，把酒观多稼①。霹雳弦声斗高下，笑喧哗，壤歌亭外山如画。朝来致有，西山爽气，不羡日夕佳。

注解

①多稼：出自《诗经·小雅·大田》："大田多稼，既种既戒。"原指广种，后世常指丰收。

赏析

本曲描绘了尧庙秋日祭社神的欢乐景象，抒写了作者自己的感受。本曲首句从社祭刚结束写起："社坛烟淡散林鸦"。社祭过后，社坛上的香火之烟渐渐变淡，大群争食祭肉的乌鸦，果腹后也纷纷离去。这时，轮到社祭的人们自己来饮酒作乐了。"把酒观多稼"的"多稼"，五代陶毅《清异录》云："汾晋村野问语曰：'欲作千箱主，问取黄金母。'意谓多稼厚畜，由耕耘所致。"原来唐尧故都之民，戮力耕耘，勤劳淳朴，年复一年地以自己的汗水换来了丰收，故于秋日社祭之时，得以举杯同庆，尽情欢乐。"霹雳弦声斗高下，笑喧哗，壤歌亭外山如画"三句，进一步把欢乐的村民在酒酣耳热之后兴高采烈的心情渲染到极处。以上三句是说，欢乐的村民抱着良琴弹唱，那声音，一浪高过一浪，谁都不肯相让，于是，琴声、歌声、笑语喧哗声响成一片。这情景，配上击壤亭外古朴的山野风光，仿佛使人重新回到了世风淳厚的唐尧时代。

不过，作者并没有陶醉于往古。曲中所赞美的，是眼前勤劳、乐观、充满活力的村民。他们既满怀信心地创造当前和未来的美好生活，又十分尊重自己古朴淳厚的习俗。“朝来致有,西山爽气”句,典出《世说新语·简傲》:晋王子猷为桓冲骑兵参军,生性简傲,啸傲山水,不屑理事。“桓谓王曰:‘卿在府久,比当相料理。’初不答,直高视,以手版柱颊云:‘西山朝来致有爽气’。”曲中借此典形容尧庙周围山景、空气清爽宜人;同时也隐含作者政令宽简、无为而治的主张。“日夕佳”出自陶渊明《饮酒》诗:“山气日夕佳,飞鸟相与还。”陶诗旨在抒写隐居之乐。本曲明言致有“西山爽气”,又“不羡日夕佳”,则可知其原先之倦宦归隐等衰飒之气,到此已一扫而空。同时透露出积极的用世精神和安于古风淳厚的僻地而与民同乐的志趣。

◆ 白 贲

白贲(约1270-1330年)字无咎,元代文学家。先世为太原元水人,后迁钱塘(今杭州)。四十岁左右出仕。延祐中,以省郎出典忻州郡。至治三年为温州路平阳州教授,后为文林郎南安路总管府经历。他是南宋遗民诗人白挺的长子。善画,能散曲。是元散曲史上最早的南籍散曲家之一。《全元散曲》录存其小令2首,套曲3套。其小令[鹦鹉曲]传诵甚广,和作者很多。

[正宫]鹦鹉曲

依家鹦鹉洲[1]边住,是个不识字渔父[2]。
浪花中一叶扁舟,睡煞江南烟雨。
觉来时满眼青山暮[3],抖擞绿蓑归去。
算从前错怨天公,甚也有安排我处[4]。

注解

①鹦鹉洲:在今武汉市汉阳西南长江中。
②父:对老年男人的称呼。
③觉来时满眼青山暮:醒来时感到满眼青山都染上了暮色。

④甚也有安排我处：甚，此处做“是”讲。指天公安排他作了渔父。

赏析

白贲善画，[鹦鹉曲]写作在他尚未入仕之时。这首曲景色生动，情绪饱满，形象真切，充分反映了作者的修养、经历和精神状态。

大德六年(1302年)，散曲家冯子振同一班伶人妓女在风雪中宴游，他听到有人歌唱白贲[鹦鹉曲]，并叹惜这么好的曲子没有人续作，于是援笔写下了一百多首唱和白曲原韵的[鹦鹉曲]。这些作品今天还存有四十二首。实际上，在冯氏前后，有不少曲家和过白曲原韵。比如今有刘敏中[黑漆弩]二首、吕济[鹦鹉曲]一首、卢挚[黑漆弩]一首，都是步白贲[鹦鹉曲]之韵而写作的。[黑漆弩]是一支“七七七六、七六七七”体双段五韵的散曲曲牌，由于白贲曲首句中有“鹦鹉洲”三字，这支曲牌遂也获得了[鹦鹉曲]的新名称。由此看来，白贲的[鹦鹉曲]真是一篇脍炙人口的作品！这同它的内容和形式都有关系。从内容方面说，这篇作品通过对一个隐遁人物的闲适生活的描写，曲折地透露出对现实的不满；语言很明白，但意思很含蓄，耐人寻味。从形式方面说，这篇作品用了个不易搭配的“父”字为韵脚，末句声律又定为“去仄仄平平上去”，声调谐美，却难于唱和。大概由于这两个原因，人们才喜爱它，看重它，把它推为曲中“最上品”，称赞白贲“如太华孤峰”(《太和正音谱》卷上)，作了许多唱和的试验。

白贲故作旷达，骨子里却是在刺贤愚颠倒。第四句中的“煞”，意思是“极”“尽情”；第六句中的“抖擞”，意思是“抖动”“振动”。这些活泼的字眼，使人觉得渔父的睡眠，乃是生命力的潜藏；渔父的觉醒，乃是生命力的焕发。最后一句说“甚也有安排我处”这可以理解为自我解嘲，也可以理解为一种讥刺，豁达之中透出一股不平之气。总之，白贲运用散曲这一表现更为自由的文学体裁，塑造了一个富有个性的渔父形象。继承传统而又跳出传统，这就是[鹦鹉曲]的成功之处。

◆ 冯子振

冯子振，字海粟，自号怪怪道人，元代散曲家、诗人、书法家。原湘乡山田街（今双峰山田村与湘乡山田街毗邻）人。生于宋理宗淳祐十一年（1251年），卒于元顺帝至正八年（1348年），享年98岁。冯善于作诗，尤以"散曲特具天才"，内容虽多叙述个人闲适生活，但每篇无不表现他的清高意境。其书法以行草见长，亦有名于时。

［正宫］鹦鹉曲·农夫渴雨

年年牛背扶犁住，近日最懊恼杀[1]农父。
稻苗肥恰待抽花，渴煞青天雷雨。
［幺］恨残霞不近人情，截断玉虹[2]南去。
望人间三尺甘霖[3]，看一片闲云起处[4]。

注解

①懊恼杀：苦恼烦躁到极点。杀，同"煞"，很、甚之意。

②虹：阳光照射天空中的小水珠，经折射和反射所形成的弧状彩色天象，称彩虹，又称白虹。虹的出现是雨晴交错的象征。这里称玉虹，疑指虹在云层厚处显现，彩色不甚鲜明而呈玉色的缘故。

③甘霖：及时雨。霖，古人以连雨三天以上为霖。

④看一片闲云起处：唐代诗人王维《终南别业》，"行到水穷处，坐看云起时"。冯子振此句受到王维佳句的启发。

赏析

本曲主要写稻子开花时节农夫盼雨的急切心情，前篇写农夫盼雨。农民对风云雨雪最为敏感，他们一年四季勤耕苦作，总希望风调雨顺，能有一个好的收成。而眼下稻苗肥壮，恰待扬花吐穗，偏偏久旱不雨，眼巴巴看着一年的辛苦将要付之东流，农夫怎能不焦虑欲绝呢？［幺］篇写天公无情。久旱不雨，阴阳失序，只有几片残霞，隔断彩虹，飘然而去。农民盼望的是及时雨，而天公偏不作美，唯见不能作雨的残霞闲云，使人恨悠悠。唐代诗人来鹄有首绝句《云》："千形万象竞还空，映水藏山片复重。无限旱苗枯欲尽，悠悠闲处作奇峰。"可作本曲"闲云"之注脚。古农谚有"朝霞暮霞，无水煎茶"之说，由于诗人对事物观察细致入微，对农人的情感体会真切，所以状物抒情，无须涂饰，极为自然真切，绝无忸怩作态之迹。

在写作手法上，作者以对立的两方结构全篇：农夫急切盼雨与天公不遂人愿，展示了农夫的愿望与现实的矛盾，读来牵系人心。终年勤苦的农民，本来就承受着社会对他们的种种盘剥，难以维持温饱，遇上灾年，他们又将怎样活下去呢？因诗人体察农夫生活的艰辛，理解他们的心愿，才能对他们有如此真诚的同情，自然也就能震撼读者。

◆ 朱帘秀

朱帘秀，是元大德年间著名青楼艺人，"杂剧称当今独步"。有多少名公才士曾经吟咏过她，已无法说清了。因为许多诗词特别是散曲作品失了。但是现存为数不多的散曲中，居然还存有关汉卿、卢挚、胡祗通等多首赠朱帘秀的曲作及冯海粟的词［鹧鸪天］，都对她赞誉备至，足见当时的文人对这位一代名优何等倾倒。

［双调］寿阳曲·答卢疏斋

山无数，烟万缕，憔悴煞玉堂人物[①]。倚篷窗[②]一身儿活受苦，恨不得随大江东去[③]。

注解

①玉堂人物：卢挚曾任翰林学士，故称。玉堂，翰林院的别称。

②篷窗：此指船窗。

③随大江东去：随东流的江水一块逝去。暗寓对离人的依恋之情。

赏析

朱帘秀是元代著名的杂剧女演员，这支曲子以写景起，境界十分开阔，"山无数，烟万缕"二句，一方面是直道眼前景色，渲染分手时的气氛；一方面也有起兴与象征的意义，那言外之意是说：无数青山将成为隔离情人的障碍，缕缕云烟犹如纷乱的情丝，虚无缥缈而绵绵不绝。第三句由景到人，说出送别之人的悲凉意绪，实也反衬出自己的感伤。卢挚曾为翰林学士，而翰林院在宋代以后往往被称为玉堂，"玉堂人物"也即指卢挚。"憔悴煞"云云正与卢作"痛煞"相呼应，表现出卢挚对自己的一片深情，同时也形象地道出了别离的痛苦。

四、五两句又从卢挚写到了自己，据卢挚原作中"画船儿载将春去也"一句可知，朱帘秀将乘船离去，也许这是一次长久的分离，也许是一去不返，成为永诀，因而双方的心情都很沉重。行舟将发，作者想到等待自己的是寂然一身，独倚孤眠，只有那滔滔的江水与悠悠的离恨与自己做伴。这样的处境实在难以忍受，因而说是"活受苦"。由此而想到死，一死了之，岂不万事都得到了解脱。"恨不得随大江东去"一句就是这种心愿的表白。至此，作者的感情达到高潮，全曲也在悲慨沉痛的调子中结束。可贵的是，作者以死殉情的愿望不是用哀艳低沉的调子写出，而是以慷慨悲凉的词语表现，这不仅体现了朱帘秀的一腔热情和愿为爱情献身的勇气，而且反映出艺人身处下贱，不再留恋人生的悲愤，不妨看作对等级森严的社会制度的控诉。

全曲语言质直，感情强烈，冲口而出，一泻无余。作者是长于歌咏的演员，所以此曲节奏明快，声调高朗，浅吟朗咏，可以想见当日江岸离别之情。

◆ 贯云石

贯云石（1286-1324年），元代散曲作家。出身维吾尔族贵胄，祖、父都官至显位。原名小云石海涯，因父名贯只哥，即以贯为姓，自号酸斋。初因父荫袭为两淮万户府达鲁花赤，让爵于弟，北上从姚燧学。仁宗时拜翰林侍读学士、中奉大夫，知制诰同修国史。不久称疾辞官，隐于杭州一带，改名“易服”，在钱塘卖药为生，自号“芦花道人”。今人任讷将他的散曲与自号“甜斋”徐再思作品合辑为《酸甜乐府》，得其小令86首，套曲9首。

［正宫］塞鸿秋·代人作

战西风几点宾鸿[①]至，感起我南朝千古伤心事。
展花笺[②]欲写几句知心事，空教我停霜毫[③]半晌无才思。
往常得兴时，一扫无瑕疵[④]。
今日个病恹恹，刚写下两个相思字。

注解

①宾鸿：即鸿雁，大雁。大雁秋则南来，春则北往，过往如宾，故曰“宾鸿”。

②花笺：精致华美的纸，多供题咏书札之用。

③霜毫：色白如霜的毛笔。

④瑕疵（xiá cī）：玉上的斑点。引申为缺点或毛病。

赏析

贯云石的散曲，内容多为闺情、逸兴、咏物、写景之作，而本曲以伤古感时为主题。曲子首句按照诗曲见景生情、托物寄兴的习惯思路，先勾画出一幅萧瑟凄凉的秋景图，为下文抒写作了情感铺垫。凄厉的西风里，几只北雁抖索着身躯飘飞到南方越冬。这番衰秋野况，多叫人见了寒战。难怪作者要为之感起“伤心事”，欲写“知心事”。领头字“战”，同“颤”，本义为颤抖，在此句中，含义则更深。它既写出鸿雁在西风里飞翔时颤巍巍、飘忽忽的凄苦景象，又反衬出西风的凛冽、肆虐、无情，同时透过“战”字，我们还似可听到鸿雁吃力搏击西风的哀鸣声。总之，西风也好，鸿雁也好，全由这“战”字的点染，涂上灰冷的色调，赋以情感的分量。

本曲在写法上从“悲秋”入手，可它的主题却是次句所点明：“感起我南朝千古伤心事”，是有感于国家兴亡大业。南朝，指我国历史上宋、齐、梁、陈四朝。这是个国事纷乱、兴亡更替频繁的历史时期。南朝君主多荒淫误国，他们沉湎声色，怠忽国事，在纸醉金迷中断送了大好江山。以下各句，都写针对“千古伤心事”，“欲写几句知心事”的情景。“欲写”并不等于能写成，铺展精致华美的纸笺（花笺），紧握洁白如霜的毛笔（霜毫）的结果，却是“半晌无才思”。“才”作“一”讲；“无才思”，理不出一点思绪来。五、六两句对“往常”的补叙，十分重要。“一扫”，生动地描绘了往常行文作曲文思敏捷的程度，与上句“停霜毫半晌无才思”形成鲜明、强烈对比，暗示眼下“无才思”的真实原因。这原因除上文所说作者似有难言之苦外，还出于极度悲伤时无法诉说的人之常情。作品扣住这一点，巧妙地做到以藏写露，以反写正。用欲写时的“无才思”，来渲染实际上的思如潮涌；用今与昔写作情形的反常，来强调内心悲伤至极的实情。

末句收煞，总算勉强写了，但只有两个字："相思"。从欲写到不能写。再从写了到又不能多写。起伏跌宕，盘弯曲折，作品完成了曲尽衷肠的使命，并给读者留下无穷的回味。

［双调］寿阳曲

新秋至，人乍别①，顺长江水流残月。悠悠画船东去也②，这思量起头儿一夜。

注解

①乍：忽然。

②悠悠：遥远的样子。

赏析

新秋刚到，离人就要分别，月夜江水，离愁满溢，江水中的月儿也同人一样不圆；悠悠画船，独自东去。冷落孤寂之景，增添了几多凄凉的离愁别绪。而这还只是开头的第一夜呵！以后将是无数的夜、无尽的相思，末句最是含蓄悠远，造成了延宕的审美效果，所谓言有尽而意无穷，能使人对离人别后的生活根据自己的生活体验去作审美想像，加以补充。

［中吕］红绣鞋·欢情

挨着、靠着云窗同坐①，偎着、抱着月枕双歌，听着、数着、愁着、怕着早四更过。四更过情未足，情未足夜如梭。天哪，更闰一更儿妨甚么②！

注解

①云窗：雕有云状花饰的窗子。

②更闰一更：公历有闰年，农历有闰月，岁之余为"闰"，更次当然没有"闰"的说法，此处是恋人欢会尤恐夜短才有此想法。

赏析

此曲的抒情主人公乃是一位年轻女子。开篇一连叠用八个"着"字，生动别致，真实地表达了恋人难得相会、春宵一刻值千金的急切心情。他们对不容易到来的相聚极为珍惜。所以才有诸多的热烈动作，而且又有听、数、愁、怕时间飞逝的心理状态。"四更过情未足，情未足夜如梭"，"情未足"的重复，更加重了恋人们的急切与恐惧。五更将至，这位女子竟然发出了："天那，更闰一更儿妨甚么！"的呼喊，完全为痴情中人之语。如此歌赞男女欢爱，尤其是女性的热烈与大胆，在元曲中不是多见的。

［双调］殿前欢

楚怀王[①]，忠臣跳入汨罗江[②]。《离骚》读罢空惆怅，日月同光[③]。伤心来笑一场，笑你个三闾[④]强。为甚不身心放？沧浪污你，你污沧浪[⑤]。

注解

①楚怀王：战国时楚国的国君。公元前328-前299年在位。

②忠臣跳入汨罗江：指屈原因楚怀王听信谗言，被放逐沅湘间，自沉汨罗江而死。汨罗江，湘江支流，在湖南省东北部。

③日月同光：《史记·屈原贾生列传》称赞《离骚》“虽与日月争光可也”。

④三间：指屈原，他曾任三间大夫。

⑤沧浪污你，你污沧浪：《孟子·离娄上》云，“有孺子歌曰，‘沧浪之水清兮，可以濯我缨；沧浪之水浊兮，可以濯我足。’孔子曰：‘小子听之，清斯濯缨，浊斯濯足矣，自取之也。’”沧浪，汉水的下游，这里指汨罗江。

赏析

作者弃官归隐的朝野皆熟的经历使他看问题也比较客观公正，把屈原的做人与作文分开来加以评价。在这首曲子中，作者凭吊楚三间大夫屈原，称其名著《离骚》可与日月同光。但作者又批评他不必跳水，“沧浪污你，你污沧浪”，对他死亡的评价和历代文人的态度相比有着高明之处。表现了他比屈原更为积极的人生态度。

［正宫］小梁州·秋

芙蓉映水菊花黄，满目秋光。枯荷叶底鹭鸶[1]藏。金风[2]荡，飘动桂枝香。［幺］雷峰塔[3]畔登高望，见钱塘一派长江。湖水清，江潮漾。天边斜月，新雁两三行。

注解

①鹭鸶：即白鹭。

②金风：即秋风。

③雷峰塔：五代时吴越王钱俶妃黄氏建，遗址在西湖南夕照山上，于1924年9月倾塌。

赏析

此曲为贯云石晚年隐居杭州时所作。他对风光秀丽的杭州怀有深厚感情。该曲极尽西湖秋色之美。其所描绘的乃是一个略显善意的清爽、沉静的境界。其深层则是其淡泊名利、飘然出世的思想。在作者笔下,我们看到:西湖亭亭玉立的芙蓉,静静地觅食的白鹭。菊花怒放,满目秋光,金风习习,桂香送爽。登高远望又见钱塘波涌,一派长江大河气象。湖水清澈,江潮滚动,天边已挂斜月,两三行新雁掠过天空。此曲所择取的景物和意象,都极富秋之神韵,作者又能将自己的情感融于其中,使得情景合一,加大了情的深度与景的厚度。

[双调]折桂令·送春

问东君何处天涯[1]?落日啼鹃,流水桃花。淡淡遥山,萋萋芳草,隐隐残霞。

随柳絮吹归那答[2]?趁游丝惹在谁家[3]?倦理琵琶,人倚秋千,月照窗纱。

注解

①东君:春神。

②那答:那地方。

③趁:追赶。游丝:蜘蛛之类所吐的丝。庾信《春赋》:"一丛香草足碍人,数尺游丝即横路。"惹:牵住。张先《减字木兰花·咏舞》词:"只恐惊飞,拟倩游丝惹住伊。"

赏析

此曲写女子伤春。作者以问句开端:主宰春天的神你到远方何处去了?这里只剩下西下的落日和啼叫的杜鹃,以及漂流桃花的溪水。远山淡淡,芳草茂密,残霞隐约。

这些都是描绘春天的景物，但它在一个满腹哀怨的女子眼中却失去了明媚，染上了伤愁。接着，主人公进一步发问：柳絮被风吹到哪里去了呢？空中的游丝挂到谁家呢？她的思绪也如同柳絮一样被风吹走，连琵琶也懒得弹拨，喜欢荡的秋千也荡不起来了。不知不觉间，月亮已照在窗纱上了。这首小令文雅、含蓄、沉静，写尽了一位思春的青年女子的哀愁。

［双调］清江引·咏梅

南枝夜来先破蕊[①]，泄漏春消息。偏宜雪月交[②]，不惹蜂蝶戏。有时节暗香[③]来梦里。

注解

①破蕊：开花。蕊：这里指花蕾。

②偏宜：偏偏喜欢。交：交结，交朋友。

③暗香：清香，幽香。

赏析

这是一首优美的咏梅言志的散曲。全篇咏物，句句不离梅花纯洁高雅的品性。同时，又是字字言志，正是作者崇尚高洁，不慕名利的高尚人格的写照。他辞官而隐居，就是此曲的最佳注脚。曲境活泼，格调明朗，如首句“南枝夜来先破蕊”之俊俏，末句“有时节暗香来梦里”之顽皮，都令人满口生津，回味无穷。其韵律谐美，用语工巧，也是少见的，如动词“破”“泄漏”“交”“惹”“来”，都极恰当地表达了梅花的特征，且有拟人手法之传神。修饰词“先”“偏宜”“有时节”等都有分寸，又不呆板，很是活泼。而“暗香”一词写梅花香之妙，虽借用前人诗，却另有新趣。

［双调］清江引·咏梅

芳心[1]对人娇欲说，不忍轻轻折，溪桥淡淡烟，茅舍澄澄月，包藏几多春意也。

注解

①芳心：即芳情，优美的情怀。

赏析

此曲咏月夜梅花。起用拟人手法，“娇欲说”三字，意蕴无穷，写尽梅花的动人神态，惹人怜爱。然后由近及远，由眼前之梅花说到四周之物色：“溪桥淡淡烟，茅舍澄澄月。”明月清辉，淡烟缥缈，梅花解人，这一切的一切，自然包含有无限的春意！作者是在写景，同时也在抒情。在传神写物的同时，细腻地吐露着自己的微妙情怀，情景交融，物我浑然，自能引起读者共鸣。

［双调］清江引·惜别

若还与他相见时，道个真传示[1]，不是不修书，不是无才思，绕清江[2]买不得天样纸。

注解

①传示：消息，音信。

②清江：水名，一在湖北，即古夷水；一在江西，即流经新干、清江等地的那段赣江。也可泛指清澈的河流。

赏析

这是支描写男子叹惜与情人离别之苦的小曲。小曲妙在不是直抒别怀的苦味，而是采用“节制”的笔法来表达这种郁结的情感：先是虚拟与情人相见时告白自己的心迹，继则采用“否定”的口吻，委曲道来，极写自己的情致深长；接连四个“不”字，以盘马弯弓之笔法，故作吞吐顿挫之语气，不独将“我”的心迹抖落得酣畅淋漓，而且将曲中“情势”推到高潮，又为后一句设下悬念，使读者忍不住要弄个明白：到底是为什么？于是，“绕清江买不得天样纸”句一出，便使人体味出那种表白中所隐含的深挚情感是何等的绵长而宽广！整支小曲句短情长，曲折深妙，似抑还扬，韵味无穷。

［双调］清江引·立春

金钗影摇春燕斜①，木杪②生春叶。水塘春始波，火候③春初热。土牛儿④载将春到也。

注解

①金钗：古代妇女的一种头饰。春燕：旧俗，立春日妇女皆剪彩纸为燕，并将金钗戴于头上，盛装出游。

②木杪（miǎo）：树梢。

③火候：本指烹煮食物的火功。这里指气候温度。

④土牛儿：即春牛。古代每逢立春前一日有迎春仪式，由人扮神，鞭土牛，地方官行香主礼，以劝农耕，谓“打春”。象征春耕开始。

赏析

这支小曲本为应酬之作，细审全曲，有“金”“木”“水”“火”“土”五字贯于每句之首，各句皆用了“春”字，乃为赋前所定。但作者并未囿于作曲所限，而是扣紧“春”字，全方位地展现立春时节的春景春情，写得清新自然，情趣横生。首尾两句是从风俗角度描绘立春之际的古老而又新鲜的迎春仪式：女子戴金钗，剪彩为燕；人们扮神鞭土牛，则为“迎春”之俗。中间三句从树梢、水池、地气诸方面渲染出生机初绽的春意，读时令人有春风扑面之感。整首小曲用词极有分寸，“杪”“始”“初”皆准确地点出立春时机万物苏醒，生机萌发的意境，具有很高的艺术表现力。

［正宫］醉太平

长街上告人。破窑里安身。捱[①]的是一年春尽一年春。谁承望眷姻。红鸾来照孤辰运[②]，白身合有姻缘分。绣球落处便成亲，因此上忍着疼撞门。

注解

①捱：艰难度日。

②“红鸾来照孤辰运”句：鸾：指凤凰。孤辰：指孤星。

赏析

元曲中写男女婚恋多富自由反抗的精神，该曲即表现出以彩球来决定婚姻的荒谬，它给青年带来巨大的痛苦，他们不得不“忍着疼撞门”，有着强烈的反封建意识。词语粗犷有力，契合着作者反封建礼教与追求自由婚姻的渴望之情。

◆ 姚　燧

姚燧(1238-1313年),元代文学家。字端甫,号牧庵,原籍营州柳城(今辽宁朝阳),迁居河南洛阳。姚燧所作散曲豪迈开阔,充满生气。无论是描写男女爱情,还是随意抒情,均缠绵尽致,婉丽清新,文辞浅白流畅。卢前《论曲绝句》写姚燧道:"以古文名世,曲则不经见,然每有所作,亦必婉丽可诵。"足见,姚燧在元曲上的成就也极可称道。

[越调]凭阑人

两处相思无计留,君上孤舟妾倚楼。这些兰叶舟[1],怎装如许愁[2]。

注解

①兰叶舟:小船。

②怎载如许愁:怎么能装下这么多的愁。如许,这么多。

赏析

这是写一个妇女送别丈夫的曲子。写得很凄苦,知道离后要两地相思,但又无计留住不走。想到江边送行,封建礼教又不允许跨出闺门,只好"君上孤舟妾倚楼",从远处瞭望自己的丈夫乘着一叶扁舟去到遥远的他乡。"这些兰叶舟"确实难载"如许愁"。这两句作者巧妙地化用李清照《武陵春》中"只恐双溪舴艋舟,载不动许多愁"的词意,翻做自己的语言,深刻地表达出离妇内心的凄楚。

◆ 郑光祖

郑光祖，生卒年不详，字德辉，平阳襄陵（今山西襄汾县）人。他是元代著名的杂剧家和散曲家，所作杂剧在当时“名闻天下，声振闺阁”。与关汉卿、马致远、白朴齐名，后人称为“元曲四大家”。

［双调］蟾宫曲·梦中作

半窗幽梦微茫，歌罢钱塘①，赋罢高唐②。风入罗帏③，爽入疏棂，月照纱窗。缥缈④见梨花淡妆，依稀闻兰麝⑤余香。唤起思量，待不思量，怎不思量！

注解

①钱塘：杭州，曾为南宋都城，为歌舞繁华之地，这里用南齐钱塘名妓苏小小的故事。

②高唐：战国时楚国台馆名，在古云梦泽中。宋玉曾写《高唐赋》，叙述楚襄王游高唐，梦中与巫山神女欢会。

③罗帏：罗帐。

④缥缈：隐约。

⑤兰麝：兰香与麝香，均为名贵的香料。

赏析

郑光祖的〔双调·蟾宫曲〕《梦中作》共有三首，这是第一首。写梦中与情人欢会，醒来后仍如见其人，如闻余香，久久不能忘怀。

全曲十一句，可分四层。第一层为前三句，写梦中欢会，起句切题，点明梦境。午夜从梦中醒来，看到窗户半掩，夜色浓重，想起刚才的梦境，朦胧迷惘，依稀记得与爱人欢会。接着两句具体写梦境，既有欢乐的歌舞，又有深情的幽会。两个“罢”字，说明此时已从梦中醒来，一切欢爱已成过去，只剩下寂寞凄凉。

第二层为接下来三句，写醒来时所见到的景色，清风送爽，皓月当空。凉风吹入罗帏，罗帏中只有孤身一人，形单影只，再也不见梦中的伊人，说不尽的寂寞凄清。

第三层为七、八两句，写在感到寂寞凄清时，又去追思那逝去的梦境。啊，刚才分明梦见了她，现在还隐约记得她淡雅如梨花般的装束，此刻仿佛还能闻到她如麝如兰的清香。这里用“缥缈”“依稀”与开头的“微茫”相呼应，增添了梦境的虚幻朦胧感，从而更体现出一种朦胧美。

第四层为最后三句，又从梦境中回到了现实，完全清醒了过来，想到梦里片刻欢会，换来的却是无尽的愁思。美梦唤起了我对佳人的深深思念，但思念只是徒添烦恼，准备不再思念，但这又怎么可能呢？只有无尽的思念，无限的凄凉。这三句直抒胸臆，直中见曲，往复回环，感情步步深化，一往情深。

这首记梦小令，把梦境与现实交叉写，造成虚实相生，动静交替，灵活不呆，情意绵邈，颇饶韵致。

◆ 范　康

范康，字子安，杭州人。（疑郎范居中之父，号玉壶）生卒年均不详，约元世祖至元末前后在世。明性理善，讲解能词章，通音律，因王伯成有李太白贬夜郎，乃编杜子美游曲江以配之，又作竹叶舟一剧，（均录鬼簿）今犹存。而游曲江则佚。《太和正音谱》评为“竹里鸣泉”。

［仙吕］寄生草·酒[1]

常醉后方何碍[2]，不醉时有甚思。糟腌两个功名字[3]。醅淹千古兴亡事[4]，曲埋万丈虹霓志[5]。不达时皆笑屈原非[6]，但知音尽说陶潜是[7]。

注解

①寄生草：曲牌名。

②方何碍：没有妨碍。

③糟腌(yān)两个功名字：将“功名”二字抛弃。糟腌：用酒或盐渍食物。

④醅淹(pēi yān)千古兴亡事：将千古兴废大事淹没在酒里；指但求终日一醉，不管古今兴亡之事。醅：未过滤的酒。

⑤曲埋万丈虹霓志：将远大的志向埋没在酒醉之中。曲酿酒的酵母。虹霓志：指远大的志向。

⑥不达时皆笑屈原非：屈原不愿与世俗同流合污，被人讥笑为不识时务。

⑦但知音尽说陶潜是：了解陶潜的人，都说他的行为是对的。

赏析

此曲多嬉笑怒骂，看上去似乎作者对人生已经厌倦，“但愿长醉不愿醒”实际上是对当时社会现实的一种消极反抗。小令先以设问形式肯定了自己的人生态度，接着连用三个与酒相关的“糟腌”“醅淹”“曲埋”等词。把“功名”“兴亡”“虹霓志”全部予以否定，具有振聋发聩之力。视功名如粪土，宁愿在壶里乾坤中寻找生活的寄托，也不愿到名利场中去追腥逐臭。

◆ 曾　瑞

曾瑞，元代散曲作家。字瑞卿，自号褐夫。大兴(今属北京)人。因喜江浙人才风物而移家南方。《录鬼簿》记他“临终之日，诣门吊者以千数”，可知他当时已有盛名。由于志不屈物，不解趋附奉承，所以终身不仕，优游市井，赖江淮一带熟人馈赠为生。善绘画，能作隐语小曲，散曲集有《诗酒馀音》行于当世，今佚。杂剧有《王月英元夜留鞋记》(有人以为即《元曲选》中《才子佳人误元宵》，但不一定可靠)，今存散曲约小令90余首，套数17首。

[南吕]骂玉郎过感皇恩采茶歌·闺情①

才郎②远送秋江岸，斟别酒唱阳关③，临岐无语空长叹④。酒已阑⑤，曲未残，人初散。月缺花残⑥，枕剩衾寒⑦。脸消香，眉蹙黛⑧，髻松鬟⑨。心长怀去后⑩，信不寄平安⑪。拆鸾凤⑫，分莺燕，杳鱼雁⑬。对遥山⑭，倚阑干⑮，当时无计锁雕鞍⑯。去后思量悔应晚，别时容易见时难。

注解

①骂玉郎过感皇恩采茶歌：南吕宫带过曲，由骂玉郎、感皇恩、采茶歌三支曲子组成，这三支曲都不能单独用作小令。

②才郎：女子对丈夫的尊称。

③斟别酒唱阳关：满斟送别酒，唱着《阳关曲》。

④临岐：在岔路口。

⑤酒已阑(lán)：酒已喝尽。阑：尽。

⑥月缺花残：圆月已缺，花已经残落。

⑦枕剩衾(qīn)寒：指亲人已离去。

⑧眉蹙(cù)黛(dài)：指皱眉，喻发愁。

⑨髻松鬟：松开发髻。

⑩心长怀去后：心里常怀想着在他去了之后的生活。

⑪信不寄平安：收不到报平安的家信。

⑫拆鸾凤：将鸾、凤拆散，喻夫妻分离。

⑬杳(yǎo)鱼雁：书信断绝。

⑭对遥山：面对着远处的山。

⑮倚阑干：依凭着栏杆。

⑯当时无计锁雕鞍：当时没有办法将他的马系住。

⑰去后思量悔应晚：待他去后思量起来，后悔也晚了。

赏析

这首小令描写了思妇的微妙复杂的思夫之情。全曲先是细腻地描绘了女子与爱人江岸惜别难割难舍,后又多方面描摹她思念情人的种种心态。而丈夫不在身边,也懒于梳洗打扮。脸也不搽香粉,眉是长愁锁,头发也不再光洁整齐,将女子思夫的深情表达得淋漓酣畅。

［中吕］山坡羊·自叹

南山空灿,白石空烂①,星移物换②愁无限。隔重关,困尘寰③,几番肩锁空长叹,百事不成羞又赧④。闲,一梦残;干,两鬓⑤斑。

注解

①“南山”二句:用宁戚得到齐桓公起用的典故。
②星移物换:岁月流逝的意思。
③尘寰(huán):人世间。这儿指下层社会。
④赧(nǎn):羞愧而脸红。
⑤鬓(bìn):鬓角。

赏析

该曲是作者对自己怀才不遇、虚度年华的悲叹。起笔“南山空灿,白石空烂”,借用宁戚自荐典故,感叹自己的一事无成。“星移物换愁无限”表示作者对岁月流逝的忧虑。“隔重关,困尘寰”,前一句讲的是有心报国,却被关山阻隔,难见天子;后一句则是感叹自己虽然是学富五车,才高八斗,但却困于下层社会。作者只有紧锁愁眉,仰天浩叹。思想情感表达得极其哀绝凄婉。“百事不成羞又赧”,是紧承上句而生发的心理感受。“闲，一梦残；干，两鬓斑”，封建时期的文人，虽然以啸傲烟霞为高逸之举，但治国平天下的功名念头却抛舍不开，这种矛盾的心情，便是独善其身的举动与兼善天下的理想之间的冲突。虽然曾瑞“洒然如神仙中人”，但此刻心境，也是失落空虚羞交加。在这样的社会中，作者无论进退都陷入一种尴尬境地，这是由不得个人决定的。回天乏术，只有一声感叹。

◆ 汤　式

汤式，字舜民，号菊庄，浙江象山人。生卒年不详。元末曾补本县县吏，后落魄江湖。入明不仕，但据说明成祖对他“宠遇甚厚”。为人滑稽，所作散曲甚多，名《笔花集》，今存钞本。作品多写景、咏史之作，颇工巧可读。

［双调］庆东原·京口[①]夜泊

故园一千里，孤帆数日程，倚篷窗自叹漂泊命。城头鼓声，江心浪声，山顶钟声。一夜梦难成，三处愁相并。

注解

①京口：即今江苏省镇江市，

赏析

游子思乡乃人之常情，古代交通不便，咏叹乡情的作品尤为多见。这首小令，将思乡之情写得缠绵悱恻，呜咽低迴；读来令人哀愁如缕，一唱三叹。“京口”即今江苏省镇江市，作者是浙江宁波人，故开头两个对句，言家乡路途遥远；强调“孤帆”，愈见羁旅之寂寞与孤独。第三句写作者倚船窗自叹，怅然若失，乡愁不绝，悲从中来。“漂泊”一语，与上文孤帆、下文夜深相呼应，愈见伤感。最终归咎于“命”者，可见诗人无可奈何的情怀。写到此处，愁怀本已无可复加，但作者笔锋一转，忽写更鼓声、波涛声、晚钟声，既烘托出夜泊的环境，又使抽象的乡愁有了具体的依托。睡眠，是人的一种重要的生理现象，然而心理活动过于剧烈，会使脑神经高度兴奋，产生失眠。本来，鼓声、浪声、钟声日夜回响，有节有序，对于正常人来说，何尝不是一首轻柔悦耳的催眠曲？然而作者却辗转反侧，难以成寐。“城头鼓声、江心浪声、山顶钟声”搅得人不得安宁；它们声声连接，此伏彼起，屡屡拨动思乡的心弦。“三处愁相并”，混合成同一个旋律，编织成一首悲哀的乡愁交响曲。作品用因果倒置法，意蕴深永，发人遐想。

◆ 周文质

周文质（？-1334年），元代文学家。字仲彬，建德（今属浙江）人，后居杭州。与钟嗣成相交二十余年，两人情深意笃，形影不离，故《录鬼簿》对他有详细的记载：体貌清癯，学问渊博，资性工巧，文笔新奇。家世儒业，俯就路吏。善丹青，能歌舞，明曲调，谐音律。性尚豪侠，好事敬客善绘画，谐音律。所作杂剧今知有四种。现仅《苏武还乡》（或称《苏武还朝》）存有残曲。散曲存有小令43首，套数5套，多男女相思之作。

［越调］寨儿令

鸾枕[①]孤，凤衾[②]余，愁心碎时窗外雨。
漏[③]断铜壶，香冷金炉，宝帐暗流苏[④]。
情不已心在天隅[⑤]，魂欲离梦不华胥[⑥]。
西风征雁[⑦]远，湘水锦鳞无，吁，谁寄断肠书？

注解

①鸾枕:绣有鸾鸟的枕头。

②凤衾:绣有凤鸟的被子。

③漏:古代的计时器。

④流苏:账上的穗子。

⑤天隅:天边。

⑥华胥:传说中的国名,此处指梦境。

⑦征雁:远迁的雁。

赏析

这是一首写离情、写相思的小曲,属于“闺怨诗”一类作品,写得情真意切,真有芳心欲碎之感,写出了闺中人的一片痴情。

全曲虽不长,却可分为四个层次。第一层为开头三句,先展示了思妇独眠无伴的凄清状况。本来与情人并头而眠,鸾枕成双;两人双栖双宿在凤衾里,因此不觉得冷清。现在情人不在,鸾枕成单,凤衾清冷。又加上“窗外芭蕉窗里灯”,“梧桐叶上三更雨”,“暗灯凉簟怨分离”,真是“不胜悲”,令人愁肠寸断,忧心欲碎。这时候,“风飘飘,雨潇潇,便做陈抟也睡不着”,耳听得铜壶里的漏声已经断了,眼看着金炉里的香已经灭了,夜已经深,闺房里一片漆黑,帐子上的流苏也看不清了,但仍然愁肠百转,难以入眠。这是第二层,也是三句。下边七、八两句是第三层,前一句说自己情丝难断,芳心已随情人去海角天涯了。后一句是说,虽欲效倩女离魂,怎奈美梦难成。这两句是说她苦苦相思,长夜不眠。最后想到与情人音信断绝,纵然把这绵绵情思写成书信,但鸿雁已经远去,湘江里也不见锦鲤鱼,信使断绝,谁能帮助寄这封断肠书信?更令人愁肠欲断心欲碎。

全曲可分两部分,前两层为第一部分,写长夜不眠,苦苦相思;先写独眠无伴,后写长夜不眠,层次清楚。后两层为第二部分,写见面无期,音信难达;本来白天见不到面,希望在梦里相逢,但现在却梦不到华胥,连"相逢在梦中"的希望也落空了,令人备感凄凉。只有通过书信来互诉相思之情,但已是"雁落鱼沉",信使断绝,纵有断肠书信,也无法寄到情人的手中,真令人悲痛欲绝,把感情又推进了一步,达到高峰。感情层层推进,达到高峰后,却戛然而止,把这相思的深情永远放置在高峰上,令人大有愁恨绵绵无尽期之感。

◆ 卫立中

卫立中,名德辰,字立中。元朝人,生卒年不详。约 1290-1350 年前后在世。先世渤海(郡名,治所今河北沧州市)人,七世祖始居钱塘(今浙江杭州市),四世祖又徙至华亭(旧县名,治所今上海松江县),是为华亭人。素以才干称,善书。隐居未仕,曾与阿里西瑛、贯云石交游,年辈亦相若。明·朱权《太和正音谱》列其于"词林英杰"一百五十人之中。

[双调] 殿前欢

碧云深,碧云深处路难寻。数椽茅屋和云赁[①]。云在松阴。挂云和八尺琴[②],卧苔石将云根枕,折梅蕊把云梢沁。云心无我,云我无心。

注解

①“数椽”句：把几间茅屋和白云一起租下来。椽：此处是房屋间数的代称。赁：租借。

②云和：古时人们对琴瑟等乐器的代称。八尺琴：乐器名。

赏析

这首《殿前欢》小令，写隐士独特的生活方式及其精神境界。几间茅屋被松树的浓荫覆盖；道路难觅，欲与尘世隔绝。室内陈设简陋，挂着一张古琴，再无它物。睡在长满苔藓的石条上，把白云“根”当枕头，摘梅蕊将白云的“梢”沁透，使白云染满梅香，勾勒出一个幽静清新、闲适怡人的境界。最后两句造语更为独特：“云心无我，云我无心。”画龙点睛地交代出妙趣不尽的根源，无意为之，才能情趣自生。至此隐士的高洁品格和优雅情趣得到了升华。全篇风格素朴淡远，营造出纯净、高雅的艺术氛围，显示出一种摒弃功名富贵，淡漠尘世凡俗的旷达与超脱。

◆ 吴西逸

吴西逸，生平、居里不详。约延祐末（1320年）前后在世。阿里西瑛作《懒云窝》成，自题［殿前欢］，吴西逸及贯云石皆有和作，可知年代相近或同时。其散曲《自况》云：“万倾烟霞归路，一川花草香车，利名场上我情疏。蓝田堪种玉，鲁海可操觚，东风供睡足。”可从中窥见其性情。散曲内容多写自然景物、离愁别恨或个人的闲适生活，风格清丽疏淡。明·朱权《太和正音谱》评其词“如空谷流泉”。

［双调］雁儿落过得胜令

春花闻杜鹃，秋月看归燕。人情薄似云，风景疾如箭。留下买花钱，趱入[1]种桑园。茅苫[2]三间厦，秧肥数顷田。床边，放一册冷淡渊明传。窗前，抄几联清新杜甫篇。

注解

①趱(zǎn)入：赶快走入。

②苫(shàn)：用东西遮盖。

赏析

这首《雁儿落过得胜令》表现归隐田园之乐。可分为两层，前四句为第一层，后八句是第二层。前四句说明了自己归隐的原因：听到杜鹃声声"不如归去"，看到燕子秋夜南归，由飞鸟尚且恋归，想到人也应如此。更何况久客在外，看透人情世相，无可留恋。后八句，写归隐后的田园生活。"趱入"，是作者归耕田园的迫切心情的反映。"茅苫三间厦，秧肥数顷田"，描画了作者的住房情况和农耕生活。末两句：是写作者的精神世界：陶潜与杜甫才是他的前驱与楷模。全曲朴实自然，正是"清水出芙蓉，天然去雕饰"的写照。

［双调］蟾宫曲·山间书事

系门前柳影兰舟，烟满吟蓑[1]，风漾[2]闲钩。石上云生，山间树老，桥外霞收[3]。玩青史低头袖手，问红尘缄口回头[4]。醉月悠悠，漱石休休[5]，水可陶情，花可融愁[6]。

注解

①此二句：将小船系在门前的柳阴下，身披蓑衣在烟雾缭绕中吟咏。

②漾：水波摇动的样子。

③桥外霞收：天边的晚霞渐渐消失。

④此二句：玩味历史，低头沉吟而取无所谓的态度。

⑤漱(shù)石：水冲洗石头。

⑥融愁：消除愁闷。

赏析

《山间书事》小曲写作者隐居生活，作者游逸于山水之间，不再过问世事；读古史只为了消闲而不加评判，对现实则“缄口回头”，更不管其是是非非。一心只求醉赏明月，让水陶情，净化心灵，以花消愁，愉悦身心。看似欢悦，实则蕴含缄口避祸之意。

[越调]天净沙·闲题①

长江万里归帆，西风几度阳关②，依旧红尘③满眼。夕阳新雁，此情时拍阑干④。

注解

①本题四首，这是第一首。

②阳关：地名，在今甘肃敦煌县西南。这里泛指边远地区。

③红尘：闹市的飞尘，形容繁华。

④阑干：即栏杆。

赏析

这首《闲题》描写日暮江关的萧瑟景象，抒发离愁别恨。相隔万里的长江和阳关在联想中并列，既写出离别的遥远，又感叹分隔的久长。“依旧”一词则吐露出对“红尘”的厌弃和不能超脱的无奈。这默默的苦楚、绵绵的离恨、深深的感喟，即使把栏杆拍遍，又有谁能会意理解呢？满腹牢骚，虽未明言，早已蕴含其中。开阔的意象与沉重的感叹构成慷慨苍凉的意境。

[越调]天净沙·闲题①

楚云②飞满长空，湘江不断流东。何事离多恨冗③？夕阳低送，小楼数点残鸿④。

注解

①本题四首，此选第二。

②楚云：这里泛指南方的云。

③冗（rǒng）：繁、多。

④残鸿：指在夕阳中渐渐远去而残剩的雁影。

赏析

这首《闲题》抒写游子思乡愁绪。以满天低飞之云、一江流东之水来衬托离愁别绪，虽不新鲜，但“飞满”“不断”之语却勾勒出恨溢天地、愁绪绵绵的氛围，也逼出了“何事离多恨冗”一句。既问山水，也问自己，又巧妙过渡到另一画面，使情感向深层推进，属画龙点睛之笔。鸿雁尚有夕阳相送，人却只能独立楼头，望尽天涯。怅惘孤寂的情绪更加难以忍受。看到鸿雁逝去，希望它能带去思念，捎来消息，也使诗的感情内涵更加深沉悠远。

［双调］蟾宫曲·寄友

望故人目断湘皋。林下丰姿，尘外英豪。岂惮双壶①，不辞千里，命驾相招。便休题鱼龙市朝，好评论莺燕心交。醉后联镳②。笑听江声，如此风涛。

注解

①惮（dàn）：怕。

②镳（biāo）：马嚼子的两端露出嘴外的部分。

赏析

这首《寄友》虽写朋友分别却风格豪放，在同类作品中独具一格。开篇点题，写自己伫立江边，望穿秋水，目送友人远去。接下来一反往昔送别作品抒写离愁别恨的套路，回想友人丰姿，设想他日与友相聚将会“笑听江声，如此风涛”。末两句尤显作者旷达豪放的胸怀。

◆ 高克礼

高克礼，字敬臣，号秋泉，河间人。生卒年均不详，约元文宗至顺中前后在世。性淡泊。以荫官至庆元理官。为政以清净为务，不尚苛刻。克礼工古今乐府，有名于时。尝和杨维桢西湖竹枝词。所作散曲，今见雁儿落过德胜令2支。现存小令4首。

［越调］黄蔷薇过庆元贞

燕燕[1]别无甚孝顺，哥哥行[2]在意殷勤。玉纳子藤箱儿问肯[3]，便待要锦帐罗帏就亲。吓得我惊急列蓦出卧房门[4]，他措支刺扯住我皂腰裙[5]，我软兀刺[6]好话倒温存：“一来怕夫人情性哏[7]，二来怕误妾百年身。”

注解

①燕燕：关汉卿杂剧《诈妮子调风月》中婢女的名字，这首小令是借该剧中的燕燕事而作。

②哥哥行：即哥哥那边，指《诈妮子调风

月》中的官家公子。

③玉纳子藤箱儿问肯:《诈妮子调风月》中的公子用玉纳子和藤箱儿作为求婚的礼物。问肯:古代男子向女家求婚时的一种礼节。

④惊急列:惊慌、急忙。蓦:突然。

⑤措支剌:张皇失措,皂:黑色。

⑥软兀剌:软软地。

⑦情性哏:性情狠。哏:元曲中常用作狠。

赏析

这首《黄蔷薇过庆元贞》小令,借关汉卿杂剧《诈妮子调风月》中的女主角燕燕事而写。写婢女燕燕奉命伺候小千户,官家子弟小千户企图污辱婢女燕燕,而燕燕在惊惧之中巧妙地拒绝。第一曲写小千户的淫邪强横,第二曲写燕燕的反应。燕燕软硬兼施,曲意保全自己。作者歌颂了机智敢于反抗的燕燕,揭露鞭挞了小千户的邪恶无耻。曲中描写生动,语言通俗,富有表现力。

乔吉

乔吉(1280-1345 年),一作乔吉甫,字梦符,号笙鹤翁,又号惺惺道人,太原(今山西太原)人。美容仪,能词章,以威严自饬,人敬畏之。居杭州太乙宫前,有题西湖《梧叶儿》百篇,名公为之作作序。江湖四十年,欲刊入场所作,竟无成事者。至正五年(1345 年)病卒于家。著杂剧十一种,今存《扬州梦》《两世姻缘》《金钱记》三种。明李开先辑其所作,为《乔梦符小令》一卷,与《张小山小令》合刊。涵虚子论曲,言其词"如神鳌鼓浪"。又云:"若天吴跨神鳌,噀沫于大洋,波涛汹涌,截断众流之势。"乔吉潦倒一生,流落江湖。故散曲多啸傲山水,风格以清丽见长,既朴实通俗,又兼重典雅。在写作上有独到见识,要求做到"凤头、猪肚、豹尾",就是:开头美丽,中间浩荡,结尾响亮。散曲与张可久齐名,作品之多仅次于张,二人同为产曲家。无论杂剧、散曲在元曲作家中皆居前列。

［越调］小桃红·孙氏壁间画竹

月分云影过邻东，半壁秋声动。露粟枝柔怯栖凤。玉玲珑，不堪岁暮关情重。空谷乍寒，美人无梦，翠袖[1]倚西风。

注解

①翠袖：指曲子所描写的女主人公。

赏析

《孙氏壁间画竹》小令是题画之作。状写画竹却无一竹，先从张先名句“云破月来花弄影”化出，从秋声着笔引发，抒写美人的孤独寂寞，正如栖于玲珑玉竹的凤，通篇咏竹而不写竹，但都是竹的神韵与风骨。此作虽小，确系大家之笔。

［中吕］山坡羊·寓兴[1]

鹏抟九万[2]，腰缠十万，扬州鹤背骑来惯[3]。事间关[4]，景阑珊[5]，黄金不富英雄汉[6]，一片世情天地间[7]。白，也是眼；青，也是眼。

注解

①山坡羊：曲牌名。

②鹏抟（tuán）九万：大鹏鸟振翅高飞九万里，此处用来比喻人的奋发有为、志向远大。

③此两句：意思是升官、求财、成神仙三者兼而有之。

④事间关：世事艰险、道路崎岖。间关：道路艰险。

⑤景阑珊：景色凋敝。阑珊：衰落、凋敝。

⑥黄金不富英雄汉：英雄不为黄金所动。

⑦一片世情天地间：天地间充满世态炎凉。

赏析

这首小令愤世嫉俗，对封建社会世态炎凉进行猛烈抨击，对势利小人的种种丑恶无情鞭挞。当一个人飞黄腾达时，人们对他敬重有加。一旦遭到变故，立刻受到势利小人的鄙视。“白，也是眼；青，也是眼。”寥寥八字，形象地勾画出世俗小人的丑恶嘴脸，表达了作者对世情的嘲讽与感慨，全曲感情深沉，善用典故，揭露了世俗的丑恶。

［中吕］山坡羊·冬日写怀

朝三暮四①，昨非今是，痴儿不解荣枯事②。攒家私③，宠花枝④，黄金壮起荒淫志⑤。千百锭买张招状纸。身，已至此；心，犹未死。

注解

①朝三暮四：本指名改实不改，后引申为反复无常。

②痴儿：指傻子、呆子。荣枯：此处指世事的兴盛和衰败。

③攒（zǎn）家私：积存家私。

④宠花枝：宠爱女子。

⑤黄金壮起荒淫志：有了金钱便生出荒淫的心思。

赏析

《冬日写怀》小令表现作者对世事变迁祸福无常的感慨。“朝三暮四，昨非今是”，世间万事不可捉摸。有些人拼命积攒家私，结果横祸上身；有些人沉溺于酒色，走上了荒淫之路。祸福相依，悲乐相生，正是这首小令的主题。作者目的是批判当时社会的道德堕落，但也昭示出作者因果循环的消极思想。

［南吕］玉交枝·失题

溪山一派，接松径寒云绿苔。萧萧五柳疏篱寨①，撒金钱菊正开②。先生拂袖归去来③，将军战马今何在？急跳出风波大海，作个烟霞逸客④。翠竹斋⑤，薜荔阶⑥，强似五侯宅⑦。这一条青穗绦⑧，傲煞你黄金带。再不著父母忧，再不还儿孙债，险也啊拜将台！

注解

①“萧萧”句：萧萧喧响的柳树环绕疏落竹篱围成的村寨。五柳：陶渊明宅边植有五棵柳树。

②“撒金钱”句：金色的菊花正开得烂漫。

③先生：指陶渊明。

④烟霞：云霞烟景。逸客：即隐士。

⑤翠竹斋：翠竹掩映的书斋。

⑥薜荔阶：野草丛生的台阶。薜荔：常绿藤本植物，亦称木莲、鬼馒头。这里泛指野草。

⑦五侯宅：达官权贵的深宅大院。五侯：此处是对豪门望族的泛称。

⑧青穗绦（tāo）：饰有穗子的青色（黑色）衣带。平民百姓大抵均以青带束腰。

赏析

曲子揭露官场险恶，鄙视功名富贵，赞颂山川风景，主张归隐林泉，是元代散曲中一个重要主题。乔吉的这首小令，对这一主题进行了新的形象化的阐释，给人以深刻的思想启迪和令人痴迷的美感享受。他设想了一个理想国：溪山青青，苍松郁郁，绿苔布满的小路伸向绿阴深处，环房柳树发出萧萧的喧响；秋菊烂漫，如黄金撒地。整个环境与书斋主人幽雅旷达的高洁品格是统一的，“先生拂袖归去来，将军战马今何在”明白告诫人们迅速跳出功名仕途，去作一个自由自在的“烟霞逸客”；接着以“翠竹斋，薜荔阶，强似五侯宅”和“这一条青穗绦，傲煞你黄金带”这样两个强烈对比，表示了对于统治阶级的极度蔑视。最后，“险也啊拜将台”这样一个充满血腥的历史典故为全篇作结，有如黄钟大吕，警世之音久久不绝。

［中吕］山坡羊·自警

清风闲坐，白云高卧，面皮不受时人唾[1]。乐跎跎[2]，笑呵呵，看别人搭套项推沉磨[3]。盖下一枚安乐窝[4]。东，也在我；西，也在我[5]。

注解

①面皮：脸皮。唾：吐唾沫，鄙弃的意思。

②乐跎跎（tuó）：即乐陶陶。

③看别人搭套项推沉磨：看别人像驴一样套上套包拉着沉重的石磨。套项：驴脖子上的套包。沉磨：沉重的石磨。

④盖下一枚安乐窝：替自己盖一座安然舒适的“窝”（指居所）。一枚：一座。

⑤此句意为：任我东西，随我的心意生活。

赏析

作者渴望过自由自在毫无约束的生活。这首《自警》就反映了他的这种理想生活。清风中闲坐，白云下高卧，心无块垒，自由自在，时人唾骂，与我无缘，我自己可以活得十分潇洒。这样的理想生活在封建社会是永远无法实现，只能是一个奢侈的愿望，所以它只能作为乔吉的一种梦想。此曲直抒胸臆。不假雕饰，风骨清朗，语言通俗活泼。

[越调]凭阑人·金陵道中

瘦马驮诗天一涯[1]，倦鸟呼愁村数家[2]。扑头飞柳花，与人添鬓华[3]。

注解

①“瘦马”句：诗人骑着瘦马浪迹天涯。

②“倦鸟”句：倦鸟知返，带着离愁鸣叫，盘旋于数家村舍之上。

③鬓华：两鬓头发斑白。

赏析

这首小令塑造了一位骑着瘦马沦落天涯的游子形象，抒发了作者思念故乡的情怀。首句暗用唐代诗人李贺骑驴觅诗的典故，作者与李贺一样，怀才不遇，因此生发无限感慨。

结尾二句构思巧妙。“柳花”点明季节，柳花是春天所独有的。“与人添鬓华”一语双关，既写柳花白，也写作者的头发白。作者不说自己奔波劳累，增添白发，借用柳花扑头，这句起了画龙点睛的作用，使主题得到升华。此曲短短四句，却将游子的心情显露出来，情真意切。注意景物描写，情景交融，触景伤情。瘦马驮诗，倦鸟呼愁，柳花扑头，构成了一幅游子思乡图，令人无限感慨。

［中吕］山坡羊·失题

云浓云淡，窗明窗暗。等闲休擘骊龙颔①。正尴尬，莫贪婪。恶风波吃闪的都着渰。流则盈科止则坎。行②，也在俺。藏③，也在俺。

注解

①擘（bò）：分裂，分开。骊龙：据传是黑龙，下巴（额）有珠，古时有人在它睡时取珠；如在醒时它会伤人的，即使它不醒，深渊也会淹死人。

②行：指出仕。

③藏：指隐居。

赏析

《失题》是一首警世劝人之作：劝人莫贪财，“探骊得珠”，是冒生命危险的，实在不划算。作者劝人还是摒弃贪欲，还身心以自由。用典巧妙，增强了表现力度。

土牛泥软润滋滋，香写宜春字。散作芳尘满街市。洒吟髭，老天也管闲公事。春风告示，梅花资次，攒到北边枝。

［中吕］满庭芳·渔父词

扁舟棹短①。名休挂齿，身不属官。船头酒醒妻儿唤，笑语团圞②。锦画图芹香水暖，玉围屏雪急风酸。清江畔。闲愁不管。天地一壶宽。

注解

①棹(zhào):船桨。

②圞(luán):圆。

赏析

《渔父词》同样是作者厌恶功名的体现。“名休挂齿,身不属官”句写自己不求官职与功名,追求的是浮名尽去后在大自然中的放任自由。这和“常恨此身非吾有”“吾之大患,在吾有身”等渴望自由的名句有异曲同工之妙。作者追求的是与妻儿尽享天伦之乐,醉酒赏月,心无他念。虽追求自由,但又不是那种超脱人间亲情的忘情,而是执著于人间的现世幸福与自由。在一壶酒中,感觉天宽地阔,颇富生活气息,隐含着作者对官场与名利的厌弃与自我安慰。

肝肠百炼炉间铁①,富贵三更枕上蝶②,功名两字酒中蛇③。尖风薄雪,残杯冷炙,掩清竹篱茅舍。

朝天子·小娃琵琶

暖烘,醉容,逼匝①的芳心动。雏莺声在小帘栊,唤醒花前梦。指甲纤柔,眉儿轻纵,和相思曲未终。玉葱,翠峰,骄怯琵琶重。

注解

①逼匝:出作“逼拶”,局促在狭窄之地,即逼迫意。

赏析

作者落笔轻柔,形容细致。既把女子的容貌体态烘托了出来,又给读者留下了丰富的想象空间。尽管没有具体地描画女子的外貌,但依然可以从那些生动的词语中品味体会琵琶女的美。另一方面，她的娇羞胆怯，不谙世事，与酒徒醉客，狂欢热闹的场面形成巨大的反差，强烈地衬托出她处境的弱势与辛酸，引发人们的同情。

［双调］水仙子·咏雪

冷无香柳絮扑将来①，冻成片梨花拂不开②，大灰泥漫了三千界③。银棱了东大海④，探梅的心噤难捱⑤。面瓮儿里袁安舍⑥，盐堆儿里党尉宅⑦，粉缸儿里舞榭歌台⑧。

注解

①此句为：纷飞的雪花冷而不香，如同柳絮一样扑来。冷无香：指雪花寒冷而无香气。

②此句为：雪花冻结成片，如同拂拭不开的梨花。

③此句为：纷纷扬扬的大雪如同白灰洒遍了整个世界。漫：洒遍。三千界：佛家语，这里泛指整个世界。

④此句为：大雪好像为东大海镀上了白银。

⑤探梅的心噤难捱（ái）：寻梅的人都被冻得从心里打战。噤：牙齿打战。捱：忍受。

⑥面瓮（wèng）儿里袁安舍：袁安的宅舍都被大雪埋没，如同埋在了面缸里。面瓮：面缸。袁安：东汉人，家贫身微，寄居洛阳，冬日大雪，别人外出讨饭，他仍旧自恃清高，躲在屋里睡觉。

⑦此句为：党尉深宅大院里的积雪，如同洁白的盐堆。党尉：即党进，北宋时人，官居太尉，他一到下雪，就在家里饮酒作乐。

⑧此句为：大雪使歌舞的亭台变成了粉缸。榭：建在高土台上的敞屋。

赏析

《咏雪》是一首咏物诗章，极力渲染大雪纷飞的景象。大雪如冰冷无香的柳絮扑向大地，又如冻成片的梨花。接着用“大灰泥漫了三千界”，进一层烘托飞雪之大。从扑面飞来的柳絮，到“漫了三千界”的“大灰泥”，由远及近，从高到低，尽情描摹，面对如此大雪和酷寒天气，那些喜欢踏雪赏梅的文人也怯寒止步。此曲多用俗语，生动形象，把用典与俗语巧妙地融合于一起，别具艺术魅力。

［双调］折桂令·自述

华阳巾鹤氅蹁跹①，铁笛吹云②，竹杖撑天。伴柳怪花妖③，麟祥凤瑞，酒圣诗禅④。不应举江湖状元，不思凡风月神仙⑤。断简残编⑥，翰墨云烟⑦，香满山川。

注解

①华阳巾鹤氅（chǎng）蹁跹（pián xiān）：头戴华阳巾，身穿鸟羽裘，飘然而行。华阳巾：道士冠。鹤氅：用鸟羽做的长衣。

②铁笛吹云：铁笛的声音吹入云霄。铁笛：古时的一种笛，常为隐士所用。

③柳怪花妖：即柳树鲜花。

④酒圣诗禅：善于饮酒和精于作诗的人。诗禅：本指诗与道相合，一般泛指善于作诗的人。

⑤"不应举江湖状元"二句：不参加科举考试、做放浪江湖的高士，断绝尘思，做风月场中的神仙。江湖状元：指不愿进取功名放浪江湖的隐士。

⑥断简残编：残缺不全的书籍。

⑦翰墨：即笔墨，这里指文章。

赏析

《自述》小令是乔吉自述心志的作品，首先描画了自己的形象：穿戴上道士的衣巾，吹着响遏行云的铁笛，浪迹江湖，以饮酒携妓赋诗为务。他把自己称做是"江湖状元""风月神仙"。结尾三句表现了乔吉对书籍文墨的感情，也包括对挥洒翰墨创作散曲杂剧的自豪。乔吉所追求的这种理想生活，是与封建正统文化所要求的知识分子风范完全对立的。

［双调］水仙子·寻梅

冬前冬后几村庄，溪北溪南两履霜[①]，树头树底孤山[②]上。冷风来何处香？忽相逢缟袂绡裳[③]。酒醒寒惊梦[④]，笛凄春断肠，淡月昏黄[⑤]。

注解

①两履霜：一双鞋沾满了白霜。

②孤山：位于杭州西湖之中，北宋著名诗人林逋曾隐居于此。

③缟袂绡裳：缟（gǎo）袂（mèi）：素绢的衣袖。绡（xiāo）裳：薄绸的下衣。这里将梅花拟人化，将其比作缟衣素裙的美女，圣洁而飘逸。

④酒醒寒惊梦：寒气融着梅香袭来，酒也醒了，梦也醒了。

⑤淡月昏黄：月色朦胧（空气中浮动着梅花的幽香）。这是对宋代诗人林逋《山园小梅》诗句“疏影横斜水清浅，暗香浮动月黄昏”的化用。

赏析

《寻梅》头三句写寻觅梅花的过程，事实上是作者对理想的执着追求过程。“冷风来何处香？忽相逢缟袂绡裳”两句，给人一种“众里寻他千百度”，终达彼岸的愉悦。出人意料的是，作者的情绪却陡然倒转：冷风彻骨，骤然酒醒，凄婉的笛声令人断肠；而朦胧的月色，正把梅花消溶。结尾连用三个典故，进一步描写梅花的神韵，自然带出诗人因理想难于实现的感叹和忧伤。本篇情感起伏回环，情节一波三折，真实地记录了作者复杂的心曲，折射着当时复杂的社会现实。

[双调]清江引·即景

垂杨翠丝千万缕[①]，惹住闲情绪[②]。和泪送春归，倩水将愁去[③]，是溪边落红昨夜雨。

注解

①“垂杨”句：翠绿繁茂的千万缕柳条，柔韧如丝。在我国古代诗、词、曲作之中，杨、柳常常通用。垂杨：此处实际上是指垂柳。

②“惹住”句：柳丝招惹起了我闲愁的情绪。闲情绪：指闲愁。

③倩(qiàn)：“请求”的意思。

赏析

《即景》是一篇意境悠远的惜春曲，清新淡雅，活泼自然。翠绿的垂柳、飘拂的柳丝，勾起心中闲愁。作者一边泪眼送春归去，一边求溪水能将闲愁带走。“诗眼”就在这“闲愁”两字上。何以“闲愁”至此？是因为目睹落红满地，春天将归，而青春不再。仅用三十多字就再现了杨柳、愁泪、溪流、落花、夜雨等诸多景象，构成了一幅暮春时节图，其中也涌动着作者情感的激流。

[双调]水仙子·重观瀑布

天机织罢月梭闲，石壁高垂雪练寒[①]。冰丝带雨悬霄汉[②]，几千年晒未干。露华凉人怯衣单。似白虹饥涧[③]，玉龙下山[④]，晴雪飞滩[⑤]。

注解

①雪练：像雪一样洁白的绢。

②霄汉：此指天空。

③意为像白虹吞饮涧水一样。

④喻瀑布从山顶奔流而下，如玉龙下山一般。

⑤意为瀑布溅起的水花，像雪花一样，落在沙滩上。

赏析

《重观瀑布》即景抒情，移情于景，连用一系列的比喻，渲染出瀑布的声势。将景人格化：那瀑布的雄伟壮丽与人的博大精神、坚定意志二者相得益彰。此曲想像奇特，语言通俗流畅，读之令人心旷神怡，如入其境，亲身感受到那份力的壮美。

［双调］春闺怨

不系雕鞍门前柳，玉容寂寞见花羞①，冷风儿吹雨黄昏后。帘控钩②，掩上珠楼，风雨替花愁。

注解

①玉容寂寞：形容憔悴。

②帘控钩：帘幕上挂上银钩。

赏析

《春闺怨》写青楼晚景凄凉。门前柳老，难系雕鞍，车马冷落；容颜憔悴，羞与花对。风雨黄昏后，倍添凄凉；楼中人虽在，已是明日黄花，更有谁识赏？夜长愁更长！青楼中人，以色事人，卖笑为生，一旦年长色衰，便门前冷落，生计全无，晚年往往十分悲惨。此曲寄托了乔吉对青楼女子的深深同情。

［双调］雁儿落过得胜令·忆别

殷勤红叶诗①，冷淡黄花②市。清江天水笺③，白雁云烟字④。游子去何之？无处寄新词。酒醒灯昏夜，窗寒梦觉时。寻思，谈笑十年事⑤，嗟咨⑥，风流两鬓丝。

注解

①红叶：指枫叶。

②黄花：菊花。

③清江天水笺：用清江的天和水来作为信笺。清江：赣江与袁江合流处，一名青江。

④白雁云烟字：以茫茫云烟中飞行的白雁来作为文字。

⑤十年事：似指作者放浪于酒色的生活。杜枚《遣怀》诗言："十年一觉扬州梦，赢得青楼薄幸名"。

⑥嗟咨(jiē zī)：嗟叹。

赏析

辽阔的清江天水可以作笺，茫茫的云中白雁可以为字，远方的游子啊，你如今到了哪里？我无法寄给你我的相思之词。在酒醒灯昏的夜晚，在窗寒梦觉的时候，那十年谈笑欢乐事，令人好寻思。真可叹，风流逝去时，两鬓已如丝。

［双调］折桂令·荆溪即事①

问荆溪溪上人家，为甚人家②，不种梅花？老树支门③，荒蒲绕岸，苦竹圈笆④。寺无僧狐狸样瓦⑤，官无事乌鼠当衙⑥。白水黄

沙，倚遍栏干，数尽啼鸦。

注解

①荆溪：水名，在江苏省宜兴县，因靠近荆南山而得名。

②为甚人家：是什么样的人家。

③老树支门：用枯树支撑门，化用陆游诗："空房终夜无灯下，断木支门睡到明。"

④圈笆：圈起的篱笆。

⑤样瓦：戏耍瓦块。

⑥乌鼠当衙：乌鸦和老鼠坐了衙门。

赏析

《荆溪即事》以写荆溪岸边荒芜的景象来抨击元代社会黑暗，从古到今住在荆溪的人们就有种梅的习惯，可是当作者来到此地时却看不到一片梅花。他询问荆溪的人家，为何"不种梅花?"作者视野所及，到处是破败不堪，荒凉贫穷的景象：枯树支撑着院门，野草环绕着溪岸，生计无法解决，何谈去种梅花。这支曲子托物寄志，把描写荆溪两岸的荒凉同揭露当时的黑暗吏治交织在一起，"官无事乌鼠当衙"即是有力的一笔，表现了作者对统治者的强烈愤慨和对贫苦百姓的深切同情。

◆ 薛昂夫

薛昂夫（生卒年不详），元代散曲家。回鹘（今维吾尔族）人。原名薛超吾，以第一字为姓。先世内迁，居怀孟路（治所在今河南沁阳）。祖、父皆封覃国公。汉姓为马，又字九皋，故亦称马昂夫、马九皋。据赵孟《薛昂夫诗集序》（《松雪斋文集》），他曾执弟子礼于刘辰翁（1234-1297年）门下，约可推知他生年约在元初至元年间。历官江西省令史，佥典瑞院事、太平路总管、衢州路总管等职。薛昂夫善篆书，有诗名，诗集已佚。诗作存于《皇元风雅后集》《元诗选》等

［中吕］朝天曲

子牙，鬓华[1]，才上非熊卦。争些老死向天涯，只恁[2]垂钓罢。满腹天机，天人齐发，武王任不差。用他，讨罚，一怒安天下。

注解

①鬓华：双鬓斑白。

②恁(nèn)：如此，这般。

赏析

《朝天曲》是一首写人之作。作者对姜尚备加赞扬，周武王因信任、重用他，而得天下。这事实上是对周武王姜太公二人都给予了充分肯定。而其弦外之音是抨击元朝统治者不能选贤任能，贤士只好归隐山林。

［正宫］塞鸿秋

功名万里忙如燕[1]，斯文一脉微如线[2]，光阴寸隙流如电[3]，风霜两鬓白如练[4]。尽道便休官，林下何曾见[5]？至今寂寞彭泽县。

注解

①“功名”句：为了功名，整天像衔泥筑巢的

燕子一样忙碌。

②“斯文”句：士子品格清高，文雅脱俗的传统，已微弱如线。比喻那些苟苟营营于功名利禄的人已把人格丧尽。

③“光阴”句：时间像白驹过隙，又如电光石火，转瞬即逝。

④“风霜”句：饱经风霜的两鬓白得如素练一样。练：洁白的丝绢。

⑤“尽道”二句：都说就要辞官归隐，可在林下哪里见到了？此是化用唐代灵沏和尚的诗句：“相逢尽道休官去，林下何曾见一人！”

赏析

《塞鸿秋》讽刺小令，尖锐地撕破了官吏们的鬼脸，假名士的画皮。开头以四个比喻，生动地勾画出官迷、政客们的可鄙形象，这些痴迷于仕宦之途的可怜虫们，投机钻营，蝇营狗苟，人格丧尽，知识分子所应有的气度和尊严，在他们那里已经荡然无存。但正当他们为富贵功名而奔波劳碌的时候，青春已“流如电”般悄然逝去，两鬓已经斑白。但恰恰是这些卑鄙猥琐的小人，装扮出一副清高脱俗的样子，“尽道便休官！”这只是他们故作高致、以退为进的“终南捷径”。“至今寂寞彭泽县”的有力反诘，一针见血地指出了他们的口是心非，撕去了他们的伪装，“寂寞”二字与“忙如燕”遥相对比，使高唱归隐者原形毕露。

［中吕］山坡羊·述怀

大江东去，长安西去，为功名走遍天涯路。厌舟车，喜琴书①，早星星鬓影瓜田暮②。心待足时名便足③；高，高处苦；低，低处苦。

注解

①“厌舟车”二句：厌烦舟车，喜欢琴书。陶渊明《归去来辞》：“悦亲戚之情语，乐琴书以消忧。”

②"早星星"句:早已两鬓斑白,种瓜的召平也到了暮年。召平:秦时广陵人,封东陵侯;韩信被诛以后,刘邦派使者拜萧何为相国,众人皆贺,唯召平独吊,劝萧何让封不受。后将召平种田喻有远见。

③"心待"句:要是内心满足了,名也便满足了,便也心平气和了。

赏析

《述怀》是对充满着矛盾的自我灵魂的深刻解剖。作品前半部是回顾自己大半生的遭际:"为功名走遍天涯路"写为求功名,不由自主地在宦海中劳碌奔波。时光易逝,两鬓渐现白发。作者对自己不能摆脱名缰利锁的羁绊深自悔恨。小令后半部则阐发了自己的切身体验:"心待足时名便足","高,高处苦;低,低处苦",从而向世人发出警戒:名缰利索令人寝食难安。不要为功名所困。此作坦荡真诚,直抒胸臆,毫不矫揉造作,这正与作者本人豪放不羁、光明磊落的人格精神相合。

[双调]蟾宫曲·题烂柯①石桥

懒朝元石②上围棋。问仙子何争,樵叟忘归。洞锁青霞③,斧柯已烂,局势犹迷④。恰滚滚桑田浪起,又飘飘沧海尘飞⑤。恰待持杯,酒未沾唇,日又平西!

注解

①烂柯:斧柄朽烂。常用此比喻世事变化之快。

②朝元石:道家弟子礼拜神仙的石台。

③洞锁青霞:洞口瑞云缭绕。

④"斧柯"二句:斧柄已烂,可棋局仍然扑朔迷离,难知胜负。

⑤"恰滚滚"二句:刚刚桑田变成沧海,浪涛滚滚;转瞬间又沧海变成桑田,尘土飞扬。

赏析

《题烂柯石桥》小令写得意境开阔，格调豪迈。开篇一个“懒”字把烂柯的神话一笔抹掉：在作者看来，这纯系小事一桩，不值大惊小怪。他所瞩目的，是更为广阔的时间与空间，是沧海桑田的瞬息万变，然后回归到人类本身，用“恰待持杯，酒未沾唇，日又平西”说时间疾驰。这本来极易使人感伤人生，可是由于大开大合，却给予人一种纵横时空的无比旷达。

［中吕］朝天曲

沛公①，《大风》②，也得文章用③。却教猛士叹良弓，多了游运梦④。驾驭英雄，能擒能纵，无人出彀中⑤。后宫，外宗，险把炎刘并。

注解

①沛公：刘邦起事反秦时，曾被众人拥为“沛公”。

②《大风》刘邦曾作《大风歌》。

③文章用：文章的作用。

④“却教猛士”二句：汉高祖六年（公元前 201 年），有人密告韩信谋反，刘邦采纳陈平之计，伪游云梦（今湖北东南部），想突袭韩信，信自恃无罪，坦然去见刘邦，为武士所缚，信曰：“果若人言：‘狡兔死，良狗烹；高鸟尽，良弓藏；敌国破，谋臣亡。’天下已定，我固当烹。”

⑤彀（gòu）：本指箭射出去所能达到的有效范围，此指圈套、牢笼。

赏析

《朝天曲》是一首咏史小令。作者以独特的历史眼光对刘邦这个历史舞台上的风云人物进行了大胆评判，虽赞赏他“威加海内”的赫赫业绩，但主要是批判他猜疑功臣，玩弄权术诛杀功臣的罪行，强烈讽刺了他因宠信吕后，几乎断送江山的过失。观点新颖、独到，发人深省，充分表现了作者的批判精神。

◆ 张　雨

张雨（1277－1348年），元代文学家。字伯雨，一名天雨，号贞居。钱塘（今浙江杭州）人。曾从虞集受学，诗才清丽（《新元史》）。年少时为人潇洒，不拘小节，英气勃勃，有隐逸之志。年二十弃家为道士，居茅山，道名嗣真，道号贞真子，又自号句曲外史，往来于华阳、云石之间，终日怡情山林丘壑，吟诗作画，超逸物外，陶然自得。师事茅山宗师许道杞弟子周大静，后师事玄教高道王寿衍，居杭州开元宫，与当时文士如赵孟、杨载、杨维桢、张小山、马昂夫、仇山村、班彦功等均有唱和往来，因而虽隐迹黄冠道士之中，却列文士学人之名，被当世名士称为“诗文字画，皆为当朝道品第一”。诗风豪迈洒脱，体格道上，语言清丽优美，用典贴切精当。书法师李邕，学怀素，兼得赵孟指授，博采众长，气势雄浑，风骨独具。其画善写木石，用笔古雅。学识广博，所著《元品录》5卷，历叙周至宋历代道家人物135人，分列十品。

［双调］水仙子

归来重整旧生涯，潇洒柴桑处士家①。草庵儿不用高和大，会清标岂在繁华？纸糊窗，柏木榻。挂一幅单条画，供一枝得意花。自烧香童子煎茶。

注解

①处士：此指隐士。

赏析

《水仙子》是作者对自己隐居生活的真实写照。简陋的草庵，纸糊窗，柏木榻，一幅单条画，一枝得意花，表现了作者生活的朴素。尤其是末一句“自烧香童子煎茶”，写出了隐士恬然自适、悠然自得的心态。此曲语言朴实雅正，正切合着作者自身生活的朴素、情趣的高雅。